스카이라이트

CLARABOIA

CLARABOIA
스카이라이트

주제 사라마구 장편소설
김승욱 옮김

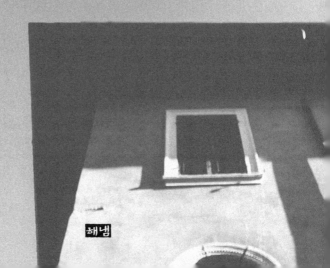

해냄

내 할아버지
제로니무 일라리우를
추억하며

모든 집이 그렇듯이 모든 영혼도

겉으로 드러난 모습 뒤편에 숨겨진 내면이 있다.

_ 하울 브란당

세월 속으로 사라졌던 책

　사라마구가 면도를 하고 있을 때 전화벨이 울렸다. 그는 아직 비누칠을 하지 않은 쪽 얼굴에 수화기를 대고 말했다. "정말이오? 그런 놀라운 일이. 아니, 그러지 않아도 됩니다. 내가 30분쯤 뒤에 그리로 가죠." 그러고 나서 그는 전화를 끊었다. 그가 그렇게 신속하게 샤워를 끝내는 것을 나는 본 적이 없다. 그는 자신이 1940년대인지 1950년대인지에 썼으나 원고가 사라져 찾을 길이 없었던 소설을 가지러 간다고 내게 말했다. 외출에서 돌아온 그는 『스카이라이트(Claraboia)』를 겨드랑이에 끼고 있었다. 타자기로 작성된 그 원고 뭉치는 세월이 흘렀는데도 어찌 된 영문인지 누렇게 변하지도 않았고 낡아 보이지도 않았다. 1953년에 그 원고를 받은 사람들보다 세월이 더 그 원고를 존중해준 것 같았다. "저희가 사무실을 이전하다가 발견한 이 원고를 출판할 수 있다면 크나큰 영광이겠습니다." 1989년에 그들은 이렇게 정중하게 말했다. 당시 주제 사라마구는 『예수복음』을 열심히 마무리하는 중이었다. "고맙지만 됐습니다." 그는 이 말만 남긴 채, 다시 발견된 소설 원고를 들고 그곳을 나섰다. 36년 전 그가 아직 꿈 많은 서른한 살 청년일 때 듣지 못한 출판사의 대답을 이제야 들은 셈이었다. 당시 그 출판사에 보낸 원고가 무시당한 일로 인해 그는 수십 년 동안 돌이킬 수 없는 고통스러운 침묵에 빠져들었다.

　'세월 속으로 사라졌던 책'이라는 말은 우리가 집에서 『스카이라이트』를 부르던 이름이다. 이 소설을 읽은 사람들은 이것을 출판하자고 사라마구를 설득하려 했지만 그는 고집스럽게 거부하면서, 자신이 살아 있는 동안에는 출판하지 않을 것이라고 말했다. 그러면서 그동안 말이나 글로 자주 언급했던 자신의 가장 중요한 인생 원칙을 유일한 설명으로 내놓았다. '누구도 다른 사람을 사랑할 의무는 없지만, 우리 모두 서로를 존중할 의무가 있다.' 이 논리에 따라 사라마구는 비록 출판사가 투고되는 모든 원고를 출판할 의무가 없다 하더라도 매일 초조와 불안에 시달리며 반응을 기다리는 사람에게 답을 해줄 의무는 있다고 보았다. 사실 작가가 타자로 정리해서 제출한 원고는 단순한 단어들의 집합이 아니다. 그 안에 한 인간의 지성과 감수성이 모두 들어 있기 때문이다.

사라마구는 그동안 출판된 책을 볼 때마다 짤막한 답장조차(아주 짧고 형식적인 '저희는 현재 투고를 받지 않습니다'라는 말이라도) 받지 못했던 그때의 굴욕을 다시 느꼈을지도 모른다. 이런 생각을 문득 떠올린 우리, 즉 그의 친구들과 가족들은 고집을 부리지 않았다. 그가 이 타자 원고를 그냥 다른 원고들과 함께 책상 위에 두고 점점 낡아가게 한 것 역시 그 옛날에 느낀 슬픔 때문이었을 것이다. 주제 사라마구는 『스카이라이트』를 다시 읽어보지 않았다. 내가 이 원고를 가죽으로 제본하려고 들고나왔을 때도 원고가 어디 갔느냐며 찾지 않았다. 내가 제본된 원고를 내밀었을 때는 나더러 쓸데없는 곳에 돈을 썼다고 말했다. 그래도 그는 이 소설의 작가인 만큼 이것이 나쁜 작품이 아니며, 자신이 나중에 쓴 소설들에 자주 등장한 여러 테마가 여기에도 담겨 있고, 자신이 나중에 더 온전하게 발전시킨 목소리를 이 원고에서 이미 들을 수 있다는 사실을 알고 있었다.

"이런 걸 말하는 방법이 이것만 있는 것은 아니지." 이미 인생의 사막과 어두운 바다를 모두 경험한 사라마구는 이렇게 말했다. 내놓을 수 있는 주장을 모두 펼친 우리가 이 말을 받아들인다면, 자신의 생각을 널리 나누고 싶다는 욕망이 평생 동안 그를 몰아붙였다는 점을 염두에 두고 겉으로 드러난 그의 고집과 암암리에 드러나는 다양한 반응들을 해석해야만 할 것이다. "죽음이란 우리가 과거에만 존재하게 되었다는 뜻이야." 사라마구는 이렇게 말했다. 실제로 그는 이미 세상을 떠나 현재에 존재하지 않게 되었다. 그러나 『스카이라이트』가 출판된 나라들, 즉 그의 모국어를 사용하는 포르투갈과 브라질에서 사람들이 갑자기 이 '새' 작품에 대해 들뜬 목소리로 이야기를 나누고 있다. 그래, 사라마구가 새 책을 내놓았다. 우리의 심금을 울리고, 기쁨과 탄성을 자아내는 신선한 책이다. 그러나 이런 생각을 하다가 우리는 깨닫는다. 이것은 작가가 이미 이곳에 존재하지 않게 된 뒤에도 우리와 계속 이야기를 나눌 수 있게 남겨둔 선물임을. 사람들은 계속 말한다. 정말 보석 같은 책이에요. 작가가 나중에 문학적으로 천착했던 것이 모두 여기에 들어 있어요. 그 뒤에 출판된 책들의 지도 같은 책이에요. 그렇게 젊은 나이에 어떻게 이처럼 성숙하고 자신감 넘치는 책을 쓸 수 있었을까요? 그래, 그의 독자들이 계속 품고 있는 의문이 바로 이것이다. 사라마구의 지혜는 어디서 왔을까? 그토록 섬세하고 간결하게 인물을 묘사하는 능력, 무엇보다 진부한 상황에서 심오함과 보편성을 찾아내는 능력, 고요한 폭력을 휘둘러 관습을 짓밟아버리는 능력은 어디서 왔을까? 이 소설을 쓴 청년은 대학에 다닌 적이 없으며, 그의 아버지와 할아버지는 문맹이었음을 잊으면 안 된다. 또한 그는 원래 용접공으로 일하다가 사무직으로 직업을 바꿨다. 그런 그가 자신의 본능만을 지침으로 삼고 페소아, 셰익스피어, 에사 드 게이로스, 디드로, 베토벤을 즐거운 동무로 삼아 어느 임대 아파트 주민들로 이루어진 우주를 감히 묘사하고 나섰다. 우리는 이 작품을 통해 사라마구의 우주에 들어설 수 있다. 여기에 그의 우주가 이미 선명하게 묘사되어 있기 때문이다.

『스카이라이트』에서 우리는 사라마구의 작품에 등장하는 일부 남자들의 원형을 찾을 수 있다. 『서도와 회화 안내서』에서 간단히 H라고만 불리는 남자, 『히카르두 헤이스가 죽은 해』의 히카르두 헤이스, 『리스본 쟁탈전』의 라이문두 실바, 『이름 없는 자들의 도시』의 주제, 『죽음의 중지』의 첼리스트, 그리고 카인, 예수 그리스도, 시프리아노 알고르,* 이 모든 조용한 남자들, 비록 아주 잠깐에 불과하더라도 자신의 내면에만 초점이 맞춰진 삶을 깨고 나오기 위해 사랑을 발견할 필요가 있는 자유롭고 고독한 존재들.

『스카이라이트』에는 또한 사라마구 특유의 강인한 여자들도 나온다. 이 여자들을 대하는 사라마구의 태도는 더욱더 관습에서 벗어난다. 예를 들어 리디아는 내연녀지만 사업을 하는 애인에게 품위를 가르친다. 사라마구는 또한 레즈비언의 사랑도, 가문 내력인 유순한 성격도 솔직하게 다룬다. 다른 사람들이라면 강간, 맹목적인 본능, 권력 투쟁, 잡다한 불행과 고생을 겪으면서도 좁은 세상에서 정직하게 살아가는 인생이라고 표현했을 만한 것들에 대한 두려움도 마찬가지다.

『스카이라이트』는 인물들로 이루어진 소설이다. 이 작품의 배경은 1940년대 후반의 리스본이다. 제2차 세계대전은 끝났

---

* 차례로 『카인』, 『예수복음』, 『동굴』의 등장인물.

지만 살라자르의 독재는 아직 끝나지 않아서 그 영향이 모든 것 위에 그림자나 침묵처럼 드리워져 있다. 정치적인 소설은 아니므로, 이 작품이 검열 때문에 출판되지 않았다고 섣불리 결론을 내리면 안 된다. 그래도 이 소설이 집필되었을 당시의 점잔 빼는 분위기를 감안하면, 출판사가 이 작품을 출판하지 않기로 결정하는 데에 그 내용이 틀림없이 어느 정도 영향을 미쳤을 것이다. 이 소설은 기성 가치관을 거부한다. 가족은 따뜻한 가정의 상징이 아니라 지옥의 상징이며, 현실보다 겉으로 드러난 모습이 더 중요하다. 또한 겉으로 보기에는 찬양받아 마땅한 유토피아의 꿈에 사실은 알맹이가 없음이 드러난다. 이 소설은 여성에 대한 부당한 대우를 명백하게 비난하며, 동성 간의 사랑을 현실적인 괴로움은 있을망정 자연스러운 것으로 본다. 무명의 작가가 이처럼 강력한 주장이 담긴 책을 썼으니, 누구든 이 책을 옹호하려면 보상도 거의 없이 많은 수고를 들여야 했을 것이다. 그래서 출판사가 가타부타 답장도 보내지 않고 원고를 서랍에 넣어버렸을 가능성이 크다. 이건 우리의 추측이지만, 어쩌면 출판사는 나중에 시대가 변할 때까지 결정을 미뤘을지도 모른다. 이른바 해방이라는 것이 뚜렷하게 모습을 드러내는 데에 수십 년이 걸릴 줄은 꿈에도 모르고. 그렇게 몇 세대가 흘러버리는 바람에, 처음에 출판사가 품었을지도 모르는 좋은 뜻은 원고와 함께 서랍 속에서 하릴없이 세월만 보내게 되었다. 그리고 그때쯤 사라마구는 편집자라는 새로운 직업을 갖고 있었다. 침묵과 고독을 헤쳐온 그는 다른 책들을 쓸 준비를 하는 중이었다.

　사라마구에게 인생은 쉽지 않았다. 출판사들이 그의 원고를, 보람을 느낄 수 없는 일을 하며 하루를 보내고 밤에 짬을 내서 쓴 원고를 무시해버렸을 뿐만 아니라, 작가인 그도 무시했다. 그가 무명이고 대학 교육을 받지 못해서 지식인 엘리트 축에 끼지 못했기 때문이었다. 1950년대와 1960년대의 리스본이라는 좁은 세상에서는 이 모든 것이 중요한 요소였다. 나중에 그의 동료가 된 사람들은 그가 말을 더듬는다는 이유로 그를 놀렸다. 나중에 말더듬이 증세를 극복하기는 했지만, 그는 그 증세로 인해 다소 주눅이 들 수밖에 없었다. 그래서 남들이 말하는 모습을 옆에서 지켜보기만 하면서 주로 자신의 내면세계에 잠겨 있었다. 어쩌면 그래서 그가 그렇게 많은 글을 쓸 수 있었던 건지도 모른다. 『스카이라이트』 이후 그는 20년 동안 아무것도 발표하지 않았다. 그러다 다시 펜을 잡아 시를 쓰기 시작했다. 「가능한 시들(Os Poemas Possíveis)」과 「아마도 기쁨(Provavelmente Alegria)」이 이때 쓴 시들이다. 그다음에 쓴 「1993년(O ano de 1993)」*은 이미 이야기에 한 걸음 다가가 있었고, 그 뒤에 그가 신문에 기고한 글들을 모아서 낸 두 권의 책에도 소설이 잉태되어 있었다. 당시에는 아무도 『스카이라이트』의 존재를 몰랐지만, 이

---

* 세 작품은 시 제목이자 책의 제목이기도 하다.

글들 속에서 『스카이라이트』가 단순히 세월 속으로 사라졌던 책 이상의 존재가 되어 독자들에게 가닿을 순간을 기다리는 것이 보인다.

사라마구의 독자들은 『스카이라이트』라는 선물을 받을 자격이 있다. 이것은 문을 닫는 작품이 아니라, 오히려 활짝 열어젖히는 작품이다. 따라서 우리는 다시 그 안으로 들어가, 그가 젊었을 때 했던 말을 곱씹으며 그의 다른 소설들을 읽고 또 읽어볼 수 있다. 『스카이라이트』는 사라마구의 작품 속으로 들어가는 통로로서, 독자들에게 진정한 의미의 새로운 발견을 안겨줄 것이다. 마치 완벽한 원이 완성된 것처럼. 마치 죽음이 존재하지 않는 것처럼.

2012년

주제 사라마구 재단 회장 필라르 델 히우

차례

일러두기

• 번역 대본은 영국 빈티지 출판사의 *Skylight*를 사용하였다.

• 주석은 본문 하단에 각주로 표기했으며, 모두 옮긴이의 것이다.

1

그의 잠을 가득 채우고 흔들리는 베일들 사이로 사기그릇이 시끄럽게 부딪치는 소리가 들려왔다. 실베스트르는 베일의 느슨한 실 가닥들 사이로 차츰 빛이 새어 들어오고 있음을 거의 확실하게 느낄 수 있었다. 조금씩 짜증이 일기 시작하면서 동시에 자신이 잠에서 깨어나고 있다는 깨달음이 문득 찾아왔다. 그는 여러 번 눈을 깜박이고 하품을 한 뒤에도 그냥 가만히 누워 잠기운이 천천히 물러가는 것을 느꼈다. 그러다 벌떡 일어나 앉아서 기지개를 켜자 팔 관절에서 뚝뚝 소리가 났다. 조끼를 입은 그의 등 근육이 잔물결처럼 움직였다. 가슴도 탄탄하고, 팔은 튼튼하고, 어깨는 근육질이었다. 구두장이라는 직업상 이런 근육들이 반드시 필요했다. 그의 손은 돌처럼 단단한 데다가 손바닥 살갗이 하도 두꺼워서, 실을 끼운 바늘로 그곳에 바느질을 해도 피가 전혀 나지 않을 정도였다.

그는 조금 천천히 다리를 침대 밖으로 내렸다. 바지에 계속 쓸린 나머지 털이 모두 사라지고 살갗도 하얗게 닳아버린 무릎과 앙상한 허벅지를 보면 실베스트르는 항상 깊은 슬픔을 느꼈다. 가슴은 자랑스러웠지만 다리는 증오스러웠다. 너무 하찮아서 다른 사람의 것 같았다.

융단을 밟은 맨발을 우울하게 내려다보며 실베스트르는 희끗희끗하게 변해가는 머리를 긁적였다. 그러고 나서 한 손으로 얼굴을 쓸어내리니 얼굴뼈와 수염의 감촉이 손바닥에 느껴졌다. 마침내 마지못해 일어난 그는 몇 걸음 걷다가 멈춰 섰다. 조끼와 팬티만 입고, 긴 죽마 같은 다리로 서 있는 그의 모습이 돈키호테와 어렴풋이 비슷한 것 같았다. 희끗희끗하게 정수리를 덮은 머리카락, 커다란 매부리코, 앙상한 다리가 간신히 지탱하고 있는 듯한 튼튼한 몸통이 그랬다.

그는 바지를 찾아보았으나 눈에 띄지 않자 문 뒤로 고개를 내밀고 소리쳤다.

"마리아나! 내 바지 어디 있어?"

다른 방에서 누군가가 소리쳤다.

"기다려!"

느릿느릿 다가오는 발소리로 미루어 짐작해보건대, 마리아나는 상당히 통통해서 빨리 걸을 수 없는 사람인 것 같다.

실베스트르는 한동안 기다리면서도 인내심을 잃지 않았다. 마침내 그녀가 문 앞에 나타났다.

"여기 있어."

바지는 실베스트르의 다리에 비해 상당히 통통한 그녀의 오른팔에 걸쳐져 있었다. 그녀가 말했다.

"당신 바지의 단추가 도대체 왜 매주 어디론가 사라져버리는지 도통 모르겠네. 아무래도 철사로 바느질을 해야……."

마리아나의 목소리는 그녀의 몸매만큼 통통하고, 그녀의 눈빛만큼 상냥하고 솔직했다. 그녀는 확실히 농담으로 그런 말을 한 것이 아니었지만, 남편은 그녀를 향해 환히 웃어주었다. 그러자 몇 개 남지 않은 치아와 더불어 얼굴의 주름살이 모두 드러났다. 그는 아내의 상냥한 시선을 받으며 바지를 입었다. 옷을 입고 나니 몸의 불균형이 가려져 일상적인 모습이 되살아난 것이 반가웠다. 마리아나는 자연이 자신에게 부여한 몸에 무심한 반면, 실베스트르는 몸매에 대한 허영심이 있었다. 그러나 두 사람 모두 상대에 대해 조금의 환상도 갖고 있지 않았으며, 젊음의 불꽃이 이미 오래전에 다 타서 꺼져버렸음을 누구보다 잘 알고 있었다. 그래도 두 사람은 서로를 소중히 여기며 사랑했다. 30년 전 결혼식을 올렸을 때나 지금이나 전혀 변하지 않았다. 아니, 어쩌면 지금의 사랑이 더 클 수도 있었다. 현실이든 상상이든 이제는 서로가 완벽한 존재가 아님을 알기 때문이었다.

실베스트르는 아내를 따라 부엌으로 들어갔다가 슬그머니

욕실로 가서 세수를 하고 10분 뒤 돌아왔다. 하지만 딱히 단정해진 것 같지는 않았다. 그의 머리를 지배하는('지배'라는 단어가 꼭 맞다) 머리카락, 마리아나가 '볏'이라고 부르는 그 머리카락을 얌전하게 만들기가 불가능하기 때문이었다.

김이 피어오르는 커피 그릇 두 개가 식탁 위에 있고, 부엌에서는 방금 깨끗이 청소한 곳 특유의 냄새가 났다. 마리아나의 둥근 뺨에서는 빛이 나는 듯했다. 부엌 안을 돌아다니는 그녀의 커다란 몸이 움직임에 따라 출렁출렁 흔들렸다.

"당신 날이 갈수록 살이 찌는 것 같아!"

실베스트르가 이 말을 하고 웃음을 터뜨리자 마리아나도 함께 웃었다. 두 사람 모두 아이 같았다. 두 사람은 식탁에 앉아 일부러 장난스럽게 경쟁하듯 후루룩 소리를 내며 뜨거운 커피를 마셨다.

"그래, 어떻게 할 거야?"

실베스트르는 이제 웃지 않았다. 마리아나도 진지한 표정이었다. 심지어 두 사람의 안색도 조금 전보다 창백해진 것 같았다.

"모르겠어. 당신이 결정해."

"어제도 말했지만, 밑창에 대는 가죽 값이 계속 오르고 있어. 손님들이 비싸다고 불평하지만 어쩔 수가 없다고. 내가 기적을 만들어낼 수는 없잖아. 나만큼 싸게 해주는 사람이 어디 또 있을지 모르겠지만, 그래도 손님들의 불만은 끊이질 않아."

마리아나가 그의 말을 자르고, 우는소리를 해봤자 아무 소용이 없다고 말했다. 그보다는 세입자를 받을 것인지 말 것인지 결정하는 일이 급선무였다.

"그게 확실히 도움이 될 거야. 집세에도 보탬이 될 거고, 만약 독신 남자를 세입자로 들여서 당신이 빨래까지 해준다면 대충 본전치기를 할 수 있을지도 몰라."

마리아나는 설탕이 잔뜩 가라앉은 마지막 커피 한 모금을 다 마셔버리고 말했다.

"빨래할 수 있어. 작은 거라도 다 도움이 될 거야."

"알아. 그래도 세입자를 다시 들이는 거니까. 우리가 그 '신사'라는 작자를 간신히 쫓아낸 게 얼마 되지도 않았는데……."

"그야, 뭐, 이번에는 점잖은 사람이 들어오겠지. 난 누구하고든 잘 지낼 수 있어. 그쪽이 나랑 잘 지내주기만 한다면."

"그럼 한 번 더 시도해보지. 혼자 사는 남자, 밤에 잘 곳만 있으면 되는 사람으로. 내가 이따 오후에 광고를 낼게." 실베스트르는 마지막 빵 조각을 계속 씹으면서 일어나 선언하듯 말했다. "됐네. 나 이제 일하러 가."

그는 침실로 돌아가 창가로 다가갔다. 그리고 창문 근처와 방의 다른 부분을 구분하는 칸막이 역할을 하는 커튼을 젖혔다. 커튼 뒤의 높은 단 위에 그의 작업대가 있었다. 송곳, 구두골, 실, 못이 가득 든 통, 밑창과 가죽 조각. 한쪽 구석에는 프랑스산 담배와 성냥이 들어 있는 주머니가 놓여 있었다.

실베스트르는 창문을 열고 밖을 내다보았다. 딱히 새로운 광경은 없었다. 사람들 몇 명이 길을 걸어가고, 그리 멀지 않은 곳에서 어떤 여자가 소리쳐 손님을 부르고 있었다. 사람들이 아침 식사로 먹던 일종의 콩 수프를 파는 여자였다. 실베스트르는 저 여자가 어떻게 저걸로 생계를 해결할 수 있는지 도무지 알 수 없었다. 그가 아는 사람 중 누구도 이제는 아침 식사로 콩 수프를 먹지 않았다. 실베스트르 자신도 콩 수프를 먹은 것이 20여 년 전이었다. 시대가 달라지면 관습도 음식도 달라진다. 이 문제를 이렇게 깔끔히 정리한 그는 자리에 앉아 담배쌈지를 열었다. 그리고 작업대에 어지러이 놓여 있는 잡동사니들 가운데에서 담배 종이를 찾아내 담배를 한 개비 말아서 불을 붙였다. 그는 담배를 한 모금 빨아들인 뒤 일을 시작했다. 갑피를 입혀야 하는 구두가 몇 켤레 있었다. 그의 지식과 기술을 총동원해야 하는 작업이었다.

그는 가끔 거리를 흘깃 내다보았다. 하늘에는 여전히 구름이 끼어 있고 연한 안개 때문에 사물과 사람의 윤곽이 흐릿하게 보이는데도 날은 점점 밝아졌다.

이미 건물을 가득 채운 수많은 소음들 중에서 실베스트르는 또각또각 계단을 내려가는 구두 한 켤레 소리를 금방 가려낼 수 있었다. 거리로 통하는 문이 열리는 소리를 듣자마자 그는 밖으로 몸을 기울였다.

"좋은 아침이야, 아드리아나!"

"좋은 아침입니다, 세뇨르 실베스트르."

여자는 창문 아래에 서 있었다. 다소 땅딸막한 몸매에, 두

24

꺼운 안경을 쓴 여자였다. 안경 때문에 그녀의 눈이 잠시도 가만히 있지 못하는 작은 구슬 두 개처럼 보였다. 서른네 살에 가까운 그녀의 수수한 머리에는 벌써 여기저기 흰머리가 나 있었다.

"출근하는 건가?"

"맞아요. 나중에 봐요, 세뇨르 실베스트르."

매일 아침이 똑같았다. 아드리아나가 집을 나설 때쯤, 구두장이 실베스트르는 벌써 1층 창가에 앉아 있었다. 제멋대로 뻗친 그의 머리카락이나 그의 인사말을 피해 도망치는 것은 불가능했다. 실베스트르는 눈으로 그녀를 좇았다. 실베스트르의 화려한 표현을 빌리자면, 멀리서 봤을 때 아드리아나는 '가운데를 묶은 감자 자루'와 비슷했다. 아드리아나는 길모퉁이에서 돌아서서 3층의 누군가에게 손을 흔들어준 뒤 모퉁이를 돌아 사라졌다.

실베스트르는 작업 중이던 구두를 내려놓고, 창밖으로 목을 길게 뺐다. 주뼛나게 참견하기 위해서가 아니라, 3층의 이웃들을 좋아하기 때문이었다. 그들은 좋은 고객이고 좋은 사람이었다. 어색한 자세 때문에 힘이 들어간 목소리로 그는 위를 향해 소리쳤다.

"잘 잤나, 이자우라! 오늘 날씨가 어떤 것 같아, 응?"

3층까지의 거리 때문에 가늘게 들리는 대답이 돌아왔다.

"나쁘지 않아요. 전혀 나쁘지 않아. 안개는……"

하지만 안개 때문에 아침의 아름다움이 망가졌다는 건지

더 화려해졌다는 건지 우리는 끝까지 듣지 못했다. 이자우라가 이 말을 하다 말고 천천히 창문을 닫았기 때문이다. 생각이 깊으면서도 쾌활한 구두장이가 싫어서 그런 것은 아니었다. 그냥 가벼운 수다를 떨 기분이 아니었다. 주말까지, 아무리 늦어도 토요일까지 완성해야 하는 셔츠가 한 무더기나 되었다. 할 수만 있다면 그녀는 읽던 소설을 계속 읽고 싶었다. 이제 50페이지만 더 읽으면 끝인데, 하필이면 지금이 아주 재미있는 대목이었다. 시련과 고난이 끊이지 않는 이 은밀한 사랑 이야기가 그녀의 마음을 완전히 사로잡았다. 게다가 소설 자체도 아주 훌륭했다. 이자우라는 노련한 독자였기 때문에 얼마든지 그런 평가를 내릴 수 있었다. 그녀는 잠시 망설였지만, 이렇게 망설일 시간조차 없다는 사실을 금방 깨달았다. 일이 기다리고 있었다. 안에서 소곤거리는 목소리들이 들렸다. 어머니와 이모였다. 두 사람은 말이 아주 많았다. 하루 종일 무슨 얘기를 저렇게 하는 거지? 무엇이든 이미 100번은 한 이야기일 텐데.

이자우라는 자매인 아드리아나와 함께 쓰는 침실을 가로질렀다. 소설책은 그녀의 협탁에 놓여 있었다. 그녀는 욕심과 안타까움이 가득한 시선으로 책을 흘깃 바라보았지만 계속 나아가 옷장의 전신거울 앞에서 걸음을 멈췄다. 그녀는 말랐지만 아직 유연하고 우아한 몸에 착 달라붙는 실내복을 입고 있었다. 아직은 눈에 잘 띄지 않지만 처음으로 잔주름이 생기기 시작한 창백한 뺨을 손끝으로 훑어보았다. 거울 속

모습에 한숨이 나와서 그녀는 도망치듯 그 자리를 떠났다.

부엌에서는 어머니와 이모가 여전히 이야기를 하고 있었다. 두 사람의 외모가 아주 비슷했다. 흰머리, 갈색 눈, 장식이 없는 검은 옷. 찢어지는 목소리로 쉬지도 않고 빠르게 말을 쏟아내는 것도 비슷했다.

"내가 전에 말했잖아. 그 석탄은 그냥 흙이라니까. 석탄 장수한테 한마디 해야겠어."

"그럼 그렇게 해야지."

"그게 무슨 소리예요?" 이자우라가 부엌으로 들어서면서 물었다.

두 노부인 중 허리가 더 꼿꼿하고 눈빛이 더 밝은 사람이 말했다.

"이번에 산 석탄이 아주 엉망이야. 가서 한마디 해야 돼."

"그럼 그렇게 해야죠, 이모."

아멜리아 이모는, 말하자면, 이 집의 행정관이었다. 요리, 회계, 전반적인 물자 조달을 좌우했다. 이자우라와 아드리아나의 어머니인 칸디다는 그 밖의 모든 집안일, 식구들의 옷가지 관리, 온갖 가구의 장식용 자수 덮개, 종이 조화를 한가득 꽂아놓은 꽃병 등을 책임졌다. 꽃병에 조화 대신 생화가 꽂히는 날은 축일과 명절뿐이었다. 칸디다도 동생 아멜리아와 마찬가지로 남편과 사별했는데, 남편을 잃은 슬픔은 나이를 먹으면서 이미 가라앉은 지 오래였다.

이자우라는 재봉틀 앞에 앉았지만, 일을 시작하기 전에 먼저 널찍한 강을 바라보았다. 안개 때문에 건너편 강변이 보이지 않았다. 강이라기보다는 바다 같은 느낌이었다. 주택의 지붕들과 굴뚝들이 그 환상을 망쳐놓았지만, 바다는 몇 킬로미터쯤 이어지는 그 강에 분명히 존재했다. 공장의 높은 굴뚝에서 울컥울컥 쏟아져 나오는 검은 연기가 하얀 하늘에 조금 얼룩을 남겼다.

이자우라는 일을 시작하려고 재봉틀을 향해 고개를 숙이기 직전에 밖의 풍경을 바라보며 생각을 자유로이 풀어놓는 이 짧은 순간이 항상 즐거웠다. 풍경은 언제나 똑같았지만, 그녀의 눈에 그 풍경이 단조롭게 보일 때는 하늘이 고집스러울 정도로 밝고 파란 여름뿐이었다. 여름에는 모든 것이 너무 선명하게 너무 훤히 드러나 있는 것 같았다. 오늘처럼 안개가 낀 아침(풍경을 완전히 가리지 않는 연한 안개여야 했다)에는 이 도시가 꿈처럼 몽롱한 분위기를 띠었다. 이자우라는 이 모든 것을 음미하며 그 즐거움을 최대한 오랫동안 누리려고 애썼다. 구름 위를 떠가듯이 가볍게 강을 따라 흘러가는 프리깃함. 얇은 거즈 같은 안개 속에서 빨간 돛이 분홍색으로 변하더니, 수면을 핥는 진한 구름 속으로 배가 뛰어들었다. 배는 잠깐 다시 모습을 나타냈지만, 풍경을 가린 건물들 뒤편으로 금방 사라지고 말았다.

이자우라는 한숨을 내쉬었다. 아침에 벌써 두 번째로 내쉬는 한숨이었다. 그녀는 오랜 잠수를 끝내고 올라온 사람처럼 고개를 흔들었다. 그리고 곧 재봉틀이 맹렬하게 덜덜거리며 돌아가기 시작했다. 천이 노루발 아래로 흘러가고, 그녀의 손가락은 재봉틀의 일부라도 된 것처럼 기계적으로 천의 방향을 잡아주었다. 그 소리에 귀가 멍멍해져 있던 이자우라는 누군가가 자신에게 말을 걸고 있음을 갑자기 알아차리고 곧바로 재봉틀을 멈췄다. 침묵이 물결처럼 밀려왔다. 이자우라는 고개를 돌려 입을 열었다.

"못 들었어요."

어머니가 방금 한 말을 되풀이했다.

"조금 이른 것 같지 않아?"

"일러요? 왜요?"

"너도 알잖아. 이웃에서……."

"그럼 나더러 어쩌라고요. 아래층 남자가 밤에 일하고 낮에 자는 게 내 잘못은 아니잖아요."

"적어도 조금 뒤에 일을 시작할 수는 있겠지. 난 다른 사람들한테 폐를 끼치는 게 너무 싫어."

이자우라는 어깨를 으쓱하고는 다시 페달에 발을 올려놓았다. 그리고 재봉틀 소리 때문에 한층 더 목소리를 높여 말했다.

"가게에 가서 이번에 물건 납품이 늦을 것 같다고 미리 말하고 올까요?"

칸디다는 천천히 고개를 저었다. 그녀는 항상 무엇을 어찌해야 할지 결정을 내리지 못하고 세 살 어린 동생의 손에 휘둘리며 살았다. 자신이 경제적으로 딸들에게 의존하고 있다는 사실도 아주 선명히 의식하고 있었다. 그녀가 무엇보다도 원하는 것은 누구에게도 폐를 끼치지 않는 것, 남들 눈에 띄지 않는 것, 어둠 속 그림자처럼 눈에 보이지 않는 존재가 되는 것이었다. 그녀는 딸에게 뭐라고 대답하려는 듯했지만, 아멜리아의 발소리를 듣고는 아무 말 없이 부엌으로 돌아갔다.

열심히 일하고 있는 이자우라의 재봉틀 소리가 아파트를 시끄럽게 가득 채웠다. 바닥이 덜덜 떨리고, 이자우라의 창백한 뺨이 점점 벌겋게 변하더니 이마에 땀 한 방울이 맺혔다. 그녀는 자신 옆에 또 누가 서 있는 것을 알아차리고 재봉틀의 속도를 늦췄다.

"그렇게 서두를 필요는 없어. 그러다 네가 먼저 지칠라."

아멜리아 이모는 쓸데없는 말을 단 한마디라도 하는 법이 없었다. 언제나 꼭 필요한 말만 했다. 그래도 그녀의 말투와 분위기 때문에 그 말을 듣는 사람들은 그 간결함의 가치를 인정했다. 그녀가 말을 하는 바로 그 순간에 단어들이 그녀의 입속에서 태어나 의미를 잔뜩 품은 채 밖으로 나오는 것 같았다. 양식(良識)이 묵직하게 들어 있고 처녀처럼 순결한 단어들이었다. 그래서 그녀의 말은 아주 인상 깊고 설득력이 강했다. 이자우라도 얌전히 작업 속도를 늦췄다.

몇 분 뒤 초인종이 울렸다. 문을 열어주러 나간 칸디다가 몇 초 만에 불안한 얼굴로 돌아와서 중얼거렸다.

"그러게 내가 뭐랬어, 뭐랬어?"

아멜리아가 시선을 들었다.

"무슨 일이야?"

"아래층 이웃이 시끄럽다고 항의하러 왔어. 네가 나가라, 응?"

아멜리아는 설거지를 멈추고 행주에 손의 물기를 닦은 뒤 현관으로 나갔다. 아래층 이웃은 층계참에 있었다.

"안녕하세요, 도나 주스티나. 어쩐 일이세요?"

어느 순간, 어떤 상황에서도 아멜리아는 예의 그 자체였다. 하지만 그 예의 바른 태도는 금방 얼음처럼 차갑게 변할 수 있었다. 그녀의 작은 눈동자가 상대방을 뚫어져라 바라보면, 상대방은 점점 솟아오르는 불안감과 당혹감을 억누를 수 없었다.

이웃은 칸디다와 사이좋게 지내는 사람이었다. 하려던 말도 거의 끝난 참이었다. 그런데 칸디다보다 훨씬 덜 소심한 사람이 앞에 나타나 그녀를 똑바로 바라보았다. 그녀가 말했다.

"안녕하세요, 도나 아멜리아. 우리 남편 때문에 왔어요. 아시다시피, 남편이 신문사에서 밤에 일하잖아요. 그러니 잘 수 있는 시간이 아침밖에 없어요. 자다가 깨면 남편이 엄청 화를 내는데, 그걸 받아줘야 하는 사람이 나예요. 그래서 그 재봉틀 소리를 혹시 조금만 줄여주신다면 정말 감사할⋯⋯."

"네, 이해해요. 하지만 제 조카도 일을 해야 해서요."

"그러시겠죠. 사실 저는 별로 상관이 없어요. 하지만 남자들이 어떤지 아시잖아요⋯⋯."

"그럼요, 알죠. 그리고 댁의 남편이 새벽에 귀가할 때 이웃들의 수면에 대한 배려를 거의 보여주지 않는다는 점도 알고요."

"하지만 제가 뭘 어떻게 할 수 있겠어요? 계단을 올라올 때 소리를 줄이라고 남편을 설득하는 건 이미 포기했어요."

주스티나의 길고 수척한 얼굴이 점차 생기를 띠었다. 눈에서는 희미한 악의가 번득이기 시작했다. 아멜리아는 대화를 매듭지었다.

"알겠어요. 우리가 좀 있다가 일을 시작하죠. 걱정 마세요."

"정말 고마워요, 도나 아멜리아."

아멜리아는 무뚝뚝하게 "이만 실례할게요"라고 중얼거리듯이 말하고는 문을 닫았다. 주스티나는 계단을 내려갔다. 키가 큰 몸에 묵직한 상복을 걸치고, 검은 머리는 가운데 가르마를 타서 정리한 그녀는 장례식에 어울리는 모습이었다. 마치 호리호리한 인형 같았다. 여자라고 하기에는 키가 너무 크고, 여성적인 우아함이라고는 눈곱만큼도 없었다. 공허한 검은 눈, 당뇨병 환자임이 드러나는 그 눈만이 역설적으로 다소 아름답게 보였지만, 너무 엄숙하고 진지해서 매력을 찾아볼 수 없었다.

층계참에 다다른 그녀는 자신의 집 맞은편 문 앞에 걸음을 멈추고 귀를 바짝 갖다 댔다. 아무 소리도 들리지 않았다. 그녀는 비웃는 얼굴로 문에서 떨어졌다. 그러고는 막 자기 아파트에 들어가려는데, 위층 층계참에서 사람들의 목소리와 문이 열리는 소리가 들려왔다. 그녀는 공연히 문 앞 깔개를 매끈히 펴는 척 부산을 떨면서 집 안으로 들어가지 않았다.

위층에서 활기 찬 대화 소리가 들려왔다.

"걔의 유일한 문제는 일하러 가는 걸 싫어한다는 거예요!"
어떤 여자가 화난 목소리로 말했다.

"그럴지도 모르지. 그래도 우리가 그 애를 조심스레 대해야 해요. 지금 한창 위험한 나이니까." 이건 남자의 목소리였다. "일이 어떤 식으로 풀릴지는 아무도 모르잖소."

"무슨 소리예요? '위험한 나이'라니요. 당신은 변하는 법이 없네요, 정말. 열아홉이 위험한 나이예요? 그런 생각을 하는 건 당신뿐일걸요."

주스티나는 깔개를 힘차게 흔드는 척하면서 자신의 존재를 알리는 편이 나을 것 같았다. 위층의 대화 소리가 뚝 끊기더니 남자가 계단을 내려오면서 말했다.

"출근하라고 강요하지 말아요. 조금이라도 변화가 있으면 내 사무실로 연락하고. 나중에 봅시다."

"그래요, 나중에 봐요, 안셀무."

주스티나는 침착한 미소로 이웃에게 인사했다. 안셀무는 그녀의 앞을 지나 계속 계단을 내려가면서 근엄하게 모자를 살짝 들어 인사하고는 따뜻하고 달콤한 목소리로 예의 바르게 "좋은 아침입니다" 하고 말했다. 하지만 그가 밖으로 나가 출입문을 쾅 닫는 태도에서 엄청난 분노가 느껴졌다. 주스티나는 위층을 향해 소리쳤다.

"좋은 아침이에요, 도나 로잘리아."

"좋은 아침이에요, 도나 주스티나."

"클라우디냐한테 무슨 일 있어요? 어디 아픈가요?"

"어떻게 아셨어요?"

"방금 여기서 깔개를 흔들어 털다가 남편분의 목소리가 얼핏 들려서요……."

"아, 그 애가 그러는 건 늘 있는 일이에요. 하지만 그 애가 칭얼거리기만 해도 안셀무는 애가 곧 죽는 줄 알거든요. 눈에 넣어도 아프지 않은 딸이니까요. 클라우디냐 제 말로는 머리가 아프다는데, 사실은 게으름병이 도진 거죠. 머리가 심하게 아프다면서 곧장 다시 잠들었다니까요!"

"그래도 단정할 수는 없어요, 도나 로잘리아. 저도 우리 딸을 그렇게 잃었잖아요. 하느님, 그 애의 영혼을 살피소서. 다들 아무것도 아니라고 했는데, 뇌수막염이 우리 딸을 데려갔어요." 그녀는 손수건을 꺼내 큰 소리로 코를 풀고는 말을 이었다. "어린것이 불쌍해서……. 고작 여덟 살이었다고요. 내가 어떻게 잊겠어요……. 그게 2년 전이네요, 도나 로잘리아."

로잘리아도 그 일을 잘 알기 때문에 예의 바르게 눈물을 한 방울 훔쳤다. 자신의 슬픔에 공감하는 이웃의 반응을 보고 신이 난 주스티나는 누구나 아는 그때의 일들을 다시 자세히 늘어놓을 참이었다. 그런데 그때 거친 목소리가 그녀를 방해했다.

"주스티나!"

주스티나의 창백한 얼굴이 돌처럼 굳었다. 그래도 그녀는 로잘리아와 계속 이야기를 이어갔지만, 그 거친 목소리가 점점 크고 폭력적으로 변해갔다.

"주스티나!"

"왜?" 그녀가 물었다.

"안으로 좀 들어와. 거기 층계참에 서서 계속 떠들 거야? 나처럼 열심히 일하고 나면 수다를 떨 기운도 없을걸!"

주스티나는 무심하게 어깨를 으쓱하고는 계속 말을 이었다. 하지만 로잘리아는 이 상황이 당황스러워서 자기도 이만 들어가봐야겠다고 말했다. 주스티나가 아파트 안으로 들어간 뒤 로잘리아는 살금살금 계단을 몇 개 내려와 열심히 귀를 기울였다. 닫힌 문을 통해 화를 내며 고함치는 소리가 몇 번 들리더니 조용해졌다.

언제나 똑같았다. 남편이 크게 화를 내면서 소리를 지르고 나면, 아내가 거의 들리지 않는 소리로 몇 마디 중얼거린다. 그리고 남편은 즉시 입을 다문다. 로잘리아는 이것이 몹시 이상했다. 주스티나의 남편은 조금 거친 사람으로 소문이 나 있었다. 커다란 덩치와 제멋대로인 태도 때문이었다. 아직 마흔 살이 채 되지 않았는데도 흐물흐물한 얼굴과 부은 눈, 축축하게 늘어진 아랫입술 때문에 더 늙어 보였다. 저렇게 서로 다른 두 사람이 어쩌다 결혼하게 되었는지 누구도 이해하지 못했다. 두 사람이 함께 외출하는 모습을 본 사람도 전혀 없었다. 하지만 생각해보면 저렇게 예쁘지 않은 두 사람(주스티나의 눈은 예쁜 것이 아니라 아름다웠다) 사이에서 어떻게 마틸드처럼 보기만 해도 기분 좋은 딸이 태어났는지 역시 이해할 수 없기는 마찬가지였다. 자연이 실수를 저지른 뒤 나중에 그 실수를 깨닫고는 그것을 바로잡기 위해 아이를 데려가 버린 것 같았다.

주스티나의 집 안에서 일어난 일의 실상은 이러하다. 폭력적이고 무례한 카에타노 쿠냐(비만하고, 거만하고, 예의 없는 그는 일간 신문사의 라이노타이프 식자공이었다)가 공격적인 말을 두세 마디 내뱉은 뒤, 바람만 세게 불면 날아갈 것처럼 연약한 당뇨병 환자인 아내 주스티나가 몇 마디 중얼거린다. 그러면 그는 조용해졌다.

로잘리아에게는 이것이 풀 수 없는 수수께끼였다. 그녀는 좀 더 기다려보았지만, 절대적인 침묵만이 이어질 뿐이었다. 그녀는 자신의 아파트로 물러나, 자는 딸이 깨지 않게 조용히 문을 닫았다. 그녀는 딸이 단순히 자는 척하는 것이 아니라 항상 정말로 자고 있다고 생각했다.

로잘리아는 문 뒤에서 고개를 내밀고 딸을 살폈다. 딸의 눈꺼풀이 움찔거리는 것 같았다. 그녀는 문을 제대로 열고 침대로 다가갔다. 마리아 클라우디아는 눈가에 작은 주름이 잡힐 정도로 눈을 꼭 감고 있었다. 언젠가 그 자리에 정말로 잔주름이 자리를 잡을 것이다. 통통한 입술에는 어제 바른 립스틱의 흔적이 여전했다. 짧은 갈색 머리 때문에 어린 불량배처럼 보였는데, 그로 인해 그녀의 미모가 더욱더 톡 쏘는 듯한 도발적인 느낌을 풍겼다. 거의 다의적인 느낌이 들 정도였다.

로잘리아는 딸을 흘깃 보았다. 딸이 곤히 잠든 것처럼 보이지만 묘하게 믿음이 가지 않았다. 그녀는 작게 한숨을 내쉬었다. 그러고는 자애로운 어머니답게 이불을 목까지 올려서 잘 덮어주었다. 즉각 반응이 나타났다. 마리아 클라우디아가 눈을 뜨고 쿡쿡 웃어댄 것이다. 그녀는 웃음을 참으려고 했지만 이미 늦었다.

"엄마가 간지럼을 태웠잖아요!"

속았다는 생각에 화가 나고, 딸에게 어머니다운 애정을 보여주다가 들켰다는 사실에 더욱더 화가 난 로잘리아가 말했다.

"그러니까 너 정말로 자고 있었다는 거지? 두통이 사라진 거지? 일하기 싫다는 게 네 문제잖아, 이 게으름뱅이야!"

딸은 엄마의 말이 옳다고 증명하기라도 하려는 듯이 천천히 나른하게 기지개를 켰다. 그러자 가장자리를 레이스로 장식한 잠옷 앞섶이 벌어지면서 작고 둥근 젖가슴이 드러났다. 로잘리아는 딸의 이 부주의한 행동에 왜 화가 나는지 이유를 알 수 없었지만, 어쨌든 기분 나쁜 감정을 숨기지 않고 투덜거렸다.

"옷 좀 잘 잠가라. 요즘 여자애들은 아무리 엄마 앞이라 해도 그렇지 부끄러운 줄을 몰라!"

마리아 클라우디아는 눈을 휘둥그렇게 떴다. 그녀의 눈은 아주 눈부신 파란색이었으나 동시에 차가웠다. 아주, 아주 멀리서 반짝이는 별빛 같았다.

"그게 뭐 어때서요? 어쨌든 이제 옷 잠갔어요!"

"내가 네 나이 때 우리 어머니 앞에서 그런 모습을 보였다면, 뺨을 맞았을 거야."

"그건 좀 너무한 것 아니에요?"

"너무해? 이제 보니 너도 뺨을 한 대 맞아야 정신을 차리 겠구나."

마리아 클라우디아는 기지개를 켜는 척 양팔을 다시 올리 더니 하품을 했다.

"지금은 시대가 달라요."

로잘리아는 창문을 열면서 말했다.

"그래, 다르지. 더 나빠졌어." 그녀는 다시 침댓가로 돌아갔 다. "자, 이제 출근할 거야, 어쩔 거야?"

"몇 시예요?"

"10시가 다 됐어."

"너무 늦었네요."

"조금만 일찍 일어났으면 좋잖아."

"그때는 머리가 아팠다고요."

이 짧고 날카로운 대화는 두 사람 모두 짜증을 내고 있음 을 보여주었다. 로잘리아는 화를 참느라 속이 부글거렸고, 마 리아 클라우디아는 어머니의 훈계에 기분이 상했다.

"퍽이나 아팠겠네! 넌 꾀병쟁이야, 알아!"

"머리가 아픈 게 내 잘못이에요?"

로잘리아가 마침내 폭발했다.

"엄마한테 그게 무슨 말버릇이야. 난 네 엄마야."

딸은 시큰둥했다. 그런 얘기는 할 필요도 없다는 듯이 어깨만 으쓱하고는, 침대에서 훌쩍 뛰어 내려와 바닥에 맨발로 섰다. 부드럽게 곡선을 그리는 몸에 비단 잠옷이 멋지게 늘어졌다. 딸의 젊음과 아름다움에 로잘리아의 분노가 식었다. 마른 모래 속으로 물이 스며들듯이 분노가 사라져버렸다. 로잘리아는 마리아 클라우디아의 아름다운 몸매가 자랑스러웠다. 그래서 곧 사실상 항복하는 말을 했다.

"회사에 제대로 말해둬."

마리아 클라우디아는 어머니의 말투가 살짝 변했다는 사실을 알아차리지 못했는지 아무렇게나 대답했다.

"도나 리디아한테 전화를 써도 되냐고 물어볼 거예요."

로잘리아는 다시 화가 났다. 어쩌면 딸이 실내복을 걸쳤기 때문인 것 같기도 했다. 옷으로 몸을 감싸고 나니 몸매의 매력이 사라져버렸다.

"네가 도나 리디아를 만나는 거 싫어. 너도 알잖아."

마리아 클라우디아의 눈빛은 평소보다 훨씬 더 순진무구했다.

"도대체 왜요?"

이런 식으로 대화를 이어가다 보면, 로잘리아는 별로 하고 싶지 않은 말을 해야 할 터였다. 딸은 분명히 엄마의 말이 무슨 뜻인지 이미 완벽히 알고 있었지만, 로잘리아는 그래도 젊은 딸 앞에서 그런 소리를 입에 담고 싶지 않았다. 어렸을 때부터 그녀는 부모와 자식이 서로를 존중해야 한다는 교육을 받았다. 지금도 그런 생각에 매달리는 편이었다. 따라서 그녀는 딸의 질문을 못 들은 척 그냥 방을 나와버렸다.

다시 혼자가 된 마리아 클라우디아는 빙긋 웃었다. 거울 앞에 서서 실내복과 잠옷의 단추를 푼 그녀는 젖가슴을 바라보았다. 전율이 온몸을 훑고 지나가면서 얼굴이 살짝 붉어졌다. 그녀는 다시 빙긋 웃었다. 어렴풋한 불안감과 즐거움이 한꺼번에 느껴졌다. 죄책감과 즐거움을 함께 느낄 때의 스릴과 비슷했다. 그녀는 다시 실내복 단추를 잠그고, 거울 속 자신의 모습을 한 번 더 흘깃 바라본 뒤 방을 나섰다.

부엌으로 간 그녀는 토스트를 만들고 있는 엄마에게 다가가 뺨에 입을 맞췄다. 로잘리아는 그 뽀뽀로 기분이 좋아졌음을 부정할 수 없었다. 비록 딸에게 뽀뽀를 돌려주지는 않았지만, 기쁨에 심장박동이 빨라졌다.

"가서 씻고 와라. 토스트가 거의 다 됐어."

마리아 클라우디아는 욕실에 들어가 문을 닫았다. 다시 돌아온 그녀는 생생하고 근사한 모습이었다. 깨끗한 피부에는 윤기가 흐르고, 립스틱이 지워진 입술은 찬물에 살짝 얼어 있었다. 딸을 본 엄마의 눈이 반짝였다. 클라우디아는 식탁에 앉아 열심히 토스트를 썹어 삼키기 시작했다.

"가끔은 집에 있는 게 좋지?" 로잘리아가 말했다.

딸은 키득거렸다.

"거봐요. 내가 옳았죠?"

로잘리아는 자신이 너무 나갔나 싶어서 조금 뒤로 물러나려고 했다.

"그래, 뭐, 어느 정도는. 하지만 이게 버릇이 되면 안 돼."

"직장 사람들은 신경 안 쓸걸요."

"쓸 거야. 넌 그 직장에 계속 다녀야 하잖아. 아버지 벌이가 그리 많지 않으니까."

"걱정 마세요. 내가 알아서 할게요."

로잘리아는 그게 무슨 뜻이냐고 묻고 싶었지만 포기했다. 두 사람이 침묵 속에서 아침 식사를 마친 뒤 마리아 클라우디아가 자리에서 일어나며 말했다.

"도나 리디아한테 전화를 써도 되냐고 물어볼게요."

어머니는 안 된다고 말하려다가 그만두었다. 딸은 이미 복도 저편으로 사라진 뒤였다.

"금방 돌아올 거면 문을 닫지 않아도 돼."

부엌에서 로잘리아는 현관문이 닫히는 소리를 들었지만, 딸이 일부러 엄마의 뜻을 거스르려고 그런 짓을 했다고 생각하기는 싫었다. 그녀는 개수대에 물을 채워 설거지를 시작했다.

마리아 클라우디아는 엄마처럼 아래층 이웃을 꺼리지 않았다. 오히려 도나 리디아를 좋아했다. 초인종을 울리기 전에 그녀는 옷깃을 단정하게 다듬고, 머리도 손으로 쓸어내렸다. 입술에 뭐라도 바르고 올 걸 그랬다는 생각이 들었다.

날카롭게 귀를 자극하는 초인종 소리가 계단통을 타고 저 아래까지 메아리쳤다. 마리아 클라우디아는 뒤에서 작은 소리가 나는 것을 듣고, 틀림없이 주스티나가 자기 집 문의 구멍을 통해 내다보고 있을 거라고 확신했다. 그래서 뒤를 돌아 확인해보려는데, 도나 리디아의 집 문이 열렸다.

"좋은 아침이에요, 도나 리디아."

"좋은 아침이야, 클라우디냐. 어쩐 일이야? 들어올래?"

"저기 혹시……."

어두운 복도에서 마리아 클라우디아는 향기를 품은 따뜻한 공기가 자신을 감싸는 것 같았다.

"그래, 무슨 일이야?"

"또 귀찮게 해드려서 죄송해요, 도나 리디아."

"전혀 귀찮지 않아. 내가 널 얼마나 반기는지 알잖아."

"감사해요. 오늘 출근 못 한다고 회사에 전화해야 하는데, 전화를 좀 빌릴 수 있을까 해서요."

"물론이지. 얼마든지 써, 클라우디냐."

그녀는 마리아 클라우디아를 침실 쪽으로 부드럽게 인도했다. 그 방에 들어갈 때마다 마리아 클라우디아는 살짝 고민스러웠다. 방의 분위기가 항상 현기증을 일으키기 때문이었다. 그녀는 이렇게 아름답게 꾸며진 방을 본 적이 없었다. 거울과 커튼, 빨간색 소파와 부드러운 깔개, 화장대의 향수병, 비싼 담배 냄새. 하지만 이런 것들만으로는 그녀의 어지러운 기분을 설명할 수 없었다. 아마도 이 상황 전체, 리디아의 존재, 모든 필터를 뚫고 흔적도 없이 스며들어 사물을 태우고 부식시키는 가스처럼 모호하고 알 수 없는 어떤 것 때문인 듯했다. 이 방에서 그녀는 항상 자제력을 모두 잃어버린 것 같은 기분이 들었다. 샴페인을 마시고 취하기라도 한 것처럼, 멍청한 짓을 하고 싶다는 욕망에 저항하기 힘들었다.

"전화기는 저쪽이야." 리디아가 말했다. "난 나가 있을게."

리디아가 나가려는 자세를 취하자 마리아 클라우디아가 다급히 말했다.

"아뇨, 아니에요, 도나 리디아, 그러실 필요 없어요. 별로 중요한 일도 아닌데요……."

그녀의 어조와 미소에는 중요한 건 다른 문제이며 도나 리디아도 잘 아시지 않느냐는 뜻이 숨어 있는 듯했다. 마리아 클라우디아가 계속 서 있었다는 사실을 알아차린 리디아가 소리쳤다.

"침대에 좀 앉지 그러니, 클라우디아?"

마리아 클라우디아는 후들거리는 다리를 움직여 리디아의 말에 따랐다. 푸른색 새틴 커버를 입힌 깃털 이불에 한 손을 놓고, 자신도 미처 의식하지 못한 사이에 그 부드러운 천을 어루만지기 시작했다. 거의 관능적인 모습이었다. 리디아는 알아차리지 못한 듯, 카멜 담뱃갑을 열어 담배 한 개비에 불을 붙였다. 습관적으로, 또는 꼭 필요해서 담배를 피우는 사람은 아니었다. 태도, 말, 몸짓으로 이루어진 복잡한 네트워크에 담배도 포함되기 때문에 피우는 편이었다. 이 모든 요소들의 목적은 같았다. 상대에게 깊은 인상을 남기는 것. 이것이 이제는 그녀에게 제2의 천성처럼 굳어져버렸기 때문에, 상대가 누구든지 상관없이 그녀는 항상 깊은 인상을 주려고 했다. 천천히 성냥불을 켜서 담배에 불을 붙이고, 몽롱한 표정으로 길게 담배 연기를 내뱉는 것은 모두 그런 게임의 일부였다.

마리아 클라우디아는 활발한 몸짓과 감탄사를 곁들여가며 자신이 '지독한' 두통에 시달린다는 사실을 전화로 설명했다. 정말로 심각하게 아픈 사람처럼 비극적인 표정으로 입술을 내밀기도 했다. 리디아는 이 한 편의 공연을 곁눈질로 지켜보았다. 마침내 마리아 클라우디아가 수화기를 내려놓고 일어섰다.

"됐어요. 정말 감사합니다, 도나 리디아."

"그렇게 인사하지 않아도 돼. 언제나 내가 좋아서 하는 일인걸."

"전화비로 5토스탕을 드리면 될까요?"

"무슨 소리야. 그런 데 돈 쓰지 마. 전화를 쓰고서 돈 주겠다는 말을 언제쯤 그만둘 거야?"

두 사람은 웃는 얼굴로 서로를 바라보았다. 그러다 마리아 클라우디아는 겁이 났다. 그럴 이유가 없는데도, 특히 이렇게 강렬한 물리적 공포를 느낄 이유가 없는데도 갑자기 이 방 안에 무서운 존재가 있다는 생각이 들었다. 처음에는 단순히 어지럼증만 일으켰던 이 방의 분위기 때문에 갑자기 숨이 막히는 것 같기도 했다.

"이만 가봐야겠어요. 어쨌든 감사합니다."

"좀 더 있다 가지 않고."

"아뇨, 할 일이 있어서요. 어머니도 기다리고 계시고요."

"그래, 그럼 붙잡을 수 없겠네."

리디아는 빳빳한 호박단으로 만든 빨간색 실내복 차림이었다. 일부 딱정벌레의 겉날개처럼 진줏빛 광택이 나는 천이었다. 또한 리디아가 지나간 자리에는 강한 향수 냄새가 남았다. 호박단 천이 스치는 소리, 그리고 무엇보다 사람을 취하게 만드는 그 따스한 향기(향수 냄새가 아니라 그녀의 체취) 때문에 마리아 클라우디아는 이대로 완전히 이성을 잃어버릴 것만 같았다.

클라우디아가 또다시 고맙다는 인사를 하고 떠난 뒤, 리디아는 침실로 돌아갔다. 재떨이에서 그녀가 피우던 담배가 천천히 타고 있었다. 그녀는 담배를 비벼 끈 다음, 침대에 몸을 쭉 펴고 누웠다. 양손을 맞잡아 목을 받치고, 아까 마리아 클라우디아가 어루만졌던 부드러운 깃털 이불 위에서 편안하게 자세를 잡았다. 전화벨이 울렸다. 그녀는 나른하게 수화기를 들었다.

"여보세요……. 네, 맞아요……. 아, 안녕하세요. (……) 네, 그렇죠. 오늘 메뉴가 뭔가요? (……) 네, 계속하세요. (……) 아뇨, 그건 아니에요. (……) 흠, 좋아요. (……) 그럼 오늘의 과일은요? (……) 아뇨, 그건 별로 안 좋아해요. (……) 그건 상관없어요. 그냥 내가 좋아하지 않는 거예요. (……) 좋아요. (……) 그래요. 늦지 마세요. (……) 월간 계산서 보내는 것 잊지 마시고요. (……) 들어가세요."

그녀는 수화기를 내려놓고 다시 누웠다. 그리고 보는 사람이 아무도 없다고 확신하는 사람답게 입을 크게 벌리고 편하게 하품을 했다. 그 덕분에 입 안쪽의 치아 하나가 없다는 사실이 드러났다.

리디아는 예쁘지 않았다. 이목구비를 하나하나 뜯어보면, 아름답다는 말로도, 평범하다는 말로도 분류할 수 없는 외모였다. 지금 화장을 전혀 하지 않았다는 사실도 그녀에게 불리했다. 나이트크림을 발라서 얼굴이 번들거렸고, 눈썹은 끝부분을 뽑아서 정리할 필요가 있었다. 확실히 리디아는 예쁘지 않았다. 또한 이미 서른두 번째 생일이 지났고, 서른세 번째 생일이 그리 멀지 않다는 사실도 중요했다. 하지만 그녀에게는 왠지 저항할 수 없는 분위기가 있었다. 어두운 갈색 눈, 어두운색의 머리카락. 피곤할 때는 얼굴이 거의 남자처럼 딱딱해졌다. 특히 입과 콧구멍 주위가 그랬다. 하지만 표정을 아주 조금만 바꿔도 상대에게 살랑거리며 유혹하는 얼굴이 되었다. 그녀는 순전히 몸만으로 남자를 유혹하는 여자가 아니었다. 그냥 머리부터 발끝까지 관능을 발산했다. 가늘게 떨리는 목소리를 속에서 끌어내는 솜씨도 능숙했다. 그러면 연인은 미친 듯한 열정에 휩싸여, 그 열정을 순전히 자연스럽고 자발적인 것으로 단정 짓고는 그 앞에서 무너져 내렸다. 그녀가 만들어낸 파도를 진짜라고 믿고 몸을 던지는 셈이었다. 리디아는 확실히 그런 방법을 잘 알고 있었다. 그것이 그녀의 패였다. 갈대처럼 호리호리하고, 가느다란 강철 막대처럼 민감한 그 관능적인 몸이 그녀의 비장의 한 수였다.

이대로 다시 잘지, 아니면 일어날지 마음을 정할 수 없었다. 그녀는 마리아 클라우디아를 생각했다. 생생하고 어린 미모를. 아직 아이나 다름없는 그녀와 자신을 비교하는 것이 어리석은 짓이라는 사실을 아는데도, 순간적으로 심장이 졸아들면서 시기심이 일어 이마가 찡그려졌다. 그녀는 옷을 입고 화장을 하기로 했다. 마리아 클라우디아의 젊음과 세상경험이 많은 자신의 유혹적인 매력 사이에 최대한 거리를 둬야 할 것 같았다. 그녀는 일어나 앉았다. 아까 보일러를 켜두었기 때문에 따뜻한 목욕물이 이미 준비되어 있었다. 그녀는 실내복을 단번에 벗어버리고, 잠옷의 옷자락을 잡아 머리 위로 벗었다. 그리고 알몸으로 서서 물의 온도를 확인한 뒤 욕조로 들어갔다. 그녀는 천천히 몸을 씻었다. 자신 같은 처지의 사람에게는 청결이 중요했다.

깨끗이 씻고 나온 그녀는 목욕 가운으로 몸을 감싸고 부엌으로 들어가 찻주전자를 불에 올린 뒤 침실로 돌아왔다.

그녀는 소박하지만 매력적인 옷을 골랐다. 몸에 달라붙듯이 늘어져서 더 젊어 보이게 해주는 옷이었다. 재빨리 가벼운 화장을 하고 나니, 지금 사용하는 나이트크림이 효과가 있는지 자신의 모습이 마음에 들었다. 다시 부엌으로 가자 찻주전자가 끓고 있었다. 그녀는 주전자를 불에서 내렸다. 하지만 차통이 비어 있었다. 그녀는 인상을 찌푸리며 통을 내려놓고 다시 침실로 갔다. 식료품점에 전화하려고 수화기를 들었을 때, 거리에서 누군가의 목소리가 들려서 그녀는 창문을 열었다.

안개가 걷히고 푸른 하늘이 드러나 있었다. 초봄의 수채화 같은 파란색 하늘이었다. 태양이 아주 멀리 있는 것 같았다. 바람이 신선하고 서늘하게 느껴질 만큼.

1층 아파트 창문에서 어떤 여자가 금발 소년에게 뭐라고 지시를 내리고는, 같은 말을 한 번 더 되풀이했다. 그 여자를 올려다보면서 집중하는 소년의 콧잔등에 잔주름이 잡혀 있었다. 여자는 강한 스페인 말씨로 말을 줄줄 쏟아냈다. 소년은 후추를 10토스탕어치 사 오라는 어머니의 말을 이미 다 알아듣고 출발할 준비가 되어 있는데도, 여자는 계속 같은 말을 되풀이했다. 순전히 아들에게 말하는 자신의 목소리를 듣고 싶어서였다. 그녀가 더 이상 지시할 것이 없어졌다 싶을 때 리디아가 소리쳤다.

"도나 카르멘!"

"누구세요?(Quién me llama?) 아, 좋은 아침이에요(buenos días), 도나 리디아!"

"좋은 아침이에요. 엔리키뇨한테 저도 뭘 좀 사다 달라고 부탁해도 될까요? 차가 필요해서요……."

그녀는 어떤 종류의 차를 사야 하는지 소년에게 일러주고, 20이스쿠두 지폐를 바람에 실어 보냈다. 엔리키뇨는 개 떼에게 쫓기는 사람처럼 거리를 달려갔다. 리디아가 도나 카르멘에게 고맙다고 인사하자, 그녀는 그 이상한 말씨로 스페인어와 포르투갈어를 번갈아 쓰며 대답했다. 그 와중에 결국은 포르투갈어가 죽어버리는 효과가 났다. 리디아는 창가에 너무 오래 모습을 드러내는 것을 좋아하지 않는 편이라서 도나 카르멘에게 이만 들어가보겠다고 인사했다. 그 직후에 엔리키뇨가 달리느라 붉어진 얼굴로 돌아와 그녀에게 차와 거스름돈을 건넸다. 그녀는 고마움의 표시로 10토스탕을 주며 뽀뽀를 해주었다.

리디아는 차를 가득 따른 잔과 비스킷 접시를 옆에 놓고 다시 침대에 자리를 잡았다. 그리고 비스킷을 먹으면서, 식당의 작은 수납장에서 가져온 책을 계속 읽었다. 한가한 날의 공허함을 채우는 그녀만의 방식이었다. 소설을 읽는 것. 개중에는 좋은 작품도 있고 나쁜 작품도 있었다. 지금 이 순간 그녀는 『마이아 일가』*의 어리석고 불합리한 세계에 푹 빠져 있었다. 마리아 에두아르다가 카를로스에게 입에 발린 말을 하는 장면을 읽으면서 그녀는 차를 한 모금 마시고 비스킷을 조금 베어 먹었다. 마리아 에두아르다는 선언하듯 이렇게 말했다. "내 심장만 잠들어 있는 것이 아니라 내 몸도 그래요. 항상 대리석처럼 차갑고 차가웠어요." 리디아는 이 이미지가 마음에 들었다. 그녀는 밑줄을 그으려고 연필을 찾아보았지만 찾을 수 없어서 책을 손에 든 채 일어나 화장대로 향했다. 그리고 거기 있던 립스틱으로 페이지 여백에 표시를 했다. 극적인 순간일 수도 있고 희극적인 순간일 수도 있는 그 장면

* 포르투갈 작가 에사 드 케이로스의 소설.

49

을 립스틱의 빨간 선이 강조해주었다.

계단에서 누군가가 빗자루질을 하는 소리가 들려왔다. 곧이어 도나 카르멘의 슬픈 노래가 시작되더니, 시끄러운 재봉틀 소리와 구두 밑창을 망치로 박아 고정하는 소리가 반주처럼 함께 들려왔다.

리디아는 비스킷을 또 한 입 작게 베어 물고 다시 책을 읽기 시작했다.

2

주스티나가 부모님에게 물려받은 낡은 시계가 거실에서 코
맹맹이 소리로 아홉 번 종을 울린 뒤 천식 환자처럼 한참 동
안 씩씩거렸다. 아파트가 너무 조용해서 사람이 살지 않는 곳
같았다. 주스티나는 밑창에 펠트를 댄 신발을 신고 유령처럼
조용히 이 방 저 방을 돌아다녔다. 그녀와 이 아파트가 어찌
나 완벽히 어울리는지, 둘을 함께 보고 있으면 지금의 이 모
습을 단번에 이해할 수 있었다. 주스티나는 오로지 이 아파트
에서만 존재할 수 있었다. 휑뎅그렁하고 조용한 이 아파트도
주스티나의 존재감이 없다면 지금 같은 모습으로 있을 수 없
었다. 가구와 바닥에서 모두 곰팡내가 나고, 허공에도 퀴퀴한
냄새가 배어 있었다. 항상 닫혀 있는 창문들도 무덤 같은 분

위기를 만드는 데 일조했다. 게다가 주스티나가 어찌나 열의 없이 느릿느릿 움직이는지 아파트는 항상 어딘가가 더러웠다.

일시적으로 침묵을 몰아낸 시계 종소리의 여운이 계속 가늘고 희박해지면서 서서히 가라앉았다. 주스티나는 불을 모두 끈 뒤 거리 쪽으로 난 창가로 가서 앉았다. 양손을 무릎에 힘없이 얹고, 어둠을 향해 눈을 뜬 채 그 자리에 꼼짝도 않고 공허하게 앉아 있는 것이 좋았다. 뭘 기다리는 거지? 그녀 본인도 몰랐다. 저녁에 그녀의 유일한 말동무가 되어주는 고양이가 다가와 그녀의 발치에서 몸을 말았다. 의문을 품은 눈으로 물결처럼 걸어 다니는 조용한 녀석이었다. 이제는 야옹거리며 우는 능력을 잃어버린 것 같았다. 주인에게서 침묵을 배운 녀석은 주인과 마찬가지로 침묵에 몸을 맡겼다.

시간이 천천히 흘러갔다. 똑딱거리는 시계 소리가 자꾸 침묵의 옆구리를 찔러 휘이휘이 쫓아 보내려 했지만, 침묵은 그 농후하고 묵직한 덩치로 저항했다. 그 속에서 모든 소리가 잡아먹혔다. 양측 모두 끈질기게 싸움을 이어갔다. 똑딱거리는 시계는 죽음에 대한 확실한 지식과 고집스러운 절망을 무기로 삼았고, 침묵은 오만한 영원을 제 편으로 삼았다.

그때 더 커다란 소음 하나가 스스로 끼어들었다. 사람들이 계단을 내려가는 소리. 한낮이었다면 주스티나는 즉시 누군지 보려고 달려갔을 것이다. 정말로 궁금해서라기보다는 습관적으로, 또는 달리 할 일이 없기 때문에. 하지만 밤이 그녀의 기운을 쏙 빼놓아서 그녀는 피곤하고 나른한 상태였으며,

울다가 죽어버리고 싶다는 어리석은 욕망만 가득했다. 하지만 누가 물어본다면 그녀는 그것이 로잘리아의 발소리라고 망설임 없이 대답했을 것이다. 남편, 딸과 함께 영화를 보러 나가는 길이라고. 계단에서 들려온 친숙한 웃음소리는 영화에 미쳐 있는 마리아 클라우디아의 것이었다.

영화라……. 주스티나가 영화를 마지막으로 본 게 언제였더라? 그래, 그사이 딸의 죽음을 겪기는 했다. 하지만 그 전에도 아주 오랫동안 영화관에 가지 못했다. 마틸드는 아버지와 함께 영화를 보러 갔지만, 주스티나는 항상 집에 남아 있었다. 왜냐고? 그녀도 몰랐다. 그냥 가지 않았다. 남편과 함께 거리를 걷는 것이 싫었다. 그녀는 키가 아주 크고 말랐는데, 남편은 땅딸막했다. 결혼식 날 거리의 청년들은 성당에서 나오는 두 사람을 보고 웃음을 터뜨렸다. 그녀는 평생 그 웃음을 잊은 적이 없었다. 그날 찍은 사진도 결코 잊지 못했다. 신랑 신부의 들러리들과 하객들이 축구 경기의 관중처럼 성당 계단에 줄을 맞춰 서 있고, 검은 눈에 멍하고 당혹스러운 표정을 띤 그녀는 부케를 늘어뜨린 채 뻣뻣하게 서 있는 사진. 그때도 이미 뚱뚱했던 남편은 연미복에 간신히 몸을 끼워 넣고 빌린 실크해트를 쓰고 있었다. 그녀는 이 우스꽝스러운 사진을 서랍 속에 묻어버렸다. 다시는 꺼내 보고 싶지 않았다.

시계와 침묵 사이의 대화를 다시 방해하는 소리가 났다. 울퉁불퉁한 도로를 덜컹거리며 구르는 타이어 소리. 차가 멈췄다. 어두운 밤거리에서 혼란스러운 소리들이 들려왔다. 사이드브레이크가 삐걱거리며 걸리는 소리, 자동차 문이 열리는 특유의 소리, 문을 쿵 닫는 소리, 열쇠가 짤랑거리는 소리. 주스티나는 굳이 자리에서 일어나지 않아도 누가 온 건지 알 수 있었다. 도나 리디아의 손님이었다. 자주 찾아오는 손님. 그 남자는 일주일에 세 번씩 그녀를 만나러 와서 새벽 2시쯤 나갔다. 여기서 밤을 보낸 적은 한 번도 없었다. 그는 규칙적이고 정확했다. 주스티나는 도나 리디아가 마음에 들지 않았다. 그녀가 예뻐서 싫었다. 하지만 그보다 더 큰 이유는 그녀가 남자의 내연녀라는 점, 아니 더 정확하게 말하자면 아파트에 훌륭한 가구들을 갖춰놓고 넉넉한 생활을 한다는 점이었다. 그녀는 청소부를 부르고, 식당에서 음식을 배달시켜 먹고, 밖에 나올 때는 보석과 향수로 잔뜩 치장할 수 있는 돈이 있었다. 하지만 도나 리디아에게 고마운 부분도 있었다. 남편과의 관계를 영원히 끊기 위해 필요한 핑계를 그녀가 제공해주었다는 점. 리디아 덕분에 주스티나는 남편과 헤어질 수천 가지 이유에 가장 큰 이유 하나를 덧붙일 수 있었다.

마치 몸이 움직이지 않으려 하는 것처럼 천천히 고통스럽게 일어난 그녀는 불을 켰다. 그녀가 앉아 있는 식당은 상당히 컸고, 그곳을 밝힌 전구의 불빛은 아주 약해서 구석에는 여전히 어두운 그림자들을 남겨둔 채로 간신히 어둠을 막고 있을 뿐이었다. 아무런 장식이 없는 벽, 등받이가 뻣뻣하고 딱딱해서 편안해 보이지 않는 의자, 광택도 꽃 장식도 없는 식탁, 삭막하고 칙칙한 가구들, 이렇게 차가운 식당 한복판에 검은 옷을 입은 주스티나가 혼자 앉아 있었다. 키가 크고 마른 몸, 깊고 어둡게 침묵하는 눈.

시계가 두 번 위잉 하는 소리를 내더니 아주 소심하게 15분을 알렸다. 9시 15분. 주스티나는 천천히 하품을 하고는 불을 끈 뒤 침실로 들어갔다. 서랍장 위에 그녀를 향해 명랑하게 웃고 있는 딸의 사진이 있었다. 이 어둡고 퀴퀴한 방에서 유일하게 밝은 물건이었다. 주스티나는 체념의 한숨을 내쉬며 침대에 누웠다.

그녀는 항상 잠자리가 뒤숭숭했다. 밤새 혼란스러운 꿈과 꿈 사이를 펄쩍펄쩍 오가다가 완전히 지치고 당혹한 채로 깨어났다. 아무리 애써도 꿈을 기억 속에 되살릴 수 없었다. 기억나는 것이라고는, 그나마 그것도 육감 또는 육감에 관한 기억에 더 가까웠지만, 하여튼 안간힘을 써도 열리지 않는 문 뒤에 누군가가 있다는 강박적인 느낌뿐이었다. 잠들기 전에 그녀는 마틸드의 얼굴, 목소리, 몸짓, 웃음소리, 그리고 심지어 죽었을 때의 얼굴까지도 떠올리려고 계속 노력했다. 그러면 꿈에서 꼭꼭 닫혀 있는 그 문을 열 수 있기라도 한 것처럼. 하지만 모두 허사였다. 주스티나가 눈을 감으면 마틸드가 아주 효과적으로 숨어버렸기 때문에 주스티나는 수수께끼 같은 꿈을 뒤로하고 다음 날 아침 눈을 뜬 뒤에야 비로소 딸의 기억을 되찾을 수 있었다. 하지만 그런 식으로 딸을 되찾는 것은 곧 딸을 다시 잃는 것과 같았다. 아직 살아 있는 딸을 보듯이 그녀를 본다는 것은 결국 아예 딸을 보지 못하는 것과 같았으니까.

그녀의 눈꺼풀이 어둠과 침묵의 무게에 눌려 천천히 아래로 처졌다. 침묵과 어둠이 천천히 주스티나의 머릿속으로 들어왔다. 꿈들의 느린 사라방드*가 곧 시작되어 그 기묘하고 괴로운 존재가 다시 나타날 참이었다. 수수께끼를 품고 잠긴 문과 함께. 그런데 갑자기 저 멀리서 필사적인 신음소리가 둔탁하게 들려왔다. 이 초자연적인 소음에 밤이 부르르 몸을 떨었다. 이미 몽롱해졌던 주스티나의 눈이 어둠을 향해 다시 열렸다. 그 신음소리는 산을 굴러 내려와 평원을 가로지르며 어두운 동굴과 늙은 나무의 구멍 속 메아리를 깨우고, 밤을 향해 수천 개의 비극적인 소리를 내지르면서 점점 가까워지더니 울음소리가 되었다. 탄식 한 번에 주먹만 한 눈물 한 방울이 주먹처럼 세게 떨어졌다.

주스티나의 눈은 귀를 가득 채운 그 소리가 불러낸 불안감에 맞서 싸웠다. 깊고 어두운 심연 속으로 질질 끌려가는 것 같아서 그녀는 떨어지지 않으려고 몸부림쳤다. 하지만 그녀가 떨어지는 순간 마틸드의 밝은 미소가 눈앞에 나타났다. 그녀는 그 미소에 필사적으로 매달린 채 잠 속으로 곤두박질쳤다.

음악 소리가 계속 이어지며 벽을 뚫고 별들을 향해 솟아올랐다. 교향곡 「에로이카」의 느린 악장이 고통을 향해 소리치고, 인간의 삶이 유한한 것은 부당하다고 항의했다.

---

* 느린 3박자로 추는 스페인 춤.

3

장송곡의 마지막 선율이 영웅의 무덤에 떨어지는 제비꽃처럼 떨어졌다. 그러고는 잠시 침묵이 흘렀다. 눈물 한 방울이 아래로 떨어지고 곧바로 디오니소스처럼 활기찬 스케르초가 이어진다. 하데스의 그림자를 아직 묵직하게 매단 채로 벌써 삶과 승리의 기쁨을 음미하고 있다.

전율이 고개를 숙이고 앉아 있는 네 여자를 훑고 지나갔다. 천장에서 마법처럼 둥글게 떨어진 불빛이 그들을 단단히 붙잡아 한꺼번에 매혹했다. 그들의 진지한 얼굴은 의미를 알 수 없는 신비로운 의식을 목격하는 사람들 특유의 강렬한 표정을 띠고 있었다. 최면처럼 사람을 홀리는 음악이 그들의 마음속에서 문을 열어주었다. 그들은 서로를 보지 않았다.

그들의 눈은 그들이 하고 있는 일에 초점을 맞췄지만, 이 순간 존재하는 것은 그들의 손뿐이었다.

침묵 속에서 음악이 자유로이 흘러 다녔다. 침묵은 무언의 입술로 그것을 받아들였다. 시간이 흘렀다. 산을 콸콸 흘러 내려가서 평원에 범람해 바다로 흘러 들어가는 강물처럼 교향곡이 그 침묵의 심연 속에서 끝났다.

아드리아나가 한 손을 뻗어 라디오를 껐다. 자물쇠에 열쇠를 넣고 돌릴 때처럼 날카롭게 찰칵하는 소리가 났다. 신비는 끝났다.

아멜리아 이모가 시선을 들었다. 평소 강인하게 보이는 눈동자가 촉촉했다. 칸디다가 중얼거리듯이 말했다.

"이건 정말…… 정말 좋아!"

소심하고 우유부단한 칸디다는 말을 잘하는 편이 아니었지만, 창백한 입술을 가늘게 떨고 있었다. 첫 키스를 받는 어린 아가씨가 입술을 파르르 떨 때처럼. 아멜리아 이모는 칸디다가 선택한 형용사가 마음에 들지 않는 모양이었다.

"좋아? 그건 아무 노래에나 다 붙일 수 있는 말이잖아. 이 음악은, 음, 이건……."

그녀는 머뭇거렸다. 그녀가 원하는 단어가 입술에 걸려 있었지만, 그걸 말하면 그 단어가 더러워질 것 같았다. 뒤로 물러나 밖으로 나오지 않으려고 하는 단어들이 있다. 말에 지친 우리의 귀가 듣기에는 너무나 많은 의미를 품고 있기 때문이다. 아멜리아는 자신의 말솜씨에 대한 흔들리지 않는 자신감을 갑자기 조금 잃어버렸다. 마치 비밀을 누설하는 사람처럼 떨리는 목소리로 중얼거린 사람은 아드리아나였다.

"이건 아름다워요."

"그래, 아드리아나. 바로 그거야."

아드리아나는 자신이 깁고 있는 스타킹을 내려다보았다. 셔츠에 단춧구멍을 내는 이자우라의 일이나 뜨개질을 하면서 코를 세는 어머니의 일이나 하루 동안 지출한 돈을 계산하는 아멜리아 이모의 일처럼 단조로운 일이었다. 평범하고 의기소침한 여자, 인생이 좁게 쪼그라든 사람, 이렇다 할 풍경을 볼 수 없는 창문만이 밝혀주는 인생에 걸맞은 일이었다. 음악은 이미 끝났다. 매일 저녁 그들의 말동무가 되어주고, 매일 그들을 찾아와 위로와 자극을 주는 음악이 끝난 뒤 그들은 이제 아름다움에 대해 말할 수 있게 되었다.

"'아름답다'는 말을 하기가 왜 그렇게 어렵지?" 이자우라가 빙긋 웃으며 물었다.

"나도 몰라." 아드리아나가 말했다. "하지만 그게 사실이긴 하지. 다른 단어랑 똑같아야 마땅한데. 음절이 길어서 말하기 어려운 단어도 아니잖아. 나도 왜 어려운지 모르겠어."

조금 전 그 단어를 발음할 수 없었다는 충격에서 아직 벗어나지 못한 아멜리아 이모가 설명을 해보려고 시도했다.

"난 알 것 같구나. 신자들이 '하느님'이라는 단어를 대할 때와 같아. 신성한 단어인 거지."

아멜리아 이모는 이렇게 언제나 올바른 답을 내놓을 수 있었지만, 그로 인해 토론의 흐름이 끊겨버렸다. 더 이상 할 수 있는 말이 없었다. 침묵이, 그러니까 그나마 음악 소리조차 없는 침묵이 허공을 무겁게 짓눌렀다.

칸디다가 물었다. "다른 건 없니?"

"네, 관심이 갈 만한 게 없어요." 이자우라가 말했다.

아드리아나는 백일몽에 빠져 있었다. 꿰매던 스타킹을 그냥 무릎에 내려놓은 채로. 오래전 어느 음반 가게의 진열창에서 본 적이 있는 베토벤의 데스마스크가 생각났다. 그 널찍하고 강렬한 얼굴이 지금도 눈에 보이는 듯했다. 석고로 뜬 무표정한 얼굴인데도 여전히 천재의 흔적을 간직하고 있었다. 그녀는 돈이 없어서 그것을 사지 못한 것이 아쉬워 하루 종일 울었다. 아버지가 돌아가시기 얼마 전의 일이었다. 아버지의 죽음은 소득의 갑작스러운 감소를 의미했으므로, 그들은 살던 집에서 다른 곳으로 옮겨야 했다. 그러니 베토벤의 데스마스크를 사는 것은 더욱더 불가능한 꿈 같은 일이 되었다.

"무슨 생각을 하고 있어, 아드리아나?" 이자우라가 물었다.

아드리아나는 빙긋 웃으며 어깨를 으쓱했다.

"뭐, 그냥 멍청한 생각."

"오늘 별로 안 좋았어?"

"딱히 그렇진 않아. 항상 똑같지, 뭐. 송장을 받고, 금액을 지불하고, 다른 사람의 돈을 장부에 기록하고."

두 사람은 함께 웃음을 터뜨렸다. 아멜리아 이모가 계산을 마치고 이렇게 물었다.

"봉급을 올려준다는 얘기는 없어?"

아드리아나는 다시 어깨를 으쓱했다. 그녀는 이런 질문이 무척 싫었다. 마치 자신이 돈을 충분히 벌지 못한다고 말하는 것 같아서 화가 났다. 그래서 날카로운 목소리로 말했다.

"회사 상황이 별로 안 좋은 것 같아요……."

"항상 똑같은 소리지. 누구는 많이 받고, 누구는 적게 받고, 누구는 아예 한 푼도 못 받고. 언제쯤이나 돼야 사람들한테 생활비가 될 만한 봉급을 줘야 한다는 사실을 알게 될꼬."

아드리아나는 한숨을 내쉬었다. 아멜리아 이모의 머릿속에서는 돈 문제, 고용주와 피고용인의 관계에 관한 생각이 사라지는 법이 없었다. 시기심 때문은 아니었다. 가난해서 끼니도 제대로 잇지 못하는 사람이 헤아릴 수 없이 많은 세상에서 낭비되는 것이 너무 많다는 생각에 화가 나서 그럴 뿐이었다. 아멜리아의 집은 가난하지 않았으므로 끼니를 잇는 데는 아무 문제가 없었지만, 돈에 쪼들리는 것은 사실이었다. 따라서 반드시 필요하지 않은 일은 하나도 할 수 없었다. 그런 일을 하지 않으면 삶이 거의 동물 수준으로 떨어진다 해도 어쩔 수 없는 일이었다. 아멜리아 이모가 말을 이었다.

"네가 스스로 네 주장을 해야 돼, 아드리아나. 거기서 일한 지 2년인데, 전찻삯이나 간신히 벌고 있잖아."

"나더러 어쩌라는 거예요, 이모?"

"그걸 몰라서 물어? 그렇게 겁먹은 눈으로 날 보지 좀 마!"

이모의 말이 주먹이 되어 아드리아나를 후려쳤다. 이자우라는 엄격한 얼굴로 이모를 쏘아보았다.

"이모!"

아멜리아는 먼저 이자우라를 보았다가 다시 아드리아나에게 시선을 돌렸다.

"미안하다."

그러고는 자리에서 일어나 방을 나갔다. 아드리아나도 일어났지만, 어머니가 딸을 다시 앉혔다.

"신경 쓰지 마라. 이모가 장보기를 하다 보니 그러는 거야. 어떻게든 적자가 나지 않게 하려고 애를 써야 하니까. 그래도 적자가 날 때가 많거든. 너희 둘 다 일을 해서 돈을 벌고 있지만, 이모는 온갖 걱정을 하는 입장이잖니, 가엾게도. 이모가 얼마나 걱정이 많은지 아는 사람은 나밖에 없을 거다."

아멜리아 이모가 문간에 나타났다. 기분이 좋지 않은 듯했지만, 목소리는 조금 전과 똑같이 무뚝뚝했다. 아니, 자신이 얼마나 화가 났는지 드러내지 않으려고 일부러 무뚝뚝하게 구는 것 같기도 했다.

"누구 커피 마실 사람?"

(행복하던 옛날이 생각났다! 커피라니! 그래, 안 될 것 없죠, 아멜리아 이모! 여기 우리랑 같이 앉아요, 그래요. 얼굴은 돌덩이 같지만 심장은 밀랍 같은 분. 커피 한 잔을 마시고, 내일 계산을 다시 하면 돼요. 새로운 비법을 개발해서 지출을 없애버려요. 아예 이 커피도 없애버려요. 이 커피는 아무 쓸모가 없으니까!)

저녁 일과가 다시 시작되었다. 조금 전보다 더 느리고 더 조용하게. 나이를 먹은 두 여자와, 이미 청춘에 등을 돌린 두 여자. 그들은 과거를 기억하고 현재를 살면서 미래를 두려워했다.

자정 무렵 잠기운이 스며들었다. 다들 몇 번 하품을 한 뒤 칸디다가 말을 꺼냈다(이런 얘기를 먼저 꺼내는 사람은 항상 칸디다였다).

"그만 잘까?"

그들이 일어서자 의자가 바닥을 긁는 소리가 났다. 여느 때처럼 아드리아나는 다른 사람들이 먼저 잠자리에 들 준비를 할 수 있게 뒤에 남았다. 그러고는 바느질감을 치운 뒤 침실로 들어갔다. 이자우라는 소설을 읽고 있었다. 아드리아나는 가방에서 열쇠고리를 꺼내 서랍을 열었다. 그리고 더 작은 열쇠로 상자를 열어 두툼한 연습장을 꺼냈다. 이자우라가 책표지 너머로 그녀를 바라보며 빙긋 웃었다.

"아, 일기장! 내가 언젠가 그 일기장을 읽고 말 거야."

"안 돼, 그러지 마!" 아드리아나가 성난 목소리로 대답했다.

"왜 나한테 화를 내고 그래?"

"가끔은 그냥 이걸 보여주면 네가 입을 다물까 싶어!"

"나 때문에 짜증 나?"

"그건 아니지만, 생각하는 걸 다 말로 하지 좀 말아줘. 네가 왜 그런 말을 하는지 정말 모르겠어. 너무 무례하잖아. 나도 사생활을 누릴 권리가 있다고."

두꺼운 안경 뒤에서 아드리아나의 눈이 짜증스럽게 번득였다. 그녀는 연습장을 가슴에 꼭 끌어안고서 이자우라의 냉소적인 미소에 맞섰다.

"그거야 당연하지." 이자우라가 말했다. "알았으니까 얼른 일기나 써. 하지만 네가 직접 그 연습장을 읽어보라고 나한테 내밀 날이 올걸."

"그날이 올 때까지 엄청 오래 기다려야겠네." 아드리아나가 쏘아붙였다.

그러고는 홀쩍 밖으로 나가버렸다. 이자우라는 이불 속에서 좀 더 편안한 자세를 잡고, 책을 읽기에 가장 좋은 각도로 놓은 다음 아드리아나에 대해서는 까맣게 잊어버렸다. 어머니와 이모가 이미 불을 끄고 잠든 방을 통과한 아드리아나는 욕실로 들어가 문을 잠갔다. 자꾸만 자신을 엿보려 드는 식구들의 눈이 없는 이곳에서만 그녀는 안심하고 하루의 감상을 글로 적을 수 있었다. 그녀는 취직한 직후부터 일기를 쓰기 시작했다. 지금까지 쓴 일기는 수십 페이지 분량이었다. 그녀는 펜을 한 번 흔든 다음 글을 쓰기 시작했다.

1952/3/19, 수요일, 자정 5분 전. 아멜리아 이모가 오늘 몹시 심술궂다. 내 봉급이 적다는 말을 듣는 게 정말 싫다. 모욕적이다. 나는 사실상 말대꾸를 할 뻔했다. 내가 적어도 이모보다는 많이 벌지 않느냐고. 하지만 다행히 말을 참았다. 아멜리아 이모도 불쌍하다. 엄마는 이모가 적자를 막으려고 고생한다고 말하는데, 내가 보기에도 그런 것 같다. 사실 나도

하루를 그렇게 보내니까. 오늘 밤에 우리는 베토벤의 3번 교향곡을 들었다. 엄마는 그 곡이 좋다고 말했고, 나는 아름답다고 말했다. 아멜리아 이모도 내 말에 동의했다. 이모가 정말 좋다. 엄마도 정말 좋다. 이자우라도 정말 좋다. 하지만 내가 그때 그 교향곡이나 베토벤에 대해 생각하지 않았다는 것을 식구들은 모른다. 나는 그런 생각을 하지 않았을 뿐 아니라…… 사실은……. 그러다 베토벤의 데스마스크를 내가 무척 사고 싶었던 기억이 났다. 하지만 나는 '그 사람'에 대해서도 생각하고 있었다. 오늘 나는 행복했다. 그 사람이 내게 친절하게 말을 걸어주었다. 나한테 확인할 송장을 주면서 오른손을 내 어깨에 얹었다. 아, 정말 좋았다! 나는 가슴이 떨려서 얼굴이 발갛게 달아올랐다. 그래서 그걸 남들이 알아차리지 못하게 일에만 집중하는 척해야 했다. 그런데 곧 나쁜 일이 일어났다. 내가 듣지 못하는 줄 알고, 그 사람이 사르멘투에게 어떤 금발 여자에 대해 말하기 시작한 것이다. 내가 그 자리에서 눈물을 터뜨리지 않은 건 순전히 내 꼴이 안 좋을 것 같다는 생각과 내 기분을 그 사람에게 알리고 싶지 않다는 생각 때문이었다. 그는 그 여자를 몇 달 동안 '가지고 놀다가' 차버렸다고 말했다. 세상에, 나도 그렇게 되는 걸까? 적어도 그 사람은 내가 자기를 어떻게 생각하는지 모른다. 그 사람이 날 놀림거리로 삼을지도 모르겠다. 만약 그렇다면 난 자살할 거다!

그녀는 여기서 글을 멈추고 펜의 꽁무니를 이로 씹었다. 행복하다는 말로 일기를 시작했는데, 지금은 자살 얘기를 하고 있었다. 이러면 안 될 것 같았다. 그녀는 잠시 생각하다가 다음의 문장으로 일기를 끝냈다. **그래도 그 사람이 내 어깨에 손을 얹었을 때는 정말 좋았다!**

하루의 일기를 작은 기쁨과 희망적인 말로 끝내는 편이 더 나았다. 당연한 일이었다. 이런저런 일로 기운이 빠지거나 슬퍼지는 날이면 그녀는 일기를 쓸 때 일부러 완전히 정직한 얘기만 하지 않았다. 그녀는 방금 쓴 일기를 다시 읽어본 뒤 연습장을 닫았다.

침실에서 올 때부터 가져온 하얀 긴소매 잠옷은 목까지 단추를 잠글 수 있는 형태였다. 밤이면 아직 싸늘하기 때문이었다. 그녀는 입고 있던 옷을 재빨리 벗었다. 옷의 구속에서 풀려난 그녀의 우아하지 못한 몸이 더 무겁고, 더 늘어지고, 더 울퉁불퉁하게 보였다. 브래지어가 등을 파고들었다. 그것을 벗고 나니 매를 맞은 자국처럼 빨간 흔적이 몸통을 빙 둘러 남아 있었다. 그녀는 잠옷을 입은 뒤 평소처럼 세수를 하고 침실로 돌아갔다.

이자우라는 여전히 독서 중이었다. 책을 잡지 않은 팔을 구부려 목 뒤를 받친 자세라서 어두운 겨드랑이와 젖가슴의 굴곡이 드러났다. 그녀는 독서에 빠져서 침대에 들어가는 아드리아나에게 시선도 주지 않았다.

"늦었어, 이자우라. 책은 그만 읽어." 아드리아나가 중얼거렸다.

"알았어, 알았어!" 이자우라가 짜증스럽게 말했다. "네가 독서를 싫어하는 게 내 잘못은 아니잖아."

아드리아나는 어깨를 으쓱했다. 그녀의 잦은 버릇이었다. 그녀는 이자우라에게 등을 돌리고 누워서 빛이 눈에 들어오지 않게 이불을 끌어 올려 덮었다. 그러고는 곧 잠이 들었다.

이자우라는 계속 책을 읽었다. 다음 날 돌려줘야 하는 책이라 오늘 밤에 반드시 다 읽어야 했다. 그녀가 마지막 페이지에 도달한 것은 거의 1시가 되어서였다. 눈이 아프고 머리는 너무 들떠 있었다. 그녀는 협탁에 책을 내려놓고 불을 껐다. 아드리아나는 자고 있었다. 규칙적인 숨소리를 들으니 갑자기 몹시 짜증이 났다. 그녀가 보기에 아드리아나는 얼음처럼 차가웠다. 그녀가 쓰는 일기는 자신에게 신비로운 비밀이 있는 것처럼 보이려는 유치한 술수에 불과했다. 희미한 가로등 불빛이 방 안을 밝혔다. 어둠 속에서 좀벌레가 나무를 갉아 먹는 소리가 들렸다. 옆방에서 작은 목소리가 들려왔다. 아멜리아 이모의 잠꼬대였다.

건물 전체가 잠들어 있었다. 이자우라는 어둠을 향해 눈을 크게 뜨고 양손으로 머리를 받친 자세로 생각에 잠겼다.

4

"너무 시끄럽게 소리 내지 마. 내가 이웃에게 폐를 끼치는 걸 얼마나 싫어하는지 알잖아." 안셀무가 속삭였다.

그는 성냥을 켜서 앞을 밝히며 계단을 오르는 중이었다. 아내와 딸이 뒤를 따랐다. 그런데 그는 말하는 데 정신이 팔린 나머지 성냥불을 손가락이 탈 때까지 들고 있었다. 그는 자기도 모르게 비명을 지르고는 다른 성냥을 켰다. 마리아 클라우디아가 정신없이 키득키득 웃어대자 그녀의 엄마가 꾸짖었다.

"너 정신 못 차려?"

그들은 아파트에 도착해서 도둑처럼 몰래 안으로 들어갔다. 로잘리아는 부엌에 들어가자마자 등받이 없는 의자에 앉왔다.

"아이고, 지친다!"

그녀는 신발과 스타킹을 벗어 부어오른 발을 식구들에게
보여주었다.

"이것 좀 봐요!"

"당신 알부민 수치가 너무 높아서 그래요!" 남편이 단언했다.

"세상에." 마리아 클라우디아가 웃는 얼굴로 말했다. "아빠
가 완전히 전문가네요, 그렇죠?"

"네 아빠가 내 알부민 수치가 높다고 말하면 정말로 높은
거야." 엄마가 반박했다.

안셀무는 진지하게 고개를 끄덕이고는 아내의 발을 유심
히 살펴보았다. 그 결과 자신의 진단이 옳다는 확신만 더 굳
어졌다.

"맞아, 알부민이야."

마리아 클라우디아는 지긋지긋하다는 듯이 작은 얼굴을
찡그렸다. 엄마의 부어오른 발도, 그 원인일 수 있는 질병에
대한 생각도 모두 재미가 없었다. 무엇이든 꼴사나운 것은 그
녀에게 재미가 없었다.

도움이 되고 싶다기보다 화제를 바꾸고 싶어서 그녀는 찬
장에서 잔 세 개를 꺼내 차를 따랐다. 집에는 식구들이 돌아
왔을 때 금방 마실 수 있게 차를 채워둔 보온병이 항상 준비
되어 있었다. 한밤의 이 작은 잔치에 5분을 바치고 나면 자기
들이 조금은 특별해진 것 같은 기분이 들었다. 평범한 일상

을 뒤로하고, 경제적 사다리를 몇 단 올라간 것 같은 기분이었다. 부엌 대신 그들의 눈에는 값비싼 가구로 장식된 아늑한 거실이 보였다. 벽에는 그림이 걸리고, 한쪽 구석에는 피아노가 있는 거실이었다. 로잘리아의 알부민 수치도 높지 않고, 마리아 클라우디아는 최신 유행의 옷을 입고 있었다. 오로지 안셀무만 전혀 변하지 않았다. 그는 언제나 키가 크고, 출중하고, 보기 좋은 신사였다. 그는 머리가 벗어지고 허리는 살짝 굽은 모습으로 자그마한 콧수염을 어루만졌다. 점잖은 모습을 위해 오랫동안 모든 감정을 억누른 탓에 얼굴은 항상 무표정으로 고정되어 있었다.

하지만 애석하게도 이런 환상은 5분 이상 지속되는 법이 없었다. 로잘리아의 맨발이 다시 주위를 지배하게 되자, 마리아 클라우디아가 가장 먼저 침실로 물러났다.

부엌에서는 남편과 아내가 결혼 생활 20년이 넘은 부부답게 대화 겸 독백을 시작했다. 진부한 이야기들, 순전히 뭔가 말을 해야 하기 때문에 내놓은 말들. 모두 중년의 평안한 잠을 위한 서막일 뿐이었다.

점차 소리가 잦아들고, 잠들기 직전의 기대에 찬 침묵만 남았다. 곧 침묵이 더욱 짙어졌다. 깨어 있는 사람은 마리아 클라우디아뿐이었다. 그녀는 언제나 쉽게 잠들지 못했다. 아까 본 영화가 재미있었다. 극장에서 휴식 시간에 어떤 청년이 계속 그녀를 바라보았다. 영화가 끝나고 밖으로 나올 때는 그가 그녀에게 바짝 다가왔다. 그녀의 목덜미에 그의 입김이 닿을 정도였다. 하지만 그가 왜 자기를 뒤따라오지 않았는지 그녀는 이해할 수 없었다. 따라오지 않을 거면서 왜 그토록 끈질기게 그녀를 바라보았을까? 여기서 그녀는 영화에 대한 생각을 그만두고, 대신 도나 리디아의 아파트에 갔을 때를 떠올렸다. 그녀는 정말 예뻤다. '나보다 훨씬 더 예뻐.' 마리아 클라우디아는 자신이 도나 리디아처럼 생기지 않은 것이 아쉬웠다. 그러다 보니 밖에 주차되어 있던 자동차가 생각났다. 갑자기 조바심이 나서 도저히 잠이 올 것 같지 않았다. 지금 몇 시쯤인지 알 수 없었지만, 새벽 2시 언저리일 것 같았다. 이 건물 안의 다른 사람들과 마찬가지로 그녀 역시 도나 리디아의 밤 손님이 대개 새벽 2시쯤 떠난다는 사실을 알고 있었다. 영화 때문인지, 그 청년 때문인지, 오전에 도나 리디아를 만나고 온 때문인지는 알 수 없지만, 그녀의 머릿속에 호기심이 가득해졌다. 그렇게 호기심을 품는 것이 부적절하고 잘못된 일이라는 걸 아는데도 어쩔 수 없었다. 그녀는 가만히 기다렸다. 몇 분 뒤 아래층에서 빗장이 열리는 소리, 문이 열리는 소리가 나더니 희미하게 들리는 목소리와 계단을 내려가는 발소리가 그 뒤를 이었다.

클라우디아는 부모가 깨지 않게 조심조심 침대를 빠져나와 까치발로 창가까지 가서 커튼 사이로 밖을 살짝 내다보았다. 차는 아직 맞은편에 서 있었다. 덩치 큰 남자가 길을 건너 그 차에 오르는 것이 보였다.

차는 곧 출발해 시야에서 사라져버렸다.

5

도나 카르멘은 아침을 즐기는 자기만의 방법이 있었다. 점심때까지 침대에서 시간을 보내는 성격은 아니었다. 게다가 남편의 아침 식사를 준비해주고 엔리키뇨를 학교에 보내야 하기 때문에 그런 일은 어차피 불가능했다. 그래도 그녀는 반드시 한낮이 된 뒤에야 세수를 하거나 머리를 빗었다. 머리는 부스스하고 전체적으로 단정치 못한 모습으로 잠옷만 걸친 채 집 안을 돌아다니는 것이 좋았다. 남편은 그녀의 이런 버릇을 몹시 싫어했다. 자신이 생각하는 기준에 어긋나기 때문이었다. 그는 그 버릇을 고치라고 몇 번이나 아내를 설득하려 했지만, 세월이 흐르면서 그것이 시간 낭비임을 깨달았다. 영업 사원이라는 직업상 출근 시간을 엄격히 지킬 필요는 없었지만, 그는 언제나 최대한 빨리 집에서 탈출했다. 하루 종일 기분 나쁜 상태로 지내고 싶지 않아서였다. 한편 카르멘도 남편이 아침 식사 후에 집에서 미적거리는 것을 참지 못했다. 자신이 사랑하는 버릇을 버려야 하기 때문이 아니라, 남편의 존재로 인해 오전의 즐거움이 크게 줄어들기 때문이었다. 따라서 그가 평소보다 늦게 집을 나설 때마다 두 사람의 하루가 모두 망가졌다.

에밀리우 폰세카는 그날 아침 샘플을 준비하다가 누군가가 샘플과 가격표에 모두 손을 댄 것을 알아차렸다. 목걸이가 엉뚱한 자리에 있는 것으로도 모자라서, 팔찌, 브로치와 완전히 뒤섞여 있었다. 거기에 귀걸이와 색안경까지 한데 엉켜 뒤죽박죽이었다. 유일한 용의자는 아들이었다. 그는 아들에게 물어볼 생각까지 했다가 그만두었다. 아들이 전혀 모르는 일이라고 부인한다면 에밀리우는 아들이 거짓말을 한다고 생각하게 될 텐데 그건 좋지 않았다. 반대로 만약 아들 엔리크가 자백한다면 에밀리우는 아들을 때리거나 야단칠 수밖에 없을 텐데 그건 더욱더 좋지 않았다. 게다가 아내가 불끈 성을 내며 그 판에 끼어든다면, 완전히 싸움이 벌어질 터였다. 그는 그런 말다툼이 진심으로 지긋지긋했다. 그래서 샘플 가방을 식탁에 올려놓고 아무 말 없이 다시 정리하기 시작했다.

에밀리우 폰세카는 작고 강단 있는 남자였다. 몸이 마른 것이 아니라 강단 있었다. 나이는 서른 살가량이고, 색이 연한 머리카락은 숱이 적었다. 물 빠진 금발 같은 색이었다. 이마가 아주 넓었는데, 그는 그것을 항상 자랑스러워했다. 하지만 지금은 머리가 벗어지기 시작하면서 이마가 더욱더 넓어졌기 때문에, 머리 선이 조금 더 아래로 내려온다면 좋겠다는 생각을 하고 있었다. 그래도 그는 불가피한 일을 받아들일 수밖에 없다는 지혜를 이미 알고 있었다. 불가피한 일에는 숱이 적은 머리카락뿐만 아니라, 지금 샘플 가방을 정리해야 한다는 사실도 포함되었다. 8년에 걸친 불행한 결혼 생활에서 그는 차분함을 유지하는 법을 배웠다. 그의 단호한 입가에 씁쓸한 잔주름이 몇 개 생겨났기 때문에 그가 미소를 지을 때면 입술이 살짝 비틀어지면서 그의 전체적인 말투에 어울리는 냉소적인 표정이 만들어졌다.

범죄 현장으로 돌아온 범죄자처럼 어색한 태도로 엔리키뇨가 아버지를 보러 왔다. 얼굴은 천사 같고 머리카락은 아버지처럼 연하면서도 더 따뜻한 색이었다. 에밀리우는 아들을 거들떠보지도 않았다. 아들과 아버지 사이에 서로 미워하는 감정은 없었다. 단지 매일 보는 사이일 뿐이었다.

카르멘의 슬리퍼 소리가 복도에서 찰싹찰싹 들려왔다. 그 어떤 말보다도 웅변적이고 공격적인 소리였다. 에밀리우는 샘플 정리를 거의 끝낸 참이었다. 남편이 언제쯤 나갈지 가늠해 보려고 카르멘이 식당 문 뒤에서 고개를 내밀고 안을 들여다보았다. 그녀가 보기에 남편이 집에 머무른 시간이 이미 꽤 길었다.

그때 초인종이 울리자 카르멘은 인상을 찌푸렸다. 이 시간에 올 사람이 없었다. 빵 배달부와 우유 배달부는 이미 다녀갔고, 집배원이 오기에는 너무 일렀다. 다시 초인종이 울렸다. 카르멘은 짜증스럽게 "나가요!"라고 외치며 문으로 향했다. 아들이 쫄랑쫄랑 따라갔다. 숄을 걸친 자그마한 여자가 신문을 쥐고 문 앞에 서 있었다. 도나 카르멘은 미심쩍은 눈으로 그녀를 보며 물었다.

"무슨 일이시죠?(Qué desea?)"(그녀는 때로 목숨이 달렸다 해도 포르투갈어를 쓰지 않는다.)

여자가 겸손한 미소를 지었다.

"안녕하세요, 세뇨라. 방을 세놓으신다고 해서요. 방을 좀 볼 수 있을까요?"

카르멘은 깜짝 놀랐다.

"방을 세놓는다고요? 아뇨, 그런 일 없어요(No hay aquí)."

"하지만 여기 신문에 광고가……."

"무슨 광고요? 어디 좀 봐요."

짜증스러운 심정을 잘 감추지 못한 그녀의 목소리가 가늘게 떨렸다. 그녀는 마음을 가라앉히려고 심호흡을 했다. 여자가 오랜 손톱 감염증으로 인해 흉터가 남은 손가락으로 광고를 가리켰다. 정말로 광고가 있었다. 틀림없었다. 거리 이름, 번지수, 거기에 1층 왼쪽이라는 정보까지 모두 있었다. 그녀는 신문을 돌려준 뒤 퉁명스럽게 말했다.

"그래도 여긴 셋방 없어요!"

"하지만 여기 신문에……."

"내가 말했잖아요. **게다가**(además) 거기 광고에는 **남자분**(caballero)만 받는다고 돼 있어요."

"셋방을 구하기가 너무 힘들어서 저는……."

"이만 실례해요."

이 말과 함께 도나 카르멘은 여자의 면전에서 문을 쾅 닫고 남편이 있는 곳으로 돌아갔다. 그리고 문간에서 이렇게 물었다.

"당신이 신문에 **광고**(alhuno)를 냈어?"

색깔 있는 돌로 만든 목걸이를 양손에 든 에밀리우 폰세카는 한쪽 눈썹을 올리며 그녀를 향해 냉정하고 비꼬는 듯한 어조로 대답했다.

"광고? 고객을 더 모으려는 광고라면 또 모르지."

"아니, 셋방 광고."

"셋방? 그건 아니지. 당신이랑 결혼할 때 우리의 세속적인 소유물을 모두 공유하기로 약속했잖아. 당신이랑 상의해보지도 않고 방을 세놓는 건 꿈에도 생각할 수 없는 일이야."

"**장난치지 마**(No seas gracioso)."

"장난치는 게 아니야. 어떤 남자가 감히 당신한테 장난을 치겠어?"

카르멘은 대답하지 않았다. 포르투갈어를 완전히 아는 게 아니기 때문에, 그녀는 이렇게 가시 돋친 말이 오가는 상황에서는 항상 불리했다. 그래서 그녀는 부드럽고 은근한 목소리로 설명하는 방법을 선택했다.

"**여자**(una mujer)가 왔었어. 신문을 손에 들고서 광고 이야기를 하더라고. **틀림없이**(no había confusión) 이 아파트였어. 아무래도 찾아온 사람이 **여자**(una mujer)니까 나는 혹시 당신이 광고를 냈나 하고……."

에밀리우 폰세카는 크게 찰칵하는 소리를 내며 샘플 가방을 닫았다. 아내의 말이 무슨 뜻인지 확실치는 않았지만, 아내가 무슨 생각을 하는지는 알 수 있었다. 그는 연한 색의 차가운 눈으로 그녀를 바라보며 말했다.

"그럼 찾아온 사람이 남자라면 당신이 광고를 냈을 거라고 내가 곧바로 생각해야 하는 건가?"

카르멘은 기분이 상해서 얼굴이 붉어졌다.

"못된 인간!"

눈 한번 깜박이지 않고 이 대화에 귀를 기울이던 엔리키뇨는 아버지의 반응을 보려고 아버지를 빤히 바라보았다. 하지만 에밀리우는 어깨만 으쓱하며 중얼거리듯 대답했다.

"그래, 맞아. 미안해."

"사과를 하라는 게 아니야." 카르멘이 쏘아붙였다. 이미 흥분한 상태였다. "당신이 사과할 때마다 사실은 **날**(mí) 놀리는 거잖아. 차라리 날 때려!"

"난 당신을 때린 적 없어."

"감히 때리기만 해봐."

"걱정 마. 당신이 나보다 키도 크고 힘도 세니까. 그래도 내가 남자라서 힘이 더 셀 거라는 환상만은 지킬 수 있게 해줘. 나한테 남은 유일한 환상이야. 그리고 제발 부탁이니, 말다툼은 하지 말자."

"내가 말다툼을 하고 싶다면(si yo quisiera) 어쩔 건데?"

"말다툼을 해봤자 소용없어. 최종적인 결정권은 언제나 나한테 있잖아. 이제 나는 모자를 쓰고 나갈 거야. 밤에나 돌아올 거고. 물론 내가 언제나 돌아온다는 전제하에."

카르멘은 부엌에 가서 지갑을 가져왔다. 그리고 아들에게 돈을 좀 쥐여주며 식품점에 가서 과자나 사 먹으라고 시켰다. 엔리키뇨는 거부하려 했지만, 호기심과 용기보다 과자의 유혹이 더 강했다. 그래서 엄마의 편을 들기로 했다. 현관문이 닫히자마자 카르멘은 식당으로 돌아갔다. 남편은 식탁 한쪽 끝에 앉아 담배에 불을 붙이고 있었다. 카르멘은 곧장 말다툼을 시작했다.

"그러니까 집에 오지 않겠다는 거야? 내 그럴 줄 알았어. 달리 갈 곳이 있는 거지? 그러니까 우리의 작은 신에게도 약점이 있는 거로군, 그렇지? 나는 언제든 여기서(Y aquí estoy yo) 전하께서 집에 오실 때를 대비해 하루 종일 일이나 해대는(trabajar) 하녀, 노예(la esclava)야!"

에밀리우가 빙긋 웃자 카르멘은 더욱더 화를 냈다.

"날 비웃는 거지!"

"내가 웃으면 안 돼? 도대체 뭘 원하는 거야? 말도 안 되는 소리 좀 그만해. 이 도시에 하숙집이 얼마나 많은데. 내가 그런 곳에 묵으면 안 되나?"

"내가(yo) 싫어!"

"당신이? 나 참! 이봐, 난 일을 해야 돼. 쓸데없는 소리 좀 그만해."

"에밀리우!"

카르멘은 분노로 부들부들 떨면서 남편의 앞을 막았다. 그녀의 키가 남편보다 살짝 컸다. 얼굴은 각진 편이고 턱은 강인했으며, 팔자주름이 깊이 나 있는데도 지금은 거의 사라져버린 미모의 흔적, 따스하게 빛나던 피부와 벨벳처럼 부드럽고 촉촉하던 눈의 흔적, 젊음의 흔적이 아직 남아 있었다. 순간적으로 에밀리우는 8년 전 그녀의 모습이 보이는 듯했다. 하지만 그 모습은 순식간에 섬광처럼 지나가버리고, 추억은 흔들리며 다 타서 사라졌다.

"다른 여자랑 바람을 피우는 거지, 에밀리우!"

"헛소리 마. 그럴 리가 없잖아. 당신이 원한다면 성경에 대고 맹세할 수도 있어. 하지만 설사 내가 바람을 피웠다 해도 무슨 상관이야? 물을 엎지르고 울어봤자 소용이 없지. 결혼한 지 8년인데 우리가 정말로 행복했던 적이 있어? 신혼여행 때는 그랬을지도 모르지만, 그때조차…… 우리가 스스로를 속인 거야, 카르멘. 인생을 갖고 장난친 대가를 지금 치르고 있는 거라고. 인생을 가지고 장난을 치면 안 돼. 안 그래?"

카르멘은 앉아서 울고 있었다. 흐느끼는 소리와 함께 그녀가 소리쳤다.

"난 불행해!(Soy una disgraciada!)"

에밀리우는 샘플 가방을 들었다. 그리고 자유로운 손을 들어 지금은 아주 드물어서 잊혀버린 부드러운 몸짓으로 아내의 머리를 쓰다듬으며 중얼거리듯이 말했다.

"우리 둘 다 운이 없었어. 서로 불행의 종류는 달랐지만, 운이 없었던 건 확실해. 어쩌면 내가 더 불운했던 것 같기도 하고. 적어도 당신한테는 엔리크가 있으니……." 애정 어린 말투가 갑자기 딱딱하게 변했다. "어쨌든 이 정도 했으면 됐어. 점심때는 집에 못 올 것 같지만 저녁 식사 때는 반드시 돌아오게. 이따가 봐."

그는 복도로 나간 뒤 돌아서서 살짝 비꼬는 듯한 목소리로 말했다.

"그리고 그 광고 말인데, 틀림없이 착오가 있었을 거야. 어쩌면 이웃집 광고인지 모르지."

그는 현관문을 열고 바깥의 계단으로 향했다. 오른손으로 가방을 들었기 때문에 그 무게로 오른쪽 어깨가 살짝 처져 있었다. 그는 무의식적으로 모자를 매만졌다. 챙이 넓은 회색 모자가 먼 곳을 바라보는 듯한 그의 연한 색 눈에 그림자를 드리우고, 그의 얼굴과 몸을 더욱 왜소하게 만들었다.

6

　도나 카르멘은 셋방을 구하려고 찾아온 사람 두 명을 더 돌려보낸 뒤에야 남편의 말을 시험해보기로 했다. 아침의 부부 싸움과 방을 보러 온 사람들과의 실랑이 때문에 아직 열이 식지 않은 그녀는 실베스트르에게 몹시 날카로운 목소리로 질문을 던졌다. 그러나 그 질문 덕분에 방을 보러 오는 사람이 없는 이유를 갑자기 깨달은 실베스트르 역시 날카로운 반응을 보였다. 카르멘은 통통하고 둥글둥글한 마리아나가 소매를 걷어붙이고 엉덩이에 양손을 짚은 자세로 실베스트르 뒤에 나타나자 후퇴할 수밖에 없었다. 실베스트르는 혼란을 피하기 위해 카르멘의 집 문에 방을 보려면 자기 집으로 오라는 안내문을 붙이자고 제안했다. 카르멘이 자기 집 현관문에 종이쪽지를 붙이는 게 내키지 않는다고 투덜거리자 실베스트르는 그래봤자 고생하는 건 당신이라고 대꾸했다. 광고를 보고 찾아오는 사람들을 그녀가 상대해야 하기 때문이었다. 결국 그녀는 마지못해 동의했다. 실베스트르는 종이를 반으로 찢어 적절한 안내문을 적었지만, 카르멘은 그가 그 종이를 문에 붙이지 못하게 막은 뒤 자기가 직접 문에 풀을 찍어 발라 종이를 붙였다. 그런데도 역시 신문을 흔들어대며 같은 질문을 던지는 사람을 그녀가 한 번 더 상대해야 했다는 사실이 최악이었다. 알고 보니 그 사람은 글을 읽을 줄 몰랐다. 카르멘은 실베스트르 부부에 대해 겉으로 말한 것보다 훨씬 더 심한 생각을 하고 있었지만, 그녀가 말한 내용만으로도 이미 올바르고 공정한 수준을 훨씬 더 넘어선 상태였다. 만약 실베스트르가 호전적인 성격이었다면 우리 눈앞에서 국제적인 사건이 벌어졌을지도 모른다. 실베스트르는 화를 내면서 알주바호타 전투의 여자 영웅을 흉내 내려 드는 마리아나의 폭력적인 충동과 욕망을 차분히 가라앉혔다. 알주바호타 전투의 여자 영웅은 빵을 구울 때 쓰는 삽으로 카스티야인 일곱 명을 죽인 바 있다.

실베스트르는 어쩌다 그런 착오가 생겼는지 의아해하면서 창가의 자기 자리로 돌아갔다. 그의 필체가 아주 뛰어나지는 않지만, 그래도 구두장이치고는 상당히 좋은 편이었다. 특히 몇몇 의사들의 필체와 비교하면 더욱 확실했다. 그렇다면 신문사 측이 실수했다고 볼 수밖에 없을 것 같았다. 실베스트르 본인의 실수는 분명히 아니었다. 자신이 작성한 서류가 머릿속에 생생히 남아 있는데, 거기에는 분명히 1층 오른쪽이라고 적혀 있었다. 이런 생각을 하면서도 그는 계속 일에 집중하며 가끔 거리를 힐끔거렸다. 행인들 중에서 방을 보러온 사람을 찾아내기 위해서였다. 이 전술의 장점은 그가 방을 보러 온 사람과 직접 대화를 나누기 전에 이미 판단을 내릴 수 있다는 점이었다. 그는 자신이 사람들의 얼굴만 보고도 좋은 판단을 내릴 수 있다고 자부했다. 젊었을 때 그는 다른 사람들을 유심히 살피는 일에 익숙해졌다. 상대가 어떤 사람이며 무슨 생각을 하는지 알아보기 위해서였는데, 그때는 믿을 수 있는 사람을 정확히 가려내는 일에 거의 생사가 달려 있었다. 이런 생각을 하며 지금까지 살아온 인생을 되돌아보느라 그는 사람들을 관찰하는 일에 소홀해졌다.

오전이 거의 끝나가는 시간이라 점심 식사를 준비하는 냄새가 벌써 아파트를 가득 채우고 있었다. 하지만 방을 구하러 온 사람 중에 적당한 후보는 아직 나타나지 않았다. 실베스트르는 조건을 너무 구체적으로 적은 것이 후회스러웠다. 광고에 상당한 돈을 들이고, 이웃과 말다툼까지 벌였는데(그 이웃이 그의 고객이 아닌 것이 다행이었다), 세입자를 아직도 구하지 못하다니.

그가 부츠에 금속 굽과 코 부분 장식을 막 못으로 박으려는데 어떤 남자가 맞은편 인도를 천천히 걸으며 건물들을 올려다보고 지나가는 사람들의 얼굴을 바라보는 모습이 눈에 들어왔다. 그의 손에는 신문이 쥐어져 있지 않았다. 심지어 주머니에도 신문이 없는 것 같았다. 그는 실베스트르의 창문 건너편에서 걸음을 멈추고 건물을 층마다 유심히 살펴보았다. 실베스트르는 일에 몰두한 척하면서 곁눈질로 그 남자를 계속 지켜보았다. 남자의 키는 중간쯤이었고, 안색은 가무잡잡했으며, 나이는 아직 서른이 되지 않은 것 같았다. 옷차림을 보아 하니 빈곤과 소박한 소득 사이 중간쯤에 있는 사람이 분명했다. 그가 입은 양복은 잘 재단된 것이지만 다소 추레했다. 마리아나가 저 바지의 주름을 보았다면 절망했을 것이다. 재킷 안에는 터틀넥 스웨터를 입었고, 모자는 쓰지 않았다. 남자는 건물을 살펴본 결과에 상당히 만족한 기색이었는데도 그 자리에서 움직이지 않았다.

실베스트르는 점점 불편해졌다. 딱히 겁낼 것이 있어서는 아니었다. 그는 문제에 휘말린 적이 없었다. 그러니까…… 그러니까 옛날의 그 일들이 과거지사가 된 뒤로는. 게다가 이제는 나이도 많았다. 그런데도 남자가 편안한 태도로 그 자리를 지키고 있는 모습이 거슬렸다. 아내는 부엌에서 혼자 노래를 부르고 있었다. 실베스트르는 음정이 맞지 않는 그 노래를 들으면 아주 기뻐하면서 끊임없이 우스갯거리로 삼았다. 그는 긴장감을 더 이상 견디지 못하고 고개를 들어 그 낯선 남자를 똑바로 바라보았다. 남자도 창문을 통해 실베스트르와 시선을 마주쳤다. 두 사람은 서로를 빤히 바라보았다. 실베스트르의 시선에는 어디 한번 해볼 테면 해보라는 듯한 태도가 살짝 배어 있었고, 남자의 시선은 호기심을 띠고 있었다. 도로를 사이에 두고 두 남자의 시선이 하나로 얽혔다. 실베스트르는 너무 도발적으로 보일까 봐 흘깃 시선을 옆으로 돌렸지만, 그 남자는 빙긋 웃으면서 느리고 단호한 걸음으로 길을 건넜다. 초인종이 울리기를 기다리는 동안 실베스트르의 몸이 부르르 떨렸다. 초인종은 생각만큼 금방 울리지 않았다. 남자가 맞은편 문에 붙은 안내문을 읽고 있는 모양이었다. 마침내 초인종이 울렸다. 마리아나는 특히 고통스러운 엉터리 음정으로 노래를 부르다가 뚝 그쳤다. 실베스트르의 심장박동이 빨라졌다. 그는 반쯤은 자신에게 하는 농담처럼, 남자가 셋방과는 상관없는 이유로 찾아왔을 거라고 생각한 것은 어디까지나 자신의 추측일 뿐이라는 결론을 내렸다. 그가 그 옛날의 일들 때문에 찾아온 건……. 덩치 큰 마리아나가 다가오는 서슬에 바닥이 울렸다. 실베스트르는 커튼을 열었다.

"무슨 일이야?"

"어떤 남자가 방을 보러 왔어. 당신이 상대할래?"

실베스트르가 느낀 것은 정확히 말해서 안도감이 아니었다. 그의 희미한 한숨에는 슬픔이 가득했다. 마치 어떤 환상이, 자신의 마지막 환상이 방금 죽어버리기라도 한 것처럼. 조금 전의 생각은 정말로 그의 추측에 불과했으니까. 현관문을 향해 걸어가는 동안 그의 머릿속에서는 이제 자신이 한물간 노인이라는 생각이 맴돌았다. 방세가 얼마인지는 아내가 벌써 그 남자에게 말해주었다. 하지만 그가 방을 보고 싶다고 하자 그녀가 실베스트르를 부르러 온 것이다. 남자는 실베스트르를 보고 빙긋 웃었지만, 눈만 웃는 웃음이었다. 굵고 또렷한 눈썹 아래에서 작고 까만 눈이 밝게 빛났다. 실베스트르가 조금 전에 이미 보았던 것처럼 가무잡잡한 얼굴에 이목구비가 분명했다. 부드럽지도 않고 너무 딱딱하지도 않은 남성적인 얼굴이었다. 하지만 다소 여성적인 곡선을 그린 입술이 인상을 살짝 부드럽게 만들어주었다. 실베스트르는 그 얼굴이 마음에 들었다.

"방을 보고 싶으시다고?"

"괜찮으시다면요. 방세는 좋습니다만, 방도 마음에 드는지 알고 싶어서요."

"들어오시오."

소년(실베스트르의 눈에는 이렇게 보였다)이 자신 있는 걸음으로 아파트에 들어왔다. 그가 벽과 바닥을 둘러보자 훌륭한 마리아나가 경계심을 품었다. 누구에게든 청소가 제대로 되지 않았다고 흠이 잡히지 않을까 항상 걱정하는 성격이기 때문이었다. 방에서는 작은 텃밭을 내다볼 수 있었다. 실베스트르는 얼마 되지도 않는 여가 시간에 몇 포기 되지도 않는 양배추와 닭 몇 마리를 거기서 길렀다. 청년은 방을 한 바퀴 둘러보더니 실베스트르에게 시선을 돌렸다.

"방이 정말 마음에 드는데, 여기서 살 수는 없겠어요!"

실베스트르는 조금 짜증이 났다.

"살 수 없다니? 너무 비싸서?"

"아뇨. 아까도 말씀드렸지만 방세는 좋습니다. 하지만 가구가 없잖아요."

"아, 가구가 딸린 방을 원하시는구먼."

실베스트르는 아내를 흘깃 바라보았다. 그녀가 고개를 끄덕이자 실베스트르가 말을 이었다.

"그거야 쉽게 해결할 수 있지. 원래 이 방에 침대랑 서랍장이 있었소. 하지만 가구가 없는 방으로 세를 놓으려고 그걸 옮겨놨어요. 사람들이 남의 물건을 어떻게 다룰지는 알 수 없는 노릇이니까. 하지만 이 방이 마음에 든다면……."

"방세는 변하지 않는 겁니까?"

실베스트르는 머리를 긁적였다.

"선생님을 곤란하게 하고 싶지는 않습니다." 청년이 말했다.

이 말이 곧바로 실베스트르의 마음을 얻었다. 그를 잘 아는 사람이라면 가구가 있든 없든 똑같은 방세를 내기 위해 정확히 이 말을 했을 것이다.

"그래, 가구가 있든 없든 다를 게 뭐 있나." 그가 말했다. "사실 그 편이 우리한테도 더 나아요. 여분의 가구 때문에 정신 사납게 지내지 않아도 되니까. 그렇지, 마리아나?"

마리아나가 생각을 솔직히 말했다면, "아니, 그렇지 않아"라고 말했을 것이다. 하지만 그녀는 아무 말 없이 무뚝뚝하게 어깨를 으쓱하며 탐탁지 않다는 듯 콧잔등에 주름을 잡았다. 청년은 그 표정을 알아차리고 이렇게 말했다.

"아뇨, 아뇨, 제가 50이스쿠두를 더 드리겠습니다. 그러면 될까요?"

마리아나는 너무 기뻐서 정말 마음에 드는 청년이라는 결론을 내렸다. 한편 실베스트르도 속으로 기뻐서 펄쩍펄쩍 뛰고 있었다. 만족스러운 합의점에 도달했기 때문이 아니라, 이 청년에 대한 자신의 판단이 상당히 옳았음이 확인되었기 때문이었다. 이 손님은 예의를 완벽하게 아는 청년이었다. 그는 창가로 가서 텃밭을 살펴보다가 땅을 쪼며 돌아다니는 병아리들을 향해 미소를 지었다. 그리고 이렇게 말했다.

"죄송합니다. 아직 제 소개도 하지 않았군요. 저의 이름은 아벨…… 아벨 노게이라입니다. 제 직장과 지금까지 살던 집에 신원 조회를 해보셔도 됩니다. 주소를 알려드리겠습니다."

그는 창턱을 받침대 삼아 종이에 두 곳의 주소를 적어 실베스트르에게 건넸다. 처음에 실베스트르는 그런 '신원 조회'를 굳이 할 필요가 있을까 하는 생각에 거절할 것 같은 몸짓을 했지만 결국은 종이를 받아 들었다. 청년은 빈방의 한복판에 서서 노부부를 바라보았다. 두 사람도 청년을 바라보았다. 세 사람 모두 흡족한 기분에 눈웃음을 짓고 있었다. 이를 활짝 드러낸 웃음보다 더 값진 웃음이었다.

"그럼 오늘 저녁에 곧바로 짐을 옮기겠습니다. 그리고 빨래와 관련해서 여기 사모님과 의논을 좀 할 수 있을까요?"

"좋은 생각이네요. 다른 데다 빨래를 맡길 필요는 없어요." 마리아나가 말했다.

"가구를 옮길 때 도움이 필요하신가요?"

실베스트르는 재빨리 대답했다.

"아니, 그럴 필요 없어요. 우리가 알아서 하겠소."

"정말 괜찮으십니까?"

"괜찮고말고. 무겁지 않아요."

"알겠습니다. 그럼 저녁에 뵙겠습니다."

두 사람은 싱글벙글 웃으면서 청년을 현관문까지 배웅했다. 청년은 문 밖으로 나간 뒤 열쇠가 필요할 것 같다고 말했다. 실베스트르는 그날 오후에 바로 열쇠를 만들어두겠다고 약속했고, 청년은 떠났다. 실베스트르와 마리아나는 다시 그 방으로 들어갔다. 실베스트르는 새로운 세입자가 주소를 적어준 종이를 아직도 쥐고 있었다. 그는 그것을 조끼 주머니에 넣고 아내에게 물었다.

"당신이 보기에는 어때?"

"착한 사람 같아. 하지만 솔직히 흥정을 할 때 당신은 너무 쉬운 상대야."

실베스트르는 빙긋 웃었다.

"어차피 우리한테는 별로 달라질 것도 없……."

"그래도 50이스쿠두는 50이스쿠두지! 그나저나 빨랫값으로 얼마를 불러야 할지 모르겠네……."

실베스트르는 아내의 말을 건성으로 들었다. 갑자기 얼굴에 짜증스러운 표정이 나타나면서 그의 코가 더 길어진 것처럼 보였다.

"왜 그래?" 아내가 물었다.

"왜 그러냐고? 우리가 뭘 한 건가 싶어서. 그 청년은 우리한테 이름을 말했는데, 우리는 우리 이름을 말해주지 않았잖아. 청년이 점심때 왔는데 우리는 식사를 권하지도 않았어. 이상하잖아!"

마리아나는 남편이 왜 이렇게 화를 내는지 이해할 수 없었다. 이름을 교환할 시간은 앞으로 많을 것이다. 그리고 점심 식사라면, 두 명 몫의 식사를 셋이서 나눠 먹기에는 부족할 수 있다는 사실을 실베스트르가 알아야 했다. 그는 아내가 이 문제를 별로 중요하지 않은 것으로 판단했음을 아내의 얼굴에서 알아차리고 화제를 바꿨다.

"가구를 옮길까?"

"좋아. 어차피 점심을 아직 다 준비하지 못했으니까."

가구를 옮기는 일은 금방 끝났다. 침대, 협탁, 서랍장, 의자. 마리아나는 침대에 깨끗한 침대보를 깔고, 방을 한 번 더 정돈했다. 두 사람은 한 걸음 물러나서 감탄하듯 방을 바라보았지만, 만족스럽지 않았다. 여전히 방이 비어 보였다. 빈 공간이 많은 것은 아니었다. 오히려 침대와 서랍장 사이에는 몸을 옆으로 돌려야만 들어갈 수 있는 공간밖에 없었다. 그래도 분위기를 밝게 해주고 집 같은 느낌을 줄 수 있는 것이 부족했다. 마리아나는 어디론가 갔다가 도일리와 꽃병을 가지고 금방 돌아왔다. 실베스트르는 잘했다는 듯이 고개를 끄덕였다. 딱딱하고 우중충하던 가구들이 좀 더 밝은 분위기를 띠었다. 맨바닥에 깔개를 깔고 몇 가지를 더 손보고 나니 그럭저럭 편안해 보이는 방이 만들어졌다. 마리아나와 실베스트르는 서로를 바라보며 미소 지었다. 큰일을 성공적으로 마치고 자기들끼리 축하하는 사람들 같았다.

그들은 방을 나가서 점심 식사를 했다.

7

리디아는 항상 점심 식사 후 낮잠을 잤다. 살이 잘 빠지는 경향이 있어서 그 해결책으로 생각해낸 것이 매일 오후 두 시간씩 쉬는 것이었다. 그녀는 실내복 단추를 풀고, 양팔을 옆에 늘어뜨리고, 천장을 빤히 바라보는 자세로 부드럽고 널찍한 침대에 누워 모든 근육과 신경의 긴장을 풀고 시간의 흐름에 자신을 맡겼다. 그러면 리디아의 머릿속과 방 안에 일종의 진공 상태가 생겨났다. 모래시계 안에서 비단처럼 부드럽게 속살거리며 흘러내리는 모래와 함께 시간이 흘러갔다.

리디아는 반쯤 감긴 눈으로 자신의 모호하고 머뭇거리는 생각들을 따라갔다. 생각의 가닥이 점점 가늘어지면서 그림자들이 구름처럼 끼어들고, 곧 생각의 가닥이 지극히 선명하게 다시 나타났다가 또 그림자에 가려지고, 더 멀리 떨어진 곳에서 또 나타났다. 상처 입은 새가 몸을 질질 끌며 걷다가 날개를 파닥거리며 공중으로 떠오르는 것 같았다. 그 새는 나타났다 사라지기를 반복하다가 결국 죽어서 바닥으로 떨어졌다. 리디아는 어두운 구름 아래로 생각이 사라지는 것을 막지 못하고 잠들었다.

그녀를 깨운 것은 크게 울리는 초인종 소리였다. 눈에는 아직 잠기운이 무겁게 남은 채로 그녀는 혼란스러워하며 침대에서 일어나 앉았다. 또 초인종이 울렸다. 리디아는 일어서서 슬리퍼를 신고 복도로 나갔다. 그리고 인상을 찡그리며 문에 난 구멍으로 조심스레 밖을 내다본 뒤 문을 열었다.

"들어오세요, 어머니."

"잘 있었니, 리디아? 들어가도 돼?"

"그럼요. 방금 제가 그렇게 말하지 않았어요?"

어머니가 안으로 들어오자 리디아는 그녀를 부엌으로 데려갔다.

"짜증스러운 얼굴이네."

"제가요? 무슨 말씀을. 앉으세요."

어머니가 등받이 없는 의자에 앉았다. 나이가 60대인 그녀는 희끗희끗한 머리에 검은 스카프를 쓰고 있었다. 그녀가 입은 옷만큼이나 새까만색이었다. 힘없이 늘어진 얼굴에는 거의 주름 하나 없었고, 안색은 더러운 상아색이었다. 속눈썹이 거의 없는 눈꺼풀 아래의 탁한 눈은 한곳에 고정되어 있었다. 숱이 별로 없는 가느다란 눈썹이 V자를 엎어놓은 모양의 기호와 닮은 탓에 그녀는 항상 놀라서 얼빠진 표정을 짓고 있는 것처럼 보였다.

"오늘 오실 줄은 몰랐어요." 리디아가 말했다.

"그렇지. 내가 자주 오는 요일도 시간도 아니니까." 어머니가 말했다. "몸은 건강하니?"

"그럭저럭요. 어머니는요?"

"내가 불평하면 안 되는데. 이 류머티즘만 아니면……."

리디아는 어머니의 류머티즘에 관심을 보이려고 시도했지만 완전히 실패해서 화제를 바꿨다.

"아까 초인종이 울렸을 때 곤히 자고 있었어요. 어머니가 저를 깨운 거예요."

"흠, 안색이 좋지 않긴 하네."

"그래요? 아마 자다 일어나서 그럴 거예요."

"그럴지도 모르지. 너무 자는 것도 몸에 안 좋다고들 하니까."

두 사람 모두 이런 진부한 대화에 흥미가 없었다. 리디아는 어머니가 찾아온 것이 자신의 건강과는 전혀 상관없는 일임을 아주 잘 알고 있었다. 그녀의 어머니는 딸을 찾아온 진짜 이야기를 잠시 뒤로 미루고 있을 뿐이었다. 그때 리디아는 4시가 다 된 시각이라 밖에 나가봐야 한다는 사실을 깨달았다.

"그래, 오늘은 어쩐 일로 오셨어요?"

어머니는 치마의 주름을 펴는 일에 온 신경을 쏟기 시작했다. 마치 딸의 질문을 듣지 못한 것 같았다. 그러다 마침내 중얼거리듯이 말했다.

"돈이 좀 필요하다."

리디아는 놀라지 않았다. 이런 말이 나올 줄 알고 있었다. 그래도 마뜩잖은 기색을 숨길 수는 없었다.

"매달 절 찾아오는 시기가 점점 빨라지네요……."

"내가 요즘 얼마나 어려운지 알잖니……."

"알죠. 하지만 어머니도 돈을 좀 아끼려고 노력하셔야 돼요."

"노력해. 그래도 쓰게 되는걸."

어머니는 자신이 원하는 것을 반드시 얻을 것이라고 자신하는 사람답게 차분한 목소리로 말했다. 리디아는 어머니를 바라보았다. 어머니는 계속 의자에 앉아서 자신의 치마만 내려다보며 손의 움직임을 지켜보고 있었다. 리디아는 부엌을 나왔다. 어머니는 곧바로 치마를 매만지던 손길을 멈추고 시선을 들었다. 만족스러운 표정이었다. 구하던 것을 찾은 사람의 얼굴. 딸이 돌아오는 소리를 듣고 어머니는 다시 수그린 자세를 취했다.

"여기요." 리디아가 100이스쿠두 지폐 두 장을 내밀었다. "지금 드릴 수 있는 돈은 이게 다예요."

어머니는 돈을 받아 지갑에 넣고는, 지갑을 가방 깊숙한 곳에 밀어 넣었다.

"고맙다. 지금 나가는 거니?"

"네. 바이샤로 갈 거예요. 집에만 있는 건 질렸어요. 어디서 차를 한잔 마시고 윈도쇼핑이나 좀 할까 봐요."

작은 구슬 같은 어머니의 눈, 봉제 인형의 눈을 닮은 그 눈이 계속 딸을 바라보았다.

"이런 말을 하고 싶지는 않지만, 꼭 그렇게 자주 나가서 돌아다녀야 하는 거니?"

"아뇨. 그냥 나가고 싶을 때 나가는 거예요."

"그래. 하지만 세뇨르 모라이스가 싫어할지도 모르잖아."

리디아는 화가 나서 콧구멍을 벌름거렸다. 그리고 비꼬는 듯한 목소리로 천천히 말했다.

"세뇨르 모라이스의 반응에 어머니가 나보다 더 신경을 쓰는 것 같아요."

"다 너를 위해서야. 네가 이런…… 위치에 있으니……."

"걱정해주셔서 고맙지만, 저도 이제 나이를 먹었으니 어머니의 충고는 필요 없어요. 나가고 싶을 때 나가서 하고 싶은 일을 할 거예요. 그게 좋은 일이든 나쁜 짓이든 내가 알아서 해요."

"다 내가 네 엄마니까 이런 소리를 하는 거야. 너 잘되라고."

리디아는 조롱하듯이 짧게 웃었다.

"저 잘되라고요? 어머니가 저한테 조금이라도 관심을 보이기 시작한 건 겨우 몇 년 전부터였잖아요. 그 전에는 별로 신경 안 썼죠."

"그렇지 않아." 어머니는 이렇게 반박하며 다시 치마의 주름을 펴는 데 몰두했다. "난 항상 널 생각했어."

"그럴지도 모르죠. 하지만 지금 훨씬 더 많이 생각하시잖아요. 걱정 마세요. 난 옛날로 돌아갈 생각이 조금도 없으니까. 어머니가 저한테 신경도 안 쓰던 시절 말이에요. 아니면 어머니 표현대로, 지금보다 신경을 덜 쓰던 시절이라고 할까요?"

어머니가 일어섰다. 원하는 것은 이미 얻었고, 대화는 점점 마음에 들지 않는 방향으로 향하고 있었다. 이만 나가는 것이 최선이었다. 리디아는 그녀를 전혀 붙잡지 않았다. 그녀는 자신이 그동안 소소하게 착취당한 것에 분노했고, 어머니가 감히 자신에게 충고하려 했다는 사실에 분노했다. 구석에 어머니를 계속 앉혀두고, 자신이 어머니를 정확히 어떻게 생각하는지 다 말하고 싶었다. 어머니의 걱정과 의심, 세뇨르 모라이스의 심기를 거스를지도 모른다는 두려움은 결코 딸을 사랑하는 마음에서 우러나온 것이 아니었다. 그녀의 머릿속에는 딸이 매달 내어주는 소액의 용돈에 대한 생각밖에 없었다.

리디아는 여전히 분노로 입술을 떨면서 침실로 돌아가 옷을 갈아입고 화장을 했다. 어머니에게 말했듯이, 바이샤로 산책을 나갈 생각이었다. 그보다 더 순수한 일이 어디 있을까? 하지만 어머니의 은근한 경고 때문에 그녀는 다시 옛날 생활로 돌아가버리고 싶다는 생각이 거의 들 정도였다. 짧은 만남에 사용되는 시내의 방에서 남자를 만나는 생활. 그 방에는 필연적으로 침대가 있고, 필연적으로 블라인드가 있고, 서랍이 텅 빈 필연적인 가구들이 몇 점 있었다. 그녀는 얼굴에 크림을 바르면서 옛날 밤 시간에 어떤 일들이 있었는지 떠올리고는 우울해졌다. 그런 생활로는 돌아가고 싶지 않았다. 파울리누 모라이스를 사랑해서가 아니었다. 그녀는 그를 속이더라도 전혀 양심의 가책을 느끼지 않을 터였다. 그래도 그런 행동을 하지 않는 것은 순전히 지금의 안정적인 생활이 소중하기 때문이었다. 그녀는 남자를 너무나 잘 알기 때문에 어떤 남자도 사랑할 수 없었다. 처음부터 다시 시작한다고? 절대 안 된다! 그녀가 만족을 찾아 나섰지만 끝내 찾지 못한 적이 얼마나 많았던가? 물론 그녀가 그런 일을 한 것은 돈 때문이었다. 그리고 일한 만큼 돈을 받았다. 하지만 그런 방에서 나올 때 불만과 분노와 배신감을 느낀 적이 얼마나 많았던가! 방에서 남자를 만나고 불만스럽게 나오는 일이 도대체 몇 번이나 반복되었던가! 방과 남자는 때에 따라 바뀔 수 있어도, 그녀의 불만스러운 기분은 결코 사라지지도 줄어들지도 않았다.

화장대의 대리석 상판 위, 많은 화장품들 사이에 파울리누 모라이스의 사진과 나란히 『마이아 일가』 2권이 놓여 있었다. 그녀는 그 책을 뒤적이며 립스틱으로 표시해둔 구절을 찾았다. 그리고 그 구절을 다시 읽은 다음 천천히 책을 내려놓았다. 그녀는 거울에 비친 자신의 모습(어머니와 비슷하게 놀란 듯한 표정이 보였다)을 뚫어져라 바라보며 자신의 인생을 재빨리 되돌아보았다. 빛과 어둠, 희극과 비극, 불만과 기만.

그녀가 나갈 준비를 마친 시각은 거의 4시 반이었다. 그녀는 아주 예뻐 보였다. 옷을 고르는 감각이 탁월해서 이상한 옷을 입는 법이 없었다. 그녀가 입은 회색 정장 덕분에 나긋나긋한 몸매의 굴곡이 잘 드러났다. 거리에서 남자들이 반드시 걸음을 멈추고 뒤돌아보게 되는 몸매였다. 옷을 만든 사람의 기적 같은 솜씨와 몸으로 생계를 해결하는 여자의 본능이 결합된 결과였다.

그녀는 하이힐 때문에 너무 시끄러운 소리가 나는 것을 피하려고 가벼운 걸음으로 계단을 내려갔다. 실베스트르의 아파트 앞에 사람들이 있고, 문이 활짝 열려 있었다. 구두장이 실베스트르는 어떤 청년을 도와 커다란 트렁크를 나르는 중이었다. 층계참에서는 마리아나가 작은 여행 가방을 들고 있었다. 리디아는 인사를 건넸다.

"좋은 오후예요."

마리아나가 응답했다. 실베스트르는 이 인사에 답하기 위해 하던 일을 멈추고 뒤를 돌아보기까지 했다. 리디아의 시선이 약간의 호기심을 담고 그의 머리를 넘어가 청년의 얼굴에 닿았다. 아벨도 그녀를 보았다. 실베스트르는 새로운 세입자의 얼굴에 떠오른 질문을 보고 빙긋 웃으며 윙크했다. 아벨은 그 뜻을 알아들었다.

8

아드리아나가 빠른 걸음으로 모퉁이를 돌아 나타났을 때는 날이 이미 어두워지기 시작한 뒤였다. 조용히 밀려오는 어스름 속에서 밤의 기운이 느껴졌다. 도시의 온갖 시끄러운 소리들조차 그 기운을 지워버릴 수 없었다. 아드리아나는 심장이 힘들다고 반발하는데도 계단을 한꺼번에 두 칸씩 올라가서 정신없이 초인종을 누른 다음, 어머니가 문을 열어주기를 초조하게 기다렸다.

"왔어요, 엄마. 벌써 시작했어요?" 그녀는 어머니의 뺨에 입을 맞추며 물었다.

"진정해라, 진정해. 아직 시작 안 했어. 뭐가 이렇게 급해?"

"그걸 놓칠까 봐 그렇죠. 급히 타이핑할 서류가 있어서 사무실에서 늦게 나왔단 말이에요."

두 사람은 부엌으로 들어갔다. 불이 켜져 있었다. 나직한 라디오 소리가 배경음처럼 깔렸다. 이자우라는 분홍색 셔츠 위로 몸을 구부리고 바느질을 하느라 아직 바빴다. 아드리아나는 이자우라와 이모에게도 입을 맞춘 다음 자리에 앉아 숨을 골랐다.

"완전히 기진맥진이에요! 세상에, 이자우라, 지금 만드는 그 끔찍한 물건은 뭐야?"

이자우라가 시선을 들고 빙긋 웃었다.

"이 셔츠를 입을 남자는 틀림없이 완전 바보일 거야. 그 남자가 가게에서 '이 아름다운 물건'을 보고 눈알이 튀어나올 만큼 놀란 모습이 보이는 듯해. 무슨 수를 써서라도 이 옷을 사려고 할 거야!"

두 사람은 함께 웃음을 터뜨렸다. 칸디다가 한마디 했다.

"너희 둘은 남에 대해 좋은 말을 하는 법이 없어!"

아멜리아는 조카들과 같은 의견이었기 때문에 칸디다에게 이렇게 말했다.

"그럼 언니는 저런 옷을 입는 사람의 취향이 좋다는 거야?"

"옷은 누구나 원하는 대로 입을 수 있어." 칸디다가 평소와 달리 단호하게 말했다.

"그런 건 의견이 아니야!"

"쉬이!" 이자우라가 말했다. "조용히 하세요!"

아나운서가 어떤 음악을 소개하고 있었다.

"아냐, 저게 아니야." 아드리아나가 말했다.

라디오 옆에 어떤 꾸러미가 하나 있었다. 크기와 모양을 보니 책 같았다. 아드리아나가 그것을 들고 물었다.

"이게 뭐야? 또 책?"

"응." 이자우라가 말했다.

"무슨 책인데?"

"『수녀』."

"작가는?"

"디드로. 그 사람 책은 처음이야."

아드리아나는 책을 다시 내려놓고 곧바로 잊어버렸다. 그녀는 책을 별로 좋아하지 않았다. 어머니와 이모, 이자우라와 마찬가지로 음악은 몹시 사랑했지만 책은 재미없었다. 말로 하면 몇 마디로 끝날 이야기를 몇 페이지씩 늘어놓는 것이 책이었다. 이자우라가 어떻게 그렇게 많은 시간을 독서에 쏟을 수 있는지 이해가 가지 않았다. 어떤 때는 새벽까지 책을 읽기도 했다. 하지만 음악이라면 아드리아나도 밤을 꼬박 새워 들어도 질리지 않았다. 모두 음악을 좋아한다는 점도 즐거웠다. 다행한 일이었다. 그렇지 않았다면 서로 죽어라 싸워댔을 것이다!

"저거 맞아." 이자우라가 말했다. "소리 좀 키워."

아드리아나는 스위치를 돌렸다. 아나운서의 목소리가 집 안을 가득 채웠다.

"……오네게르의 「망자들의 춤」입니다. 대본 폴 클로델. 낭

송 장루이 바로."

부엌에서 커피 주전자가 휘파람 소리를 내자 아멜리아 이모가 그것을 가스 불에서 내려놓았다. 레코드에 바늘이 놓이는 소리가 들리고, 장루이 바로의 감동적이고 극적인 목소리가 사방의 벽을 울렸다. 아무도 움직이지 않았다. 그들은 라디오 전면의 반짝이는 부분을 뚫어지게 바라보았다. 마치 음악이 거기서 나오기라도 하는 것처럼. 첫 번째 음반과 두 번째 음반 사이의 비는 시간에 옆집의 음악 소리가 들려왔다. 금속이 긁히는 것처럼 귀에 거슬리는 래그타임이었다. 아멜리아 이모는 인상을 찌푸리고, 칸디다는 한숨을 내쉬고, 이자우라는 셔츠에 바늘을 찔러 넣고, 아드리아나는 살기 띤 시선으로 벽을 쏘아보았다.

"소리 키워." 아멜리아 이모가 말했다.

아드리아나가 소리를 키웠다. 장루이의 목소리가 포효하듯이 **나는 존재한다!**고 외치고, 음악은 **광대한 평원**을 소용돌이처럼 가로질렀다. **아비뇽 다리 위의 춤**에 래그타임의 신경질적인 음들이 이단처럼 섞여 들었다.

"더 크게!"

절망과 슬픔으로 울부짖는 수많은 망자들의 합창이 고통과 후회를 선언하고, 「디에스 이라이」*가 발랄하게 키득거리는 클라리넷을 압도해 짓눌러버렸다. 스피커에서 쾅쾅 울려

---

* '분노의 날'이라는 뜻의 라틴어. 진혼미사곡의 일부다.

나오는 오네게르의 음악이 마침내 익명의 래그타임곡을 물리쳤다. 어쩌면 마리아 클라우디아가 좋아하는 댄스곡 프로그램에 싫증이 났거나, 음악에서 뿜어져 나오는 신의 분노에 겁을 먹은 건지도 모른다. 「망자들의 춤」의 마지막 소절이 허공으로 흩어져 사라진 뒤, 아멜리아는 투덜거리면서 저녁 식사 준비를 시작했다. 칸디다는 다가올 폭풍이 두려워서 멀리 거리를 벌렸다. 하지만 그녀 역시 아멜리아 못지않게 분노한 상태였다. 이자우라와 아드리아나 자매는 음악에 휩쓸려서 신성한 분노로 불타오르고 있었다.

"정말 말도 안 되는 일이야." 마침내 아멜리아가 말했다. "우리가 남들보다 낫다고 생각하는 건 아니지만, 사람이 어떻게 저런 미친 음악을 좋아할 수 있어!"

"그래도 정말 좋아하는 사람이 있는걸요, 이모." 아드리아나가 말했다.

"난 그걸 모르겠다고!"

"모두가 좋은 음악을 들으며 자라는 건 아니니까요." 이자우라가 말을 보탰다.

"그건 나도 알아. 하지만 누구나 밀과 겨를 구분할 수 있을 것 아냐. 나쁜 것과 좋은 것을 따로 분류할 수 있을 거라고."

수납장에서 접시를 꺼내던 칸디다가 용기를 내서 입을 열었다.

"그건 불가능해. 좋은 것과 나쁜 것, 나쁜 것과 좋은 것이 항상 섞여 있으니까. 누구도, 그 무엇도 완전히 좋기만 하거나 완전히 나쁘기만 하지는 않아. 적어도 내 생각은 그래." 그녀는 소심하게 말을 맺었다.

아멜리아는 언니를 향해 돌아서서 수프의 간을 보려고 들고 있던 숟가락을 흔들어댔다.

"지금 이 수프는 아주 많이 좋아. 뭔가가 좋다는 걸 알아보는 방법이 바로 그거야. 자기 맘에 들면 좋은 거라고."

"꼭 그렇지는 않아."

"그럼 뭔가를 좋아하는 이유가 뭔데?"

"좋다는 '생각'이 드니까 좋아하는 거지. 정말로 좋은지는 '알' 수 없어."

아멜리아는 깔보듯이 입술을 꾹 다물었다. 칸디다는 무엇이든 확신하지 못하고, 섬세한 구분을 하지도 못했다. 그것이 아멜리아의 현실적인 상식, 세상을 선명한 흑백으로 나누려는 욕망을 긁어댔다. 칸디다는 애당초 입을 열지 말 걸 그랬다며 아무 말도 하지 않았다. 그녀가 이런 사고방식을 타고난 것은 아니었다. 남편에게서 배운 사고방식이었다. 그래도 그중에서 문제가 될 만한 부분들은 단순화해서 표현하는 중이었다.

"그래, 다 좋은데……" 아멜리아가 말을 이었다. "자신이 무엇을 원하고 무엇을 가졌는지 아는 사람은 가진 것을 잃고도 원하는 것을 얻지 못할 위험이 있어."

"너무 어렵다!" 칸디다가 웃는 얼굴로 말했다.

그녀는 언니가 쓸데없이 모호하게 군다는 것을 알고 있었다. 그래서 아멜리아는 더욱더 화가 났다.

"어려운 게 아니야. 이게 진실이야. 세상에는 좋은 음악과 나쁜 음악이 있어. 좋은 사람과 나쁜 사람이 있고, 선과 악이 있지. 우리는 그중에 하나를 택할 수 있어……."

"그렇게 말처럼 쉬우면 얼마나 좋을까. 하지만 우리가 선택하는 법을 모를 때가 많아. 그런 걸 배우지 못해서……."

"어떤 이들은 항상 악을 선택해. 선천적으로 뒤틀렸으니까!"

칸디다는 아픈 사람처럼 몸을 움찔하고는 입을 열었다.

"네가 잘 몰라서 그런 소리를 하는 거야. 정신병에 걸린 사람들이나 그렇지. 지금 우리가 얘기하는 사람들은, 네 말에 따르면, 선택할 능력이 있는 사람이야. 병에 걸린 사람은 선택할 능력도 없어!"

"나한테 딴죽을 걸려는 모양인데, 소용없어. 좋아, 그럼 건강한 사람들에 대해 이야기하자고. 나는 선과 악, 좋은 음악과 나쁜 음악 중에서 선택할 수 있어!"

칸디다는 긴 열변을 시작하려는 것처럼 양손을 들어 올렸지만, 금방 손을 내리며 지친 미소를 지었다.

"음악은 잠깐 제쳐두자. 그냥 방해만 되니까. 너, 무엇이 선이고 무엇이 악인지 지금 말할 수 있어? 선과 악의 경계가 어딘지 알아?"

"모르지. 그건 답이 없는 문제야. 하지만 내가 선과 악을 보고 구분할 수 있는 건 확실해……."

"그건 네 관점에 따라 달라져……."

"그거야 당연하지. 내가 다른 사람의 생각을 가져다가 판단을 내릴 수는 없잖아!"

"그것이 문제라고! 다른 사람들도 선악에 대해 나름의 생각을 갖고 있어. 어쩌면 그 생각이 너의 생각보다 나을 수도 있고……."

"다들 언니처럼 생각한다면, 세상 모든 일에 결론이 나지 않을 거야. 우리한테는 규칙과 법이 필요해!"

"그건 누가 만드는데? 언제? 왜?"

그녀는 잠시 말을 쉬었다가 순진한 장난꾸러기처럼 웃으면서 말을 덧붙였다.

"네가 생각할 때 사용하는 건 너 자신의 생각이야, 아니면 다른 사람이 만든 규칙과 법이야?"

이 질문에 답을 할 수 없었으므로 아멜리아는 언니에게 등을 돌리고 이렇게 말했다.

"언니하고는 말해봤자 소용없다는 걸 내가 왜 몰랐을까!"

이자우라와 아드리아나는 빙긋 웃었다. 어머니와 이모가 이런 말다툼을 벌이는 것은 자주 있는 일이었다. 과거에는 경제적인 여유가 있어서 더 광범위하고 다양한 관심사를 갖고 있던 두 사람이 지금은 완전히 집안일에만 매달려 있었다. 얼굴에는 주름이 지고, 허리는 구부정해지고, 머리는 하얗게 세고, 몸은 점차 약해지는 와중에 두 사람은 마지막 불꽃을 이렇게 던져대며 점점 쌓여가는 잿더미에 저항했다. 이자우라와 아드리아나는 서로를 바라보며 다시 빙긋 웃었다. 부서질 것 같은 두 노부인에 비해, 두 사람은 팽팽한 피아노 줄처럼 생기가 넘치고 젊은 것 같았다.

곧 그들은 저녁 식사를 했다. 네 여자가 식탁에 둘러앉아서. 김이 피어오르는 접시, 하얀 식탁보, 격식을 갖춘 식사. 필연적인 소음의 한편에 (어쩌면 다른 편에도 역시) 농밀하고 고통스러운 침묵이 있었다. 우리를 지켜보며 심문하는 과거의 침묵, 우리를 기다리며 냉소하는 미래의 침묵이었다.

9

"안색이 안 좋아요, 안셀무!"

안셀무는 미소를 지으려고 했지만, 노력한 만큼 좋은 결과가 나오지는 않았다. 생각에 너무 몰두한 나머지 웃는 얼굴을 만드는 데 필요한 근육들을 제대로 움직일 수 없었다. 그의 고통스러운 눈빛만 아니었다면, 그가 노력의 결과 만들어낸 얼굴을 보고 코믹하다고 할 수도 있었을 것이다. 그러나 입가의 근육 움직임이 눈까지는 이르지 못했다.

그들은 부엌에서 점심을 먹는 중이었다. 식탁 위에 놓인 안셀무의 손목시계는 그의 점심시간이 얼마나 남았는지 알려주었다. 작게 똑딱거리는 시계 소리가 로잘리아의 말에 이어진 침묵 속으로 서서히 스며들었다.

"무슨 일이에요?" 그녀가 물었다.

"아무것도 아냐. 그냥 멍청하고 사소한 문제요."

아내와 단둘이 있을 때 안셀무는 좀 더 편안한 말투를 썼다. 그것이 아내의 마음을 상하게 할 것이라는 생각은 한 번도 해보지 못했다. 분명히 말하지만, 로잘리아도 마음이 상하지 않았다.

"그 '멍청하고 사소한 문제'라는 게 뭔데요?"

"가불을 해주지 않겠다는군. 이달 말까지 아직 열흘이나 남았는데."

"나도 알아요. 나도 지금 수중에 한 푼도 없어요. 그래서 오늘 식품점에서 깜박 지갑을 두고 온 척했지 뭐예요."

안셀무는 포크를 쾅 내려놓았다. 아내의 말을 들으니 뺨을 한 대 맞은 것 같았다.

"도대체 돈이 다 어디로 가는 거야? 그걸 좀 알았으면 좋겠네!" 그가 말했다.

"설마 내가 낭비했다고 생각하는 건 아니죠? 난 어머니한테 검소해야 한다고 배웠어요. 아마 나보다 더 검소한 여자는 많지 않을걸요."

"누가 당신더러 검소하지 않다고 했나? 그래도 돈을 버는 사람이 둘이니까 이보다는 더 잘 지내야 하는 거잖아."

"클라우디냐가 버는 돈은 그 애 용돈으로도 빠듯해요. 내 딸이 형편없는 몰골로 돌아다니는 건 나도 바라지 않고요."

"그 애가 옆에 있을 때 하는 말이랑은 다른데."

"뭐, 그 애한테 엉뚱한 생각을 심어주면 안 되니까 그러죠. 다 내가 알아서 하고 있어요."

안셀무는 마지막으로 남은 음식 한 입을 먹는 중이었다. 그는 자세를 바꾸고 허리띠를 느슨하게 푼 뒤 다리를 쭉 뻗었다. 비 내리는 날의 회색 햇빛이 지붕 있는 발코니의 그림자들을 체처럼 걸렀다. 로잘리아는 고개를 숙이고 계속 음식을 먹었다. 식탁 맞은편 끝에는 마리아 클라우디아의 빈 접시가 아직도 주인을 기다리고 있었다.

안셀무가 심각한 얼굴로 허공을 바라보며 앉아 있는 모습을 보고 그가 생각에 몰두한 것이 아니라고 감히 말할 수 있는 사람은 없을 것이다. 머리털이 없어서 반짝거리는 정수리가 소화 과정에서 자연스레 나타나는 현상 때문에 살짝 붉어져 있었다. 그 아래에서 그의 뇌는 몇 가지 아이디어를 짜내려고 애쓰고 있었다. 모두 단 하나의 목적, 즉 이달 말까지의 생활비를 구하기 위한 아이디어였다. 하지만 아마도 소화 과정이 방해가 되었는지 안셀무의 뇌는 쓸모 있는 아이디어를 전혀 만들어내지 못했다.

"생각만 하고 있으면 뭘 해요? 우리가 어떻게든 방법을 찾아낼 수 있을 거예요." 로잘리아가 그를 격려했다.

이 곤란한 주제에 대한 생각을 멈추기 위해 아내가 이 말을 하기를 기다리던 안셀무는 성난 표정으로 그녀를 바라보았다.

"내가 안 하면 누가 생각을 해?"

"점심 먹고 곧바로 머리를 쥐어짜는 건 몸에 안 좋아요."

안셀무는 정말 미치겠다는 몸짓을 하며 고개를 절레절레 저었다. 무자비한 운명 앞에 굴복하는 사람 같았다.

"남자들이 머리로 무슨 생각을 하는지 여자들은 전혀 몰라!"

로잘리아가 적당히 추임새를 넣어주었다면, 그는 긴 독백에 돌입해 남자들의 처지, 특히 사무직원들의 처지에 대해 자신의 결정적인 생각을 또 늘어놓았을 것이다. 그의 생각은 몇 가지 되지 않았지만 그것이 모두 '결정적'이었다. 그중에서 중심이 되는 생각(다른 생각들은 모두 이 생각의 위성이나 파생물에 불과했다)은 돈이 (그의 표현을 빌리자면) 인생의 가장 큰 동인이므로 자신의 품위가 손상되지만 않는다면 돈을 벌기 위해 무슨 짓이든 해도 된다는 신념이었다. 품위라는 조건이 안셀무에게는 아주 중요했다. 그는 품위를 유지하는 것이 중요하다는 말을 열렬히 신봉하는 사람이었다.

하지만 로잘리아는 옆에서 적당한 추임새를 넣어주지 않았다. 남편이 자주 되풀이하는 이론에 질렸기 때문이 아니라, 그의 얼굴을 살피는 데 완전히 몰두했기 때문이었다. 지금처럼 그의 얼굴을 옆에서 보면 로마 황제의 얼굴과 비슷했다. 안셀무는 독백을 이어갈 기회가 주어지지 않은 것에 살짝 화가 났지만, 그에게 쏟아지는 아내의 감탄과 관심이 그를 달래주었다. 그는 아내가 자기보다 한참 뒤떨어지는 사람이라고 생각하면서도, 그렇게 사랑받는 느낌에 기분이 좋아졌다. 로잘리아의 눈에서 존경과 경외의 감정을 보고, 장황한 말로 자신의 우월성을 증명하는 기쁨조차 기꺼이 포기할 정도였다.

한숨 소리가 들렸다. 로잘리아는 황홀경에 도달했고, 서정적인 막간극은 끝났다. 그녀는 감탄과 경애라는 높은 곳에서 평범하고 세속적인 문제로 내려왔다.

"이 건물에서 누가 세입자를 들였는지 맞혀봐요."

안셀무의 공연은 아직 끝나지 않았으므로, 그는 짐짓 놀란 척하면서 물었다.

"뭐?"

"누가 세입자를 들였는지 맞혀보라고요."

평원으로 내려와달라는 요청을 받아들인 올림포스의 신처럼 자애로운 미소를 지으며 안셀무가 물었다.

"누군데?"

"구두장이. 이번에는 젊은 남자예요. 옷차림이 형편없는 남자."

"아이고, 유유상종이라더니……"

이것은 안셀무가 즐겨 하는 말 중 하나였다. 파락호들이 함께 어울려 사는 것에 놀랄 필요는 없다는 뜻이었다. 하지만 그의 다음 말은 조금 전의 화제와 연관된 것이었다.

"우리도 여기에 세입자를 들이면 좋은데."

"방이 있어야죠."

방이 없었으므로 안셀무는 이렇게 말했다.

"그냥 생각만 해본 거야. 침입자가 여기서 함께 사는 건 정말이지……"

초인종이 짧게 세 번 날카롭게 울렸다.

"클라우디냐가 왔네." 안셀무는 이렇게 말하고 나서 시계를 흘깃 보았다. "늦게 왔잖아."

마리아 클라우디아가 들어서자 부엌의 우중충한 그림자들이 자리를 비웠다. 그녀는 미국 잡지의 화려한 표지 같았다. 미국에서는 사람이든 물건이든 먼저 재빨리 치장하지 않으면 사진으로 찍히지 못한다고 온 세상에 증명하는 것 같은 잡지. 마리아 클라우디아는 자신의 젊음과 아름다움을 최고로 돋보이게 해주는 색을 고르는 데에는 결코 실수하는 법이 없는 감각을 지니고 있었다. 비슷한 색조 두 개를 놓고 고르라고 하면, 그녀는 자신에게 가장 잘 맞는 색을 거의 본능적으로 서슴없이 선택할 것이다. 그 효과는 눈이 부실 정도였다. 안셀무와 로잘리아는 흐릿한 안색에 칙칙한 옷을 입어 우울해 보이는 사람들이지만, 이 신선한 바람에 저항할 수 없었다. 비록 딸을 흉내 낼 수는 없어도 딸에게 감탄할 수는 있었다.

이제 막 싹을 틔운 배우의 육감에 힘입어 마리아 클라우디아는 자신의 우아함으로 부모를 유혹하기에 딱 적당할 만큼만 부모 앞에 서 있었다. 약속한 시각보다 늦게 왔다는 건 알지만, 이유를 설명하고 싶지 않았다. 딱 적당하다 싶은 순간에 그녀는 우아한 새처럼 아버지에게 달려가 뺨에 입을 맞췄다. 그러고는 휙 돌아서서 어머니의 품에 안겼다. 서로 상대의 신원을 착각해서 벌어지는 코미디 같은 삶이 그들의 일상인 만큼, 그 극을 연기하는 그들에게는 이 모든 일이 너무 자연스러워서 놀라는 표정을 지어야겠다는 생각조차 하지 못했다.

"배고파 죽겠어요!" 마리아 클라우디아는 이렇게 말하고 나서 레인코트도 벗지 않은 채 곧바로 자기 방으로 달려갔다.

"레인코트는 여기서 벗어야지, 클라우디냐." 어머니가 말했다. "사방에 물 떨어뜨리지 말고."

대답은 들리지 않았다. 로잘리아도 대답을 기대하지 않았다. 그녀는 이런 말을 하면서도 딸이 귀를 기울일 것이라는 생각은 조금도 하지 않았다. 그냥 그런 말을 하는 것만으로 그녀는 자신이 아직 어머니의 권위를 행사할 수 있다는 환상을 품었다. 그런 말은 또한 자녀 교육에 대한 그녀의 생각과도 잘 맞아떨어졌다. 이미 몇 번이나 패배를 맛보았는데도 그녀는 어머니의 권위에 전혀 흠집이 나지 않았다고 생각했다.

안셀무의 점잖은 표정이 갑자기 어두워지더니, 그의 눈에 불신 한 줄기가 나타났다.

"가서 녀석이 뭘 하는지 한번 봐요." 그가 아내에게 말했다.

로잘리아는 남편의 말대로 딸의 방으로 갔다. 딸은 커튼 뒤에서 거리를 내려다보고 있었다. 어머니가 들어오는 소리를 들은 마리아 클라우디아는 뻔뻔스러움과 당혹감이 절반씩 섞인 미소를 얼굴에 그리며 고개를 돌렸다.

"뭘 하는 거니? 왜 아직 레인코트도 안 벗었어?"

로잘리아는 창가로 가서 창문을 열었다. 정확히 맞은편 길거리에서 어떤 청년이 비를 맞으며 서 있었다. 그녀는 창문을 쾅 닫고 딸에게 야단을 치려고 했지만, 딸의 차가운 눈과 맞닥뜨렸다. 그 눈이 적의와 증오로 반짝거리는 것 같았다. 그녀는 겁이 났다. 마리아 클라우디아는 느긋하게 레인코트를 벗었다. 물 몇 방울이 이미 깔개에 얼룩을 만든 뒤였다.

"레인코트는 밖에서 벗으라고 했잖아. 이 깔개를 봐라!"

안셀무가 문 앞에 나타났다. 로잘리아는 자기편이 생긴 것에 안심해서 감정을 터뜨렸다.

"이 아가씨께서 이 방으로 뛰어온 건 창가에 서서 거리에 서 있는 어느 멍청한 청년을 보기 위해서였어. 아마 그 청년이 얘를 집까지 바래다줬겠지. 그래서 늦게 온 거야!"

안셀무는 무대에서 감독의 지시를 따르는 배우처럼 천천히 방으로 들어와 딸의 곁으로 갔다. 클라우디냐는 눈을 아래로 내리깔고 서 있었지만, 어느 모로 봐도 부끄러워하거나 당황한 기색은 없었다. 그녀의 차분한 태도는 거의 반항처럼 보였다. 하지만 아버지는 지금부터 자기가 할 말에만 골몰한 나머지 그것을 알아차리지 못했다.

"자, 클라우디냐, 그래서는 안 된다는 걸 너도 잘 알 거다. 너 같은 젊은 아가씨가 청년과 함께 거리를 걷는 걸 남에게 보이면 안 돼. 이웃들이 뭐라고 하겠니? 그 사람들의 혀가 독을 품은 건 너도 알잖아. 게다가 그런 우정은 네 평판에 해가 될 뿐, 아무것도 안 돼. 그건 그렇고 그 청년은 누구냐?"

마리아 클라우디아는 아무 말도 하지 않았다. 분노로 들

끓고 있는 로잘리아도 말이 없었다. 안셀무는 자신의 몸짓이 극적인 효과를 낼 것을 믿어 의심치 않고, 딸의 어깨에 한 손을 얹은 뒤 살짝 떨리는 목소리로 말을 이었다.

"우리가 널 사랑하는 걸 너도 알 거다. 다 너 잘되라고 이러는 거야. 하찮은 청년 꽁무니나 쫓아다니면 안 된다. 그런 건 미래가 없어요. 알았니?"

딸은 시선을 들고 아버지의 손에서 벗어나려는 듯한 몸짓을 하며 말했다.

"네, 아빠."

안셀무는 기뻤다. 자신의 교육 방법은 실패하는 법이 없었다.

그는 이런 확신을 가득 품고 집을 나섰다. 점점 강해지는 빗줄기에 우산을 쓴 그는 가불을 강력히 요구해야겠다고 다짐했다. 휘청거리는 집안 형편상 그건 꼭 필요한 일이었다. 그리고 남편이자 아버지인 그는 그런 요구를 할 자격이 있었다.

10

아직 잠기운에 조금 취한 상태로 겹쳐놓은 베개 두 개에
몸을 기대며 카에타노 쿠냐는 점심 식사가 오기를 기다렸다.
협탁에 켜놓은 불빛이 닿지 않는 얼굴의 어두운 반쪽 때문
에 불빛을 받은 쪽에서 발그레하게 빛나는 뺨이 더욱 눈에
띄었다. 한쪽 입꼬리에 담배를 물고, 연기 때문에 한쪽 눈을
반쯤 감은 그는 조폭 영화 속 악당처럼 보였다. 시나리오 작
가가 어느 불길한 집의 안쪽 방에 버려둔 악당. 오른쪽 화장
대 위에서는 어린 여자아이의 사진이 그를 보며 웃고 있었다.
박제된 그 표정이 불편했다.

카에타노는 사진을 보고 있지 않았으므로, 그의 미소는 딸
의 미소와 아무런 상관이 없었다. 사진 속 미소는 그의 미소

와 조금도 비슷하지 않았다. 사진 속 미소는 활달하고 행복했다. 사진 속에 박제되어 변하지 않는다는 점이 불편할 뿐이었다. 카에타노의 미소는 교활하다 못해 거의 혐오스러울 정도였다. 어른이 아이의 미소 앞에서 그런 식으로 웃으면 안 된다. 설사 사진 속에서 웃고 있는 아이 앞이라도 마찬가지다.

퇴근한 뒤 카에타노는 약간의 '모험'을 했다. 그가 가장 좋아하는 지저분한 종류의 모험이었다. 그가 지금 미소 짓는 이유가 그거였다. 그는 인생의 즐거운 일들을 두 번씩 즐겼다. 그 일을 직접 할 때 한 번, 그리고 그 일을 되돌아볼 때 또 한 번.

그 순간 주스티나가 들어오는 바람에 즐거운 일을 되돌아보는 그의 두 번째 즐거움이 망가져버렸다. 그녀는 점심 식사가 담긴 쟁반을 들고 들어와 남편의 무릎에 놓았다. 카에타노는 눈을 반짝이며 조롱하듯이 아내를 빤히 바라보았다. 램프 갓이 빨간색이라서 그의 흰자위가 피에 젖은 것처럼 번들거렸기 때문에 그 시선에 깃든 적의가 한층 더 강하게 느껴졌다.

주스티나는 그의 시선에 전혀 신경을 쓰지 않았다. 딸의 박제된 미소에 신경을 쓰지 않는 것과 같았다. 둘 다 그녀에게는 이미 익숙하기 때문이었다. 그녀는 부엌으로 돌아갔다. 당뇨병 환자가 먹는 검소하고 담백한 점심 식사가 거기서 그녀를 기다리고 있었다. 그녀는 혼자 식사했다. 남편은 쉬는 날인 화요일만 빼면, 집에서 저녁 식사를 하는 법이 없었다.

점심도 남편은 침대에서, 그녀는 부엌에서 따로 먹었다.

꾸벅꾸벅 졸면서 벽난로 옆에 몽롱하게 누워 있던 고양이가 쿠션에서 뛰어 일어났다. 등을 둥글게 구부리더니 꼬리를 높이 쳐들고 주스티나의 다리에 몸을 치댔다. 카에타노가 고양이를 부르자 녀석은 침대 위로 뛰어 올라가 주인을 빤히 바라보며 천천히 꼬리를 움찔거렸다. 빨간 불빛의 영향을 전혀 받지 않은 녀석의 초록색 눈이 쟁반 위의 음식에 고정되어 있었다. 녀석은 착하게 군 보상을 기다리고 있었다. 카에타노가 자신에게 주는 것은 폭력뿐이라는 것을 아주 잘 알면서도 녀석은 굴하지 않았다. 언제쯤 주인이 자신을 때리다가 지칠지, 그런 날이 과연 오기는 할지 그 조그만 고양이 머리로 궁금해하고 있는 것 같기도 했다. 카에타노는 아직 지치지 않았는지 슬리퍼 한 짝을 들어 고양이에게 던졌다. 고양이는 카에타노보다 민첩했기 때문에 한 번 펄쩍 뛰는 것으로 그 공격을 피했다. 카에타노는 웃음을 터뜨렸다.

단단한 벽돌처럼 아파트 전체를 가득 채운 침묵이 그 웃음소리에 산산이 부서졌다. 소음에 익숙하지 않은 가구들이 몸을 움츠려 쪼그라드는 것처럼 보였다. 고양이는 배가 고프다는 사실을 잊어버리고 주인의 너털웃음을 아직 무서워하면서 다시 잠이라는 망각 속으로 후퇴했다. 주스티나는 아무 소리도 듣지 못한 사람처럼 꼼짝도 하지 않았다. 집에서 그녀는 꼭 필요할 때만 입을 열었는데, 고양이 편을 들어주는 것이 꼭 필요한 일 같지는 않았다. 그녀는 자신의 머릿속에서 살고 있었다. 시작도 끝도 없는 꿈, 내용이 전혀 없지만 깨어나고 싶지 않은 꿈, 그녀가 이미 오래전에 잊어버린 하늘을 가리며 조용히 떠가는 구름으로 이루어진 꿈을 꾸고 있는 것 같았다.

11

아들이 병에 걸리면서 카르멘의 평화롭고 게으른 아침 시간이 완전히 달라졌다. 엔리키뇨는 가벼운 편도선염으로 이틀 전부터 침대에 누워 있었다. 그녀가 마음대로 할 수 있었다면 이미 의사를 불렀겠지만, 비용을 생각하는 에밀리우는 심각하지 않은 병에 굳이 그럴 필요가 없다고 말했다. 입을 자주 헹구고, 빨간약을 좀 바르고, 사랑을 듬뿍 담아 보살펴 주면 아들이 곧 거뜬히 일어나리라는 것이었다. 카르멘은 이것을 빌미로 남편에게 아들을 생각하기는 하는 거냐고 공격했다. 그리고 일단 공격을 시작한 뒤에는 그동안 헤아릴 수 없이 많이 쌓인 불만까지 한꺼번에 털어놓았다. 에밀리우는 저녁 내내 그녀의 한없는 불만을 들으면서 한마디도 하지 않았다. 그러다 마침내 아내가 원하는 대로 하겠다고 약속했다. 분위기가 더 매서워지는 것과 이런 상황이 밤까지 이어지는 것을 막기 위해서였다. 그가 이처럼 뜻밖의 반응을 보이는 바람에 항상 반대부터 하고 보는 카르멘도 대꾸할 말이 없었다. 남편의 말을 너그럽게 받아들인다는 건 곧 그녀의 불만 거리가 없어진다는 뜻이었다. 그래서 그녀는 곧 좀 전과 똑같이, 아니 그보다 훨씬 더 강력하게 공격을 재개해 조금 전까지 자신이 주장하던 것을 반대했다. 지쳐버린 에밀리우는 무슨 결정이든 아내가 마음대로 내리게 내버려두고 싸움을 포기해버렸다. 그래서 그녀는 진퇴양난의 고민에 빠졌다. 의사를 부르고 싶은 마음은 있었지만, 남편의 뜻을 거스르고 싶다는 욕망도 강렬했다. 그렇다면 의사를 부르지 말아야 했다. 이런 고민을 전혀 모르는 엔리키뇨는 그냥 가장 쉬운 방법을 택했다. 병이 나아버린 것이다. 좋은 어머니라면 누구나 그렇듯이 카르멘도 기뻐했지만, 자신이 얼마나 합리적이고 옳은 주장을 펼치는지 남편에게 보여줄 수만 있다면 아이의 상태가 조금 나빠지더라도 (엔리키뇨가 정말로 위험해지지만 않는다면) 별로 신경 쓰지 않았으리라는 것이 그녀의 내심이었다.

결과가 무엇이든, 그녀는 엔리키뇨가 아파서 누워 있는 동안 게으른 아침 시간을 포기하는 수밖에 없었다. 남편이 출근하기 전에 나가서 장을 보아야 했고, 남편이 지각할까 봐 장보기에 너무 시간을 길게 쏟을 수도 없었다. 집의 경제 사정에 위험이 없었다면, 그녀는 이 기회를 놓치지 않고 남편에게 고약한 술수를 썼을 것이다. 하지만 이미 살기가 힘든 마당에, 비열한 복수만을 위해 상황을 꼬이게 만들 수는 없었다. 이런 생각을 하면서 카르멘은 자신이 합리적인 사람임을 다시 느꼈다. 주위에 사람이 없어서 절망감을 모두 분출할 수 있는 기회가 생길 때마다 그녀는 자신이 불쌍하다는 생각에 울음을 터뜨렸다. 가진 거라고는 결점밖에 없는 남편이 그녀의 수많은 장점들을 인정해주지 않기 때문이었다. 그녀가 보기에 남편은 가정과 자식에게 전혀 관심을 쏟지 않고 경박하게 돈을 낭비하는 사람이거나, 아니면 자신에게 맞지 않는 곳에서 사랑받지 못한다고 느끼는 사람처럼 항상 괴로워하며 자기만 생각하는 따분한 사람이었다. 결혼 초에 카르멘은 자신과 남편이 계속 충돌하는 이유가 무엇인지 속으로 자주 자문해보았다. 그들도 다른 사람처럼 사랑에 빠져 서로를 사랑했는데, 갑자기 사랑이 모두 끝나버리고 말다툼과 빈정거리는 말이 그 자리를 대신 차지했다. 하지만 그녀의 분노를 가장 부채질하는 것은 피해자처럼 구는 남편의 태도였다. 그녀는 이제 남편에게 애인이 있다고 확신했다. 그녀가 보기에는 두 사람이 결혼 생활을 하면서 마찰을 빚는 원인이 바로 그것이었다. 남자들은 수평아리와 같아서, 한 암컷과 교미하는 와중에도 이미 다른 암컷에게 눈길을 준다.

그날 아침 비 내리는 날씨 때문에 몹시 내키지 않는 심정으로 카르멘은 장을 보러 나갔다. 갑자기 아파트가 평화롭게 느껴졌다. 이웃들의 아파트에서 퍼져 나오는 침묵과 부드럽게 속삭이는 빗소리에 에워싸인 작은 섬 같았다. 건물 전체가 조용함과 평화가 공존하는 놀라운 순간을 경험하고 있었다. 이곳에 피와 살로 이루어진 생물들이 아니라 무생물만 거주하는 것 같았다.

하지만 에밀리우 폰세카는 자신을 둘러싼 이 조용함과 평화에서 전혀 위안을 얻지 못했다. 오히려 공기가 무거워서 숨이 막힐 것 같았다. 그는 아내가 집에 없고 아들은 소란을 피우지 않는 이 순간이 좋았지만, 이것이 순간에 불과하다는 확신이 그를 짓눌렀다. 이것은 아무것도 해결해주지 못하는 일시적인 평화였다. 그는 거리에 면한 창가에 서서 부드럽게 내리는 비를 바라보며 담배를 피웠다. 하지만 담배를 피우기보다는 신경질적인 손가락 사이에 담배를 끼우고 장난만 칠 때가 더 많았다.

옆방에서 아들이 부르자 그는 담배를 재떨이에 내려놓고 아들을 보러 갔다.

"왜?"

"목말라요."

협탁에 물잔이 놓여 있었다. 그는 누워 있는 아들을 부축해 앉힌 뒤 물을 먹였다. 엔리크는 아픈지 인상을 찡그리면서 조심스레 물을 삼켰다. 본의 아니게 금식을 하는 바람에 아이가 너무 약해진 것 같아서 에밀리우는 갑자기 심장이 졸아들 만큼 겁이 났다. '이 애가 무슨 잘못이 있다고 이런 고생을 해야 하나? 아니, 내가 뭘 잘못했나?' 엔리크는 물을 다 마신 뒤 다시 누워서 빙긋 웃으며 아버지에게 고맙다고 말했다. 에밀리우는 침대 옆에 앉아 아무 말 없이 아들을 바라보았다. 처음에는 엔리크도 그와 눈을 마주치며 기쁜 표정을 지었다. 하지만 조금 시간이 흐른 뒤 에밀리우는 자기 때문에 아이가 난처해하고 있음을 깨달았다. 그는 시선을 돌리며 일어날 것처럼 몸을 움직였지만, 뭔가가 그를 붙잡았다. 머릿속에 새로 떠오른 생각 때문이었다. (정말 새로운 생각인가? 아니면 그가 감당하기 힘들어서 항상 옆으로 제쳐버린 생각인가?) 아들과 함께 있는 것이 왜 이렇게 불편한가? 아들 또한 그와 함께 있는 것이 왜 저렇게 확연히 불편해 보이는가? 무엇이 두 사람의 사이를 가로막고 있는가? 그는 담뱃갑을 꺼냈다가 담배 연기가 엔리크의 목에 좋지 않다는 사실을 기억해내고 곧바로 다시 집어넣었다. 담배를 피우러 다른 곳으로 갈 수도 있었지만 그렇게 하지는 않았다. 그는 다시 아들을 바라보다가 불쑥 질문을 던졌다.

"나를 사랑하니, 엔리크?"

아버지가 하기에 워낙 이상한 질문이었기 때문에 아이는 어설프게 대답했다.

"네……."

"많이?"

"네, 많이."

'말뿐이야.' 에밀리우는 속으로 생각했다. '말뿐이라고. 내

가 지금 죽는다면, 이 녀석은 1년도 안 돼서 나를 완전히 잊어버릴 거야.'

에밀리우는 엔리크의 발가락을 아무 생각 없이 사랑스럽게 꼭 쥐었다. 엔리크는 이것이 재미있었는지 키득거렸다. 목이 아플까 봐 조심스럽게. 에밀리우가 손에 더 힘을 주자, 엔리크는 아버지가 즐거워하는 것을 보고 불평을 말하지 않았다. 하지만 아버지가 손에서 힘을 빼자 마음이 놓였다.

"내가 없어지면 넌 슬퍼할까?"

"네······." 아들은 당혹스러운 표정으로 중얼거리듯 대답했다.

"그러고는 나를 잊겠지?"

"모르겠어요."

달리 어떤 답을 바랄 수 있을까? 아이가 아버지를 잊어버릴지 어떨지 모르는 건 당연한 일이었다. 누군가를 정말로 잊어버릴 때까지 그 사실을 깨닫는 사람은 없다. 어떤 일을 미리 알 수 있다면, 온갖 곤란한 문제들을 해결하기가 훨씬 더 쉬울 것이다. 에밀리우의 손이 담배를 넣어둔 호주머니로 다시 뻗어가다가 중간쯤에서 되돌아왔다. 무엇을 하려던 참인지 잊어버린 것처럼. 혼란에 빠진 것은 그의 손뿐만이 아니었다. 그의 얼굴도 표지판이 전혀 없거나 읽을 수 없는 낯선 언어로 된 표지판만 있는 교차로에 선 사람 같은 표정을 짓고 있었다. 주위가 전부 사막이라서 우리에게 길을 알려줄 사람이 하나도 없다.

엔리크는 호기심 어린 시선으로 아버지를 바라보았다. 아

버지의 이런 모습도 처음이고, 아버지에게서 그런 질문을 받
는 것도 처음이었다.

에밀리우의 손이 천천히 올라왔다. 이번에는 자신 있는 몸
짓이었다. 손바닥을 위로 한 그 손들은 그의 입에서 나오는
말을 확인해주고 있었다.

"당연히 너는 나를 잊겠지……."

그는 잠시 말을 멈췄지만, 말을 하고 싶다는 욕구가 저항
할 수 없을 만큼 강해서 머뭇거림이 싹 밀려났다. 아들이 자
신의 말을 이해할지 알 수 없었지만, 그런 건 중요하지 않았
다. 심지어 아들이 이해해주면 좋겠다는 생각도 없었다. 일부
러 아들이 이해할 수 있는 단어들만 골라서 말하지도 않을
것이다. 지금 그에게 필요한 것은 속에 있는 말을 다 할 때까
지, 또는 더 이상 할 말이 없어질 때까지 말하고 또 말하는
것이었다.

"당연히 넌 나를 잊을 거야. 틀림없이. 1년 뒤면 너는 더 이
상 날 기억하지 못할 거다. 아니, 어쩌면 1년까지 걸리지 않
을 수도 있어. 내가 사라지고 365일이 흐르면, 내 얼굴은 과
거 속에 묻히겠지. 시간이 더 흐르면 너는 내 사진을 보더라
도 날 기억해내지 못할 거야. 세월이 또 흐르면 내가 네 앞에
서 있어도 나를 알아보지 못할 테고. 아무리 나를 보더라도
내가 네 아버지라는 사실을 전혀 알아차리지 못할 거다. 지
금 너한테 나는 그냥 매일 보는 남자, 네가 목마를 때 물을
주는 사람, 네 엄마가 친근하게 이름을 부르는 남자, 네 엄마

와 같은 침대를 쓰는 남자에 불과하다. 네가 나를 사랑하는 건 날 매일 보기 때문이야. 나를 있는 그대로 사랑하는 게 아니라고. 내가 이러이러한 행동을 하기 때문에 날 사랑할 뿐, 내가 어떤 사람인지 너는 모른다. 네가 태어났을 때 내가 다른 사람과 바뀌치기되었더라도 너는 전혀 알아차리지 못하고 지금 나를 사랑하듯이 그 남자를 사랑했을 거야. 그러다 어느 날 내가 다시 나타나면, 네가 나한테 익숙해지는 데 아주 오랜 시간이 걸리겠지. 내가 진짜 너의 아버지인데도, 너는 계속 나랑 바뀌치기된 그 남자를 더 좋아할지도 몰라. 그 남자도 매일 만나는 건 마찬가지니까. 나처럼 그 남자도 널 영화관에 데려갈 테고……."

에밀리우는 아들의 얼굴을 보지 않고, 거의 쉴 새 없이 말을 쏟아놓았다. 그러다가 담배를 피우고 싶은 욕구를 더 이상 이기지 못하고 담배에 불을 붙였다. 아들을 흘깃 보니, 아들은 말도 못 하게 놀란 표정을 짓고 있었다. 아들이 안쓰러웠지만 그의 말은 아직 끝나지 않았다.

"넌 내가 어떤 사람인지 몰라. 앞으로도 영원히 모를 거다. 아무도 몰라……. 나 역시 네가 어떤 사람인지 모른다. 우린 서로를 모르는 거야. 내가 떠나더라도 네가 잃어버리는 건 내가 벌어오는 돈뿐……."

아니, 그가 정말로 말하고 싶은 건 이게 아니었다. 그는 연기를 빨아들인 뒤 말을 계속했다. 그가 말하는 동안 연기가 단어들과 함께 음절에 맞춰 불쑥불쑥 흘러나왔다. 엔리크는 아버지의 말은 안중에도 없이, 그 연기만 열심히 바라보고 있었다.

"어른이 되면 넌 행복을 원하게 될 거다. 지금은 그런 생각을 하지 않지. 그래서 네가 지금 행복한 거고. 네가 행복에 대해 생각하는 순간, 행복을 원하게 되는 순간, 너는 더 이상 행복하지 않게 된다. 영원히. 아마도 영원히. 내 말 듣고 있니? 영원히 그렇게 된다고. 행복해지고 싶다는 욕망이 강할수록 넌 덜 행복해질 거야. 행복은 네가 정복할 수 있는 것이 아니다. 사람들은 너한테 정복할 수 있다고 말할 테지만, 그 말을 믿지 마라. 사람은 행복하거나 행복하지 않거나, 둘 중 하나야."

이 말 역시 그가 하려던 말과는 거리가 멀었다. 다시 아들을 보았더니, 아들은 눈을 감고 있었다. 표정은 고요하고, 고른 숨소리는 편안했다. 아들은 자고 있었다. 에밀리우는 아들의 얼굴에 시선을 고정한 채 아주 부드러운 목소리로 중얼거렸다.

"나는 불행하다, 엔리크. 몹시 불행해. 언젠가 나는 떠날 거다. 언제가 될지는 나도 모르지만, 분명히 떠날 거야. 행복은 네가 정복할 수 있는 것이 아니다. 그래도 나는 그것을 정복하려고 시도해보고 싶구나. 여기서는 그런 시도를 할 수 없어. 모든 것이 죽었다. 내 인생은 실패작이야. 나는 이 집에서 이방인처럼 살고 있다. 널 사랑한다. 어쩌면 네 엄마까지도 사랑하는지 몰라. 하지만 여기에는 뭔가가 빠져 있다. 감옥살이를 하는 것 같아. 게다가 네 엄마와의 말다툼, 그 모든……. 그래, 언젠가 나는 떠날 거다."

엔리크는 깊이 잠들어 있었다. 금발 머리 한 다발이 이마를 일부 덮고 있고, 반쯤 벌어진 입술 사이로 작은 치아가 반짝였다. 희미한 미소가 얼굴 전체를 밝히고 있었다.

갑자기 에밀리우의 눈에 물기가 차올랐다. 에밀리우 본인도 이유를 알 수 없었다. 그는 손가락을 태우는 담배에 곧 정신이 팔려 창가로 갔다. 아직도 조용히 단조롭게 비가 내리고 있었다. 자신이 방금 한 말을 돌이켜 생각해보니 웃기는 짓을 했다는 생각이 들었다. 경솔했다는 생각도 들었다. 아들은 틀림없이 뭔가를 알아들었을 것이다. 그것을 제 엄마에게 말할 가능성도 있었다. 물론 그 점이 걱정스러운 것은 아니었지만, 집 안이 또 소란해지고, 바가지와 잔소리와 눈물 바람이 이어지는 건 사양이었다. 그는 지쳤다. 몹시 지쳤다. 그래, 카르멘, 난 지쳤어.

창밖의 거리를 지나가는 아내의 모습이 보였다. 쓰고 있는 우산은 빗줄기를 거의 가려주지 못했다. 에밀리우는 조금 전에 속으로만 생각했던 말을 크게 소리 내어 다시 말했다.

"내 말 들려, 카르멘? 난 지쳤어."

그는 샘플 가방을 가져가려고 식당으로 들어갔다. 카르멘이 안으로 들어왔다. 두 사람은 차갑게 작별 인사를 나눴다. 그녀는 남편이 너무 서둘러 나가는 게 수상하다고 생각했다. 혹시 무슨 일이 생긴 건 아닌지 걱정스러웠다. 아들의 방에 가봤지만 이상한 점은 전혀 없었다. 그러나 남편과 함께 쓰는 방에 들어갔더니 즉시 거슬리는 점이 눈에 띄었다. 화장대 위에 담배꽁초가 재떨이와 나란히 놓여 있었다. 재를 쓸어내고 나니 나무에 탄 자국이 보였다. 화가 난 그녀는 격한 말로 분노를 쏟아냈다. 불행이 그녀를 가득 채우고도 모자라 흘러넘쳤다. 그녀는 화장대의 운명, 자신의 운명, 자신의 슬픈 인생을 한탄했다. 훌쩍훌쩍 울면서 중얼중얼 불만을 늘어놓았다. 어디 또 망가진 곳이 있을까 싶어서 그녀는 주위를 둘러보았다. 그러고는 애정과 절망이 담긴 시선으로 화장대를 한 번 더 바라본 뒤 다시 부엌으로 갔다.

점심을 준비하는 동안 그녀는 남편에게 할 말을 속으로 상상했다. 그가 그냥 여기서 이 일이 끝날 거라고 생각한다면 안 될 말이었다. 그녀는 반드시 남편에게 한두 마디 말을 할 것이다. 뭔가를 망가뜨리고 싶다면 당신 물건을 망가뜨리라고. 친정 부모님이 주신 돈으로 산 침실 가구는 건드리지 말라고. 당신은 고마움을 이런 식으로 표현해? 이 배은망덕한 인간아!

"그 인간은 항상 모든 걸 망가뜨려야 직성이 풀리지." 그녀는 불과 식탁 사이를 오가며 투덜거렸다. "그 인간이 잘하는 건 그것뿐이야!" 세뇨르 에밀리우 폰세카는 항상 그럴싸한 말만 할 뿐이었다! 끝내 결혼을 허락하지 않은 친정아버지가 옳았다. 비고*에 솔 공장을 갖고 있는 사촌 마놀로와 결혼할 것을. 그러면 지금쯤 공장을 소유한 귀부인이 되어 하녀를 부리며 살고 있을 텐데! 어리석은 멍청이 같으니! 그녀는 포르투갈에 사는 미카엘라 숙모의 집에 와서 한동안 머물기로 결정했던 그 순간을 저주했다! 그녀는 그곳에서 상당한 화제가 되었다. 주변의 모든 남자들이 그녀에게 구애하고 싶어 했던 것이 그녀에게는 오히려 몰락의 원인이 되었다. 고향에 있을 때보다 훨씬 더 인기 있는 여자가 된 것을 기뻐하며 자랑하다 보니 눈이 멀어서 지금에 이르렀다. 그때 아버지는 그녀에게 이렇게 말했다. "카르멘, 그 녀석은 좋은 남자가 아니다!(Carmen eso no es hombre bueno!)" 하지만 그녀는 아버지의 충고를 듣지 않고 고집을 부려 솔 공장을 소유한 사촌 마놀로를 거절했다.

그녀는 부엌 한복판에 서서 눈물을 닦았다. 마놀로를 본 지 거의 6년인데, 갑자기 그가 보고 싶었다. 그녀는 자신이 잃어버린 온갖 좋은 것들을 그리워하며 울었다. 지금쯤 공장의 소유주가 되었을 텐데. 마놀로는 항상 그녀에게 홀딱 반해 있었는데. 아아, 불행해, 불행해!(Ah, disgraciada, disgraciada!)

엔리크가 방에서 소리를 냈다. 자다가 갑자기 깬 모양이었다. 카르멘은 아들에게 달려갔다.

"무슨 일이니?(Qué tienes?) 무슨 일이야?(Qué tienes?)"

"아빠는 갔어요?"

---

* 스페인 갈리시아 지방의 항구도시.

"응."

엔리크의 입술이 가늘게 떨리기 시작하더니 소리 없는 눈물이 천천히 떨어졌다. 카르멘은 깜짝 놀랐다. 거기에는 분노와 걱정이 절반씩 섞여 있었다.

12

껍데기만 남은 신발 한 켤레가 작업대 위에서 고쳐달라고 울부짖고 있었지만, 실베스트르는 못 본 척하고 대신 신문을 들어 읽었다. 그는 신문을 읽을 때 항상 1면부터 마지막 면까지, 사설에서부터 범죄 기사까지 전부 읽었다. 세계의 최신 소식들을 접하고, 그 추이를 계속 따라가는 것도 좋아했다. 그는 세상일에 대해 자기 나름의 견해를 갖고 있었다. 그러다 자신의 생각이 틀린 것으로 판명될 때마다, 자신이 하얗다고 말한 것이 사실은 검은색이었음이 드러날 때마다, 모든 것을 신문 탓으로 돌렸다. 신문이 가장 중요한 소식을 절대 싣지 않고, 다른 소식들 또한 멋대로 변형해서 싣거나 무시해버리기 때문에 자신이 그렇게 되었다는 것이다. 신문이 무슨 의도로 그런 짓을 하는지 누가 알겠는가! 오늘 자 신문 역시 평소보다 더 좋지도 나쁘지도 않았지만, 실베스트르는 도저히 참고 읽을 수가 없었다. 그는 계속 초조한 눈길로 시계를 힐끔거렸다. 그러다 스스로를 비웃으며 다시 신문을 읽기 시작했다. 그는 프랑스의 정세에, 인도차이나의 전쟁에 관심을 품으려고 애썼지만 그의 눈은 자꾸만 글자들 위를 미끄러지고 뇌는 단어의 의미를 받아들이려 하지 않았다. 결국 그는 신문을 던지듯 내려놓고 아내를 불렀다.

마리아나가 문간에 나타나자 그 큰 덩치 때문에 문간이 거의 꽉 찼다. 방금 설거지를 끝낸 그녀는 손의 물기를 닦고 있었다.

"저 시계 맞는 거야?" 실베스트르가 물었다.

마리아나는 복장이 터질 만큼 느릿느릿 시곗바늘의 위치를 살펴보았다.

"응, 그런 것 같은데……."

"흠."

마리아나는 아무 의미가 없어 보이는 그 소리 다음에 그가 말을 잇기를 기다렸지만, 그는 신문을 낚아채듯 다시 집어 들 뿐이었다. 자신을 지켜보는 아내의 시선을 느끼면서 그는 자신이 이렇게 안달하는 것이 우스꽝스럽다 못해 유치하게까지 보일 수 있다는 점을 인정했다.

"걱정 마. 곧 올 거야." 마리아나가 빙긋 웃었다.

실베스트르는 시선을 들었다.

"누굴 말하는 거야? 아, 그 친구. 중요한 건 그 친구가 아니지."

"그럼 왜 그렇게 안달하는 건데?"

"내가? 안달? 거참!"

마리아나는 재미있다는 듯 더욱 환한 미소를 지었다. 그러자 실베스트르도 함께 웃었다. 자신이 사실 별것도 아닌 일로 열을 내고 있음을 깨달았기 때문이다.

"그 청년이 날 홀렸어!"

"홀리기는! 그냥 당신의 약한 부분을 찾아낸 거지. 체커 말이야. 당신은 진짜 구제불능이라니까!" 이 말을 하고 나서 그녀는 다시 부엌으로 돌아가 옷에 풀을 먹이는 일을 계속했다.

실베스트르는 사람 좋게 어깨를 으쓱하며 다시 시계를 흘긋 보고는, 시간을 때우려고 담배 한 대를 말았다. 30분이 흘렀다. 10시가 가까운 시각이었다. 실베스트르가 결국 작업대 위의 저 신발을 수선하는 것 외에 다른 대안이 없는 것 같다고 생각할 무렵, 초인종이 울렸다. 그가 앉아 있는 식당의 문이 복도를 향해 열렸다. 그는 신문을 들고 아주 신중한 표정을 지으며 신문에 푹 빠진 척했다. 하지만 속으로는 기뻐서 활짝 웃고 있었다. 아벨이 복도를 걸어와 말했다. "좋은 저녁입니다, 세뇨르 실베스트르." 그러고 나서 계속 자기 방 쪽으로 걸어갔다.

"좋은 저녁이야, 세뇨르 아벨." 실베스트르는 이렇게 대답하고는 곧바로 한심하고 따분한 신문을 팽개친 뒤 체커 판을 준비하려고 달려갔다.

아벨은 자신의 방으로 들어와 편안한 옷으로 갈아입었다. 낡은 바지를 입고, 구두 대신 슬리퍼를 신고, 재킷을 벗었다. 책을 넣어둔 여행 가방을 열어 한 권을 꺼내서 침대 위에 놓은 뒤, 일을 시작할 준비를 했다. 다른 사람들은 누구도 그것을 일이라고 보지 않겠지만, 아벨은 일로 생각했다. 그의 앞에 있는 것은 『카라마조프 형제들』의 프랑스어 번역본 제2권이었다. 그는 이미 그 책을 한 번 읽었지만, 생각을 명확히 정리하기 위해 한 번 더 읽는 중이었다. 자리에 앉기 전에 그는 담배를 찾아 헛되이 두리번거렸다. 가진 담배를 다 피우고 오는 길에 새로 사 오는 것을 깜박 잊어버렸다. 담배 없이 견디느니 차라리 다시 비에 젖는 게 낫겠다는 심정으로 그는 방을 나섰다. 그가 다시 식당 문 앞을 지나가는데 실베스트르의 질문이 들렸다.

"또 나가나, 세뇨르 아벨?"

아벨은 웃으며 대답했다.

"네, 담배가 다 떨어져서요. 근처 술집에 담배가 있는지 가 볼 생각입니다."

"나한테 좀 있네. 자네 취향에 맞을지는 잘 모르겠지만. 말아서 피우는 담배야."

"아, 상관없습니다. 저는 무슨 담배든 다 피웁니다."

"그럼 가져가게!" 실베스트르가 담배쌈지와 담배 종이 다발을 내밀었다.

그러는 와중에 그가 그때까지 숨기고 있던 체커 판이 드러났다. 아벨이 실베스트르를 재빨리 살펴보니, 고민과 당황이 그의 눈빛에 드러나 있었다. 그는 실베스트르의 비판적인 시선을 받으며 재빨리 담배 한 개비를 말아 불을 붙였다. 이제 실베스트르는 자존심 때문에 자기 몸으로 체커 판을 가리려고 했다. 아벨은 평소 식탁 한가운데에 놓여 있던 유리 과일 그릇이 한쪽 옆으로 밀려나 있고, 실베스트르 맞은편에 빈 의자가 있는 것을 알아보았다. 아벨을 위해 놓아둔 의자였다.

그가 중얼거리듯 말했다. "저, 체커 게임을 한 판 했으면 싶은데요. 세뇨르 실베스트르는 어떠십니까?"

실베스트르의 코끝이 살짝 간질거렸다. 기대감에 마음이 들떴다는 확실한 징조였다. 그는 이유는 잘 모르겠지만 이 순간 자신과 아벨이 아주 친한 친구가 되었다는 생각이 들었다. 그가 말했다.

"나도 마침 그 말을 하려고 했네."

아벨은 자기 방으로 가서 책을 치운 뒤 식당으로 돌아왔다.

실베스트르가 이미 체커 말들을 꺼내놓고, 재떨이를 아벨의 손이 닿는 위치에 놓고, 천장의 불빛이 체커 판에 그림자를 드리우지 않게 식탁 위치까지 살짝 바꿔놓은 다음이었다.

두 사람은 게임을 시작했다. 실베스트르의 얼굴이 환하게 빛났다. 아벨은 그 정도로 감정을 드러내지는 않았지만, 실베스트르의 만족스러운 표정을 그대로 따라 하며 계속 그를 열심히 관찰했다.

마리아나는 일을 마치고 잠자리에 들었다. 두 남자는 계속 깨어 있었다. 자정 무렵, 아벨에게는 특히 재앙과 같았던 한 판이 끝난 뒤, 그가 선언하듯이 말했다.

"오늘 밤에는 그만하죠! 세뇨르 실베스트르의 실력이 저보다 훨씬 좋아서 정말 많이 배웠습니다!"

실베스트르는 살짝 실망한 기색이었지만, 그뿐이었다. 게임을 시작한 뒤로 상당한 시간이 흘렀으므로 이제 그만두는 게 좋겠다는 말에 그도 동의했다. 아벨은 담배를 집어 새로 한 대를 만 뒤 주위를 둘러보며 물었다.

"여기서 오래 사셨습니까, 세뇨르 실베스트르?"

"족히 20년은 살았지. 여기 세입자 중 내가 제일 오래 살았어."

"다른 세입자들과도 아는 사이인 것 같던데요."

"물론이지."

"점잖은 분들입니까?"

"좋은 사람도 있고, 나쁜 사람도 있고. 뭐, 온 세상이 다 똑같지, 안 그런가?"

"네, 그렇죠."

아벨은 멍하니 흑백의 체커 말들을 번갈아 쌓아 올리기 시작했다. 그러다 그 탑을 손으로 쳐서 쓰러뜨리고는 이렇게 물었다.

"옆집 남자 말인데요, 좋은 사람은 아닌 것 같습니다."

"아, 괜찮은 사람이야. 그냥 말이 좀 없어서 그렇지. 내가 원래 말 없는 남자들을 안 좋아하는 편인데, 그 친구는 나쁘지 않아. 하지만 그 친구 부인은 정말 독사 같지. 게다가 스페인 사람이고."

"그게 무슨 상관인데요?"

실베스트르는 '스페인 사람'이라는 말을 비웃음과 함께 내뱉은 것을 후회했다.

"그런 뜻으로 말한 게 아니라…… 사람들이 뭐라고 하는지 자네도 알잖나. '스페인에서 기대할 수 있는 것은 차가운 바람과 차가운 아내뿐이다.'"

"아, 그러니까 두 사람이 잘 지내는 것 같지 않다는 말씀인가요?"

"내가 확실히 알아. 남편은 찍소리도 안 하는데, 여자는 목소리가 무슨 뱃고동…… 내 말은, 말할 때 목소리가 무척 크다는 뜻일세."

아벨은 실베스트르의 당황한 표정과 조심스러운 단어 선택에 미소를 지었다.

"다른 분들은 어떻습니까?"

"음, 2층 왼쪽 집에 사는 부부는 도통 이해를 못 하겠어. 지역 신문사에서 일한다는 남편은 진짜 나쁜 놈일세. 이런 말을 써서 미안하지만 진짜야. 여자는 가엾게도 죽음의 문턱에서 있는 사람처럼 보이지. 내가 처음 봤을 때부터 그랬어. 날이 갈수록 빼빼 마르기만 해."

"어디가 아픈가요?"

"당뇨병이라네. 적어도 그 여자가 마리아나한테 해준 말로는 그래. 하지만 내가 아주 틀린 게 아니라면, 아마 결핵 환자일 걸세. 딸이 뇌수막염으로 죽었는데, 그 뒤로 애 엄마가 갑자기 서른 살은 늙어버렸어. 내가 아는 한, 아주 불행한 부부일세. 여자는 확실히 불행하고……. 남편은, 방금 말했듯이, 정말 짐승 같은 놈이야. 나도 먹고살아야 하니 그놈 신발을 수선해주기는 하지만, 내 생각 같아서는…….”

“그 옆집은요?”

실베스트르는 장난꾸러기처럼 씩 웃었다. 아벨이 이렇게 이웃들에게 관심을 보이는 것은 사실 위층의 이웃에 대해 자세히 물어보려는 핑계일 뿐이라는 생각이 들었다. 그래서 아벨이 덧붙이는 말을 듣고 그는 상당히 불쾌해졌다.

“아, 그 여자에 대해서는 당연히 알고 있습니다. 꼭대기 층은 어떤가요?”

실베스트르가 보기에는 이제 아벨의 호기심이 과한 것 같았다. 게다가 아벨은 계속 질문을 던지면서도 사실은 그렇게 관심이 있는 것처럼 보이지 않았다.

“꼭대기 층 오른쪽에 사는 남자는 내가 도저히 참아줄 수가 없어. 그 남자를 거꾸로 들고 탈탈 털어도 동전 한 푼 떨어지지 않을 걸세. 그런데도 누구든 그자를 보면 꼭…… 꼭 자본가인 줄 알걸.”

“자본가를 좋아하시지 않는 모양입니다.” 아벨이 빙긋 웃으며 말했다.

실베스트르는 갑자기 찾아든 불신감에 정신적으로 한 발 뒷걸음질을 쳤다. 그리고 아주 천천히 입을 열었다.

"좋아하는 것도, 싫어하는 것도 아니야. 그냥 말하자면 그렇다는 거지."

아벨은 그의 말을 듣지 않는 것 같았다.

"다른 가족들은요?"

"그 집 부인은 바보야. 항상 '우리 안셀무가 어쩌고', '우리 안셀무가 저쩌고'……. 게다가 그 딸은, 그래, 나중에 그 아이 때문에 부모가 상당히 골치가 아플 걸세. 틀림없어. 특히 부모가 그 애를 덮어놓고 오냐오냐하니까 더 그렇지."

"몇 살인데요?"

"한 스무 살쯤 됐을걸. 우리는 그 애를 클라우디냐로 부른다네. 내 짐작이 틀리는 편이 낫겠군."

"그 반대편 집은요?"

"그 반대편에는 아주 점잖은 여성 네 명이 살지. 한때는 돈이 좀 있는 집안이었다가 힘들어진 것 같아. 교양 있는 사람들이야. 층계참에 서서 소문을 쑥덕거리지도 않고. 여기서는 그게 대단한 일이거든. 그냥 자기들끼리 조용히 살고 있어."

아벨은 이제 말들을 사각형으로 늘어놓으면서 혼자 놀고 있었다. 실베스트르가 조용해지자 아벨은 기대에 찬 표정으로 시선을 들었지만, 실베스트르는 더 이상 말을 하고 싶지 않았다. 아벨이 자꾸 질문을 던지는 데에는 다른 의도가 있는 것 같았다. 비록 나중에 문제가 될 만한 말은 전혀 하지 않았지만, 이미 말을 너무 많이 한 것 같아 후회가 되었다. 그는 처음에 아벨을 의심했던 것을 상기하고, 사람을 너무 쉽게 믿어버리는 자신을 탓했다. 자본가를 좋아하지 않느냐는 아벨의 말에 지뢰가 잔뜩 박혀 있었다.

침묵이 이어지면서 실베스트르는 마음이 불편해졌다. 아벨은 지극히 편안해 보인다는 점이 특히 더 거슬렸다. 그는 강을 건너는 징검다리처럼 체커 말들을 탁자 위에 쭉 늘어놓은 상태였다. 이 어린애 같은 장난에 실베스트르는 짜증이 났다. 침묵을 더 이상 참을 수 없게 되었을 때, 아벨이 화가날 만큼 신중하게 말들을 한데 모으더니 느닷없이 이렇게 물었다.

"왜 저의 신원을 조사해보지 않으셨습니까, 세뇨르 실베스트르?"

이 질문이 실베스트르의 생각과 너무나 정확히 들어맞아서 그는 몇 초 동안 말문이 막혔다. 시간을 벌기 위해 그가 생각해낸 방법은 수납장에서 잔 두 개와 술병 하나를 가져와 이렇게 말하는 것뿐이었다.

"체리브랜디 좋아하나?"

"좋아합니다."

"체리를 넣은 것, 아니면 뺀 것?"

"넣은 것으로요."

그는 두 개의 잔을 채우면서 무슨 말을 할지 고민했지만, 병에서 체리를 꺼내는 데 너무 몰두한 나머지 끝까지 대답할 말을 생각해내지 못했다. 아벨은 잔에 코를 대고 냄새를 맡아본 뒤 순진한 얼굴로 말했다.

"제 질문에 답하지 않으셨습니다."

"아, 그래, 그 질문!" 실베스트르의 불편한 기색이 확연히 드러났다. "내가 그걸 확인하지 않은 건 그러니까…… 그러니까 그때는 그게 필요한 것 같지 않아서였어."

그의 말투를 주의 깊게 들어보면, 이제는 그가 의심하고 있다는 사실을 알 수 있었다. 아벨도 알아차린 모양이었다.

"지금도 같은 생각이십니까?"

궁지에 몰린 실베스트르는 공세를 취하려고 했다.

"자네가 무슨 독심술사라도 되나, 그래, 세뇨르 아벨?"

"아뇨, 저는 그저 사람들의 말에 귀를 기울이고, 말투를 관찰할 뿐입니다. 어려운 일이 아니에요. 어쨌든, 저를 믿으십니까, 믿지 않으십니까?"

"내가 왜 자네를 안 믿겠어?"

"제가 알고 싶은 게 그겁니다. 저는 저를 확인해볼 기회를 드렸는데, 세뇨르 실베스트르는 그걸 조사하지 않기로 하셨으니……." 그는 술을 한 모금 마시고, 입맛을 다신 뒤, 웃음을 머금은 눈으로 실베스트르를 똑바로 바라보며 물었다. "혹시 저한테서 직접 말을 듣고 싶으신 겁니까?"

실베스트르는 갑자기 호기심이 발동해서 기대에 찬 얼굴로 자기도 모르게 살짝 앞으로 몸을 기울였다. 아벨이 말을 이었다.

"하지만, 물론, 제가 세뇨르 실베스트르의 눈을 거짓으로 속이려 하는 건 아닌지 알 길은 없겠죠?"

실베스트르는 고양이의 양쪽 앞발 사이에 갇힌 생쥐의 심정을 갑자기 이해할 것 같았다. 그는 '이 청년에게 단호히 본때를 보여주고 싶다'는 생각이 굴뚝같았지만, 그 생각은 금방 녹듯이 사라지고 무슨 말을 해야 할지 알 수 없게 되었다. 하지만 아벨은 자신의 두 질문에 모두 진심으로 대답을 기대하지는 않았다는 듯이 말을 이었다.

"저는 세뇨르 실베스트르를 좋아합니다. 이 집도, 사모님도 다 좋아서 여기 있으면 아주 편안해요. 여기서 오래 살 수 있을지는 잘 모르겠지만, 이곳을 떠날 때 아주 좋은 추억을 함께 가져갈 수 있을 것 같습니다. 제가 첫날부터 알아차린 것은, 제가 이런 말씀을 드려도 되는지 모르겠지만, 이미 제 친구라고 생각하고 있는 세뇨르 실베스트르가……. 제가 그렇게 생각해도 됩니까?"

실베스트르는 체리를 부지런히 씹어 먹으면서 고개만 끄덕였다.

"감사합니다." 아벨이 말했다. "처음에 약간의 불신을 알아차렸습니다. 주로 저를 바라보는 세뇨르 실베스트르의 시선에서요. 그 불신의 원인이 무엇이든, 제가 저에 대해 말씀드리는 것이 마땅하다는 생각이 듭니다. 불신과 함께 심금을 울리는 온기도 함께 느껴졌거든요. 세뇨르 실베스트르의 얼굴에 온기와 불신이 함께 어우러져 있던 모습이 지금도 눈에 선합니다……."

실베스트르의 표정은 따스함에서 순수한 불신으로, 다시

따스함으로 변했다. 아벨은 그가 이렇게 가면을 썼다 벗었다 하는 모습을 지켜보며 즐거운 듯 미소를 지었다.

"두 가지 느낌이 다 있습니다. 제 얘기가 끝난 다음에는 따스함만 볼 수 있으면 좋을 텐데요. 그럼 이제 곧바로 이야기를 시작해볼까요? 제가 담배를 조금 더 빌려 가도 되겠습니까?"

실베스트르는 이제 체리를 다 먹었지만, 굳이 대답할 필요를 느끼지 못했다. 그는 이 젊은이의 격의 없는 태도에 조금 화가 난 상태였으므로, 대답을 한다면 다소 퉁명스러운 말투가 나올까 걱정스럽기도 했다.

"조금 이야기가 깁니다." 담배에 불을 붙인 아벨이 말했다. "하지만 짧게 줄여보겠습니다. 시간도 늦었고, 세뇨르 실베스트르의 인내심을 시험할 생각은 없으니까요. 저는 지금 스물여덟 살인데, 아직 군 복무를 하지 않았습니다. 고정된 직업은 없고요. 그 이유는 곧 말씀드리겠습니다. 아내도 애인도 없고, 자유와 고독의 위험과 이점 또한 알고 있습니다. 제게는 그 두 가지가 모두 똑같이 편안합니다. 저는 열여섯 살 때부터 12년 동안 이렇게 살고 있습니다. 어린 시절에 대한 제 기억은 지금 중요하지 않습니다. 지나간 추억을 회상하며 즐거움을 느낄 만큼 제 나이가 아직 많지 않다는 점도 있고, 그 시절의 이야기가 세뇨르 실베스트르의 불신이나 따스함에 아무런 영향을 미칠 수 없기 때문이기도 합니다. 중고등학교 때 저는 모범생이었습니다. 친구들과 선생님들이 모두 저를 좋아했지요. 그건 상당히 드문 일 아닙니까. 분명히 말

쏨드리지만, 제가 계산적으로 군 것이 아닙니다. 선생님들에게 아부를 하지도 않았고, 친구들에게 좋은 말만 하지도 않았어요. 어쨌든 열여섯 살이 되었을 때 저는…… 아, 제가 부모님의 유일한 자식이고, 당시 부모님과 함께 살고 있었다는 말을 안 했군요. 무엇이든 상상하고 싶은 대로 하셔도 됩니다. 부모님이 모종의 재난으로 모두 돌아가셨다고 상상해도 되고, 서로 같이 살아가는 삶을 도저히 견딜 수 없게 되어서 헤어졌다고 상상해도 됩니다. 마음대로 고르세요. 어차피 제가 혼자 남았다는 결과는 똑같으니까요. 만약 두 번째 상상을 선택한다면, 저더러 두 분 중 한 분과 계속 살 수도 있지 않았느냐고 말씀하실 겁니다. 그렇다면 제가 두 분 중 누구와도 같이 살기 싫었다고 상상해보세요. 어쩌면 제가 부모님을 사랑하지 않았기 때문일 수도 있고, 두 분을 똑같이 사랑해서 어느 한쪽을 고를 수 없었기 때문일 수도 있습니다. 마음대로 생각하세요. 말씀드렸듯이, 제가 혼자 남았다는 결과는 똑같으니까요. 열여섯 살 때, 세뇨르 실베스트르는 열여섯 살 때가 기억나십니까? 그 나이에는 인생이 근사하게 보입니다. 적어도 몇몇 사람들에게는 그래요. 세뇨르 실베스트르의 표정을 보니, 그 나이에 인생이 근사하지 않으셨던 모양입니다. 저한테는 그랬습니다. 불행히도. 제가 '불행히도'라고 말한 건, 그게 저한테 전혀 도움이 되지 않았기 때문입니다. 저는 학교를 그만두고 일자리를 찾았습니다. 몇몇 친척들은 저더러 함께 살자고 말했지만 제가 거절했습니다. 자유와 고독이라는 열매의 맛을 이미 본 뒤라서, 그걸 다시 빼앗기고 싶지 않았거든요. 그 열매가 때로는 얼마나 쓴맛을 낼 수 있는지 그때는 아직 몰랐습니다. 제 얘기가 지루합니까?"

실베스트르는 튼튼한 팔로 팔짱을 끼고 말했다.

"설마, 그럴 리가 없지 않나."

아벨이 빙긋 웃었다.

"맞습니다. 계속하죠. 혼자 서고 싶지만 아는 것이 하나도 없는 열여섯 살 소년. 설사 아는 것이 있다 해도 전혀 모르는 것과 마찬가지인 소년이 일자리를 찾기는 쉽지 않습니다. 까다롭게 굴지 않아도 그래요. 저 역시 일자리를 까다롭게 고르지 않았습니다. 그냥 가장 먼저 나타난 기회를 덥석 잡았죠. 케이크 가게에서 조수를 구한다는 광고였습니다. 나중에 알았지만 지원자가 아주 많았답니다. 하지만 가게 주인이 저를 선택했으니 운이 좋았죠. 어쩌면 깨끗한 옷차림과 예의 바른 태도가 효과를 발휘한 건지도 모르겠습니다. 저는 나중에 다른 일자리를 구할 때 이 가설을 시험해보았습니다. 형편없는 가정에서 자란 추레한 아이 같은 꼴로 나타난 거죠. 요즘 사람들이 하는 말처럼, 더 말할 필요도 없는 몰골이었습니다. 사람들은 저를 아예 쳐다보지도 않더군요. 어쨌든 케이크 가게에서 받는 돈으로 저는 간신히 굶주림을 면할 정도였습니다만, 16년 동안 집에서 좋은 음식을 먹고 자란 덕분에 살아남을 수 있는 영양분이 몸에 충분히 축적되어 있었습니다. 그 영양분이 모두 사라진 뒤 제가 할 수 있는 일은 가게의 케이크로 배를 채우는 것뿐이었습니다. 지금은 케이크만 봐도 토할 것 같습니다. 체리브랜디를 한 잔 더 마셔도 될까요?"

실베스트르는 그의 잔을 채워주었다. 아벨은 술은 한 모금 마시고 말을 이었다.

"제가 이렇게 계속 자세히 이야기하다가는 밤을 새우겠습니다. 벌써 1시인데, 고작 첫 번째 직장에 머물러 있으니 말입니다. 저는 아주 많은 직장에 다녔습니다. 아까 고정된 직업이 없다고 한 말이 바로 이런 뜻입니다. 지금은 아레이루의 건설 현장에서 현장감독으로 일하고 있습니다. 내일은 또 무슨 일을 하게 될지 저도 모릅니다. 어쩌면 실업자가 될지도 모르죠. 그런 일이 처음도 아닙니다. 세뇨르 실베스트르가 돈도 살 곳도 없이 실업자가 된 적이 있는지 모르겠습니다. 저는 있습니다. 공교롭게도 입영을 위한 신체검사를 받을 때와 같은 시기에 한 번. 그때 제가 어찌나 쇠약한 상태였는지, 심사관들이 곧바로 퇴짜를 놓았습니다. 저는 나라가 원하지 않는 사람이었습니다. 솔직히 저는 상관없었습니다. 2년 동안 숙식을 보장받을 수 있다는 사실이 나름대로 매력적이긴 합니다만. 그래도 그 직후에 저는 다시 일자리를 구했습니다. 그 일자리가 무엇이었는지 말하면 세뇨르 실베스트르는 웃음을 터뜨릴 겁니다. 모든 병에 효과가 있는 놀라운 차를 파는 영업 사원이었습니다. 우습죠? 제가 그 차에 대해 말하는 걸 들으셨다면 틀림없이 웃었을 겁니다. 제 평생 그렇게 거짓

말을 많이 한 적이 없습니다. 거짓말을 쉽사리 믿는 사람이 그렇게 많은 줄도 몰랐습니다. 저는 전국을 돌아다니며 누구든 제 말을 믿어주는 사람에게 그 기적의 차를 팔았습니다. 죄책감은 한 번도 느끼지 않았습니다. 분명히 말씀드리지만, 그 차가 몸에 해롭지는 않았습니다. 그리고 제 말은 그 차를 사는 사람들에게 커다란 희망을 주었으니 그만한 돈을 낼 가치가 있었다고 봅니다. 희망은 가치를 헤아릴 수 없는 것이니까요……."

실베스트르는 고개를 끄덕거렸다.

"같은 생각이시죠? 음, 이 정도면 될 것 같습니다. 제 인생에 대해 더 말해봤자 의미가 별로 없을 것 같아요. 저는 추위와 굶주림을 압니다. 폭식과 궁핍을 모두 경험했습니다. 내일 사냥을 할 수 있을지 확신하지 못하는 늑대처럼 음식을 먹은 적도 있고, 굶어 죽기로 결심한 사람처럼 단식한 적도 있습니다. 그렇게 지금까지 살았습니다. 이 도시에서 제가 살아보지 않은 동네가 없습니다. 벼룩과 빈대가 우글거리는 숙소에서 잔 적도 있습니다. 심지어 리스본에 수백 명쯤 되는 훌륭한 여성과 '가정'을 꾸린 적도 있습니다. 첫 직장에서 케이크를 훔쳐 먹은 것을 빼면, 저는 도둑질을 딱 한 번밖에 하지 않았습니다. 이스트렐라 공원에서였습니다. 배가 고팠는데, 굶주림이 뭔지 아는 사람으로서 그렇게 배가 고팠던 적이 한 번도 없다고 확실히 말씀드릴 수 있습니다. 그때 예쁜 여자아이가 제게 다가왔습니다. 아뇨, 그런 게 아닙니다. 기껏해야

네 살밖에 안 된 아이였어요. 제가 예쁘다는 말을 쓴 건, 아마 그 애한테서 물건을 빼앗았다는 사실을 보상하기 위해서일 겁니다. 아이는 버터를 바른 빵을 거의 먹지 않은 상태로 들고 있었습니다. 부모나 보모가 틀림없이 근처 어딘가에 있었겠지만, 그때 저는 그런 생각을 하지도 못했습니다. 아이는 소리를 지르지도, 울지도 않았습니다. 저는 잠시 후 성당 뒤에 서서 버터를 바른 빵을 먹고 있었습니다……."

실베스트르의 눈에서 눈물이 반짝였다.

"저는 항상 집세를 냈습니다. 그러니 그걸 걱정하실 필요는 없습니다."

실베스트르는 어깨를 으쓱했다. 그는 아벨의 이야기를 계속 듣고 싶었다. 그의 이야기가 즐거웠을 뿐만 아니라, 그의 질문에 어떻게 대답해야 할지 아직도 알 수 없어서였다. 이 두 번째 이유가 더 컸다. 물어보고 싶은 것이 있었지만, 아직 때가 너무 이른 건 아닌가 하는 생각이 들었다. 그때 아벨이 선제공격을 했다.

"제가 누군가에게 이 이야기를 하는 건 이번이 딱 두 번째입니다. 첫 번째로 이야기한 사람은 어떤 여자였는데, 저는 그 여자가 이해해줄 줄 알았습니다. 하지만 여자들은 아무것도 이해하지 못합니다. 이야기하지 말았어야 하는 건데. 그 여자는 안정된 삶을 원했고, 제게 의지하고 싶어 했습니다. 잘못 생각한 겁니다. 지금 제가 왜 세뇨르 실베스트르에게 지난 삶을 이야기하는지 전혀 모르겠습니다. 어쩌면 제가 세뇨르 실베스트르의 얼굴을 좋아하기 때문일 수도 있고, 그 이야기를 한 지 몇 년이 흘러서 그 짐을 가슴에서 덜어낼 필요가 있기 때문일 수도 있습니다. 아니면 다른 이유가 있을지도 모르고요. 저도 모르겠습니다……."

"내가 자네를 불신하지 않게 만들려고 그 이야기를 한 거야." 실베스트르가 말했다.

"아뇨, 그런 게 아니었습니다. 지금까지 저를 불신한 사람은 많습니다. 그래도 저는 이 이야기를 하지 않았어요. 어쩌면 밤늦은 시간이라서, 아니면 체커 게임 때문에, 아니면 제가 여기 나와서 게임을 하지 않았다면 지금쯤 읽고 있었을 책 때문일 수도 있습니다. 누가 알겠습니까? 이유가 무엇이든, 이제 세뇨르 실베스트르는 제 인생에 대해 모두 알고 계십니다."

실베스트르는 헝클어진 머리를 양손으로 긁었다. 그러고는 잔을 채워 단번에 비웠다. 그는 손등으로 입을 닦고 나서 이렇게 물었다.

"왜 그런 식으로 사는 건가? 내 질문이 너무 무신경했다면 미안하네만……."

"아뇨, 그렇지 않습니다. 저는 원해서 이렇게 사는 겁니다. 다른 식으로는 살고 싶지 않기 때문에 이렇게 사는 거예요. 다른 사람들이 생각하는 인생은 제게 아무런 가치가 없습니다. 틀에 갇히고 싶지 않아요. 인생은 수많은 다리가 달린 문어와 같습니다. 다리 하나만으로도 사람을 가두기에는 충분하죠. 저는 틀에 갇혔다는 느낌이 들 때마다 그 다리를 끊어 버립니다. 그것이 고통스러울 때도 있지만 다른 방법이 없습니다. 이해하시겠습니까?"

"그거야 완벽히 이해하지만, 그렇게 살아서는 뭐든 쓸모 있는 결과를 낼 수가 없어."

"전 쓸모 있어지는 데에는 관심이 없습니다."

"그동안 자네 때문에 상처받은 사람이 몇 명은 있겠군."

"그러지 않으려고 최선을 다하긴 했습니다만, 다른 대안이 없을 때는 망설이지 않습니다."

"강한 사람이야!"

"강하다고요? 아뇨, 전 정말 약합니다. 저를 구속할 만한 것을 모두 피해 다니는 건 십중팔구 제가 이렇게 약한 탓일 겁니다. 만약 제가 제 자신을 포기한다면, 틀에 갇혀도 손을 쓰지 않고 가만히 있다면, 제 자신은 사라져버릴 겁니다."

"하지만 언젠가는……. 이보게, 나는 나이를 먹은 만큼 인생 경험이 있어……."

"경험은 저도 있습니다."

"내 경험은 오랜 세월에 걸친 것이야……."

"그래서 무엇을 배우셨습니까?"

"자네 말처럼 인생에는 정말로 많은 다리가 있다는 걸 배웠지. 하지만 다리를 아무리 자주 잘라내도, 살아남는 다리가 언제나 하나쯤은 있다네. 그리고 결국 그것이 사람을 옭아매게 되지."

"세뇨르 실베스트르가 그렇게…… 뭐라고 표현해야 할까요?"

"철학적이라고? 옛날에 누가 그랬지. 모든 구두장이에게는 철학자 기질이 조금씩 있다고……."

두 사람은 함께 미소를 지었다. 아벨이 시계를 보았다.

"새벽 2시입니다, 세뇨르 실베스트르. 잠자리에 들 시간이 훌쩍 지났어요. 하지만 먼저 말씀드리고 싶은 것이 있습니다. 처음 제가 이렇게 살기 시작한 건 충동 때문이었지만, 나중에는 확신 때문에 계속 이렇게 살았고, 지금은 호기심 때문에 계속 이렇게 살고 있습니다."

"무슨 말인지 모르겠네."

"알게 되실 겁니다. 제 느낌에 인생은, 진정한 인생은 커튼 뒤에 숨어 있습니다. 그 인생을 알아가려는 우리의 노력을 보며 우렁차게 웃고 있지요. 저는 인생을 알고 싶습니다."

실베스트르는 부드러우면서도 살짝 지친 듯한 미소를 지었다.

"하지만 여기 커튼 앞에도 할 일이 아주 많다네. 1,000년을 살면서 남들이 경험한 것을 모두 경험했다 해도, 인생에 대해서는 절대 알 수 없을 걸세!"

"그 말씀이 옳을지도 모르죠. 하지만 노력을 포기하기에는 아직 너무 이릅니다."

그는 일어나서 실베스트르에게 한 손을 내밀었다.

"내일 뵙겠습니다!"

"그래, 내일 보세…… 친구."

혼자 남은 실베스트르는 천천히 담배를 말았다. 조금 전과 똑같이 부드럽지만 살짝 지친 미소가 여전히 입술에 걸려 있었다. 그는 식탁 상판을 빤히 내려다보았다. 마치 먼 과거에서 온 형체들이 그 위에서 움직이고 있기라도 한 것처럼.

13

아드리아나의 일기에서.

1952/3/23, 일요일, 밤 10시 반. 하루 종일 비가 왔다. 봄이라는 실감이 전혀 나지 않았다. 어렸을 때의 아름다웠던 봄날을 기억한다. 그때는 3월 21일부터 날씨가 아름다워지기 시작했다. 오늘은 23일인데도 비만 내릴 뿐 아무런 변화가 없다. 아마도 이런 날씨 때문인지 몸이 좋지 않다. 밖에도 나가지 않았다. 어머니와 이모는 점심을 먹고 캄폴리드에 사는 어떤 친척집에 가셨다. 집에 돌아왔을 때는 속옷까지 비에 흠뻑 젖어 있었다. 이모는 거기서 들은 어떤 말 때문에 아주 기분 나쁜 표정이었다. 그것이 어떤 말이었는지 나는 모른다. 두

분은 우리를 위해 케이크를 몇 조각 가져왔지만 나는 하나도 먹지 않았다. 이자우라도 먹고 싶지 않다고 했다. 정말로 지루한 하루였다. 이자우라는 책을 거의 손에서 놓지 않았다. 어딜 가든 책을 들고 다니는 것이, 마치 다른 사람에게 절대 보여주고 싶지 않은 것 같다. 나는 혼수로 가져갈 침대보에 수를 놓았다. 침대보에 레이스를 꿰매어 다는 데는 영원처럼 오랜 시간이 걸리지만 서두를 필요는 없다. 어쩌면 그 침대보를 사용할 일이 영원히 생기지 않을 수도 있으니까. 슬프다. 기분이 이렇게 될 줄 알았다면, 어머니와 이모가 캄폴리드에 갈 때 나도 따라나섰을 것이다. 그러면 여기서 하루를 보내는 것보다 나았을 텐데. 울고 싶다. 절대로 비 때문일 리가 없다. 비는 어제도 내렸다. 그 사람 때문도 아니다. 처음에는 그 사람을 만나지 않고 일요일을 보내기가 힘들었다. 지금은 그렇지 않다. 이제는 그 사람이 내게 아무런 생각이 없다고 확신한다. 관심이 있었다면 사무실에서 그런 전화를 하지 않았을 것이다. 내 질투심을 부추길 생각이 아니고서야. 아, 난 정말 멍청하다. 내가 자기를 좋아하는 것도 모르는 그 사람이 내 질투심을 부추길 생각을 할 이유가 없지. 게다가 그 사람이 왜 나를 좋아하겠는가. 난 이렇게 못생겼는데. 그래, 나도 내가 못생긴 걸 안다. 누가 말해주지 않아도. 사람들이 나를 보며 무슨 생각을 하는지도 안다. 그래도 나는 다른 여자들보다 낫다. 베토벤도 못생겼기 때문에 어느 여자도 그를 사랑해주지 않았지만, 그는 베토벤이었다! 그런 업적을 남기는 데 사랑은 필요하지 않았다. 그저 자신이 사랑할 필요가 있었기 때문에 사랑했다. 만약 내가 그의 시대에 살았다면, 그의 발에 입을 맞췄을 것이다. 예쁜 여자들은 누구도 그에게 그렇게 해주지 않았을 것이라고 장담한다. 내 생각에 예쁜 여자들은 사랑하고 싶어 하지 않는다. 사랑받기를 원할 뿐이다. 이자우라는 나더러 잘 몰라서 하는 소리라고 말한다. 어쩌면 내가 소설을 읽지 않기 때문인지도 모른다. 하지만 사실 소설을 그렇게 많이 읽는 이자우라도 나보다 더 많이 아는 것 같지는 않다. 내 생각에 이자우라는 책을 너무 많이 읽는다. 오늘만 해도 한바탕 울고 난 사람처럼 눈이 빨갛게 충혈되어 있었다. 게다가 아주 신경질적이었다. 이자우라의 그런 모습은 처음 보았다. 한번은 내가 할 말이 있어서 팔을 살짝 건드렸는데, 이자우라가 거의 비명을 지를 것처럼 굴었다. 내가 겁이 다 날 정도였다. 나중에 내가 침실에 있다가 가보니 이자우라는 여전히 책을 읽고 있었다. (책을 다 읽고 처음부터 다시 읽기 시작한 것 같다.) 표정이 몹시 이상했다. 누구에게서도 그런 표정을 본 적이 없다. 마치 고통스러우면서도 행복한 것 같은 얼굴이었다. 아니, 행복이 아니다. 어떻게 표현해야 할까. 마치 고통이 쾌락을 주는 것 같은 얼굴, 또는 쾌락이 고통을 불러온 것 같은 얼굴이었다. 아, 오늘은 말도 안 되는 소리만 늘어놓고 있다. 머리가 잘 돌아가지 않는다. 식구들은 모두 잠자리에 들었다. 나도 자야겠다. 볼품없는 하루였다! 내일아, 빨리 와라!

그날 밤 이자우라가 읽은 디드로의 『수녀』 중 일부.

수녀원장님의 신경과민증이 점점 심해졌다. 쾌활한 성격과 통통한 몸매가 사라지고, 잠도 잘 이루지 못했다. 그다음 날 밤 모두 잠들어 수녀원이 조용해졌을 때 수녀원장님은 침대에서 일어났다. 한동안 복도를 방황하던 수녀원장님이 다다른 곳은 내 방이었다. 나는 선잠을 자고 있었기 때문에, 발소리를 듣고 누구인지 알 것 같았다. 발소리가 멈췄다. 수녀원장님은 문에 고개를 대고 있는 것 같았다. 그러면서 만약 내가 자고 있었다 해도 나를 깨우기에 충분할 만큼 큰 소리를 냈다. 나는 계속 아무 소리도 내지 않았다. 누군가가 울부짖는 소리, 한숨 소리가 들리는 것 같았다. 나는 살짝 몸을 떨면서 성모송을 외기로 했다. 하지만 그 소리의 주인공은 내 기도에 답하지 않고 물러났다가 얼마 뒤 다시 돌아왔다. 울부짖는 소리와 한숨 소리도 다시 시작되었다. 내가 다시 성모송을 외자 발소리가 또 멀어졌다. 나는 괜찮다고 스스로를 안심시킨 뒤 잠들었다. 내가 자는 동안 누군가가 들어와 내 침대 옆에 앉았다. 커튼은 살짝 열려 있었다. 그녀가 들고 있는 작은 양초의 불빛이 내 얼굴에 떨어졌다. 그것을 든 그녀는 자고 있는 나를 지켜보았다. 적어도 내가 눈을 떴을 때 그녀의 태도를 보고 판단한 바로는 그랬던 것 같다. 그 사람은 바로 수녀원장님이었다.

나는 벌떡 일어나 앉았다. 수녀원장님은 내가 무서워하는 것을 보고 이렇게 말했다. "놀랄 것 없다, 쉬잔. 나다." 나는 다시 베개에 누워 이렇게 말했다. "수녀원장님, 이런 시간에 어쩐 일이세요? 무슨 일로 오신 거예요? 왜 주무시지 않아요?"

"잠이 안 와." 수녀원장님이 대답했다. "앞으로도 한참 동안 잠이 오지 않을 것이다. 무서운 꿈이 나를 괴롭히고 있으니. 눈을 감자마자 나는 네가 경험한 모든 고통을 통해 상상의 세계로 들어간다. 네가 그 괴물들의 손에 붙잡힌 모습을 상상하면, 네 머리카락이 흘러내려 얼굴을 덮고, 발에서는 피가 흐르고, 손에는 횃불을 들고, 목에는 밧줄이 걸린 모습이 눈앞에 나타난다. 놈들이 네 목숨을 가져갈 것만 같아서 나는 몸이 덜덜 떨려. 온몸에 식은땀이 흐르고, 나는 달려가 너를 돕고 싶다는 생각을 한다. 그렇게 비명을 지르며 깨어나 다시 잠이 찾아오기를 기다리지만 헛된 일이다. 오늘 밤 내가 겪은 일이 이런 거야. 어떤 불행이 내 친구를 찾아왔다고 천국에서 선언하는 것 같아 두려웠다. 그래서 일어나 네 방 앞으로 와서 귀를 기울인 것이다. 너는 잠을 자는 것 같지 않더구나. 네 말소리를 듣고 나는 물러났다. 그리고 다시 와봤더니 또 네 말소리가 들려서 나 역시 또 물러났다. 세 번째로 다시 왔을 때 네가 자는 것 같아서 안으로 들어온 것이다. 한동안 네 옆에 있으면서 네가 깰까 봐 조심스러웠다. 처음에는 커튼을 걷는 것도 망설였어. 네 잠을 방해하지 않게 나가고 싶었어. 하지만 내 사랑스러운 쉬잔에게 아무 일이 없는지 확인하고 싶다는 욕망에 저항할 수 없었어. 그래서 너를 보았다. 잠들었을 때에도 너는 얼마나 사랑스러운지……."

"정말 선한 분이세요, 수녀원장님."

"상당히 춥구나. 하지만 이제는 내 아이를 걱정할 필요가 없음을 알겠다. 이제 좀 자야겠다. 손을 주겠니?" 나는 손을 내밀었다.

"심장박동이 이렇게 차분하다니! 아주 규칙적이야! 동요가 전혀 없구나!"

"저는 조용히 자요."

"운이 좋은 아이야!"

"이러다 엄청나게 추워지실 거예요."

"그래, 그 말이 맞다. 잘 있어라, 아이야. 잘 있어. 난 이만 가 보마."

하지만 수녀원장님은 가지 않고 계속 나를 바라보았다. 눈물 두 방울이 수녀원장님의 뺨을 타고 흘러내렸다. "수녀원장님." 내가 말했다. "왜 그러세요? 무슨 일이에요? 지금 울고 계세요. 저의 불행을 말씀드리지 말 걸 그랬어요." 그 순간 수녀원장님은 문을 닫고, 촛불을 불어서 끄고, 내 위에 몸을 던졌다. 그리고 나를 품에 안았다. 수녀원장님은 내 옆의 이불 위에 누워 있었다. 얼굴을 내 얼굴에 딱 붙이고 있어서 수녀원장님의 눈물이 내 뺨을 적셨다. 그녀는 한숨을 내쉬며, 목이 멘 목소리로 내게 말했다. "날 가엾게 여기렴, 아이야."

"원장님." 내가 말했다. "무슨 일인가요? 어디 편찮으세요? 제가 어떻게 하면 되나요?"

"몸이 덜덜 떨린단다. 추워서 죽을 것 같아."

"제가 자리를 비워드릴 테니 여기 누우실래요?"

"아니. 네가 자리를 비울 필요는 없다. 이불만 조금 젖혀주렴. 내가 네게 가까이 다가갈 수 있게. 그러면 몸이 따뜻해질 거다."

"하지만 그건 금지된 일인걸요, 원장님! 사람들이 알면 뭐라고 하겠어요? 그보다 훨씬 덜한 일로 고백성사를 하는 수녀들을 본 적이 있어요. 성 마리아 수녀원에서는 어떤 수녀가 우연히 다른 수녀의 방에서 밤을 보낸 적이 있는데, 그 수녀랑 특별한 친구 사이였거든요. 그걸 사람들이 얼마나 나쁘게 생각했는지 제가 말로 옮길 수 없을 정도예요. 감독관님은 가끔 제게 제 방에 와서 같이 자겠다고 말한 사람이 없는지 물어보시면서, 그런 걸 절대 용납하지 말라고 엄중히 경고하셨어요. 저는 감독관님에게 원장님이 저를 쓰다듬는다는 말씀까지 드린걸요. 저는 그것이 아주 순수한 행동이라고 생각했지만, 감독관님의 생각은 완전히 달랐어요. 제가 어떻게 감독관님의 충고를 잊어버렸는지 모르겠네요. 원장님께도 그 말씀을 드릴 생각이었어요."

"주위의 모든 것이 잠들어 있어, 아이야." 수녀원장님이 말했다. "지금 이 일에 대해서는 아무도 모를 거다. 상벌을 내리는 사람이 바로 나야. 그러니 감독관이 뭐라고 하든, 불안한 마음에 잠에서 깨어 찾아온 친구를 받아들여 함께 눕는 것이 어떻게 해롭다는 건지 나는 모르겠구나. 그 친구는 추운 계절인데도 불구하고 자신의 소중한 친구가 혹시 위험에 처한 것이 아닌가 하고 밤중에 확인하러 온 것인데 말이야. 쉬잔, 부모님의 집에서 살 때 자매들과 한 침대를 쓴 적이 한 번도 없니?"

"네, 없어요."

"만약 그럴 기회가 생겼다면 네가 주저했을까? 네 자매가 추위에 굳고 겁을 먹은 모습으로 찾아와 옆에 자리를 내어달라고 말했다면, 넌 거절했겠니?"

"안 했겠죠."

"그럼 난 너의 수녀원장이 아니야?"

"아뇨, 맞아요. 하지만 그건 금지된 일이에요."

"아이야, 그걸 다른 사람들에게 금지시키는 사람도, 네게 그 일을 허락하고 부탁하는 사람도 나다. 잠시만 몸을 덥힐 수 있게 허락해주면, 난 곧 갈 것이다. 손을 이리 주렴……."

나는 수녀원장님에게 손을 내밀었다.

"자." 수녀원장님이 말했다. "날 만져봐. 난 지금 덜덜 떨고 있단다."

그건 정말로 사실이었다.

"원장님, 이러다가 편찮아지시겠어요." 내가 말했다. "자, 제가 가장자리로 물러날 테니, 여기 따뜻한 곳으로 올라오세요."

나는 침대 가장자리로 가서 이불을 들췄다. 그러자 수녀원장님이 내가 있던 자리로 올라왔다. 얼마나 아파 보였는지! 온몸을 덜덜 떨고 있었다. 수녀원장님은 나와 이야기를 나누고

싣다며 더 다가오려고 했다. 하지만 발음을 똑바로 하거나 몸을 움직이기도 힘든 상태였다. 수녀원장님이 작은 목소리로 말했다. "쉬잔, 애야, 조금만 가까이 와주렴……."

수녀원장님이 양팔을 뻗었다. 내가 그녀에게 등을 돌리고 눕자 그녀가 조용히 나를 안아 잡아당겼다. 오른팔을 내 몸 아래에 넣고, 왼팔은 위에 올린 뒤 이렇게 말했다. "온몸이 얼었어. 내 몸이 너무 차가워서 네게 닿기가 겁이 나는구나. 네가 다칠까 봐."

"걱정 마세요, 원장님."

수녀원장님은 곧바로 한 손을 내 젖가슴에 놓고, 다른 손으로는 허리를 감쌌다. 그녀의 발이 내 아래에 있어서 나는 그 발을 누르며 온기를 전해주었다. 수녀원장님이 말했다. "내 발이 얼마나 빨리 따뜻해지는지 봐라, 아이야. 네 발과 닿아 있으니 이렇게 되는구나."

"하지만 다른 곳에서도 같은 방식으로 몸을 덥힐 수 있지 않나요?"

"그럴 수 없어. 만약 네가……."

갑자기 거칠게 두 번 문을 두드리는 소리가 났다. 공포에 질린 나는 즉시 침대 밖으로 몸을 던지듯이 벗어났고, 수녀원장님도 침대 반대편으로 몸을 던져 벗어났다. 귀를 기울이자 누군가가 까치발로 옆방에 다가가는 소리가 들렸다. "아." 내가 말했다. "테레즈 수녀예요. 원장님이 복도를 걸어 제 방으로 오시는 걸 봤나 봐요. 그래서 귀를 기울여 우리 대화를 엿들은 게 분명해요. 테레즈 수녀가 뭐라고 할까요?"

나는 살아 있다기보다 죽은 상태에 더 가까웠다.

"그래, 그 아이로구나." 수녀원장님이 성난 목소리로 말했다. "그 아이야. 의심의 여지가 없다. 그 아이가 자신의 경솔함을 쉽사리 잊어버리지 않아야 할 텐데."

"원장님, 테레즈 수녀를 해치지 마세요."

"쉬잔, 잘 있어라. 잘 자고. 다시 침대에 누워서 잘 자렴. 내가 기도를 면제해주마. 나는 이제 그 어린 바보를 만나러 가봐야겠다. 손을 주겠니?"

나는 침대 한쪽에서 맞은편에 있는 수녀원장님에게 손을 뻗었다. 그녀는 내 팔을 덮은 소매를 밀어 올리고 한숨과 함께 손가락 끝에서부터 어깨까지 입을 맞췄다. 그러고는 감히 자신을 방해한 그 경솔한 아이가 이 일을 잊지 못하게 해주겠다고 화를 내면서 밖으로 나갔다. 나는 곧바로 침대에서 문에 가까운 쪽으로 가서 귀를 기울였다. 수녀원장님이 테레즈 수녀의 방으로 들어갔다. 나는 일어나서 그 방으로 가 두 사람 사이에 끼어들고 싶었다. 거친 일이 벌어질 것 같아서. 하지만 마음이 너무 어지럽고 불편해서 나는 침대에 그냥 있는 편이 더 좋았다. 나는 아무 말도 하지 않았다. 내가 이 수녀원의 이 야깃거리가 되고, 어느 것 하나 쉽사리 설명할 수 없는 이 밤의 모험 중 가장 불편한 부분들을 사람들이 쑥덕거릴 것 같았다. 전혀 알지 못하는 일로 비난받았던 롱샹보다 이곳의 상황이 더 나빠질 것 같았다. 상급자들이 우리의 잘못을 알게 되

고, 수녀원장님이 해임되고, 우리 둘 다 심한 처벌을 받을 것
같았다. 이런 생각을 하면서도 나는 귀를 활짝 열어두고, 수녀
원장님이 테레즈 수녀의 방에서 나오기를 초조히 기다렸다.

아무래도 문제를 해결하기가 쉽지 않은지, 수녀원장님은 거
의 밤새도록 그 방에서 나오지 않았다.

14

　말수가 적고 행동에 절도가 있는 훌륭한 신사가 되기 위해 오랜 세월 훈련했는데도, 안셀무에게는 한 가지 약점이 있었다. 바로 스포츠. 더 정확히 말하자면, 스포츠 통계, 아니 이보다 더욱더 정확히 말하자면, 축구 통계. 한 시즌 내내 그는 단 한 번도 경기를 보러 가지 않았지만, 국제경기라면 한 번도 놓친 적이 없었다. 중병에 걸리거나 가족의 상을 당한 경우가 아니라면 그가 포르투갈과 스페인의 경기를 보러 가지 않는 일은 없을 것이다. 그는 암시장에서 입장권을 사기 위해 최악의 모욕도 감내했다. 만약 여윳돈이 있었다면 입장권을 20이스쿠두에 사서 50이스쿠두에 팔아보자는 유혹에 저항하지 못했을 것이다. 하지만 그는 신중한 사람이기 때문에 사무실에서는 그런 거래를 하지 않았다. 그의 동료들이 아는 한, 그는 경기가 끝난 뒤인 월요일 아침에 동료들이 주고받는 얘기에 쓴웃음을 지으며 귀를 기울이는 진지한 사람이었다. 동료들은 그가 인생의 진지한 면만 생각하고, 스포츠는 도제나 웨이터에게만 어울리는 오락거리로 보는 사람인 줄 알았다. 그러니 그에게 포르투갈 축구 역사의 유명한 날짜나 이적 기록이나 각종 사실과 숫자 등을 묻는 것은 무의미한 일이었다. 1920년부터 1930년 사이에 뛰었던 여러 국가대표 선수들의 이름을 물어보는 것도 마찬가지였다. 하지만 그는 사촌 중에 가엾게도 축구에 미친 녀석이 있다고 말했다. 동료들이 원한다면, 사촌에게 물어볼 수 있다는 것이었다. 그는 사촌이 반드시 답을 알고 있을 것이라고 했다. 동료들의 열띤 반응에 그는 기뻐했다. 이제 그는 몇 날 며칠 동안 사촌을 아직 만나지 못했다거나 사촌과 사이가 좀 안 좋아졌다거나 사촌이 이제야 기록을 살펴보겠다고 했다는 식으로 시간을 끌면서 동료들을 기다리게 만들 것이다. 이런 거짓말은 모두 동료들의 인내심을 더욱 압박하기 위한 지연전술에 불과했다. 스포츠 경기에는 내기가 걸리는 경우가 많았다. 흥분한 벤피카 팬과 흥분한 스포르팅 팬이 안셀무의 답을 기다리고 있었다. 안셀무는 저녁에 집에 돌아와, 자신이 꼼꼼하게 관리하는 통계와 소중한 신문 스크랩북에 자신이 원하는 사실이 있는지 찾아보았다. 그리고 그다음 날 콧잔등에 안경을 조심스레 올려놓고(이제 그는 글을 읽을 때 돋보기안경이 필요했다)

마치 교황의 선언처럼 권위 있게 조사 결과를 말해주었다. 안셀무의 이 훌륭한 사촌은 그의 직업적인 능력과 신중한 분위기, 그리고 모범적인 꼼꼼함 못지않게 그의 평판에 큰 기여를 했다. 만약 그런 사촌이 정말로 존재했다면, 항상 자신의 감정을 단단히 통제하는 안셀무도 그를 안아주었을 것이다. 그가 1922년에 두 번째로 열린 포르투갈과 스페인의 경기에 대해 관중 수에서부터 팀 구성, 두 팀의 팀 컬러, 주심과 선심의 이름에 이르기까지 자세한 보고를 상사에게 할 수 있었던 것은 바로 그 사촌 덕분이기 때문이다(모두 이런 줄 알았다). 이 정보로 그는 마침내 가불을 받을 수 있었다. 그의 주머니에 들어온 100이스쿠두 지폐 세 장이면 월말까지 생활비를 충당할 수 있을 것이다.

바느질에 여념이 없는 아내와 딸 사이에 앉은 안셀무는 정보가 적힌 종이들을 식탁에 펼쳐놓고 승리를 음미하고 있었다. 포르투갈과 이탈리아의 세 번째 경기를 위해 선발된 대체 선수들의 이름을 자신이 알지 못한다는 사실을 깨달은 그는 스포츠 신문의 문의 담당자에게 다음 날 편지를 보내야겠다고 결정했다.

하지만 안타깝게도 300이스쿠두가 이번 달 월급에서 공제될 것이라는 사실을 잊을 수가 없어서 기쁨이 조금 수그러들었다. 가불한 돈을 할부로 갚을 수 있게 되는 것이 그나마 그가 바랄 수 있는 최선이었다. 반면 아무리 소액이라도 줄어든 월급 때문에 가정 경제에 큰 구멍이 난다면 그것이야말로 최악의 경우였다.

안셀무가 이런 생각에 잠겨 있는 동안 라디오에서는 포르투갈인의 목구멍에서 나온 파두* 중에서 가장 뻔뻔할 정도로 구슬프고, 고통스럽고, 귀를 뚫어버릴 것 같은 노래가 쾅쾅 울려 퍼졌다. 모두 알고 있듯이 안셀무는 전혀 감상적인 사람이 아닌데도, 이 한탄 같은 노래에 깊은 감동을 받았다. 특히 이달 말에 월급에서 일정한 금액이 공제될 것이라는 끔찍한 전망이 그의 감정에 커다란 영향을 미쳤다. 로잘리아는 바늘을 허공에 든 채로 동작을 멈추고 한숨을 참았다. 마리아 클라우디아는 비록 겉으로는 감동받지 않은 표정이었지만, 스피커에서 쏟아져 나오는 불행한 사랑 노래의 가사를 혼자 조용히 따라 불렀다.

가수가 마지막으로 "아이!" 하고 외친 다음의 분위기는 그리스 비극이 끝난 뒤의 분위기와 비슷했다. 좀 더 현대적으로 표현한다면, 일부 미국 영화에서 볼 수 있는 긴장감과 비슷했다고 할 수 있다. 그런 노래를 한 곡만 더 듣는다면, 평범하고 건강한 이 세 사람도 가망 없는 신경증 환자로 변해버릴 것이다. 다행히 방송은 끝을 앞두고 있었다. 해외 소식 몇 개, 다음 날의 일정 요약이 나온 뒤 로잘리아는 자정을 알리는 열두 번의 종소리를 듣기 위해 라디오 소리를 조금 키웠다.

안셀무는 안경을 옆에 놓고, 벗어진 머리를 손으로 쓰다듬

* 포르투갈의 대표적인 민요.

고, 서류를 도자기 수납장에 넣으면서 선언하듯 말했다.

"자정이다. 이제 그만 자야지. 내일도 일해야 하니까."

이 말을 들은 모두가 일어섰다. 이런 작은 일에서 자신의 가정교육 방법이 훌륭한 성과를 거뒀음을 확인한 안셀무는 기분이 좋아졌다. 모범적인 가정을 일군 것이 자랑스러웠고, 이것이 전적으로 자신의 업적이라고 믿었다.

마리아 클라우디아가 부모의 뺨에 두 번 쪽쪽 입을 맞췄다. 안셀무는 불을 끄기 전에 침대에서 잠깐 읽으려고 석간신문을 손끝에 대롱대롱 매단 채 복도를 걸어갔다. 로잘리아는 뒤에 남아 자신과 딸의 바느질거리를 정리했다. 식탁 주위의 의자도 똑바로 놓고, 다른 물건들도 제자리에 돌려놓았다. 그렇게 모든 것을 확실히 정리한 뒤 그녀는 남편의 뒤를 따랐다.

그녀가 침실로 들어가자 안셀무가 안경 너머로 그녀를 한 번 본 뒤 신문을 계속 읽었다. 훌륭한 포르투갈 국민이라면 누구나 그렇듯이 그도 좋아하는 축구팀이 있었지만, 모든 경기에 관한 보도를 즐겁게 읽었다. 그래봤자 그런 기사들은 통계 정리의 자료가 될 뿐이었지만. 각 팀의 경기 성적은 안셀무가 알 바 아니었다. 중요한 것은 누가 언제 골을 기록했는지 아는 것이었다. 역사가 그 경기를 어떻게 기록할 것인지도 중요했다.

아내와의 무언의 합의에 따라, 안셀무는 로잘리아가 잠자리에 들기 위해 겉옷을 벗는 동안 신문을 아래로 내리지 않았다. 그럴 때에 신문을 내리는 것이 그가 보기에 품위 없는 짓이었다. 하지만 로잘리아는 그런 행동이 전혀 잘못되지 않았다고 생각할 사람이었다. 겉옷을 다 벗은 그녀가 옆에 누워도 남편은 그녀의 발가락 하나 힐끔거리지 않았다. 그것이 품위 있고 점잖은 사람의 행동이었다.

그는 침대 옆의 램프를 껐다. 맞은편 문 아래에서 아직도 빛이 한 줄기 새어 나왔다. 안셀무가 그것을 보고 소리쳤다.

"불 꺼라, 클라우디나!"

몇 초 뒤 불이 꺼졌다. 안셀무는 어둠 속에서 빙긋 웃었다. 식구들이 자신의 말을 존중하고 따라주니 기분이 정말 좋았다! 하지만 어둠은 웃음의 적이라서 항상 심각한 생각을 불러온다. 안셀무는 고민에 빠져 뒤척였다. 옆에서는 그에게 달라붙은 아내의 몸이 부드러운 매트리스에 안겨 있었다.

"무슨 일이에요?" 로잘리아가 물었다.

"가불받은 것 때문에." 안셀무가 투덜거리듯이 말했다. "이 달 말에 내 월급에서 그 돈을 제할 텐데, 그러면 우리는 다시 원점으로 돌아가게 돼."

"그걸 할부로 갚으면 안 돼요?"

"사장이 그런 걸 싫어해서."

아까 파두가 끝났을 때부터 로잘리아의 가슴속에 갇혀 있던 한숨이 마침내 터져 나와 아파트를 가득 채웠다. 안셀무도 한숨을 참을 수 없었다. 하지만 아내의 한숨만큼 강하지 않은, 남자다운 한숨이었다.

"만약 회사에서 당신 월급을 올려준다면요?" 로잘리아가 말했다.

"아, 그런 일은 없을 거요. 요즘은 아예 직원을 줄일 이야기를 하고 있으니."

"세상에! 설마 당신을 내보내지는 않겠죠!"

"나?" 안셀무는 그런 일을 한 번도 생각해보지 않았다는 듯이 말했다. "내가 그렇게 될 일은 없어. 내가 직원들 중에 나이도 가장 많고……."

"그래도 지금 상황이 워낙 안 좋잖아요. 요새는 온통 불평하는 소리들뿐이에요."

"국제적인 상황 때문에 그런 거니까……."

안셀무는 이렇게 입을 열었다가 말을 멈췄다. 가불 문제도 아직 해결되지 않았는데, 어둠 속에서 국제적인 상황에 대해 일장 연설을 하는 게 무슨 의미가 있을까.

"혹시 클라우디냐도 잘릴까 봐 걱정이에요. 그 애가 벌어오는 500이스쿠두가 큰돈은 아니지만, 푼돈이라도 도움이 되는 법인데."

"500이스쿠두! 진짜 푼돈이지!" 안셀무가 투덜거렸다.

"그렇긴 해도, 그 돈 없이 견뎌야 하는 상황은 반갑지 않아요."

그러고 나서 그녀는 갑자기 떠오른 생각 때문에 조용해졌다. 남편에게 그대로 말하려 했지만, 좀 더 완곡하게 이야기를 꺼내기로 생각을 바꿨다.

"혹시 당신 아는 사람들 회사에 저 애가 갈 만한 자리가 없을까요?"

아내의 목소리에서 안셀무는 덫의 위험성을 감지했다.

"무슨 소리야?" 그가 물었다.

"무슨 소리겠어요?" 로잘리아가 무심히 말했다. "아주 간단한 질문이잖아요."

안셀무도 그것이 간단한 질문이라는 사실은 알고 있었다. 하지만 아내의 머릿속에 다른 생각이 있다는 사실 또한 알 수 있었다. 그는 아내가 말을 꺼내기 편하게 도와주지 않기로 마음을 정했다.

"저 애한테 지금 직장을 소개한 게 누구더라? 당신이잖아. 안 그래?"

"그래도 더 좋은 자리를 찾아주면 안 돼요?"

안셀무는 대답하지 않았다. 그는 힘이나 책략을 써서 아내의 생각을 아내가 직접 말하게 할 작정이었다. 침묵은 최고의 전술이었다. 로잘리아가 누운 채 자세를 바꿔 남편을 향해 돌아누웠다. 살짝 통통한 그녀의 배가 그의 엉덩이를 눌렀다. 그녀는 안셀무가 격렬히 반대할 것이 확실한 자신의 생각을 그냥 몰아내려고 했지만, 그 생각이 자꾸만 고집스럽게 되돌아와 그녀를 유혹했다. 남편에게 그 생각을 말하기 전에는 잠들지 못할 것이 분명했다. 그녀는 좀 더 똑똑한 목소리로 말하기 위해 헛기침을 했다.

"문득 든 생각인데…… 당신은 틀림없이 화를 내겠지만, 아래층의 도나 리디아를 내가 한번 만나보면 어떨까 해요."

안셀무는 아내가 무슨 말을 하려는 건지 곧바로 알아차렸지만, 차라리 모르는 척하는 편이 나을 것 같았다.

"왜? 무슨 말인지 모르겠는데."

로잘리아는 몸이 닿아 있으면 남편의 화가 좀 누그러들지도 모른다고 생각하는 사람처럼 더 가까이 다가왔다. 오래전에는 그런 움직임이 아주 다른 의미를 지니던 시절도 있었는데.

"내 생각에는…… 우리가 그 여자랑 잘 지내니까 혹시 그 여자가……."

"당신이 무슨 말을 하려는 건지 여전히 모르겠군."

로잘리아는 이제 식은땀을 흘리고 있었다. 그녀는 남편에게서 몸을 물린 뒤, 말을 고르지도 않고 불쑥 내뱉었다.

"그 여자를 찾아오는 남자에게 그 여자가 물어봐줄 수도 있는 거잖아요. 어느 보험회사의 사장인지 뭔지 된다니까, 클라우디냐한테 적당한 자리를 찾아줄 수 있을지 누가 알아요."

안셀무의 분노가 진심이었다면, 그녀가 말을 시작한 순간부터 터져 나왔을 것이다. 하지만 그는 아내가 말을 끝낼 때까지 기다렸다가 아주 조용히 반응했다. 밤에는 누구나 목소리를 낮춰야 하기 때문이었다.

"당신이 그런 말을 꺼내다니 믿을 수가 없군! 우리가 그런…… 그런 여자를 찾아가서 부탁을 해야 한다는 거요? 당신은 품위도 없어? 다른 사람도 아니고 당신이 그런 의견을 내놓을 줄이야!"

안셀무는 심한 말을 하고 있었다. 만약 그가 내심 아내의 제안에 동의하지 않았다면, 그런 말을 해도 괜찮았을 것이다. 그는 지금 이 말 때문에 나중에 자신이 결국 어쩔 수 없이 동의하더라도 몹시 비논리적으로 보일 것이고 아내도 지금 더 이상 말을 꺼낼 수 없게 된다는 사실을 깨닫지 못한 듯했다.

로잘리아는 화가 나서 남편에게서 더 멀어졌다. 두 사람 사이의 짧은 거리가 몇 킬로미터는 되는 것 같았다. 안셀무는 자신이 선을 넘었음을 알아차렸다. 그 뒤에 이어진 침묵 속에서 두 사람 모두 어색해졌다. 이 문제를 해결해야 한다는 걸 알면서도 둘 다 입을 열지 않았다. 로잘리아는 이 이야기를 어떻게 다시 꺼내야 좋을지 고민했고, 안셀무는 방금 그런 말을 해놓고도 비교적 그럴듯하게 항복하는 방법을 고민했다. 어떻게든 해결책을 찾지 못한다면 둘 다 잠을 이룰 수 없다는 확신이 들었다. 안셀무가 먼저 입을 열었다.

"알았어, 생각해보지……. 난 그 생각이 전혀 마음에 안 들지만 그래도……."

15

마치 자기 집처럼 편안히 자세를 잡은 파울리누 모라이스는 다리를 꼬고 작은 여송연에 불을 붙였다. 리디아가 재떨이를 그와 가까운 곳으로 옮겨주자, 그는 고맙다는 뜻으로 빙긋 웃어 보이고는 밤색 안락의자에 다시 등을 기댔다. 그가 오는 밤에는 이것이 '그의' 안락의자였다. 그는 셔츠 차림으로 앉아 있었다. 몸은 통통하고 안색은 붉었다. 작은 눈은 살집 있는 눈꺼풀의 압력에 눌린 것처럼 살짝 튀어나와 있었다. 굵고 곧게 뻗은 눈썹은 코 위에서 서로 만났고, 원래 선이 날카로웠던 코는 살집 때문에 부드럽게 보였다. 커서 금방 눈에 띄는 귀에는 빳빳한 털이 가득했다. 길게 기른 옆머리는 잘 빗어서 머리카락이 없는 정수리로 넘겼다. 쉰 살인 그는 젊은 아내를 거느린 전통 있는 부자처럼 부유해 보였다. 향을 가미한 여송연 연기가 구름처럼 그를 에워싼 가운데, 그의 얼굴 전체에서 점잖은 척 만족한 느낌이 새어 나왔다. 좋은 음식을 먹고 소화도 조용히 잘 시키는 사람 같은 표정이었다.

그는 방금 특별히 재미있는 이야기를 해준 뒤, 리디아의 웃음소리를 들으며 즐거워하고 있었다. 단순히 그녀의 웃음만 즐거운 것이 아니었다. 지금 기분이 몹시 좋은 상태라서, 자신이 왔을 때 리디아가 입어야 할 옷에 대해 얼마 전 좋은 생각을 떠올린 자신을 속으로 칭찬하고 있었다. 방종한 생활과 나이 때문에 살짝 피곤하고 지친 그는 새로운 자극이 필요하다는 생각을 떠올렸고, 애인의 옷차림이 그런 자극이 될 수 있겠다는 결정을 내렸다. 남자들이 공상하는 포르노 같은 옷은 아니었다. 그의 친구들 중에는 그런 것에 탐닉하는 사람도 일부 있었지만, 그는 아주 소박하고 자연스러운 옷을 생각했다. 소매는 없고 목선이 깊이 파인 네글리제 차림의 리디아가 머리를 자연스럽게 늘어뜨린 모습으로 그를 맞이하는 상상. 네글리제는 반드시 실크로 만든 것이어야 했다. 속이 훤히 비칠 만큼 투명하지는 않지만, 그렇다고 모든 것을 완전히 꽁꽁 감추지는 않아야 하기 때문이었다. 그 결과로 보일 듯 말 듯한 모습이 연출되면서, 그가 '발동'이 걸린 날에는 가슴에 불이 붙고 피곤한 날에는 눈이 즐거워졌다.

리디아는 처음에 그의 요구에 저항하다가, 결국 받아들이는 것이 최선이라는 결론을 내렸다. 남자들에게는 저마다 엉뚱한 부분이 있는 법인데, 그의 요구는 그녀가 경험한 것 중에서 최악이라고 할 수 없었다. 그래서 그녀는 그의 요구를 받아들였다. 특히 그가 그녀에게 전기 히터를 사줬을 때. 방이 따뜻하면 그렇게 빈약한 옷을 입어도 감기에 걸릴 가능성이 줄어들 것이다.

그녀는 등받이가 없는 나지막한 의자에 앉아 애인을 향해 몸을 기울여 브래지어를 하지 않은 가슴을 보여주고 있었다. 그는 이렇게 보이는 젖가슴을 좋아했다. 그녀는 오로지 자신의 몸 때문에 그가 자신을 계속 찾는다는 사실을 알기 때문에 기회가 있을 때마다 자랑하듯 몸을 내보였다. 아직 젊어서 몸매가 예쁜 지금이 특히 좋은 때였다. 사실 지금 여기서 몸을 보여주는 것이나 바닷가에서 몸을 드러내는 것이나 크게 다르지 않았다. 지금은 남자를 자극하는 옷을 입고 도발적인 자세를 취하고 있다는 점이 다를 뿐이었다.

얇은 옷을 입고 몸을 드러내는 것만으로 저녁이 그냥 지나가면, 그녀는 귀찮지만 이렇게 할 가치가 있다는 생각이 들었다. 파울리누 모라이스의 취향 또한 나무랄 데 없이 합당하다 싶었다. 설사 그녀의 바람과 달리 파울리누 모라이스가 여기서 더 나아가더라도, 그녀는 체념한 듯 받아들일 뿐이었다.

그녀가 그의 돈으로 살기 시작한 지 3년이 되었다. 그녀는 그의 버릇과 특이한 점과 몸짓을 모두 알고 있었다. 그녀가 그의 몸짓 중에 가장 두려워하는 것은 그가 앉은 채로 양쪽

멜빵 단추를 동시에 푸는 것이었다. 이것이 무엇을 의미하는지 리디아는 알고 있었다. 하지만 지금은 상당히 느긋한 상태였다. 파울리누 모라이스가 여송연을 피우고 있었기 때문에. 그것을 다 피울 때까지는 그의 멜빵 단추가 안전하게 고정되어 있을 것이다.

리디아는 목과 어깨의 아름다움을 강조하는 우아한 몸짓으로 고개를 돌려 작은 채색 도자기 시계를 보았다. 그러고는 자리에서 일어나며 이렇게 말했다.

"당신이 커피를 마실 시간이에요."

파울리누 모라이스는 고개를 끄덕였다. 대리석 상판의 화장대 위에서 커피포트가 기다리고 있었다. 리디아는 작은 버너를 켜서 포트 아래에 놓은 다음, 잔과 설탕 그릇을 준비했다. 그녀가 방 안을 오락가락 움직이는 동안 파울리누 모라이스는 눈으로 그녀를 좇으며 그녀의 긴 다리에 추파를 던졌다. 엉덩이에서 관능적으로 떨어지는 가벼운 천 아래로 다리가 드러나 있었다. 그는 속으로 하품을 하면서 기지개를 켰다. 여송연이 거의 끝나가고 있었다.

"오늘 누가 나한테 청탁을 넣었는지 아세요?" 리디아가 말했다.

"청탁?"

"네. 위층 사람이에요."

"무슨 청탁이었는데?"

리디아는 물이 깔때기를 타고 끓어올라 커피 가루에 닿기를 기다리고 있었다.

"당신한테 하는 청탁이었어요."

"에이, 그러지 말고! 그 사람들이 뭘 해달라고 했어, 릴리?"

리디아는 몸을 떨었다. 릴리는 그가 달아올랐을 때 사용하는 애칭이었다. 물이 끓기 시작하더니 마치 위에서 누가 빨아들이기라도 한 것처럼 포트의 위 칸으로 솟아올랐다. 리디아는 그의 잔에 커피를 따른 다음, 딱 알맞은 양의 설탕을 넣어 그에게 주었다. 그러고는 다시 의자에 앉아 이렇게 말했다.

"당신은 아마 모르겠지만, 그 집에 열아홉 살짜리 딸이 있어요. 지금 직장에 다니고는 있는데, 그 애 엄마 말에 따르면, 벌이가 신통치 않대요. 그래서 그 애한테 더 좋은 직장을 알아봐줄 수 있는지 당신한테 한번 물어보라고 나한테 부탁한 거예요."

파울리누는 의자 팔걸이에 잔을 내려놓고 새 여송연에 불을 붙였다.

"내가 그 부탁을 들어주면 좋겠어?"

"그런 생각이 아니라면 당신한테 이 이야기를 하지도 않았 겠죠."

"하지만 지금은 우리 회사에 빈자리가 없는데…… 사실은 직원이 너무 많지. 게다가 나 혼자 그런 결정을 내릴 수 있는 것도 아니고."

"그래도 당신이 원한다면……."

"이사회가 있어……."

"그래도 당신이 진심으로 원한다면……."

파울리누는 다시 잔을 들어 커피를 한 모금 마셨다. 리디아가 보기에 그는 별로 마음이 내키지 않는 것 같았다. 그녀는 조금 속이 상했다. 그녀가 그에게 이런 부탁을 한 것이 처음인 데다가, 굳이 그가 거절하는 이유를 알 수 없었다. 또한 그녀의 처지가 언제 변할지 모르고 이 건물에 사는 사람들이 모두 그녀를 깔보고 있으니, 마리아 클라우디아에게 일자리를 마련해주고 싶었다. 그러면 로잘리아가 몹시 기뻐하면서 모두에게 말할 테니, 리디아는 다른 이웃들 사이에서도 어느 정도 지위를 누릴 수 있게 될 것이다. 거의 고립된 채 살아가는 지금의 처지가 그녀를 짓눌렀다. 솔직히 로잘리아가 처음 그녀를 찾아와서 부탁했을 때는 별로 관심이 없었지만, 막상 애인이 이렇게 시큰둥한 것을 보니 꼭 그의 동의를 얻어내야겠다는 생각이 갑자기 들었다. 그녀는 분홍색 가죽 슬리퍼를 손으로 쓰다듬기라도 할 것처럼 앞으로 몸을 더욱 기울여 브래지어를 하지 않은 맨가슴을 더욱 드러냈다.

"내가 당신에게 이런 부탁을 하는 게 처음이잖아요. 그 애한테 일자리를 찾아줄 수 있다면 꼭 그렇게 해줘요. 그러면 나는 엄청나게 기쁠 거예요. 당신도 어려운 한 가족을 돕는 셈이 되고요."

리디아는 일부러 과장되게 열변을 토했다. 그녀가 아는 한, 위층 이웃이 어려움에 처했다는 말도 과장이었다. 하지만 이왕에 과장을 하기 시작한 그녀는 파울리누 모라이스가 깜짝 놀랄 만큼 평소 거의 하지 않는 행동까지 했다. 애인의 둥글고 살찐 무릎에 한 손을 올려놓은 것이다. 파울리누는 콧구멍을 가늘게 떨면서 이렇게 말했다.

"그렇게 수선 피울 필요 없어. 난 아직 확실하게 '싫다'고 말한 게 아니니까……."

리디아는 그의 표정을 보고, 거의 승낙한 듯한 이 발언의 대가로 자신이 무엇을 해야 하는지 알아차렸다. 침대에서 이불을 벗기는 게 내키지 않았지만, 그가 그녀에게 욕망을 느끼고 있음이 분명했다. 그녀는 자신이 그에게 일으킨 욕망을 되돌리기 위해 심지어 그 주제에 대해 완전히 관심을 잃은 척도 해보았지만, 파울리누는 그녀의 손길에 흥분해서 이렇게 말했다.

"내가 한번 손을 써보지. 그 애가 하는 일이 뭔가?"

"타이피스트라는 것 같아요."

리디아의 불쾌감이 '~것 같아요'라는 말에 하나도 남김없이 증류되어 있었다. 의자에서 일어나며 애인의 무릎에서 손을 떼어내는 그녀의 모습은 마치 자기가 가진 가장 두껍고 무거운 옷으로 몸을 가리는 것과 비슷했다. 그는 그녀의 이런 변화를 알아차리고 어리둥절했지만, 그녀가 무슨 생각을 하고 있는지 전혀 알아채지 못했다. 그는 커피를 다 마시고, 재떨이에 여송연을 비벼 껐다. 리디아는 추운 사람처럼 팔을 문질렀다. 그리고 침대 위에 팽개쳐진 실내용 가운을 흘깃 바라보았다. 지금 그것을 입으면 파울리누는 틀림없이 화를 낼 터였다. 그래도 그 옷을 입고 싶은 유혹이 느껴졌지만, 두려움이 그보다 더 컸다. 그녀에게는 경제적 안정이 몹시 중요했기 때문에 순간적으로 골이 났다는 이유로 지금의 생활을 모두 위험하게 만들 수는 없었다. 파울리누는 자신의 배에 양손을 포개서 얹으며 말했다.

"그 아가씨한테 수요일에 이리로 오라고 해. 내가 한번 이야기해보지."

리디아는 어깨를 으쓱하고는, 차갑고 퉁명스러운 목소리로 말했다.

"알았어요."

파울리누가 미간을 찌푸리는 것이 곁눈질로 언뜻 보였다. 그녀는 심술을 부린 자신을 꾸짖었다. 자신이 아이처럼 굴었다는 생각에 이제 기름칠을 할 때가 되었다고 결정했다. 그래서 그를 향해 미소를 지었으나, 그 표정 그대로 얼어붙었다. 파울리누가 여전히 찌푸린 표정을 하고 있었다. 리디아는 조금씩 두려워졌다. 그의 기분을 북돋을 방법을 생각해내야 했다. 뭐라고 말을 하려 했지만 무슨 말을 해야 할지 알 수 없었다. 만약 그녀가 지금 그에게 달려가 입술에 키스한다면 모두 괜찮아질 것이다. 하지만 그럴 수 없을 것 같았다. 자신을 그렇게 간단히 넘겨주고 싶지 않았다. 항복하고 싶으면서도, 첫발을 떼기는 싫었다.

아무 생각 없이 본능적으로 그녀는 침실 등을 껐다. 그러고는 어둠 속에서 화장대로 다가가 그 옆에 있는 표준형 램

185

프를 켰다. 그 빛 속에서 그녀는 잠시 가만히 서 있었다. 네글리제 속의 알몸 윤곽이 애인의 눈에 또렷이 보일 터였다. 잠시 뒤 그녀는 아주 천천히 몸을 돌렸다. 파울리누 모라이스가 멜빵 단추를 풀고 있었다.

16

아벨은 층계참에서 걸음을 멈추고 담배에 불을 붙였다. 그 순간 계단이 밝아졌다. 위층에서 문이 열리는 소리, 사람들의 작은 목소리가 들리더니 곧 묵직한 발소리가 이어졌다. 계단이 덩달아 삐걱거렸다. 그는 주머니에서 열쇠를 꺼내 열심히 열쇠 구멍을 찾는 척했다. 계단을 내려온 사람이 자신을 지나갔다는 느낌이 들었을 때에야 그는 열쇠 구멍을 '찾아냈다'. 고개를 돌려 보니, 파울리누 모라이스가 정중하게 중얼거리듯이 "좋은 저녁입니다"라고 말했다. 이미 문을 연 아벨은 같은 말로 응답했다.

아파트 안으로 들어와 복도를 걸어가던 그의 귀에 같은 방향으로 향하는 가벼운 발소리가 머리 위에서 들려왔다. 그가 방으로 들어가자 발소리가 한층 멀게 들렸다. 그는 불을 켜고 손목시계를 보았다. 2시 5분이었다.

방 안 공기가 답답해서 그는 창문을 열었다. 구름 낀 밤이었다. 묵직한 구름들이 도시의 불빛을 받으며 천천히 하늘을 떠갔다. 날이 더워져서 공기도 덥고 습했다. 뒷마당을 에워싸고 잠들어 있는 건물들이 깊고 어두운 우물의 벽 같았다. 그의 방에서 퍼져 나간 불빛이 유일한 빛이었다. 그 빛이 저 아래 마당으로 쏟아지자, 시들어서 쪼그라든 양배추 줄기들이 드러났다. 그때까지 어둠에 잠겨 있던 그 줄기들은 갑자기 억지로 잠에서 깨어난 사람처럼 화들짝 놀란 듯했다.

또 불이 하나 켜지면서 맞은편 건물들의 뒤편을 밝혔다. 말리려고 밖에 널어둔 옷가지, 화분, 빛을 받아 반짝거리는 창문이 보였다. 아벨은 정원 담장에 앉은 채 담배를 끝까지 피우기로 결정했다. 그리고 부엌을 통과해 가는 대신 창문에서 그냥 뛰어내리는 방법을 택했다. 닭장에서 병아리들이 삐악거리는 소리가 들렸다. 아벨은 빛을 흠뻑 받은 양배추들 사이를 걷다가 고개를 돌려 위를 올려다보았다. 발코니의 유리창을 통해 리디아가 욕실로 가는 모습이 보였다. 아벨은 미소를 지었다. 슬픔과 환멸의 미소였다. 그 시각에 리디아와 똑같은 행동을 하고 있는 여자가 수백 명은 될 것이다. 그는 지쳐 있었다. 그동안 수많은 거리를 걷고, 수많은 얼굴을 보고, 이름 없는 수많은 형체들을 좇았다. 그리고 지금은 여기 실베스트르의 집 뒷마당에서 담배를 피우며 인생을 향해 어깨를 으쓱하고 있었다.

'캐퓰릿 가문의 정원에 선 로미오 같군.' 그는 속으로 생각했다. '빠진 건 달빛뿐이야. 순수한 줄리엣 대신 대단히 경험 많은 리디아가 있고, 섬세한 발코니 대신 욕실 창문이 있고, '밧줄 사다리' 대신 비상계단이 있어.' 그는 새 담배에 불을 붙였다. '금방이라도 그녀가 이렇게 말할 것 같네. '당신은 누구신가요? 밤의 어둠에 이렇게 몸을 숨기고 제 말을 엿들으시다니요.''

그는 거만하게 빙긋 웃었다. 셰익스피어를 인용할 수 있는 자신의 실력이 마음에 들었다. 그는 버림받은 양배추들을 조심스럽게 피해서 담장으로 걸어가 그 위에 앉았다. 묘한 슬픔이 밀려왔다. 틀림없이 날씨 때문일 것이다. 천둥이 칠 것 같은 기미가 공기 중에서 느껴졌다. 그는 다시 위를 올려다보았다. 리디아가 욕실에서 나오고 있었다. 어쩌면 그녀도 더웠는지 창문을 열고 창턱에 몸을 기댔다.

'줄리엣이 로미오를 봤어.' 아벨은 속으로 생각했다. '이제 어떻게 될까?' 그는 담장에서 뛰어내려 마당 한복판으로 걸어갔다. 리디아는 여전히 창가에 있었다. '이젠 내가 이렇게 말할 차례로군. '부드러워! 저기 저 창문을 통해 부서지는 빛은 뭘까? 그쪽이 동쪽이니 줄리엣은 태양이야!''

"좋은 저녁이에요." 아벨이 웃는 얼굴로 말했다.

잠시 침묵이 흐르더니 리디아가 "좋은 저녁이에요"라고 말하는 소리가 들렸다. 그리고 나서 그녀는 곧바로 사라져버렸다. 아벨은 담배를 바닥에 버리고, 아주 즐거운 기분으로 혼자 중얼거리며 방으로 돌아갔다.

"셰익스피어가 미처 생각하지 못한 엔딩이 있어."

17

엔리크의 상태가 뜻밖에도 악화되었다. 급히 불려 온 의사
는 디프테리아균 검사를 지시했다. 아이는 고열 때문에 헛것
을 보고 있었다. 불안해서 미칠 지경인 카르멘은 병이 이 지
경까지 악화된 것을 남편 탓으로 돌렸다. 그러면서 엄청난 소
란을 피웠다. 에밀리우는 가만히 듣기만 할 뿐, 평소처럼 아
무 말도 하지 않았다. 아내의 말이 옳았다. 의사를 부르자는
생각을 먼저 한 사람이 아내였으니까. 그의 머릿속이 후회로
가득 찼다. 그는 일요일에 하루 종일 아들의 침대 옆을 지켰
고, 월요일에는 정해진 시각에 검사 결과를 들으려고 서둘러
달려갔다. 검사 결과가 음성인 것을 보고 그는 안도의 한숨
을 내쉬었지만, 그런 검사가 한 번만으로는 충분하지 않을 때

가 많다는 말이 결과서에 적혀 있는 것을 보고 다시 절망에 빠졌다.

하지만 의사는 그 결과에 만족한다면서, 아이가 빨리 회복할 것이라고 예언했다. 다음 24시간을 무사히 넘기기만 한다면 그럴 것이라고. 에밀리우는 하루 내내 아들의 옆을 떠나지 않았다. 저녁 식사 이후부터 줄곧 차가운 태도로 침묵을 지키던 카르멘은 남편의 존재를 더 이상 참을 수가 없었다. 평소에도 남편이 옆에 있으면 화가 났는데, 지금은 남편이 그 방에서 나가지 않으려고 하니 이 세상에서 자신에게 가장 귀하고 유일한 것인 아들의 사랑을 강탈당하는 듯한 기분이었다.

그녀는 에밀리우를 내보내기 위해, 이렇게 집에만 붙어 있으면 돈을 벌 수 없다는 점을 일깨워주기까지 했다. 엔리크의 치료비가 들 테니 그들에게는 어느 때보다 돈이 필요했다. 에밀리우는 이번에도 침묵할 뿐이었다. 돈에 대한 아내의 말도 옳았다. 아내에게 엔리크를 맡기고 자신은 나가보는 편이 더 나을 터였다. 그래도 그는 자리를 뜨지 않았다. 이제 그는 아들의 병이 악화된 것이 자신 때문이라고 확신했다. 자신이 아들과 이야기를 나눈 그 밤 이후에 아들의 상태가 나빠졌기 때문이다. 그가 자리를 지키는 것은 일종의 참회였으나, 모든 참회가 그렇듯이 무용했다. 전적으로 그가 자청했다는 점에서만 의미가 있는 참회였다.

아내가 아무리 강권해도 그는 평소처럼 잠자리에 들지 않았다. 카르멘이 덩달아 밤을 새우기로 한 것은 자기도 남편

못지않게 아들을 사랑한다는 사실을 반드시 증명하고 싶어서였다.

두 사람이 할 수 있는 일은 별로 없었다. 고비를 넘긴 뒤 병세는 자연스러운 과정을 밟았다. 의사가 약을 썼으니, 약이 효과를 낼 때까지 기다릴 뿐이었다. 하지만 두 사람 모두 물러설 생각이 없었다. 일종의 팽팽한 대결, 소리 없는 전투 같았다. 카르멘은 엔리크의 사랑에 매달렸다. 하지만 남편이 이곳에서 아들에게 애정을 보이고 있기 때문에 자신이 그 사랑을 잃어버릴 것 같았다. 에밀리우는 후회를 누르고, 과거의 무심했던 태도를 보상하기 위해 계속 자리를 지키고 있었다. 아내의 싸움이 더 훌륭하며, 자신의 싸움에는 이기심이 깔려 있음을 그도 알고 있었다. 그는 물론 아들을 사랑했다. 자신이 낳은 아들인데 어떻게 사랑하지 않을 수 있을까. 아들을 사랑하지 않는 것이 부자연스러웠다. 하지만 자신이 이 집에서 이방인 같은 존재이며, 이 집에 진정한 의미의 자기 것은 없다는 사실을 아주 잘 알고 있었다. 그의 돈으로 산 집인데도 그랬다. 단순히 갖고 있기만 하는 것은 그 물건을 진정한 자기 것으로 만드는 것과 달랐다. 사람은 원하지 않는 물건도 갖고 있을 수 있었다. 그러나 어떤 물건을 진정한 자기 것으로 만들려면 그 물건을 즐겁게 여겨야 했다. 그에게는 가정도 있고 아내와 아들도 있었지만, 그 모두가 진정한 의미에서 그의 것이 아니었다. 그에게는 그 자신뿐이었으나, 그나마도 전부 소유한 것은 아니었다.

때로 에밀리우는 혹시 자신이 미친 것은 아닌지 고민했다. 갈등, 폭풍, 끊임없는 오해로 점철된 이 삶이 사실은 자신의 신경계에 발생한 불균형이 빚어낸 결과가 아닐까. 집이 아닌 곳에서 그는 다른 사람들과 똑같이 웃을 줄 아는 정상적인 사람이었다. 적어도 그 자신은 그렇게 생각했다. 하지만 집의 문턱을 넘기만 하면, 견딜 수 없는 무게가 그의 어깨에 떨어졌다. 물에 빠져 허파에 생명을 주는 공기 대신 죽음을 주는 물이 가득 들어차는 것 같았다. 자신에게 주어진 인생에 만족한다고 스스로 선언하고, 자기보다 훨씬 더 불운한 사람들도 만족스럽게 살아간다는 점을 인정해야 한다는 의무감이 느껴졌다. 하지만 그런 비교를 해보아도 마음이 전혀 편안해지지 않았다. 어떻게 하면 마음이 편안해질지, 어디서 마음의 평화를 찾을 수 있는지, 아니 그런 것이 존재하기는 하는지 알 수 없었다. 그저 이렇게 세월이 흐른 지금도 자신은 마음의 평화를 느끼지 못한다는 사실만 알 뿐이었다. 그는 마음의 평화를 찾고 싶었다. 매달릴 수 있는 널빤지를 절박하게 찾고 싶어 하는 난파선 선원이나 햇빛을 원하는 씨앗과 비슷했다.

이런 생각을 자꾸만 반복하다 보면 항상 그는 같은 지점에 도달했다. 그는 곁눈가리개를 차고 수차에 묶여 원을 그리며 하염없이 걷고 또 걷는 노새에 자신을 비유했다. 자신이 이미 수천 번이나 밟은 길을 또 밟고 있다는 사실을 알지 못하는 노새. 그는 노새가 아니고 곁눈가리개를 차고 있지도 않지만, 자신의 생각이 이미 몇 번이나 지나간 길을 계속 맴돌고 있다는 사실만은 인정할 수밖에 없었다. 그리고 이런 생각을 해봤자 상황이 더 악화되기만 한다는 것도 알았다. 자신이 인간이면서 비이성적인 동물처럼 굴고 있는 꼴이었으므로. 순순히 굴레를 받아들인 노새를 비난할 수는 없다. 그렇다면 그를 비난하는 것은 옳은 일인가? 그는 무엇 때문에 계속 굴레에 묶여 있는가? 습관, 비겁함, 다른 사람에게 상처를 줄지 모른다는 두려움? 습관은 변할 수 있고, 비겁함은 극복할 수 있고, 다른 사람들이 받는 고통은 거의 항상 우리가 생각하는 것보다 덜하다. 자신의 부재가 금방 잊히고 만다는 것을 그가 이미 증명하지 않았던가? 아니, 최소한 증명하려고 시도해보지 않았던가? 그렇다면 왜 여기에 계속 남아 있을까? 어떤 힘이 그를 이 집, 이 여자, 이 아이에게 묶어두는가? 누가 그 매듭을 지었는가?

그가 생각해낸 답은 이것뿐이었다. "나는 지쳤다." 너무 지치고 피곤해서 그는 감옥 문이 열렸고 자기 손에 열쇠가 있음을 알면서도 자유를 향해 한 발짝도 내딛지 않았다. 이렇게 지친 상태에 너무 익숙해져서 그는 거기에서 오히려 즐거움을 느꼈다. 이미 포기한 사람의 즐거움, 진실의 순간이 왔을 때 시계를 되돌리며 "아직 너무 일러"라고 말하는 사람의 즐거움이었다. 자기희생의 즐거움. 하지만 희생은 시야에서 가려져 있을 때에만 완전하다. 그것을 겉으로 드러내는 것은 이렇게 말하는 것과 같다. "날 봐. 내가 얼마나 자기희생적인지 보라고." 이런 말로 남들이 그의 희생을 잊지 못하게 만드는 것과 같다. 따라서 그는 아직 완전히 포기하지 않았다. 그의 체념 뒤에 희망이 아직 남아서 머뭇거렸다. 구름 뒤에 항상 푸른 하늘이 있는 것처럼.

카르멘은 생각에 잠겨 앉아 있는 남편을 바라보았다. 재떨이가 가득 찼는데도 에밀리우는 계속 담배를 피웠다. 언젠가 그녀는 그가 담배에 쓰는 돈이 얼마인지 계산해서 그를 가혹하게 몰아세운 적이 있었다. 친정 부모님에게도 말했더니, 부모님은 당연히 그녀에게 공감해주었다. 그건 돈을 태워버리는 짓이었다. 절박하게 필요한 돈을 그냥 내다버리는 짓이었다. 악덕을 즐기는 것도 부자들이나 할 수 있는 짓이었다. 그러니 악덕을 즐기고 싶다면 먼저 부자가 되어야 했다. 하지만 에밀리우는 더 좋은 일자리를 구하지 못해서 필요에 의해 어쩔 수 없이 외판원으로 일하고 있었다. 소명 의식 같은 것은 없었다. 부자가 되고 싶다는 욕망을 내비친 적도 없었다. 그는 간신히 최저한도의 돈을 버는 생활에 만족하며 더 이상 나아가지 않았다. 이런 쓸모없는 남자 같으니! 쓸모없는 인생 같으니! 카르멘은 그와 다른 종족에 속했다. 그녀에게 인생은 가만히 서서 바라보기만 하는 것이 아니라 투쟁이었다. 그녀는 적극적이지만 그는 무심했다. 그녀는 힘을 내는 데 필요한 모든 재료, 즉 신경과 뼈와 근육을 모두 동원했다. 그도 이런 재료들을 갖고 있었지만 뼈와 근육과 신경을 무심함이라는 안개로 감싸고 불만족과 회의(懷疑)라는 그물로 묶었다.

에밀리우는 일어나서 아들의 방으로 갔다. 아들은 선잠을 자면서, 깨어났다가 다시 잠에 빠지기를 반복했다. 바싹 마른 입술에서 앞뒤가 안 맞는 단어들이 새어 나왔다. 입꼬리에 작은 거품처럼 맺힌 침방울은 아이의 열이 이제 내렸음을 알려주었다. 에밀리우는 체온계를 아들의 겨드랑이에 아주 부드럽게 끼워 넣었다. 그리고 정해진 시간만큼 기다렸다가 식당으로 돌아갔다. 카르멘은 바느질을 하다가 시선을 들었지만 남편에게 아무것도 묻지 않았다. 에밀리우는 체온계를 확인했다. 39.2도. 열이 점점 내려가고 있는 것 같았다. 그는 체온계를 식탁 위에서 아내의 손이 닿을 수 있는 위치에 놓았다. 그녀는 아들의 체온이 얼마인지 보고 싶은 마음이 굴뚝같은데도 일어나서 체온계를 보려 하지 않았다. 대신 남편이 입을 열기를 기다렸다.

에밀리우는 머뭇거리며 몇 걸음 걸었다. 위층 아파트의 시계가 3시를 쳤다. 카르멘은 기다리고 있었다. 머리는 욱신거리고, 남편에게 욕을 쏟아내고 싶은 것을 참느라 이를 악물고 있었다. 에밀리우는 아무 말 없이 침실로 갔다. 계속 아들 옆에서 간호를 하느라 피곤했고, 아내와 자신 모두에게 진저리가 났다. 불안감 때문에 목구멍이 죄어들었다. 그가 말을 하지 못하는 것은 아내 때문이었다. 죽고 싶을 때도, 울고 싶을 때도 그가 살금살금 기듯이 물러나게 만든 사람은 바로 아내였다.

한편 카르멘이 보기에 방금 남편의 행동은 그에게 인간적인 감정이 전혀 없다는 최종적인 증거였다. 그런 행동은 괴물에게서나 볼 수 있는 것이었다. 그녀에게 아무것도 알려주지 않고, 마치 아무 문제 없다는 듯이, 아들이 아픈 것쯤 전혀 중요하지 않다는 듯이 침실로 가버리다니.

그녀는 일어나서 식탁으로 다가갔다. 거기서 체온계를 확인한 뒤 다시 의자로 돌아갔다. 그날 밤 그녀는 침실로 가지 않았다. 전투에서 이긴 중세의 승리자처럼 그녀는 전투가 끝난 뒤에도 전장에 남아 있었다. 그녀의 승리였다. 또한 그날 밤에는 남편과 아주 조금만 몸이 닿아도 도저히 참을 수 없을 것 같았다.

18

　직업의 성격상 카에타노 쿠냐는 다소 박쥐 같은 생활을 했다. 다른 사람들이 잘 때 일하고, 다른 사람들이 햇빛 속에서 활동할 때 창문을 닫고 잠을 잤다. 이런 생활을 하면서 그는 자신이 중요한 사람이라고 생각했다. 여러 다양한 이유로 자신이 대부분의 사람들보다 더 훌륭하다고 굳게 믿었다. 도시가 잠든 야간에 식자기 앞에 구부정하게 앉아 일하는 생활을 한다는 사실이 그 이유들 중에 적잖은 부분을 차지했다.

　그는 날이 밝기 전에 퇴근했다. 인적 없는 거리가 강에서 불어온 습한 바람에 젖어 반짝이는 광경을 보니 기분이 좋았다. 그는 집으로 곧장 가지 않고, 검은 형체로만 보이는 여자들이 출몰하는 이 조용한 거리들을 돌아다닐 것이다. 아무리 피곤해도 그는 걸음을 멈추고 그 여자들에게 말을 건넬 것이다. 만약 그보다 한 걸음 더 나아가고 싶다면 단순히 이야기를 나누는 데서 그치지 않겠지만, 그런 생각이 없더라도 그들과 이야기를 나누는 것만으로 충분했다.

카에타노는 여자를, 모든 여자를 좋아했다. 치맛자락이 살짝 움직이기만 해도 그는 흥분할 수 있었다. 특히 헤픈 여자들의 매력에 그는 저항할 수 없었다. 매춘, 돈으로 살 수 있는 사랑, 이런 것들이 그에게는 매혹적이었다. 그는 이 도시의 유곽들을 대부분 알고 있었으며, 그곳의 가격표를 외우고 있었다. 잠자리에서 좋은 상대였던 여자들 수십 명의 이름을 즉석에서 말할 수도 있었다(그는 그럴 수 있다고 자부했다).

그가 싫어하는 여자는 딱 한 명, 자신의 아내뿐이었다. 그의 관점에서 주스티나는 욕구가 전혀 없는, 완전히 무성적인 존재였다. 침대에 함께 누워 있을 때 어쩌다 그녀의 몸에 손이라도 닿을라치면 그는 진저리를 치며 몸을 움츠렸다. 그녀의 딱딱하고 마른 몸, 거의 양피지처럼 건조한 살갗이 혐오스러웠다. '그건 여자가 아니라, 그냥 뼈 무더기야.' 그는 이런 생각을 하곤 했다.

주스티나는 남편의 눈에서 혐오의 감정을 보고도 아무 말 하지 않았다. 그녀의 안에 있던 욕망의 불꽃이 다 타서 꺼져 버린 것은 이미 오래전의 일이었다. 남편의 혐오감에 맞서서, 그녀 역시 훨씬 더 한없는 혐오감을 품었다. 남편이 아내에게 충실하지 않다는 것을 알았지만 솔직히 신경이 쓰이지도 않았다. 하지만 남편이 집에 와서 자신이 정복한 여자들에 대해 자랑하는 것만은 참아줄 수 없었다. 질투심 때문이 아니라, 이런 남자와 결혼함으로써 자신이 얼마나 추락했는지를 깨닫게 되기 때문이었다. 남편의 수준까지 내려가고 싶지 않았다. 시끄럽고 성마른 성격의 카에타노가 화를 이기지 못하고 그녀에게 욕설을 퍼붓거나 그녀를 다른 여자들과 비교하면, 그녀는 몇 마디 말만으로 그의 입을 막을 수 있었다. 돈 후안처럼 구는 카에타노에게 그녀의 그 몇 마디 말은 모욕이었으며, 아직도 자신의 몸과 마음에 낙인처럼 새겨져 있는 실패를 되새겨주었다. 그 말을 들을 때마다 그는 아내에게 물리적인 힘을 휘두르고 싶은 유혹을 느꼈지만, 그런 순간에는 주스티나의 눈에서도 사나운 불길이 이글거리고 입이 비틀어져 비웃음을 지었기 때문에 그는 움츠러들었다.

두 사람이 함께 있을 때는 침묵이 일상이고 대화가 예외인 이유가 바로 이것이었다. 두 사람이 함께 보내는 시간에 얼음처럼 차가운 감정과 무심함만이 사방에 가득한 이유가 바로 이것이었다. 아파트에 배어 있는 퀴퀴한 냄새, 지하실 같은 분위기가 버려진 무덤을 연상시켰다.

화요일은 카에타노의 휴일이었다. 다시 말해서, 오전 늦게까지 집에 돌아올 필요가 없다는 뜻이었다. 그는 오후까지 자고 일어난 뒤에야 점심을 먹었다. 늦게 점심을 먹은 탓인지, 아니면 그날 밤 아내와 나란히 누워 밤을 보내게 될 거라는 생각 때문인지, 하여튼 화요일에는 카에타노가 기분이 나

빠지기 일쑤였다. 참아보려고 아무리 애를 써도 소용이 없었다. 화요일에는 주스티나의 과묵함이 더욱더 두드러져 보이고, 두 배나 더 묵직하게 느껴졌다. 아내와 이렇게 도저히 가까워질 수 없는 소원한 사이로 지내는 데 익숙한 카에타노는 아내의 침묵이 왜 더 무겁게 느껴지는지 이해할 수 없었다. 그래서 복수심에 지나치다 싶을 만큼 노골적인 말과 행동을 하며 퉁명스럽게 굴었다. 특히 짜증스러운 것은 아내가 항상 하필 화요일에 죽은 딸의 옷을 꺼내 환기를 시키고, 항상 웃고 있는 딸의 액자 유리를 정성 들여 닦는다는 사실이었다. 그는 아내가 자신을 비난하려고 일부러 이렇게 한다고 생각했다. 적어도 딸과 관련해서는 자신이 비난받을 이유가 전혀 없다고 확신하는데도, 그는 매주 아내가 이런 식으로 추억을 과시하는 것이 몹시 거슬렸다.

카에타노 쿠냐의 집에서 화요일은 불행한 날이었다. 평소에는 넋을 놓은 사람처럼 살아가는 주스티나가 자극을 받으면 폭력적이고 공격적으로 변하는 불안한 날이기도 했다. 카에타노는 화요일에 함부로 입을 열지 못했다. 단어 하나하나에 전기가 찌르르 흐르는 것 같아서였다. 사악한 소악마가 이 아파트의 공기를 호흡할 수 없는 수준으로 만들면서 기뻐하는 날 같았다.

전날 밤 하늘을 뒤덮었던 구름은 이미 사라졌다. 뒤편 발코니의 유리 천장을 통해 햇빛이 쏟아지고, 철제 골조는 바닥에 감옥 철창 같은 그림자를 던졌다. 카에타노는 방금 점심을 먹었다. 시계를 보니 거의 4시였다. 그는 무겁게 일어섰다. 잘 때 잠옷 하의를 입지 않는 것이 그의 버릇이었다. 헐렁한 파자마 상의의 단추를 불룩 튀어나온 배가 압박했다. 그래서 하파엘 보르달루가 만든 통통한 인형 같은 인물들과 놀라울 정도로 흡사해 보였다. 그의 부풀어 오른 배는 우스울지 몰라도, 벌겋게 달아오른 찡그린 얼굴은 세상 무엇보다 보기 싫었다. 그는 자신이 이런 모습임을 알지 못한 채 침실을 나와 부엌을 통과해 욕실로 들어갔다. 그동안 아내에게는 한마디도 하지 않았다. 그는 창문을 열고 하늘을 올려다보다가 강렬한 햇빛 때문에 올빼미처럼 눈을 깜박였다. 이웃집 뒷마당, 누군가의 집 지붕에서 장난치는 고양이 세 마리를 바라보는 그의 시선은 무심했다. 나긋나긋하고 순수하게 날아가는 제비의 존재는 알아차리지도 못했다.

그러다 그의 시선이 훨씬 더 가까운 어느 지점에 고정되었다. 이웃집 창문, 즉 리디아의 욕실 창문에서 분홍색 실내복 소매가 움직이는 것이 보였다. 가끔 그 소매가 흘러내려 팔의 맨살이 드러나기도 했다. 카에타노는 하반신이 창문 아래에 가려진 채로 창턱에 몸을 기대고 그녀의 창문에서 눈을 떼지 못했다. 보이는 것은 별로 없었지만, 그 별것 아닌 광경만으로도 그는 흥분했다. 창턱 바깥으로 몸을 더 내밀자, 발코니에서 비웃듯이 그를 지켜보는 아내의 시선이 그의 눈에 들어왔다. 그의 얼굴이 굳어졌다. 순식간에 아내가 그의 앞에 나타나 커피포트를 건넸다.

"자, 뜨거운 물."

그는 고맙다는 말도 없이 다시 욕실 문을 닫았다. 면도를 하는 동안 그는 계속 리디아의 창문을 힐끔거렸다. 분홍색 소매는 이제 보이지 않았다. 대신 카에타노를 노려보는 아내의 눈이 나타났다. 임박한 폭풍을 피하는 최선의 방법은 그쪽을 힐끔거리지 않는 것이었다. 리디아가 이미 그곳에 없으니 그쯤이야 쉬운 일이었다. 그런데도 유혹이 신중함을 이겼다. 도중에 그는 자신을 염탐하는 아내에게 화가 나서 문을 열고 이렇게 말했다.

"당신은 할 일이 그렇게 없어?"

두 사람은 서로의 이름을 부르는 법이 없었다. 그녀는 대답 없이 그를 바라보다가, 역시 아무 말 없이 그에게 등을 돌렸다. 카에타노는 욕실 문을 쾅 닫은 뒤, 창밖을 힐끔거리는 것을 그만두었다. 세수와 면도를 마치고 밖으로 나온 그는 아내가 부엌에 보관해둔 여행 가방에서 한때 마틸드가 입었던 작은 옷가지들을 꺼내놓은 것을 보았다. 그녀가 사랑스러운 눈으로 그 옷가지들을 보고 있지 않았다면, 카에타노는 아무 말 없이 그냥 지나쳤을지도 모른다. 하지만 이번에도 그는 아내가 자신을 비난하고 있다고 느꼈다.

"언제까지 날 염탐할 거야?"

주스티나는 얼른 대답하지 않고 느긋하게 시간을 끌었다. 어딘가 먼 곳, 주민이 한 명뿐인 먼 나라에서 아주 천천히 돌아오고 있는 것 같았다.

"당신의 끈기에 감탄하고 있었어." 그녀가 차갑게 말했다.

"끈기라니, 무슨 뜻이야?" 그는 한 걸음 앞으로 다가갔다.

팬티 바람으로 맨다리를 드러낸 그의 모습이 우스꽝스럽기 짝이 없었다. 주스티나는 못마땅하게 비웃는 시선으로 그를 바라보았다. 자신이 못생기고 매력 없는 여자라는 사실은 알고 있었지만, 남편의 저런 모습을 보니 면전에서 웃어주고 싶었다.

"정말로 대답을 듣고 싶어?"

"그래."

그 순간부터 카에타노는 이미 패배자였다. 그 말을 하기 전에는 뺨을 한 대 맞는 듯한 그 불가피한 순간을 피할 시간이 아직 있었지만, 이미 '그래'라는 말을 내뱉었으니 이제는 후회뿐이었다. 너무 늦었다.

"아직도 희망을 버리지 않은 거야? 저 여자가 언젠가 당신 품에 안길 거라고 생각한다고? 전에 있었던 일이 창피하지도 않아?"

분노 때문에 카에타노의 턱이 푸들푸들 떨렸다. 두툼한 입술 양끝으로 침이 흘러나왔다.

"저 여자 애인이 또 당신을 찾아와서 선을 넘었다며 난리를 치면 좋겠어?"

그녀는 남편에게 충고를 한마디 하겠다는 듯이, 일부러 걱정스러운 톤을 꾸며내서 말을 이었다.

"당신 자신을 알아. 저 여자는 당신이 손을 대기에는 너무

세련된 사람이라고. 그냥 다른 여자들로 만족해. 당신이 지갑에 사진을 가지고 다니는 여자들 말이야. 당신 취향이 내 마음에 든다고는 못 하겠네. 아마 그 여자들이 경찰서에서 기록용 사진을 찍고 나서 당신한테도 한 장 준 모양이야, 그렇지? 그럼 당신이 경찰의 지점 같은 거잖아!"

카에타노는 죽은 사람처럼 창백해졌다. 아내가 이렇게까지 심한 말을 한 적은 없었다. 그는 주먹을 꽉 쥐고 아내를 향해 한 걸음 다가갔다.

"언젠가 내가 당신 몸의 뼈를 죄다 부러뜨릴 거야! 언젠가 내가 당신을 패서 곤죽을 만들어버릴 거야! 알았어? 그러니까 날 건드리지 마!"

"어디 그러기만 해봐."

"이⋯⋯." 아주 더러운 말이 그의 입에서 나왔다.

주스티나는 간단히 대꾸했다.

"당신은 내가 아니라 당신 자신을 모욕한 거야. 당신이 모든 여자를 그런 식으로 본다는 뜻이니까."

카에타노의 무거운 몸이 로봇처럼 뻣뻣하게 흔들렸다. 격렬하지만 무력한 분노 때문에 하고 싶은 말이 목구멍까지 올라왔지만, 밖으로 나오지는 못하고 휘청거리다가 그대로 죽어버렸다. 그는 아내의 머리를 때리려는 것처럼 주먹을 들어 올렸다. 아내는 꿈쩍하지도 않았다. 그의 주먹이 패배자처럼 천천히 아래로 내려갔다. 주스티나의 눈은 타오르는 석탄 같았다. 카에타노는 굴욕감에 복도로 나가면서 문을 쾅 닫았다.

연한 황록색 눈으로 주인들을 지켜보던 고양이가 어두운 복도를 따라 조용히 사라져서 문 앞 깔개에 누웠다. 조용하고 무심하게.

19

이자우라는 잠이 오지 않아서 두 시간째 침대에서 뒤척이고 있었다. 건물 전체가 조용했다. 아주 가끔 밖의 거리에서 올빼미처럼 늦게 집으로 돌아가는 사람의 발소리가 들렸다. 창문을 통해 멀리서 반짝이는 창백한 별빛이 들어왔다. 침실의 어둠 속에서 그녀의 눈에 보이는 것이라고는 그보다 더 어두운 가구들의 윤곽뿐이었다. 옷장 거울에 창문으로 들어오는 빛이 희미하게 반사되었다. 아래층 아파트의 시계가 15분마다 한 번씩, 시간 그 자체만큼이나 정확하게 그녀의 불면 상태를 일깨워주었다. 모든 것이 조용히 잠들어 있었다. 이자우라만 빼고. 그녀는 잠들기 위해 모든 방법을 시도해보았다. 1,000까지 두 번이나 세었고, 모든 근육에서 차례차례 힘을 뺐으며, 눈을 감고 불면증을 잊으려고 노력했다. 하지만 소용없었다. 그녀의 모든 신경이 깨어 있었다. 잠을 자야 한다는 사실에 생각을 집중하려고 노력을 기울였는데도, 그녀의 머리는 그녀를 깊은 계곡으로 내려가는 어지러운 길로 이끌었다. 계곡 저 아래에서 어렴풋이 들리는 목소리들이 중얼중얼 그녀를 불렀다. 그녀는 커다란 날개를 지닌 어떤 새의 튼튼한 등에 올라앉아 높은 허공에 떠 있었다. 구름보다 높은 곳으로 솟아오른 터라 숨을 고르기가 힘들었다. 그러다가 안개 낀 계곡으로 돌멩이처럼 떨어진 뒤 창백한 하얀색 형체들을 발견했다. 하도 창백해서 아예 알몸이거나 아니면 속이 훤히 비치는 베일만 걸친 것 같은 형체들이었다. 목적 없는 욕망이, 욕망 그 자체를 향한 욕망이 그녀를 괴롭혔다. 욕망에 대한 두려움 또한 그녀를 괴롭혔다.

옆에서는 아드리아나가 평화롭게 잠들어 있었다. 그녀의 조용한 숨소리와 미동도 없는 몸에 이자우라는 화가 치밀었다. 그녀는 두 번이나 침대에서 일어나 창가로 갔다. 두서없는 단어, 중간에 끊어진 문장, 모호한 몸짓이 머릿속에서 자꾸만 맴돌았다. 흠집이 나서 자꾸 같은 음만 반복하는 레코드 같았다. 아무리 아름다운 소절이라도 그렇게 한없이 반복되면 듣기가 싫어진다. 열 번, 백 번 반복된 음표들이 서로 엉키다가 하나로 녹아서 단 하나의 강박적인 소리만 남는다. 무자비하게 반복되는 끔찍한 소리. 그런 소리를 1분만 듣고 있으면 그대로 미쳐버릴 것 같지만, 1분이 지나도 사람이 미치지는 않는다. 오히려 정신이 더 또렷해진다. 멀고 먼 곳들을 떠올리며 사방을 돌아다닌다. 정신의 움직임을 제한하는 국경은 없다. 한 발씩 내디딜 때마다 정신이 더욱더 또렷해져서 고통스러울 정도다. 그것을 잊어버린다면, 그 소리를 멈춘다면, 침묵으로 그 소리를 눌러버린다면 평화롭게 잠들 수 있을 것이다. 하지만 말과 구절과 몸짓이 그 침묵 아래에서 무한한 나선처럼 솟아오른다.

이자우라는 자신이 미쳤다고 속으로 되뇌었다. 머리가 불타는 것 같고, 이마도 불타는 것 같았다. 뇌가 너무 커져서 두개골을 부수고 터져 나올 것 같았다. 모두 불면증 탓이었다. 하지만 이런 생각이 물러나야만 불면증도 물러날 것이다. 그런 생각을 하다니, 이자우라! 그런 끔찍한 생각을! 혐오스러운 착란! 그녀의 의지라는 문 아래에서 도대체 어떤 격정이 그 문을 밀어대고 있는 건지!

도대체 어떤 악마의 악의적인 손이 그녀를 그 책으로 이끌었던 걸까? 도덕을 함양하는 책이라고 했는데! 차가운 이성은 그런 책이 맞는다고 말했다. 감각의 소용돌이 속에 그 목소리가 거의 사라져버리긴 했지만. 그렇다면 왜 그녀의 본능이 구속에서 풀려나 이렇게 소란스럽게 날뛰는 걸까? 그녀는 왜 냉정하고 침착하게 그 책을 읽지 못했을까? 정신이 약한 탓이라고 이성이 말했다. 오랫동안 묻혀 있던 본능은 욕망 때문이라고 소리를 질러댔다. 지극히 수치스러운 것으로 취급받아 오랫동안 무시당하던 욕망 때문이라고. 이제는 그 본능이 표면으로 올라왔기 때문에, 그녀의 의지는 밤보다 더 어둡고 죽음보다 더 깊은 연못에 빠져 죽어가고 있었다.

이자우라는 자신의 손목을 갉아댔다. 얼굴은 땀에 흠뻑 젖고, 머리카락은 두피에 착 달라붙고, 입술은 몹시 험악하게 일그러져 있었다. 그녀는 미치기 직전인 상태로 침대에 걸터앉아 손으로 머리카락을 쓸며 주위를 둘러보았다. 고요한 밤. 흠집이 난 레코드의 반복되는 소리가 침묵의 심연에서 올라왔다. 기진맥진한 그녀는 다시 침대로 쓰러졌다. 아드리아나가 살짝 뒤척였지만 깨어나지는 않았다. 그 무심함이 그녀를 비난하는 것 같았다. 숨이 막힐 것처럼 더운데도 이자우라는 이불을 머리 위까지 덮었다. 수치스러운 자신을 가리기에는 밤의 어둠도 부족하다는 듯이 손으로 눈을 덮었다. 하지만 감긴 눈꺼풀 안쪽의 어둠에는 빨갛고 노란 빛들이 가득했다. 모닥불의 불티들 같았다. (동이 트기만 한다면, 세상 반대편에 있는 태양이 기적적으로 이 방에 뛰어들기만 한다면!)

이자우라의 손이 천천히 아드리아나에게 향했다. 1센티미터 떨어진 곳에서 잠든 아드리아나의 체온이 손끝에 느껴졌다. 그녀는 길고 긴 몇 분 동안 손을 더 내밀지도 않고 물리지도 않은 채 그대로 가만히 있었다. 이마에 맺혔던 땀은 이미 다 말랐지만, 얼굴은 타는 듯이 뜨거웠다. 속에서 불이 타고 있는 것 같았다. 그녀의 손가락이 앞으로 나아가 맨살이 드러난 아드리아나의 팔을 건드렸다가, 전기에 감전된 것처럼 움츠러들었다. 이자우라의 심장은 둔하게 뛰고 있었다. 확장된 동공으로 보이는 것은 어둠뿐이었다. 그녀의 손이 다시 앞으로 나아갔다. 다시 멈췄다. 다시 앞으로 나아갔다. 아드리아나의 팔 위로 올라갔다. 이자우라는 구불구불 미끄러지는 뱀처럼 움직여 아드리아나에게 다가갔다. 그녀의 몸에서 발산되는 열기가 느껴졌다. 이자우라의 한 손이 아드리아나의 팔을 손목에서부터 어깨까지 천천히 쓸어가다가 뜨겁고 축축한 겨드랑이 아래로 미끄러져 들어가 젖가슴 아래쪽으로 은근히 움직였다. 이자우라의 숨이 가쁘고 불규칙해졌다. 그녀의 손이 가벼운 잠옷 속에서 배까지 미끄러져 내려갔다. 아드리아나가 갑자기 몸을 움직여 똑바로 누웠다. 맨살이 드러난 어깨가 이자우라의 입술과 같은 높이에 위치했다. 그녀의 입술은 남의 육체가 아주 가까이에 있음을 감지했다. 그리고 자석에 끌리는 쇳가루처럼 아드리아나의 어깨에 척 달라붙었다. 길고, 격렬하고, 굶주린 키스였다. 그와 동시에 그녀의 손이 아드리아나의 허리를 붙잡고 가까이 잡아당겼다. 아드리아나가 화들짝 깨어났다. 이자우라는 그녀를 놓아주지 않았다. 입술은 여전히 빨판처럼 아드리아나의 어깨에 붙어 있고, 손가락은 그녀의 허벅지를 짐승의 발톱처럼 붙잡았다. 아드리아나는 두려움의 비명을 지르며 그녀에게서 떨어져 침대 밖으로 뛰쳐나갔다. 그리고 침실 문까지 뛰어갔다가, 어머니와 이모가 다른 방에서 자고 있음을 떠올리고 방향을 돌려 창가로 피신했다.

이자우라는 움직이지 않았다. 애써 잠든 척했지만 아드리아나는 침대로 돌아오지 않았다. 그녀의 격한 숨소리가 들렸다. 반쯤 감은 눈에, 유백색 창문을 배경으로 서 있는 아드리아나의 실루엣이 보였다. 이자우라는 자는 척하는 것을 그만두고 부드럽게 말했다.

"아드리아나."

아드리아나가 떨리는 목소리로 대답했다.

"왜 그래?"

"이리 와."

아드리아나는 움직이지 않았다.

"감기 걸릴라." 이자우라가 고집스럽게 말했다.

"괜찮아."

"계속 거기 있을 수는 없잖아. 네가 안 오면 내가 갈 거야."

아드리아나가 다가와 침대 가장자리에 걸터앉더니, 불을 켜려고 손을 뻗었다.

"하지 마." 이자우라가 말했다.

"왜?"

"네가 날 보는 게 싫어."

"도대체 왜?"

"창피해서……."

이 말이 중얼거리듯이 흘러나왔다. 아드리아나의 목소리는 점점 단호해졌지만, 이자우라의 목소리는 가늘게 떨려서 금방이라도 흐느끼는 소리가 나올 것 같았다.

"제발, 부탁이야, 여기 누워……."

"싫어."

"왜? 내가 무서워?"

아드리아나는 조금 시간을 끌다가 대답했다.

"응, 무서워……."

"아무 짓도 안 할게, 진짜야. 내가 뭔가에 홀렸나 봐, 진짜."

그녀는 작은 소리로 울기 시작했다. 아드리아나는 옷장 문을 열고 손의 감각만으로 모직 재킷을 찾아냈다. 그녀는 그것을 걸친 뒤 침대 발치에 앉았다.

"계속 거기 있을 거야?" 이자우라가 물었다.

"응."

"밤새?"

"응."

이자우라의 흐느낌이 더 커졌다. 그와 거의 동시에 옆방의 불이 켜지더니 아멜리아의 목소리가 들렸다.

"무슨 일이니?"

아드리아나는 재킷을 재빨리 침대 뒤로 쑤셔 넣고 이불 속으로 들어왔다. 아멜리아가 어깨에 숄을 걸친 모습으로 문간에 나타났다.

"무슨 일이야?"

"이자우라가 악몽을 꿨어요." 아드리아나가 이자우라의 모습을 가리기 위해 일어나 앉으면서 말했다.

아멜리아가 다가왔다.

"어디 아프니?"

"아무것도 아니에요, 이모. 그냥 악몽이에요. 가서 주무세요." 아드리아나가 이모를 밀어내며 말했다.

"알았다. 무슨 일 있으면 불러."

침실 문이 다시 닫히고 불이 꺼졌다. 점차 침묵이 돌아오는 가운데, 억눌린 흐느낌 소리가 몇 번 그 침묵을 깨뜨렸다. 하지만 곧 그 소리의 간격이 점점 길어지더니, 이자우라의 흔들리는 어깨만이 그녀의 상태를 알려주었다. 아드리아나는 계속 거리를 유지하면서 기다렸다. 서서히 이불이 다시 따뜻해졌다. 두 사람의 몸에서 발산되는 온기가 한데 섞였다. 이자우라가 말했다.

"날 용서해줄 거야?"

아드리아나는 즉시 대답하지 않았다. '응'이라고 대답해서 이자우라를 달래줘야 한다는 것을 알지만, 사실 그녀는 단호하게 '아니'라고 말하고 싶었다.

"날 용서해줄 거야?" 이자우라가 다시 물었다.

"응, 용서할게."

이자우라는 아드리아나를 끌어안고 울고 싶은 충동을 느꼈지만, 혹시 오해를 살까 싶어서 자제했다. 지금부터는 그녀의 모든 말과 행동에 조금 전 몇 분 동안의 기억이 독처럼 묻어 있을 것 같다는 생각이 들었다. 그 끔찍한 불면증과 그로 인해 벌어진 일 때문에 자매를 향한 자신의 사랑이 더러워지고 왜곡되었다는 생각도 들었다. 그녀는 숨이 막히는 심정으로 이렇게 중얼거렸다.

"고마워."

1분이, 한 시간이 아주 천천히 흘렀다. 아래층의 시계는 규칙적으로 울리면서, 한없는 털실 뭉치를 풀듯이 시간을 풀어냈다. 이자우라는 마침내 지칠 대로 지쳐서 잠이 들었다. 아드리아나는 잠들지 못했다. 그녀는 창문을 푸르스름하게 채운 밤의 어둠이 회색 여명으로 바뀔 때까지 말똥말똥 깨어있었다. 회색 여명이 서서히 조금씩 하얀 아침 햇빛으로 변해갔다. 아드리아나는 꼼짝도 하지 않고 누워서 천장만 빤히 바라보며, 욱신거리는 머리로 고집스럽게 싸우고 있었다. 이자우라 못지않게 억압되고 감춰지고 좌절되었던, 사랑을 향한 자신의 갈망이 깨어났기 때문에.

20

그날 저녁 안셀무의 식구들은 평소보다 일찍 식사를 했다. 마리아 클라우디아가 파울리누 모라이스를 만나기 위해 옷을 잘 차려입을 시간이 필요하기 때문이었다. 중요한 부탁을 할 사람을 기다리게 하면 안 되는 법이었다. 모녀는 재빨리 식사를 끝내고 딸의 방으로 사라졌다. 클라우디냐의 가장 좋은 모습을 보여주기 위해서는 다양한 문제를 해결해야 했지만, 그중에서도 가장 어려운 문제는 바로 옷이었다. 그녀가 가진 옷 중에 그녀의 아름다움과 젊음을 가장 돋보이게 해주는 것은 가볍고 하늘하늘한 노란색 민소매 원피스였다. 그녀가 그 옷을 입고 한 바퀴 빙그르르 돌자, 풍성하게 주름 잡힌 치마가 뒤집어놓은 꽃송이처럼 벌어졌다가 게으른 파도처럼 힘없이 허리 아래로 늘어졌다. 로잘리아는 이 옷에 한 표를 던졌으나, 훌륭한 감각과 취향을 선천적으로 타고난 클라우디냐는 지금이 여름이라면 이 옷이 완벽하겠지만 아직 비가 내리는 봄에는 어울리지 않는다는 사실을 깨달았다. 게다가 소매가 없다는 점이 세뇨르 모라이스의 마음에 들지 않을 수도 있었다. 로잘리아는 그 점에 동의하면서도 다른 옷을 골라주지는 않았다. 그녀의 마음에 드는 옷은 그 원피스 하나뿐이었다.

선택은 쉽지 않았다. 클라우디냐는 마침내 회녹색 원피스를 골랐다. 지금 계절에도 맞고 단정한 옷이었다. 이 모직 원피스의 긴 소매는 옷과 똑같은 회녹색 단추로 끝동을 여미게 되어 있었다. 목선도 얌전해서 목이 간신히 드러나는 정도였다. 장차 자신을 고용해줄 사람 앞에 나서기에 완벽한 옷이었다. 로잘리아는 생각이 달랐지만 딸이 그 옷을 입자마자 딸의 생각이 옳았음을 깨달았다.

마리아 클라우디아는 언제나 옳았다. 그녀는 옷장 거울로 자신을 살펴본 뒤 흡족해졌다. 노란색 원피스를 입으면 젊게 보였지만, 지금 그녀는 오히려 성숙해 보이기를 원했다. 프릴이나 민소매는 좋지 않았다. 그녀가 고른 옷은 몸과 하나가 된 듯이 잘 맞아서 몸을 조금만 움직여도 함께 움직였다. 허리띠가 없어도 자연스럽게 허리선이 드러나게 재단되어 있었다. 게다가 마리아 클라우디아의 허리는 어차피 워낙 날씬해서 허리띠를 매면 오히려 장점을 가리는 꼴이 될 터였다. 클라우디아는 거울을 보면서, 앞으로 어떤 식의 옷을 입어야 하는지 깨달았다. 몸매를 가리는 번지르르한 옷이나 프릴은 사양이었다. 이렇게 거울 앞에서 이리저리 몸을 돌려보던 중에, 문득 반짝이는 실이 들어간 원피스가 잘 어울릴 것 같다는 생각이 들었다. 또 하나의 피부처럼 유연하고 나긋나긋한 옷.

"어때요, 엄마?" 그녀가 물었다.

로잘리아는 뭐라고 말을 할 수 없는 상태였다. 그녀는 큰 행사를 앞두고 스타의 옷차림을 책임진 의상 담당자처럼 딸의 주위를 맴돌았다. 마리아 클라우디아는 자리에 앉아 핸드백에서 립스틱과 볼연지를 꺼내 화장을 하기 시작했다. 머리 손질은 급하지 않았다. 재빨리 빗질만 하면 되니까. 화장 또한 과하게 하지는 않았다. 그녀가 고른 옷보다도 더 단정한 화장이었다. 그녀는 지금 상황에서 당연히 불안하고 떨리는 상태인 만큼, 그 덕분에 오히려 안색이 좋아 보일 거라고 믿었다. 약간 떨리는 상태일 때가 그녀에게는 항상 좋았다. 치장을 끝낸 뒤 그녀는 엄마 앞에 서서 다시 물었다.

"어때요?"

"정말 예쁘구나."

클라우디나는 거울에 비친 자신의 모습을 향해 빙긋 웃으며 깐깐한 눈으로 한 번 더 자신을 살피고, 이제 준비가 끝났다고 선언했다. 로잘리아가 남편을 부르자, 안셀무가 충실히 부름에 응했다. 그는 딸의 장래를 결정해야 하는 아버지처럼 고상한 표정을 짓고 있었다. 진심으로 감동한 듯했다.

"마음에 들어요, 아빠?"

"정말 예쁘다, 얘야."

안셀무는 이렇게 중요한 순간에는 '얘야'라는 말로 딸을 부르는 것이 가장 좋다는 사실을 터득하고 있었다. 분위기를 진지하게 만들어줄 뿐만 아니라, 아버지로서 느끼는 애정과 자부심을 암시하는 호칭이었다.

"너무 떨려요." 클라우디냐가 말했다.

"침착해야지." 안셀무가 단호한 손길로 깔끔한 콧수염을 매끈하게 다듬으면서 말했다. 그 단호한 손은 무슨 일이 있어도 고민에 빠지지 않을 것 같았다.

클라우디냐가 앞을 지나갈 때 안셀무는 딸의 진주 목걸이를 살짝 바로잡아주었다. 단호하고 애정 어린 아버지의 결정적인 손길, 언제나 옳을 수밖에 없는 손길이었다.

"이제 가봐라, 얘야." 그가 엄숙하게 말했다.

마리아 클라우디아는 새장에 갇힌 새처럼 파닥거리는 심장을 안고 계단을 내려갔다. 사실은 겉으로 보이는 것보다 훨씬 더 긴장하고 있었다. 리디아의 아파트에 드나든 적은 헤아릴 수도 없이 많지만, 그녀의 애인이 있을 때 간 적은 한 번도 없었다. 따라서 오늘은 뭔가 금지된 일을 하는 비밀스러운 공모자가 된 기분이었다. 곧 그녀는 파울리누 모라이스 앞에 서서 리디아의 '비정상적인 상황'에 대해 직접적으로 알게 될 터였다. 이런 생각 때문에 그녀는 흥분과 현기증을 느꼈다.

리디아가 활짝 웃으며 문을 열어주었다.

"우리가 기다리고 있었어."

이 말이 마리아 클라우디아의 비밀스러운 설렘을 더욱 부채질했다. 그녀는 온몸을 바들바들 떨면서 안으로 들어갔다. 리디아는 호박단 실내복을 입고, 발목에서 은색 끈을 묶게 되어 있는 무용 신발을 신고 있었다. 샌들과 비슷한 모양이었다. 마리아 클라우디아는 그런 신발을 가질 수만 있다면 무엇이든 다 내놓을 수 있을 것 같았다.

그녀는 침실로 곧장 안내되는 데 익숙했기 때문에 그쪽으로 걸음을 내디뎠다. 리디아가 미소를 지었다.

"아니, 그쪽이 아니야."

클라우디냐의 얼굴이 새빨갛게 달아올랐다. 이렇게 붉은 얼굴로 혼란에 빠진 채로 그녀는 파울리누 모라이스 앞에 서게 되었다. 식당에서 그녀를 기다리고 있던 그는 재킷 차림으로 평소 즐겨 피우는 여송연을 피우고 있었다.

리디아가 두 사람을 소개했다. 파울리누가 일어서서 여송연을 든 손으로 마리아 클라우디아에게 앉으라고 손짓했다. 세 사람 모두 의자에 앉았다. 파울리누는 클라우디냐에게서 시선을 떼지 않았다. 그녀는 그 시선을 피해 카펫의 기하학적인 무늬들을 내려다보았다.

"그러지 마세요, 파울리누." 리디아가 여전히 미소 짓는 얼굴로 말했다. "마리아 클라우디아가 어색해하는 게 안 보이세요?"

파울리누는 살짝 놀라더니 미소를 지으면서 말했다.

"그럴 생각은 아니었어." 그리고 마리아 클라우디아에게 시선을 돌렸다. "아가씨가 이렇게…… 이렇게 젊은 줄은 몰랐어!"

"열아홉 살이에요, 세뇨르 모라이스." 그녀가 시선을 들고 말했다.

"보시다시피, 아직 어린아이예요." 리디아가 말했다.

클라우디냐는 그녀를 흘깃 바라보았다. 두 사람이 교환하는 시선에 갑자기 의심과 적의가 깃들었다. 마리아 클라우디아는 리디아가 무슨 생각을 하는지 퍼뜩 알아차렸다. 두려움과 기쁨으로 온몸에 전율이 일었다. 이제는 리디아가 적이 되었다는 느낌이 들었다. 그 이유도 알 것 같았다. 다른 사람의 시각에서, 예를 들어 파울리누 모라이스의 시각에서 리디아와 자신을 비교해보니, 확실히 자신이 유리했다.

"난 그렇게 어리지 않아요, 도나 리디아. 세뇨르 모라이스의 말씀처럼 아주 젊은 건 사실이지만요."

리디아는 입술을 깨물었다. 클라우디냐의 말이 무엇을 암시하는지 알기 때문이었다. 하지만 그녀는 곧바로 침착한 모습으로 돌아와 소리 내어 웃었다.

"그래, 나도 네 나이 때는 똑같았어. 누가 나를 어린애라고 부르면 정말 화가 났지. 하지만 이제는 그 사람들이 옳았다는 걸 알아. 너는 모르겠니?"

"아마 제가 도나 리디아만큼 나이를 먹지 않아서일까요?"

마리아 클라우디아는 여자들끼리의 이런 다툼에서 이해

가 아주 빠른 편이었다. 이미 공격을 두 번이나 명중시켰고 자신은 아직 전혀 다치지 않았는데도 조금 두려워졌다. 이 결투가 끝날 때까지 살아남을 수 있는 기운과 무기가 자신에 게 있는지 자신이 없었다. 이때 파울리누가 끼어든 것은 그녀 에게 다행한 일이었다. 그는 금색 담뱃갑을 꺼내 리디아에게 담배를 권했다. 리디아도 받아들였다.

"담배 안 피우나?" 파울리누가 마리아 클라우디아에게 물었다.

그녀는 얼굴을 붉혔다. 몰래 여러 번 담배를 피운 적이 있지만, 지금 담배를 받으면 안 될 것 같았다. 나쁘게 보일 수도 있고, 게다가 우아하게 담배를 들어 입술에 대는 동작에서 결코 리디아의 상대가 되지 않을 거라는 생각이 들었다.

"네, 안 피워요, 세뇨르 모라이스."

"현명하군." 그는 잠시 말을 멈추고 여송연을 한 모금 빨아 들인 뒤 다시 말을 이었다. "어쨌든, 두 사람이 나이에 대해 이야기하는 건 듣기에 좋지 않군. 나이가 두 사람의 아버지뻘 인 내가 앞에 있는데 말이야."

이 말이 분위기를 달래준 덕분에 휴전이 성립되었다. 하지 만 클라우디냐는 잠시도 쉬지 않고, 안셀무가 보았다면 예쁜 미소라고 했을 만한 표정을 지으며 이렇게 말했다.

"실제보다 훨씬 더 나이 많은 분처럼 말씀하시네요."

"아, 그래? 내가 몇 살로 보이지?"

"아마 마흔다섯 살쯤……."

"이런, 세상에!" 파울리누는 너털웃음을 터뜨렸다. 그 바람에 그의 배도 함께 흔들렸다. "그보다는 좀 더 많아."

"쉰 살?"

"아니, 쉰여섯. 그러니 아가씨의 할아버지뻘이라고 해도 될 나이로군."

"어머, 전혀 그렇게 안 보이세요!"

정말로 그렇게 생각한다는 듯이 곧바로 튀어나온 대답이었다. 파울리누도 금방 그 점을 알아차렸다. 리디아는 일어서서 애인에게 다가가, 마리아 클라우디아가 여기에 오게 된 이유를 일깨우려고 시도했다.

"클라우디냐는 당신의 나이보다 당신이 내리는 결정에 더 관심이 있다는 걸 잊으면 안 돼요. 시간이 늦어서 이제 저 아이도 이만 자러 가야죠. 게다가……." 그녀는 말을 멈추고 많은 의미가 들어 있는 미소를 지으며 파울리누를 바라보았다. 그러고는 뭔가를 진하게 암시하는 부드러운 목소리로 말했다. "……게다가, 당신하고 단둘이서 할 얘기도 있고요."

마리아 클라우디아는 여기서 무릎을 꿇었다. 그런 영역에서 전투를 벌일 수는 없었다. 이곳에서 자신이 침입자이며, 저 두 사람 모두(아니, 적어도 리디아는) 자신이 나가기를 열렬히 바라고 있음을 깨달았다. 울고 싶었다.

"아, 그래, 그렇지. 그 생각을 못 했군!" 파울리누는 자신의 지위와 평판을 지켜야 한다는 사실을 처음으로 떠올린 사람 같았다. 이 경박한 대화가 그 두 가지를 모두 해칠 수 있다는 사실 또한. "그래, 취직을 하고 싶다고?"

"아, 이미 다니는 직장이 있어요, 세뇨르 모라이스. 하지만 부모님께서는 제 벌이가 시원찮다고 생각하시는 모양이에요. 그리고 도나 리디아가 친절하게도 관심을 보여주셔서……."

"무슨 일을 할 수 있지?"

"타자를 칠 줄 알아요."

"그게 전부인가? 속기는 못해?"

"못해요, 세뇨르 모라이스."

"요즘 같은 분위기에서는 타자를 칠 줄 아는 것만으로는 충분하지 않아. 지금 봉급이 얼마지?"

"500이스쿠두예요."

"흠, 그래, 속기를 못한다고?"

"네……."

마리아 클라우디아의 목소리가 점점 작아졌다. 리디아는 환하게 웃고 있었다. 파울리누는 생각에 잠긴 표정이었다. 어색한 침묵이 이어졌다.

"하지만 언제든지 배울 수 있어요." 클라우디냐가 말했다.

"흠."

파울리누는 여송연을 빨아들이면서 마리아 클라우디아를 보았다. 리디아가 끼어들었다.

"저, 당신이 클라우디냐에게 직장을 찾아주면 정말 좋겠지만, 만약 힘든 일이라면……. 클라우디냐는 똑똑한 아이니까 이해할 거예요."

마리아 클라우디아는 이제 반격할 기운이 없었다. 최대한 빨리 여기서 나가고 싶은 생각뿐이었다. 그녀는 자리에서 일어날 것처럼 몸을 움직였다.

"아냐, 잠깐." 파울리누가 말했다. "내가 기회를 한번 주지. 지금 우리 사무실의 속기 타이피스트가 3개월 뒤에 결혼하면서 일을 그만둘 거야. 그러니 아가씨가 우리 회사로 와서 일해도 될 것 같군. 그 3개월 동안에는 아가씨가 지금 받는 봉급과 정확히 똑같은 액수를 주지. 그동안 속기를 배워. 그다음에 한번 보자고. 솜씨가 좋으면, 봉급이 착착 뛰어오를 거라고 내가 지금 이 자리에서 약속하지. 어때?"

"어머, 좋아요, 세뇨르 모라이스. 정말 감사합니다!" 마리아 클라우디아의 얼굴이 봄날의 여명 같았다.

"먼저 부모님과 이야기해봐야 하지 않나?"

"아뇨, 그럴 필요 없어요, 세뇨르 모라이스. 부모님도 틀림없이 좋다고 하실 거예요."

마리아 클라우디아의 목소리에 워낙 확신이 가득했기 때문에 파울리누는 조금 신기한 듯이 그녀를 바라보았다. 그와 동시에 리디아가 말했다.

"만약 그 3개월이 끝나고 마리아 클라우디아가 마음에 들지 않거나 속기 실력이 별로라면, 내보내는 수밖에 없겠죠?"

마리아 클라우디아는 불안한 눈으로 파울리누를 바라보았다.

"글쎄, 만약 일이 그렇게 된다면……"

"그럼 네가 폐를 끼치는 거니까……."

"배울게요, 세뇨르 모라이스." 마리아 클라우디아가 불쑥 끼어들었다. "그리고 정말로 저한테 만족하실 수 있게……."

"나도 그러면 좋겠군." 파울리누가 웃으면서 말했다.

"언제부터 출근할까요?"

"빠를수록 좋지. 지금 직장을 언제 그만둘 수 있나?"

"원하신다면 지금이라도요."

파울리누는 잠시 생각해본 뒤 말했다.

"오늘이 26일이지. 다음 달 1일은 어떤가? 가능하겠어?"

"네."

"좋아. 아니, 잠깐, 그날은 내가 리스본에 없을 거야. 그래도 상관은 없지만. 내가 메모를 한 장 써줄 테니 우리 총무부장에게 제출해. 혹시 내가 그쪽에 미리 말해두는 걸 잊을 수도 있으니까. 물론 내가 그럴 리는 없지만, 그래도……."

그는 지갑에서 명함을 한 장 꺼냈다. 그리고 안경을 찾아보았지만 찾지 못했다.

"내가 안경을 어디에 뒀지?"

"침실에 있어요." 리디아가 대답했다.

"가서 좀 가져다주겠어?"

리디아가 자리를 떴다. 파울리누는 여전히 지갑을 손에 쥔 채로 다른 생각에 빠진 사람처럼 마리아 클라우디아를 바라보았다. 그녀는 그동안 눈을 내리깔고 앉아 있었지만, 갑자기 고개를 들고 그를 똑바로 바라보았다. 그의 시선의 의미를 그녀는 곧바로 이해했다. 두 사람 모두 시선을 피하지 않았다. 마리아 클라우디아는 깊이 숨을 들이쉬어 가슴을 더욱 부풀렸다. 파울리누는 등 근육에 천천히 힘이 들어가는 것을 느꼈다. 복도에서 리디아의 발소리가 들렸다.

그녀가 안으로 들어왔을 때 파울리누는 지갑 속을 열심히 뒤지고 있었고 마리아 클라우디아는 카펫을 빤히 내려다보고 있었다.

21

아벨은 침대에 누워 침대보를 더럽히지 않으려고 신문지 위에 발을 올린 채로 담배를 즐기고 있었다. 조금 전 맛있는 식사를 마친 참이었다. 마리아나는 요리 솜씨가 좋고, 주부로서도 훌륭했다. 아파트가 섬세하게 꾸며진 모습을 보면 알 수 있었다. 그의 방도 증거였다. 가구는 보잘것없었지만 깨끗했고, 품위 있게 보였다. 집에서 기르는 동물들이 주인의 성격을 반영하는 것처럼(음, 적어도 고양이와 개는 그렇다), 가구는 물론 심지어 아주 하찮고 작은 물건에도 역시 주인의 삶이 반영되어 있다. 주인의 성격에 따라 차갑거나 따뜻하게, 상냥하거나 과묵하게 보인다. 그 물건들은 자신이 본 것과 아는 것을 침묵의 언어로 끊임없이 전달하는 목격자들이다.

그들의 이야기를 들을 최고의 순간, 가장 은밀한 순간, 가장 호의적인 시각을 찾아내는 것이 어려울 뿐이다.

아벨은 유혹하듯 허공으로 올라가는 연기의 움직임을 좇으면서, 서랍장과 탁자가, 의자와 거울이 들려주는 이야기에 귀를 기울였다. 커튼이 들려주는 이야기도 있었다. 시작과 중간과 끝이 분명하게 정리된 이야기는 아니었지만, 부드럽게 흘러가는 이미지들이 형태와 색깔로 이루어진 언어가 되어 평화롭고 고요한 인상을 남겼다.

아벨이 이런 포만감을 느끼는 데에 만족스러운 식사가 중요한 역할을 했음에는 의심의 여지가 없다. 그는 소박한 가정의 분위기, 생활에 만족하는 주부의 손맛과 입맛이 만들어낸 음식을 오랫동안 맛보지 못했다. 싸구려 식당에서 내놓는 맛없는 음식과 가난한 사람들에게 식사를 때웠다는 환상을 심어주는 고작 몇 이스쿠두짜리 생선 튀김에 익숙해져 있었다. 어쩌면 마리아나도 그 점을 짐작했는지 모른다. 그게 아니라면, 겨우 얼마 전에야 알게 된 그를 식사에 초대한 것을 설명할 길이 없다. 아니면 실베스트르와 마리아나가 그가 지금까지 만난 모든 사람들과는 다른 사람일 수도 있었다. 더 소박하고, 더 인간적이고, 더 열려 있는 사람. 가난한 두 사람에게서 순금의 느낌이 나는 이유가 무엇인가? (아벨은 확실히 설명할 수 없는 연상 작용을 통해, 이 아파트의 분위기를 이렇게 인식하고 있었다.) '행복? 그것만으로는 충분한 것 같지 않아. 행복은 달팽이 같아서, 누가 손대려고 하면 껍데기 속으로 숨어버린다고.' 하지만 행복이 아니라면 무엇일까? '혹시 이해심일까? 아니, 이해심은 그냥 말뿐이지. 아무도 다른 사람을 이해할 수 없어. 직접 그 사람이 되지 않는 한. 하지만 자신을 잃어버리지 않은 채 동시에 다른 사람이 될 수 있는 사람은 없어.'

그가 잊어버린 담배에서 연기가 계속 허공으로 올라갔다. '그냥 어떤 사람들의 타고난 성격인 걸까? 삶을 바꿔놓는 에너지를 발산하는 능력? 모든 것…… 모든 것이 될 수도 있고 거의 아무것도 될 수 없는 능력. 하지만 그게 무엇인가가 문제야. 그러니 그 문제를 생각해보자고.'

아벨은 생각하고 또 생각했지만, 의문만 더 생겨날 뿐이었다. 그는 막다른 길에 갇혀 있었다. '도대체 어떤 사람들인 거야? 그 두 사람의 능력은 뭐지? 어떤 식으로 삶을 바꿔놓는 걸까? 아니, 이게 맞는 표현이기는 해? 혹시 단어로 표현하는 방법밖에 없기 때문에 오히려 답을 찾을 수 없는 것 아닌가? 그럼 어떻게 답을 찾아내지?'

아벨이 생각에 생각을 거듭하는 동안 담배는 혼자 계속 타서 그의 손가락이 있는 곳까지 짧아졌다. 그는 길게 늘어진 재가 떨어지지 않게 조심하면서, 재떨이에 담배를 비벼 껐다. 그러고는 다시 생각을 이어가려는데, 누군가가 두 번 가볍게 문을 두드렸다. 그는 일어섰다.

"들어오세요."

마리아나가 셔츠 하나를 들고 나타났다.

"방해해서 미안해, 세뇨르 아벨. 하지만 이 셔츠를 수선해도 되나 싶어서……."

아벨은 셔츠를 받아 살펴본 뒤 빙긋 웃었다.

"어떨 것 같으세요, 세뇨라 마리아나?"

그녀는 마주 웃으며 말했다. "잘 모르겠어. 확실히 옛날에는 이보다 나았을 것 같은데……."

"그냥 할 수 있는 만큼만 하세요. 가끔 저는 새 셔츠보다 낡은 셔츠가 더 필요해요. 이상한가요?"

"그럴 만한 이유가 있겠지, 세뇨르 아벨." 마리아나는 셔츠가 얼마나 낡았는지 그에게 확실히 보여주려는 것처럼 셔츠를 이리저리 돌리더니 말을 이었다. "실베스트르에게도 이것과 비슷한 셔츠가 있었어. 아마 남은 천 조각이 있을 거야. 적어도 옷깃을 기울 정도는……."

"손이 너무 많이 가겠는데요. 혹시……."

그는 말을 멈췄다. 이 셔츠를 수선하지 말라고 한다면 그녀가 얼마나 슬퍼할지 그 눈을 보고 알 수 있었다.

"고맙습니다, 세뇨라 마리아나. 잘 수선해주실 거라 믿어요."

마리아나가 방을 나갔다. 몸이 너무 뚱뚱해서 우스꽝스러울 정도였지만, 그녀는 보는 사람이 울고 싶어질 만큼 상냥한 사람이었다.

'상냥함이야.' 아벨은 생각했다. '하지만 그걸로도 충분한 것 같지 않아. 내가 놓치고 있는 게 있어. 두 사람이 행복한 건 나도 알겠어. 이해심이 깊고 상냥한 것도 알겠고. 하지만 내가 콕 집어서 말할 수 없는 뭔가가 있어. 어쩌면 그게 가장 중요한 것인지도 몰라. 그 행복과 이해심과 상냥함의 원인일지도 모른다고. 아니면 혹시…… 그래, 그거야…… 그게 그 상냥함과 이해심과 행복의 원인이자 결과인지도 몰라.'

지금 아벨은 이 미궁에서 빠져나갈 길을 찾을 수 없었다. 만족스럽고 마음에 위안을 준 그날 저녁의 한 끼가 그의 머리를 둔하게 만드는 데 일조했는지도 모를 일이었다. 잠들기 전에 책을 조금 읽을 수 있을 것 같다는 생각이 들었다. 10시 반이 막 지난 때였으므로 그에게는 아직 많은 시간이 남아 있었다. 하지만 딱히 책을 읽고 싶은 생각이 들지 않았다. 밖에 나가고 싶지도 않았다. 따뜻하고 맑은 날씨인데도. 거리에서 무엇을 보게 될지 그는 이미 알고 있었다. 한가로이 지나가는 사람들이나 걸음을 재촉하는 사람들, 호기심을 보이거나 무심한 사람들. 어두운 집과 밝게 불이 켜진 집. 자기중심적으로 흘러가는 삶. 탐욕, 두려움, 갈망, 희망, 굶주림, 악덕, 거리의 여자가 다가오는 것. 물론 모든 가면을 벗겨내고 사람의 진정한 얼굴을 드러내주는 밤 그 자체도 보게 될 터였다.

그는 실베스트르에게 가서 이야기를 나누기로 마음을 정했다. 그의 친구 실베스트르. 그를 찾아가기에 적당한 시간이 아니라는 사실은 알고 있었다. 구두장이인 실베스트르는 지금 급한 일을 맡아 바삐 일하고 있었다. 하지만 그와 이야기할 수 있다면, 적어도 그의 옆에 앉아 그 솜씨 좋은 손이 일하는 모습을 지켜보며 그의 차분한 시선을 느낄 수 있다면. '차분함은 정말로 이상한 것이야.' 그는 생각했다.

그가 지붕과 벽이 있는 발코니로 나오는 것을 보고 실베스트르가 빙긋 웃으며 말했다.

"오늘 밤에는 체커를 둘 수 없겠는데!"

아벨은 그의 맞은편에 앉았다. 나지막한 램프가 실베스트르의 손과 그가 작업 중인 아동용 구두를 비췄다.

"작업 시간이 정해지지 않은 일을 하다 보면 그럴 수도 있죠."

"옛날에는 나도 시간이 정해져 있었는데, 지금은 내가 사장이나 마찬가지니까……."

실베스트르의 입에서 나온 '사장'이라는 단어에는 모든 의미가 싹 제거된 상태였다. 개수대에 등을 기대고 앉아서 아벨의 셔츠를 수선하고 있는 마리아나가 농담을 던졌다.

"맞아, 돈 한 푼 없는 사장이지."

아벨은 담뱃갑을 꺼내 실베스트르에게 권했다.

"한 대 피우실래요?"

"그래, 좋지."

하지만 실베스트르의 손이 너무 바빠서 아벨이 내민 담배를 받을 수 없었다. 그래서 아벨이 직접 담뱃갑 안의 담배를 한 개비 꺼내 실베스트르의 입에 물려주고 불도 붙여주었다. 이 모든 일이 침묵 속에서 이루어졌다. 아무도 '만족'이라는 단어를 입에 담지 않았지만, 모두 그런 기분이었다. 아벨의 예리한 감각이 이 순간의 아름다움을 포착했다. 순수한 아름다움. '순결해.' 그는 생각했다.

그의 의자가 실베스트르와 마리아나가 앉은 긴 의자보다
더 높았다. 그들의 숙인 머리, 하얀 머리카락, 실베스트르의
주름진 이마, 마리아나의 반들거리는 빨간 뺨, 그들을 에워싼
친숙한 빛이 그의 눈에 들어왔다. 아벨의 얼굴은 어둠 속에
잠겨 있었지만, 담뱃불이 그의 입이 있는 지점을 알려주었다.

마리아나는 잠을 늦게 자는 사람이 아니었다. 게다가 밤에
는 시력이 그리 좋지 않았다. 그래서 갑자기 고개가 푹 꺾이
자 그녀는 속이 상했다. 확실히 그녀는 올빼미보다 종달새에
가까운 사람이었다.

"당신 꾸벅거리고 있어." 실베스트르가 말했다.

"아냐. 그냥 눈을 좀 쉬고 있었어."

그래봤자 소용없었다. 5분 뒤 마리아나는 일어나서 세뇨
르 아벨에게 양해를 구했다. 그녀의 눈꺼풀은 이미 납덩이처
럼 무거웠다.

이제 두 남자만 남았다.

"저녁 식사를 맛있게 먹었다는 감사 인사를 아직 드리지
않았습니다." 아벨이 말했다.

"에이, 별것도 아닌데."

"그래도 제게는 큰 의미가 있었어요."

"그냥 서민들이 먹는 음식일세."

"서민보다 더 가난한 사람에게 그 음식을 나눠주셨죠. 생
각해보니 재미있네요. 제가 스스로 가난하다는 말을 쓴 게
처음이거든요. 제가 가난하다는 생각을 한 번도 해본 적이

없는데요."

실베스트르는 대답하지 않았다. 아벨은 담뱃재를 털고 난 뒤 말을 이었다.

"하지만 제게 큰 의미가 있었다고 말한 이유는 그것이 아닙니다. 저는 오늘만큼 행복했던 적이 없어요. 나중에 이곳을 떠난 뒤에도 두 분을 정말 그리워하게 될 겁니다."

"왜 꼭 여기서 나가야 하는데?"

아벨은 빙긋 웃었다.

"일전에 드린 말씀 기억하지 않습니까? 인생이라는 문어가 저를 붙잡는다는 느낌이 드는 순간, 제가 그 문어 다리를 잘라버린다고 했었죠." 잠깐 침묵이 흘렀지만 실베스트르는 그 침묵을 깨려는 시도를 하지 않았다. 아벨이 말을 이었다. "저를 배은망덕하게 보시지 않으면 좋겠습니다."

"그럴 리가 있나. 자네가 어떤 사람이고 어떤 삶을 살았는지 몰랐다면 그런 생각을 할 수도 있겠지만."

아벨은 갑자기 호기심이 생겨서 몸을 앞으로 기울였다.

"어떻게 그리도 통찰력이 있으십니까?"

실베스트르는 시선을 들었다가 램프 불빛 때문에 눈을 깜박였다.

"구두장이들은 대부분 그렇지 않다는 뜻인가?"

"네, 아마도……."

"하지만 난 항상 구두장이였어. 자네는 어느 정도 교육을 받은 현장감독이지. 아무도……."

"하지만 저는……."

"알아. 그래도 교육을 좀 받았잖아, 그렇지?"

"네."

"뭐, 나도 그렇다네. 초등학교를 마쳤으니까. 그 뒤로는 나 혼자서 책을 꽤 많이 읽었고. 그래서 배움을……."

실베스트르는 갑자기 말을 멈추고 고개를 한층 더 깊이 수그렸다. 마치 수선 중인 신발에 온 정신을 쏟아야 한다는 듯이. 램프의 불빛이 그의 튼튼한 목과 등을 비췄다.

"제가 일을 방해하고 있군요." 아벨이 말했다.

"아니, 아닐세. 이건 내가 눈 감고도 할 수 있는 일이야."

그는 신발을 옆으로 밀어놓고, 실 세 가닥을 들어 왁스를 칠하기 시작했다. 양손이 길고 조화롭게 움직였다. 하얀 실에 왁스를 입히자, 실이 점차 밝은 노란색을 띠었다.

"내가 눈을 뜨고 이 일을 하는 건 순전히 습관 때문이야." 그가 말을 이었다. "물론 눈을 감고 하면 시간이 훨씬 더 많이 걸리긴 하겠지."

"결과가 그리 좋지도 않을 테고요." 아벨이 말했다.

"바로 그거야. 이건 우리가 눈을 감을 수 있을 때에도 반드시 뜨고 있어야 한다는 걸 보여주지."

"왠지 수수께끼처럼 들리는데요."

"별로 그렇지 않아. 내가 눈을 감고도 이 일을 할 수 있다는 건 사실이야. 그렇지 않나?"

"어느 정도까지는 그렇죠. 하지만 만약 눈을 감고 일한다

237

면, 결과가 그리 좋지 않을 거라는 말에 동의하셨습니다."

"그래서 내가 계속 눈을 뜨고 있는 거지. 하지만 내 나이에는 눈을 감기가 쉽다는 것 또한 사실 아닌가."

"죽음을 말씀하시는 건가요?"

가죽에 바느질을 하기 위해 송곳을 들어 미리 구멍을 뚫고 있던 실베스트르가 동작을 멈췄다.

"죽음? 그런 생각을 하다니. 난 절대 서둘러 죽을 생각이 없어!"

"그럼 무슨 뜻입니까?"

"눈을 감는 건 단지 앞을 볼 수 없게 된다는 뜻일 뿐이야."

"그래서 볼 수 없게 되는 것이 뭐죠?"

실베스트르는 팔을 휘두르듯이 움직여 주위를 가리켰다.

"이 모든 것…… 인생…… 사람들."

"그것도 수수께끼 같네요. 무슨 뜻인지 정말 모르겠습니다."

"자네가 어찌 알겠나? 자네는……."

"이거 정말 흥미로운데요. 제가 잘 정리할 수 있는지 한번 해보겠습니다. 아까, 우리가 눈을 감을 수 있을 때에도 반드시 계속 뜨고 있어야 한다고 말씀하셨습니다. 그렇죠? 또한 인생과 사람을 보기 위해 눈을 계속 뜨고 계시는 거라고."

"맞아."

"우리 모두 눈을 뜨고 인생과 사람을 볼 수 있습니다. 하지만 그건 여섯 살 때든 예순 살 때든 다를 것이 없는……."

"자신이 어떤 시각으로 세상을 바라보는가에 따라 달라져."

"아하, 이제 좀 알 것 같습니다. 어느 특정한 의미의 시각을 위해 눈을 뜨고 계신다는 거로군요. 이 뜻이 맞습니까?"

"그런 뜻일세."

"그럼 그 시각은 어떤 것입니까?"

실베스트르는 대답하지 않았다. 실을 길게 잡아 늘이고 있어서 그의 팔근육에 힘이 들어갔다.

"제가 일을 방해하고 있습니다." 아벨이 말했다. "이렇게 계속 얘기하다가는 내일까지 그 신발을 다 고치지 못하시겠어요."

"여기서 이야기를 그만두면, 자네는 이 생각을 하느라 밤새 잠을 못 자겠지."

"그렇긴 합니다."

"자넨 지금 알고 싶어 죽을 지경일 거야, 그렇지? 일전의 나와 지금의 자네가 비슷하네. 삶이라는 개울에 잠겨 12년을 보낸 뒤 자네는 방금 아주 희귀한 새 한 마리를 발견했어. 철학적인 구두장이라니! 이건 복권 당첨과 맞먹는 일이야!"

아벨은 실베스트르에게 놀림을 당하는 것 같았지만, 불쾌감을 숨기고 살짝 쓸쓸함이 깃든 목소리로 말했다.

"저야 물론 알고 싶죠. 하지만 저는 다른 사람에게 하고 싶지 않은 말을 강요한 적이 없습니다. 제가 전에 신뢰하던 사람들조차……."

"아, 그건 날 겨냥한 말인 것 같은데! 내가 졌네."

실베스트르의 말투가 워낙 장난스럽게 놀리는 것 같아서 아벨은 불쾌감을 드러내고 싶은 충동을 억눌러야 했다. 그가 지금 보일 수 있는 반응은 아무 말도 하지 않는 것뿐이었다. 하지만 그의 마음속 깊은 곳에는 실베스트르에 대한 분노가 전혀 없었다. 그는 자신이 원한다 해도 그에게 화를 낼 수 없다는 것을 알고 있었다.

"내게 화가 났나?" 실베스트르가 물었다.

"아뇨…… 아닙니다……."

"그 '아뇨'는 '예'라는 뜻이군. 사람들이 내게 하는 모든 말과 말투에 귀를 기울이는 법을 자네한테서 배웠다네."

"제가 지금 화날 만하다고 생각하지 않으십니까?"

"화가 난 건 그렇지만, 안달하는 것도 맞지."

"안달한다고요? 하지만 방금 말씀드렸다시피 저는 누구에게도 말을 강요한 적이……."

"하지만 강요할 수 있다면?"

"그럴 수 있다면 할 겁니다. 이제 만족하셨습니까?"

실베스트르는 크게 웃음을 터뜨렸다.

"인생이라는 개울에 잠겨 12년을 보냈는데도 자네는 아직 초조감을 통제하는 법을 배우지 못했군."

"하지만 다른 것들은 배웠습니다."

"사람을 믿지 않는 법을 배웠지."

"어떻게 그런 말씀을 하십니까? 저는 세뇨르 실베스트르를 믿었습니다. 그렇지 않습니까?"

"맞아. 하지만 자네가 내게 해준 이야기는 누구한테라도 할 수 있는 것이었네. 그저 그 짐을 가슴에서 덜어내고 싶다는 충동이 느껴질 때마다."

"그렇긴 합니다만, 저는 세뇨르 실베스트르를 선택했습니다."

"그건 고맙게 생각하네…… 이건 농담이 아니야. 진심으로 고마워하고 있네."

"그러실 필요 없습니다."

실베스트르는 신발과 송곳을 내려놓고, 작업대를 한편으로 밀었다. 그리고 램프의 위치도 옮겨서 아벨의 얼굴에 빛이 비치게 했다.

"세상에, 자네 화가 났군."

아벨의 얼굴이 어두워졌다. 일어나서 나가버리고 싶었다.

"자, 자." 실베스트르가 말했다. "자네가 모든 사람을 불신하는 건 사실이 아닌가? 그러니까 자네는, 어, 그걸 뭐라고 하지?"

"회의주의자요?"

"그래, 그거야, 회의주의자."

"그럴지도 모르죠. 하지만 인생이 제게 어떤 것들을 안겨주었는지 생각하면, 회의주의자가 되지 않는 편이 오히려 놀라울 겁니다. 그런데 왜 제가 회의주의자라고 생각하신 겁니까?"

"자네가 내게 해준 이야기를 듣고."

"하지만 제 말에 감동을 받으신 적도 있잖습니까."

"그건 아무 의미도 없어. 자네가 살아온 이야기, 겪은 일들을 듣고 감동한 건데, 나는 신문에서 끔찍한 사건 소식을 읽을 때도 똑같이 마음이 움직인다네."

"제 질문을 피하시네요. 세뇨르 실베스트르가 보기에는 제가 왜 회의주의자인 것 같습니까?"

"자네 또래의 젊은이들은 다 그래. 적어도 요즘은……."

"그럼 저처럼 살아온 젊은이를 몇 명이나 알고 계십니까?"

"자네뿐일세. 자네가 인생에서 많은 걸 배우지 못한 이유도 바로 그것이고. 자네는 인생을 알고 싶다고 말했지. 이유가 뭔가? 순전히 자네 자신만을 위해서, 자신에게 이롭게 이용하려고, 그것뿐이지."

"누가 그러던가요?"

"내가 추측한 걸세. 내가 그런 재능이 좀 있어."

"또 농담을 하시네요."

"이제 그만해야겠네. 자네가 전에 우리를 붙잡으려고 드는 문어 다리에 대해 말한 적 있지?"

"조금 전에도 다시 말씀드렸죠."

"그게 바로 이 문제의 요점일세! 뭔가에게 붙들리는 것에 대한 자네의 불안감……."

아벨이 그의 말을 끊었다. 찌푸린 얼굴은 사라지고 이제는 흥미로운 표정을 짓고 있었다. 거의 흥분한 것처럼 보일 정도였다.

"그럼 제가 평생 동안 똑같은 일에 붙들려 있으면 좋겠습니까? 어떤 여자에게 묶여서 살면 좋을까요? 다른 사람들과 똑같은 인생을 저도 살아가는 것이 좋겠습니까?"

"그렇기도 하고 아니기도 해. 자네가 진심으로 내 생각을 알고 싶다면, 이렇게 말하겠네. 모든 종류의 구속을 피해야 겠다는 집착으로 인해 자네가 자기 자신의 포로가 되지 않기를, 회의주의의 포로가 되지 않기를 바랄 뿐이야……."

아벨이 쓸쓸한 웃음소리를 냈다. "저는 모범적인 인생을 살고 있다고 생각했는데 말이죠……."

"내가 내 인생에서 얻은 것을 자네가 자네 인생에서 얻을 수 있다면 정말 모범적인 인생이 될 걸세."

"그게 무엇인지 알 수 있을까요?"

실베스트르는 담배쌈지를 열어 담배 종이를 한 장 꺼내서 아주 천천히 담배를 말았다. 그리고 연기를 한 모금 내뱉은 뒤 이렇게 말했다.

"특정한 관점이지."

"이제 출발점으로 되돌아왔군요. 세뇨르 실베스트르는 그 말의 뜻을 아시지만 저는 모릅니다. 그러니 우리가 진짜로 대화를 나눌 수 있는 가능성이 없어요."

"아니, 있어. 내가 아는 걸 자네에게 말해준다면."

"드디어! 처음부터 그걸 제게 말씀해주셨다면 우리의 출발이 더 좋았을지도 모르는데 말이죠."

"내 생각은 달라. 먼저 내 말을 들어보게."

"좋습니다. 하지만 저를 설득하지 못하신다면 가만있지 않겠습니다!"

그는 실베스트르를 향해 손가락을 흔들어댔지만, 얼굴은 웃고 있었다. 실베스트르도 그의 협박에 비슷하게 응답했다.

그러고는 고개를 뒤로 젖혀 천장을 빤히 바라보았다. 목의 힘줄들이 팽팽한 밧줄처럼 보였다. 단추를 풀어놓은 옷깃 사이로 가슴 위쪽이 보였다. 그곳을 뒤덮은 검은 털 사이 여기 저기에 꼬불꼬불한 은색 털이 몇 개 섞여 있었다. 실베스트르는 한참 추억에 무겁게 잠겨 있다가 현실로 돌아오는 사람처럼 천천히 아벨에게 시선을 돌렸다. 그러고는 이야기를 시작했다. 그의 묵직한 목소리가 어떤 단어를 말할 때는 가늘게 떨리다가 다른 단어를 말할 때는 단호하고 완고해졌다.

"잘 듣게, 친구. 열여섯 살 때 나는 이미 지금처럼 구두장이로 일하고 있었네. 비좁은 작업장에서 남자 네 명과 함께 아침부터 밤까지 일했지. 겨울이면 벽을 따라 물기가 줄줄 흘러내리고, 여름이면 더워서 금방 죽을 것 같았어. 열여섯 살때 내 인생이 그리 대단하지 않았다는 자네의 말이 맞네. 자네는 스스로 원해서 추위와 굶주림을 겪었지. 내가 추위와 굶주림을 겪은 건 같지만, 그건 내 선택이 아니었네. 그건 커다란 차이야. 자네는 그런 인생을 스스로 선택했네. 자네의 그 선택을 내가 비난하는 건 아니야. 다만 나는 인생에 대한 선택권이 없었네. 내 어린 시절에 대해 말하지는 않겠네. 자네 말처럼 과거를 이야기하며 즐거워할 만큼 나이를 먹기는 했네만. 내 어린 시절은 너무 비참해서 자네한테 말해봤자 자네 마음만 어지러워질 거야. 형편없는 음식, 빈약한 옷가지, 수많은 구타, 대충 이 정도로 요약하면 되겠군. 이런 경험을 하는 아이들이 워낙 많기 때문에 이제는 사람들이 놀라지도 않는다네."

아벨은 한쪽 주먹에 턱을 괴고 열심히 듣고 있었다. 그의 검은 눈이 반짝이고, 살짝 여성적인 느낌이 나는 입술은 좀 더 단단해져 있었다. 집중하는 모습 그 자체였다.

"열여섯 살 때 나는 그렇게 살고 있었네." 실베스트르가 말을 이었다. "내가 일하던 곳은 바헤이루야. 자네 바헤이루를 아나? 그곳에 가본 지 한 2년은 됐군. 그래서 지금은 어떤 모습인지 전혀 모르겠네만, 어쨌든……. 말했듯이 나는 초등학교를 마쳤네. 야학으로. 거기 교사 중 한 명은 확실히 회초리를 아끼지 않았지. 다른 학생들도 모두 나처럼 매질을 당했네. 난 정말로 공부를 하고 싶었지만 가끔 졸음을 이기지 못했어. 그 선생은 내가 낮에 무슨 일을 하는지 틀림없이 알고 있었을 걸세. 내가 한 번 선생한테 말한 기억이 나니까. 그래도 그 선생은 전혀 달라지지 않았어. 날 대하는 태도가 조금도 나아지지 않았네. 지금은 세상을 떠났는데, 흙이 그를 너무 짓누르지 않으면 좋겠군. 그때는 군주제가 막바지에 이르러 있었네. 사실 끝나기 직전이었지."

"공화주이자이신 모양입니다." 아벨이 말했다.

"공화주의자라는 말이 군주제를 좋아하지 않는다는 뜻이라면, 나는 공화주의자가 맞네. 하지만 내가 보기에는 결국 '군주제'나 '공화국'이나 그냥 말뿐이지 싶어. 그게 지금의 내 생각일세. 하지만 당시에는 '공화국'이 단순히 말뿐인 게 아니라고 확신하는 공화주의자였네. 정해진 순서처럼 공화국이 만들어졌을 때, 물론 나와는 아무 상관 없는 일인데도 나는 기뻐서 울었지. 마치 그 모든 게 내 노력으로 이루어진 일이기라도 한 것처럼. 힘들고 불신이 가득한 이 시대를 사는 자네는 그때 우리 모두가 얼마나 희망에 차 있었는지 상상도 못 할 걸세. 당시 모든 사람이 나처럼 행복했다면, 포르투갈 전국에 불행한 사람이 하나도 없는 시대가 바로 그때였을 거야. 물론 나는 그때 아직 어렸고, 생각도 어렸네. 나중에 나는 내 희망을 도둑맞았음을 깨달았지. 공화국은 더 이상 신선한 것이 아니게 됐어. 여기 사람들은 항상 신선한 것에만 관심을 보이는데 말이지. 우리는 사자처럼 입장했다가, 다리가 부러진 늙은 말처럼 퇴장하네. 우리가 타고난 기질이 그래. 우리는 새로운 자식이 태어나기라도 한 것처럼 열정과 힘이 흘러넘쳤네. 하지만 우리 이상을 파괴하는 데 온 힘을 다하는 사람들도 많았지. 그들은 수단을 가리지 않았네. 하지만 가장 나쁜 건, 무슨 희생을 치르더라도 조국을 구하고 싶다며 나타난 사람들이 몇 명 있었다는 거야. 반드시 조국을 구해야 하는 상황이라는 것처럼. 사람들은 이제 자신이 무엇을 원하는지 알 수 없게 되었네. 어제는 내 친구였던 사람들이 오늘은 적이 되었는데 그 이유를 아무도 몰랐어. 나는 양쪽의 말을 모두 듣고 곰곰이 생각해보았네. 나도 나서서 뭔가 하고 싶었지만, 무엇을 해야 하는지 알 수 없었어. 필요하다면 내 목숨도 기쁘게 내놓았을 텐데. 나는 동료 구두장이들과 이야기를 해보기 시작했네. 그중에 사회주의자가 한 명 있었는데, 우리를 전부 합친 것보다 머리가 좋은 사람이었지. 아는 것도 아주 많고. 그 사람은 사회주의를 신봉하면서 그 이유 또한 설명해주었네. 나한테 책도 빌려줬고. 지금도 그 사람의 모습이 눈에 보이는 듯하네. 나보다 나이가 많고, 몹시 마른 몸에 창백한 안색을 한 사람이었어. 몇몇 주제에 대해 이야기할 때는 눈에서 빛이 번쩍였지. 하지만 일할 때의 자세와 허약한 신체 때문에 등이 상당히 많이 굽고 가슴이 푹 꺼져 있었어. 그 사람은 내가 마음에 든다고 말하곤 했네. 내가 근육도 머리도 다 갖고 있다면서!" 그는 말을 끊고 꺼져버린 담배에 다시 불을 붙였다. "그 사람 이름도 자네와 똑같이 아벨이었네. 벌써 40여 년 전 일이로군. 그 사람은 전쟁 전에 죽었네. 어느 날 그 사람이 출근하지 않아서 내가 그 사람 집으로 갔지. 어머니와 함께 살고 있었는데, 그 사람은 침대에 누워 고열에 시달리고 있었네. 각혈도 했더군. 내가 방으로 들어가니까 그 사람이 미소를 지었어. 그 미소가 내 마음에 아주 깊이 남았네. 꼭 나한테 작별 인사를 하는 것 같아서. 그 사람은 두 달 뒤에 죽었네. 자기 책을 모두 나한테 남겨주고. 지금도 그 책들이 내게 있네……."

실베스트르의 눈이 먼 과거로 돌아가 있는 것 같았다. 죽어가는 사람의 초라한 방, 자신의 방과 똑같이 초라한 그 방과 손톱에 자줏빛 물이 든 긴 손가락, 창백한 얼굴과 불타는 석탄처럼 반짝이는 눈을 보고 있는 듯했다.

"자네는 친구를 사귄 적이 한 번도 없지?" 그가 물었다.

"네, 없습니다."

"안타까운 일이야. 친구를 사귀는 기분이 어떤지 모른다니. 친구를 잃는 기분도, 친구를 생각하며 느끼는 그리움도 역시 모를 테지. 자네가 인생에서 배우지 못한 것 중에 그것도 있네."

아벨은 아무 말 없이 고개만 끄덕였다. 실베스트르의 목소리와 말이 그의 생각들을 다시 정리해주고 있었다. 희미하지만 끈질긴 빛 하나가 그의 마음속으로 들어와, 그 안의 어둠과 으슥한 구석들을 비췄다.

"그다음에 전쟁이 일어났네." 실베스트르가 말했다. "나는 프랑스로 갔지. 원해서 간 게 아니라, 그쪽으로 파견된 걸세. 나한테는 선택권이 없었어. 나는 플랑드르에서 무릎까지 빠지는 진흙 속을 움직인 적도 있고, 라쿠튀르에도 있었어. 전쟁에 대해 말하라고 하면 나는 할 말이 별로 없네. 가장 최근의 그 전쟁을 직접 겪은 사람들에게 그 전쟁이 어떤 것이었을지 상상해보고는, 아무 말도 하지 않네. 첫 번째 전쟁이 세계 전쟁이라면, 이 두 번째 전쟁은 뭐라고 부를까? 그 뒤에 일어날 또 다른 전쟁은?" 그는 대답을 기다리지 않고 말을 이었다. "전쟁에서 돌아오니 조금 달라진 것이 있었네. 뭐, 2년 동안 이곳을 떠나 있었으니 변화가 있을 수밖에 없지. 하지만 가장 많이 변한 건 나였어. 나는 다시 구두장이가 되었지만, 이번에는 다른 작업장이었네. 새로운 동료들은 가정적인 남자들이었어. 그래서 골치 아픈 일을 전혀 원하지 않는다고 아주 툭 터놓고 말하더군. 그래서 내가 어떤 사람인지 알아내자마자 사장한테 말했네. 나는 거기서 해고당했을 뿐만 아니라, 경찰에 신고하겠다는 협박도 받았지…….”

실베스트르는 씁쓸하면서도 우스꽝스러운 일화를 떠올린 사람처럼 입을 다문 채로 씩 웃어 보였지만, 곧 마음을 추슬렀다.

“시대가 달라져 있었어. 내가 프랑스에 가기 전에는 동료들에게 내 생각을 말할 수 있었네. 아무도 경찰이나 사장에게 나를 고발할 생각은 하지도 않았어. 하지만 이제는 입을 다물어야 했네. 그때 마리아나를 만났네. 지금 모습을 보면 당시 마리아나가 어떤 모습이었는지 상상이 안 가겠지만, 마리아나는 5월 아침처럼 사랑스러웠다네!”

아벨이 거의 순간적으로 불쑥 물었다.

“부인을 사랑하십니까?”

실베스트르는 당황해서 머뭇거렸다. 그러다가 깊은 확신을 갖고 차분하게 대답했다.

“그래, 사랑하네. 아주 많이.”

‘사랑이야.’ 아벨은 생각했다. ‘이 두 사람에게 이 차분함과 평화를 주는 게 바로 사랑이야.’ 사랑하고 싶다는 욕망, 자신을 내주고 싶다는 욕망, 자신의 삭막한 삶에서 사랑이라는 빨간 꽃이 자라는 것을 보고 싶다는 욕망이 갑자기 격렬하게 그를 사로잡았다. 실베스트르는 차분한 목소리로 말을 이었다.

“나는 내 친구 아벨을 생각했네. 옛 친구 아벨 말이야.”

아벨은 미소를 지으며 고개를 끄덕여 그의 칭찬에 감사의
뜻을 전했다.

"그 친구가 내게 남겨준 책들을 다시 읽고, 이중생활을 하
기 시작했지. 낮에는 구두장이였네. 신발의 밑창만 보면서 말
없이 수선에 열중하는 구두장이. 밤에는 진정한 내 모습이
되었네. 내 직업에 비해 내 말투가 너무 말쑥하더라도 놀라
지 말게. 나는 교양 있는 사람들을 많이 알았어. 내가 그 사
람들한테서 배울 수 있는 것을 최대한 배우지 못했다 해도,
나름대로 최선을 다해 배웠네. 가끔 목숨이 위험해지는 것까
지 무릅쓰고. 나는 그들이 내게 요구하는 일을 절대 거절하
지 않았네. 아무리 위험한 일이라 해도."

실베스트르의 말투가 평소보다 느렸다. 고통스러운 기억을
되살리거나, 그 이야기를 피할 수 없는데도 어떻게든 피해보
려고 하는 사람 같았다.

"철도 노동자들의 파업이 있었네. 파업 시작 20일 뒤에 정
부가 그들에게 일터로 돌아가라는 명령을 내렸지. 중앙위원
회는 이에 대응해서 노동자들에게 모든 기차역을 비우고 떠
나라고 명령했네. 나는 그 철도 노동자들과 접촉하면서 특정
한 임무를 수행해야 하는 상황이었네. 젊은 나이인데도 신뢰
받는 멤버였지. 그들은 밤에 바헤이루의 어느 지역에서 전단
지를 나눠줄 어느 그룹의 지휘를 내게 맡겼네. 그러다 새벽에
왕당파 청년운동 회원들과 싸움이 벌어져서……."

실베스트르는 담배를 새로 말았다. 손이 살짝 떨리고 있었

다. 그는 아벨의 눈을 피했다.

"그쪽 회원 한 명이 죽었네. 나는 그 사람 얼굴을 언뜻 봤을 뿐인데, 나이가 아주 어렸어. 그런 녀석이 길바닥에 쓰러져 있었네. 아주 차가운 가랑비가 내리고, 길바닥은 진흙 천지였는데. 경찰이 도착하자, 우리는 신원이 밝혀지기 전에 도망쳤네. 그 청년을 죽인 사람이 누구인지는 끝내 밝혀지지 않았어."

무거운 침묵이 내려앉았다. 마치 그 죽은 청년이 와서 두 사람 사이에 앉기라도 한 것 같았다. 실베스트르는 고개를 숙인 채 들지 않았다. 아벨은 목을 가다듬었다.

"그 뒤로 어떻게 됐습니까?"

"음, 그런 식으로 몇 년이 흘렀네. 나와 결혼한 뒤 마리아나는 나 때문에 상당히 고생했지만, 항상 묵묵히 견뎌냈어. 내가 옳은 일을 한다고 생각하며 한 번도 나를 비난하지 않았지. 나를 다른 길로 이끌려고 한 적도 없고. 나는 그만큼 아내의 신세를 진 걸세. 그렇게 세월이 흘러, 이제 나도 이렇게 나이를 먹었네."

실베스트르는 집 안쪽으로 들어갔다가 곧 체리브랜디 한 병과 잔 두 개를 들고 돌아왔다.

"체리브랜디로 몸을 좀 덥히겠나?"

"좋죠."

두 사람은 잔을 채운 뒤 침묵에 잠겼다.

"그래서……." 몇 분 뒤 아벨이 말했다.

"그래서 뭐?"

"아까 말씀하신 그 '관점'은 어디로 간 겁니까?"

"아직도 자네가 스스로 그것을 알아내지 못했다고?"

"그럴지도요. 세뇨르 실베스트르가 직접 제게 이야기해주시면 좋겠습니다."

실베스트르는 체리브랜디 잔을 단숨에 비우고 손등으로 입술을 닦은 뒤 입을 열었다.

"아직도 자네가 스스로 알아내지 못했다면, 그건 내가 내 기분을 자네한테 제대로 전달하지 못했다는 뜻일세. 전혀 놀랄 일은 아니야. 세상에는 말로 표현하기가 무척 힘든 일들이 있는 법이니까. 나는 할 말을 다 했다고 생각하는데도 알고 보면……."

"또 도망치지 마세요."

"그런 게 아니야. 나는 내가 수선하는 신발 밑창 너머를 보는 법을 배웠네. 우리가 살아가고 있는 이 한심한 인생 너머에는 위대한 이상, 위대한 희망이 있다는 걸 배웠어. 그리고 그 희망과 이상이 개개인의 삶을 인도해야 한다는 것 또한 배웠지. 그걸 느끼지 못하는 사람들은 태어나기도 전에 죽었음이 틀림없네." 그는 빙긋 웃으며 말을 이었다. "이건 내가 생각해낸 말이 아니야. 오래전 누군가에게서 들은 말일세."

"그렇다면, 세뇨르 실베스트르가 보시기에 저는 태어나기도 전에 죽은 사람에 속합니까?"

"아니, 자네는 그들과 종류가 다르네. 아직 태어나지도 않은 사람이야."

"제가 지금까지 살아오면서 수많은 경험을 했다는 걸 잊으신 겁니까?"

"그럴 리가. 하지만 경험이란 다른 사람에게 유용하게 도움이 될 때에만 조금이라도 가치를 지니는 걸세. 그런데 자네는 누구에게도 도움이 되지 않아."

"제가 도움이 되지 않는다는 말씀에는 동의합니다만, 세뇨르 실베스트르의 삶은 어떤 면에서 유용했습니까?"

"난 뭔가를 하려고 애썼지. 설사 실패했다 하더라도 최소한 시도는 했어."

"세뇨르 실베스트르가 나름의 방식으로 시도한 건 맞습니다. 하지만 그것이 최선의 방법이었다고 누가 말할 수 있을까요?"

"요즘 사람들한테 물어보면 거의 모두 그것이 최악의 방법이었다고 말할 거야. 자네도 그런가?"

"아주 솔직히 말하자면, 잘 모르겠습니다."

"모른다고? 나이도 있고 지금까지 겪은 일들도 있는데 여전히 모른다고?"

아벨은 실베스트르의 눈을 똑바로 바라보지 못하고 고개를 숙였다.

"그걸 어떻게 모를 수가 있지?" 실베스트르가 다시 말했다. "지난 12년 동안 그런 인생을 살아오면서 사람들의 삶이 얼마나 형편없는지 보지 못했나? 가난, 굶주림, 무지, 두려움을 못 봤어?"

"봤지만 시대가 변했으니……."

"맞아. 시대가 변했지. 하지만 사람은 변하지 않았네."

"죽은 사람도 있죠. 예를 들면, 세뇨르 실베스트르의 친구 아벨."

"태어난 사람도 있지. 예를 들면, 나의 다른 친구 아벨, 아벨 노게이라."

"스스로 모순된 말씀을 하시네요. 조금 전에는 제가 아직 태어나지 않은 사람에 속한다고 하셨잖아요."

실베스트르는 다시 작업대를 잡아당겨 신발을 들고 일을 재개했다. 그리고 살짝 떨리는 목소리로 말했다.

"아마 내 말을 이해하지 못한 모양이군."

"세뇨르 실베스트르가 생각하시는 것보다는 더 잘 이해했어요."

"그럼 내 말이 옳다고 생각하지 않나?"

아벨은 일어서서 유리창을 통해 뒤뜰을 바라보았다. 어두운 밤이었다. 그는 창문을 열었다. 모든 것이 어둠과 침묵에 잠겨 있었지만, 하늘에는 별이 있었다. 한쪽 지평선에서 반대쪽 지평선까지 빛나는 은하수의 길이 펼쳐졌다. 도시에서는 화산이 우르릉거리는 것 같은 둔탁한 소리가 하늘을 향해 솟아올랐다.

22

엔리크는 여섯 살짜리다운 생기로 빠르게 건강을 회복했다. 하지만 비교적 가벼운 병이었는데도 아이의 성격이 급격히 변한 것 같았다. 온갖 보살핌과 애정을 듬뿍 받은 경험 때문에 평소보다 더 예민해진 것 같기도 했다. 조금만 엄격한 말을 들어도 엔리크는 눈물이 그렁그렁해져서 울음을 터뜨리곤 했다.

생기 넘치고 장난스럽던 소년이 이제는 신중하고 분별 있는 성격이 되었다. 아버지와 함께 있을 때는 언제나 진지한 표정으로 침묵을 지켰다. 열정적인 애정과 찬탄을 담은 시선으로 아버지를 멍하니 바라볼 뿐이었다. 아버지가 아들에게 평소보다 더 애정을 보여주는 것도 아니고, 아들이 갑작스레 보여주는 관심에 똑같이 화답해주는 것도 아닌데도. 엔리크가 과거에 싫어서 피해 다녔던 바로 그것, 즉 아버지의 침묵, 몇 마디 되지 않는 말, 생각이 다른 곳에 가 있는 듯한 분위기가 지금은 그의 마음을 끌었다. 아버지가 왜 아들의 침대 옆을 지켰는지 엔리크는 알 수 없었다. 설사 그 이유를 알았다 해도 그는 이해하지 못했을 것이다. 아버지가 그곳에 있다는 사실, 걱정스러우면서도 절제된 표정, 집 안을 채운 적대적인 분위기, 거기에 엔리크가 병을 앓으면서 새로이 얻게 된 감수성과 예리한 인식, 이 모든 요인들이 잘 알 수 없는 과정을 통해 그를 아버지에게로 이끌었다. 그의 작은 뇌 속의 수많은 문들 중 하나, 그때까지는 닫혀 있던 그 문이 살짝 열려 있었다. 그가 스스로 알아차리지도 못한 채 성숙을 향해 한 걸음 다가선 것이다. 그는 자기 집 식구들 사이에 조화가 없다는 사실을 서서히 알아차렸다.

물론 다른 때에도 부모가 격렬히 싸우는 모습을 목격한 적이 있기는 했다. 하지만 그때는 무심한 구경꾼의 입장에서 지켜보았을 뿐이다. 자신에게 아무런 영향을 미치지 않는 경기를 구경할 때와 같았다. 하지만 지금은 그렇지 않았다. 엔리크는 아직도 병에서 완전히 회복되지 않아 몸이 약한 상태였다. 그리고 그 전에 자신의 의지와는 전혀 상관없이 집안에 잠재하던 갈등이 다양한 형태로 나타나는 것을 예민하게 알아차릴 수 있게 되었다. 그가 부모를 바라볼 때 사용하는 프리즘이 아주 조금 바뀌었을 뿐인데도, 부모를 다른 시각으로 바라볼 수 있게 되었다. 이런 변화는 조만간 일어날 수밖에 없는 불가피한 일이었다. 다만 병으로 인해 변화의 속도가 빨라졌을 뿐이다.

어머니를 바라보는 시각은 변하지 않았지만, 아버지는 그의 눈에 다르게 보였다. 엔리크는 이제 겨우 여섯 살이라서 자신에게 그런 변화가 일어났다는 사실을 이해할 수 없었기 때문에, 틀림없이 아버지가 변한 것이라고 생각했다. 하지만 아버지는 아들에게 예전보다 더 말을 걸지도 않고, 더 애정을 보여주지도 않았다. 따라서 변화를 설명할 길이 없어졌으므로, 엔리크는 자기가 아팠을 때 아버지가 아낌없이 보여준 보살핌을 돌이켜볼 수밖에 없었다. 그러자 이해가 되었다. 그러니 엔리크가 아버지에게 갑자기 관심을 갖게 된 것은 단순히 아버지가 보여준 관심, 지금의 관심이 아니라 그때의 관심에 보답하는 행동이었다. 아버지의 관심을 인정하고 고마움을 표시하는 행동이었다. 나이를 막론하고 사람들은 가장 가까이 접할 수 있고 가장 이해하기 쉬운 이유를 덥석 받아들인다.

엔리크는 분별 있는 방식과 황당한 방식으로 동시에 관심을 표현했다. 식사 시간에는 항상 어머니보다 아버지 쪽으로 의자를 살짝 당겨서 앉았다. 밤에 에밀리우가 낮에 받은 갖가지 주문서와 송장 등 서류를 정리하고 있을 때면, 탁자에 몸을 기대고 서서 그를 지켜보았다. 그러다 서류 한 장이 바닥으로 떨어지면(엔리크는 이런 일이 일어나기를 온 마음으로 기원했다)

재빨리 달려가 주워주었다. 그리고 아버지가 고맙다고 웃어주기라도 하면, 엔리크는 세상에서 가장 행복한 어린이가 되었다. 그보다 더 행복한 순간도 있었다. 그 무엇과도 비교할 수 없는 순간. 바로 아버지가 그의 머리에 한 손을 얹어줄 때였다. 그럴 때면 엔리크는 금방이라도 기절할 것 같았다.

아들이 갑자기 보여주는 설명할 수 없는 관심에 에밀리우는 서로 모순되는 두 가지 반응을 나타냈다. 처음에는 아들의 관심이 몹시 감동적이었다. 애정과 사랑이 없는 황량한 삶 때문에 커다란 소외감을 느끼고 있던 그는 이런 작은 관심, 항상 자기 옆을 떠나지 않는 아들의 존재, 아들의 고집스러운 헌신에 깊은 감동을 받았다. 하지만 곧 그 관심이 얼마나 위험한지 알게 되었다. 아들의 관심과 에밀리우 본인이 느끼는 감정은 이 집을 떠나겠다는 결심을 힘들게 만들 뿐이었다. 그는 마음을 단단히 먹고 아들과 거리를 두려고 애쓰며, 자신의 성격 중에서도 아들의 뜻을 꺾어버릴 만한 부분들을 일부러 강하게 드러냈다. 하지만 엔리크는 포기하지 않았다. 만약 에밀리우가 폭력을 사용했다면 아들을 밀어낼 수 있었을지도 모르지만, 차마 그럴 수는 없었다. 그는 지금까지 한 번도 아들을 때린 적이 없었고 앞으로도 때릴 생각이 없었다. 아들에게 폭력을 행사하는 것이 자유를 얻기 위해 반드시 치러야 하는 대가라 하더라도 그럴 수는 없었다. 아들을 쓰다듬어주었던 바로 그 손으로, 그래서 아들이 사랑하는 바로 그 손으로 아들을 공격하는 생각만 해도 속이 뒤집히는 것 같았다.

에밀리우는 생각이 너무 많았다. 그의 머리는 오만 가지 것들에 집착하며 똑같은 문제를 생각하고 또 생각했다. 그 문제들 속에 푹 빠져 허우적거리다가 결국은 그 생각 자체가 또 문제가 되는 식이었다. 그는 자신에게 정말로 중요한 것이 무엇인지 잊어버리고, 동기와 이유를 찾아 나섰다. 인생은 그의 옆을 휙휙 스쳐 지나가고 있는데도 그는 거기에 주의를 기울이지 않았다. 해결해야 할 문제가 거기 있는데도 그는 그것을 보지 못했다. 설사 그 문제가 그를 향해 "나 여기 있어! 이쪽이야!"라고 소리칠 수 있다 해도 그는 그 소리를 듣지 못했을 것이다. 이제 그는 아들과 거리를 둘 방법을 찾는 대신, 아들이 이렇게 갑자기 관심을 보이는 이유에 대해 곰곰이 생각하기 시작했다. 하지만 도저히 이유를 찾을 수 없자, 그의 뇌는 그의 무의식이라는 거미줄에 붙잡혀 미신적인 이유를 하나 만들어냈다. 자신이 이 집에서 나가겠다고 말한 뒤에 아들의 병이 악화되었으므로, 아들이 아버지를 잃을까 봐 겁이 나서 이렇게 뜻밖의 관심을 그에게 쏟게 된 것이라고. 에밀리우는 이렇게 자신을 빨아들여 꼼짝 못 하게 만든 생각에서 빠져나온 뒤에야 이 결론이 얼마나 비이성적인지 깨달았다. 그가 한 말을 엔리크는 거의 듣지 못했다. 지나가는 파리를 보았을 때와 마찬가지로, 거의 듣자마자 잊어버렸을 것이다. 게다가 엔리크는 에밀리우가 마지막에 했던, 결정적이고 돌이킬 수 없는 말을 듣지 못했다. 그때는 이미 잠들어 있었기 때문에. 그런데 여기서 에밀리우의 머리가 자신의 잠재의식이라는 밧줄 위에서 또다시 줄타기를 하기 시작했다. 설사 상대가 듣지 못했다 해도 한번 내뱉은 말은 허공에 남아 공기 중을 떠돌아다니기 때문에, 숨을 쉴 때 함께 사람의 몸속으로 들어가 귀로 직접 들었을 때만큼 효과를 발휘할 수 있다. 말하자면 그렇다는 얘기다. 불길한 징조와 알 수 없는 수수께끼로 자아낸, 어리석고 미신적인 결론이었다.

카르멘이 보기에는 지금 눈앞에서 벌어지는 일이야말로 남편의 비틀어진 본성을 증명하는 또 다른 증거였다. 그는 카르멘에게서 행복을 빼앗는 데에 만족하지 않고, 이제는 하나밖에 남지 않은 그녀만의 것, 즉 아들의 사랑마저 빼앗아 가려고 했다. 그녀는 에밀리우의 비열한 계획에 맞서 싸우느라 아들에게 애정을 쏟아부었지만, 엔리크는 어머니가 넘치도록 보여주는 애정을 모두 합한 것보다 아버지의 단순한 시선 한 번을 더 중요하게 여겼다. 절망에 빠진 카르멘은 심지어 남편이 마녀의 술수로 아들을 홀렸을 것이라고, 무슨 마법의 약 같은 것을 아들에게 먹여 감정을 바꿔놓았을 것이라고 믿는 지경에 이르렀다. 이런 생각이 한번 머리에 박히고 나니 무엇을 어떻게 해야 할지 알 수 있었다. 그녀는 몰래 향을 피워놓고 아들에게 기도를 시켰으며, 아버지에게 한마디라도 한다면 맞을 줄 알라고 겁을 주었다.

이런 이상한 의식에 괴로워진 엔리크는 더욱 신경질적이고 예민해졌다. 어머니의 협박이 무서웠기 때문에 아버지에게 더욱 가까워졌다.

카르멘의 노력은 모두 허사로 돌아갔다. 마녀의 주술이든 애정이든 아무리 노력을 기울여도 아버지에게 고집스럽게 집착하는 아들의 마음을 돌려놓을 수 없었다. 그래서 카르멘은 아들을 향해 점점 공격적인 태도를 취하게 되었다. 여러 가지 이유를 찾아내서 아들을 때렸다. 눈곱만 한 잘못을 저질러도 아들은 뺨을 맞았다. 카르멘도 자신의 행동이 잘못임을 알고 있었지만 어쩔 수 없었다. 아들을 때린 뒤에 아들이 우는 모습을 보면, 그녀도 울음을 터뜨렸다. 나중에 혼자가 된 뒤에야 분노와 후회를 이기지 못하고 나오는 울음이었다. 그녀는 아들을 더 이상 때릴 수 없을 때까지 때리고 또 때리고 싶었다. 나중에 후회할 것을 알면서도 자제력을 모두 잃어버렸다. 괴물 같은 짓을 저지르고 싶었다. 주위의 모든 것을 후려치고, 아파트를 마구 휘젓고 돌아다니며 가구를 발로 차고 벽에 주먹질을 하고, 남편에게 고함을 질러대며 그를 흔들어대고 때리고 싶었다. 항상 신경이 곤두서서 신중함이 모두 사라졌다. 결혼한 여자들이 남편에게 품는 막연한 두려움도 함께 사라졌다.

어느 날 저녁 식사 때 엔리크가 아버지에게 너무나 가까이 의자를 옮겨 앉는 것을 보고 카르멘의 목구멍에서 분노가 파도처럼 솟아올랐다. 머리가 금방이라도 펑 하고 터져버릴 것 같았다. 주위의 모든 것이 춤을 추듯 흔들리고 있어서, 그녀는 쓰러지지 않기 위해 본능적으로 식탁 가장자리를 움켜쥐었다. 그 과정에서 병이 하나 그녀의 손에 맞아 쓰러졌다. 이 사고와 유리가 와장창 깨지는 소리가 도화선이 되어 그녀의 분노가 폭발했다. 그녀는 거의 바락바락 악을 쓰듯이 말했다.

"이젠 못 참아!"

수프를 마시느라 쓰러지는 병을 미처 잡지 못한 에밀리우가 차분한 표정으로 시선을 들어, 그 창백하고 차가운 눈으로 아내를 바라보며 물었다.

"못 참다니 뭘?"

대답보다 먼저 카르멘이 아들을 향해 이글이글 타는 듯한 시선을 쏘아 보냈기 때문에 아들은 잔뜩 움츠러들어서 아버지의 팔에 매달렸다.

"당신 말이야! 이 아파트도 지긋지긋해! 당신 아들도 지긋지긋해! 이런 생활이 지긋지긋해! 이젠 못 참는다고!"

"해결책이 뭔지 당신도 알잖아."

"당신이 원하는 게 바로 그거겠지, 안 그래? 내가 여길 떠나는 거. **하지만 난 안 떠나**(Pero no iré)!"

"좋아. 원하는 대로 해."

"**내가 정말로 떠나고 싶다면**(Y si yo quisier)?"

"걱정 마. 내가 당신을 찾아 나서지는 않을 테니까."

그는 이 말에 조롱 섞인 웃음을 곁들였다. 카르멘에게는 뺨을 한 대 맞는 것보다 이 편이 더 최악이었다. 그녀는 남편에게 깊은 상처가 될 것을 확신하면서 쏘아붙였다.

"아마 날 찾아 나설걸…… 내가 떠난다면 혼자 가지는 않을 테니까!"

"무슨 소리야?"

"내 아들을 데려갈 거야!"

에밀리우는 자신의 팔을 붙든 엔리크의 손에 더욱 힘이 들어가는 것을 느꼈다. 슬쩍 아래를 내려다보니, 눈물이 글썽글썽한 아들의 입술이 가늘게 떨리고 있었다. 안쓰러운 마음과 애정이 그를 가득 채웠다. 그는 이런 한심한 광경에서 아들을 구해주려고 시도했다.

"말도 안 되는 소리는 그만해. 당신 아들이 여기서 듣고 있는 거 몰라?"

"**상관없어!**(No me importa!) **내 말이 무슨 뜻인지 모르는 척하지 마!**(No te hagas de desentendido!)"

"그만해!"

"**내 맘이야!**(Sólo cuándo yo lo quiera!)"

"카르멘!"

그러자 그녀가 그를 바라보았다. 나이를 먹으면서 더욱 선이 뚜렷해진 그녀의 강인한 턱이 그에게 도전장을 던지는 것 같았다.

"**난 당신 안 무서워! 당신이든 누구든!**(No me das miedo! Ni tú, ni nadie!)"

그래, 카르멘은 확실히 무서워하는 기색이 아니었다. 하지만 갑자기 목소리가 갈라지더니 뺨을 타고 눈물이 줄줄 흘러내렸다. 주체할 수 없는 감정에 휩쓸린 그녀는 아들에게 몸을 던졌다. 무릎을 꿇고 앉아서, 울음소리가 섞인 목소리로 그녀는 뭐라고 중얼거렸다. 거의 앓는 소리처럼 들리는 스페인어였다.

"아가야, 날 좀 봐! 봐! 엄마야! 난 네 편이야! 나처럼 널 사랑하는 사람은 없어!(Hijo mio, mírame! Mira! Yo soy tu madre! Soy tu amiga! Nadie te gusta más que yo! Mira!)"

엔리크는 무서워서 덜덜 떨면서 아버지에게 매달렸다. 카르멘은 횡설수설 앞뒤가 맞지 않는 독백을 계속하면서, 아들이 자신의 손에서 빠져나가는 것을 점점 확실하게 깨달았지만 아직은 그 손을 놓아줄 수 없었다.

에밀리우가 일어서서 아들을 아내의 품에서 억지로 떼어놓았다. 그러고는 그녀를 일으켜 의자에 앉혔다. 거의 기절할 지경이라 그녀는 좋을 대로 하라고 그를 내버려두었다.

"카르멘!"

그녀는 양손에 머리를 묻고 앞으로 몸을 웅크린 자세로 앉아서 울었다. 식탁 맞은편에 있는 엔리크는 심한 충격을 받은 것 같았다. 공기가 모자란 사람처럼 입을 벌린 채, 앞이 보이지 않는 사람처럼 흐릿한 눈으로 한 곳만 뚫어져라 바라보고 있었다. 에밀리우는 서둘러 달려가 아들을 다정한 말로 달래면서 부엌에서 데리고 나갔다.

그는 간신히 아들을 진정시킬 수 있었다. 두 사람이 돌아왔을 때, 카르멘은 더러운 앞치마로 눈물을 닦고 있었다. 갑자기 늙어버린 것 같은 얼굴이 빨갛게 달아올라서 지친 표정을 짓고 있는 것을 보니, 그는 그녀가 안쓰러워졌다.

"기분이 좀 나아졌어?"

"응. 아이는 어때?"

"괜찮아."

그들은 조용히 식탁에 앉았다. 식사를 하면서도 말이 없었다. 그 폭풍 같은 장면을 겪고 나니 완전히 기진맥진해서 그들은 말할 기운도 없었다. 아버지, 어머니, 아들. 한 지붕 아래에서 같은 불빛을 받고, 같은 공기를 마시며 사는 세 사람. 가족.

식사가 끝난 뒤 에밀리우가 식당으로 들어가자 아들이 따라갔다. 그는 낡은 고리버들 의자에 앉았다. 방금 중노동을 하고 온 사람처럼 지친 모습이었다. 엔리크가 다가와서 그의 무릎에 몸을 기댔다.

"기분이 어떠니?"

"괜찮아요, 아빠."

에밀리우는 아들의 부드러운 머리카락을 어루만졌다. 거의 한 손에 잡힐 만큼 작은, 아들의 머리가 애틋하기 짝이 없었다. 그는 머리카락이 엔리크의 눈을 찌르지 않게 쓸어 올리고, 섬세한 눈썹을 다듬어준 뒤, 턱까지 얼굴 윤곽을 손으로 따라갔다. 엔리크는 강아지처럼 아버지의 손길에 자신을 맡겼다. 숨도 거의 쉬지 않았다. 한 번이라도 숨을 쉬면 아버지의 손길이 멈출까 봐 걱정하는 것 같았다. 그의 시선은 아버지에게서 떨어지지 않았다. 에밀리우는 손으로 계속 아들의 얼굴을 쓰다듬었다. 이제는 자신이 뭘 하는지도 모른 채, 기계적으로 손을 움직였다. 여기에 그의 의식은 아무런 역할도 하지 않았다. 엔리크는 이렇게 갑자기 거리가 멀어진 것을 느끼고, 아버지의 무릎 사이로 살짝 들어가 가슴에 머리를 기댔다.

이제 아들의 시선에서 자유로워진 에밀리우의 눈이 이 가구에서 저 가구로, 이 물건에서 저 물건으로 방황했다. 받침대 위에는 물고기를 낚는 소년의 모습을 진흙으로 빚은 조각상이 서 있었다. 소년이 발을 담근 곳은 텅 빈 어항이었다. 그 조각상 아래에 도일리가 있었다. 받침대에서 구불구불 아래로 흘러내린 그 도일리는 카르멘이 살림에 어떤 재능이 있는지 보여주는 증거였다. 수납장과 이른바 도자기장 안에서는 포도주 잔 몇 개가 둔탁하게 반짝였다. 그 포도주 잔을 빼면, 인근에서 생산된 도자기 몇 개만이 도자기장 안에 들어 있을 뿐이었다. 더 많은 도일리들이 카르멘의 살림 솜씨를 더욱 증명했다. 모든 것이 일부러 광택이 나지 않게 마감한 것처럼 보였다. 마치 도저히 닦아낼 수 없는 먼지가 쌓여 광택이나 색깔을 감춰버린 것 같았다.

에밀리우가 무엇보다 강하게 느낀 것은 볼품없음, 단조로움, 진부함이었다. 천장의 전등은 그림자를 여기저기 퍼뜨리는 것이 주된 기능인 것 같았다. 게다가 현대적인 모양을 하고 있었다. 크롬으로 된 세 개의 가지에 각각 갓이 달려 있는 디자인이었으나, 절약을 위해 전구 하나에만 불이 들어오게 되어 있었다.

카르멘은 부엌에서 깊은 한숨 소리로 계속 자신의 존재를 알렸다. 그녀는 설거지를 하면서 자신의 비참한 삶을 곰곰이 생각하는 중이었다.

아들을 품에 안은 채로 에밀리우는 자신의 과거와 현재가 모두 평범하고 지루하다는 사실을 깨달았다. 미래는 지금 그의 품에 안겨 있었지만, 그의 미래라고 할 수는 없었다. 몇 년만 지나면, 지금 기꺼이 그의 가슴에 안겨 있는 이 머리가 스스로 생각을 하게 될 것이다. 과연 무슨 생각을 할까?

에밀리우는 가슴에 안긴 아들을 부드럽게 떼어내서 얼굴을 바라보았다. 이제 차분해진 그 얼굴 뒤에 엔리크의 생각들이 아직 잠들어 있었다. 모든 것이 숨겨져 있었다.

23

아멜리아가 언니에게 귓속말을 했다.

"애들이 싸웠어."

"뭐?"

"싸웠다고."

두 사람은 부엌에 있었다. 바로 조금 전에 저녁 식사를 마친 참이었다. 옆방에서는 아드리아나와 이자우라가 셔츠의 단춧구멍을 만드는 일을 분주히 하고 있었다. 그 방의 열린 문을 통해 어두운 복도로 빛이 쏟아져 나왔다. 칸디다는 믿을 수 없다는 표정으로 동생을 보았다.

"내 말을 못 믿는 거야?" 아멜리아가 물었다.

칸디다는 어깨를 으쓱하고는 아랫입술을 내밀었다. 자신은 지금 상황을 전혀 모른다는 표시였다.

"제대로 눈을 뜨고 있었으면, 언니도 알아차렸을 거야."

"왜 싸웠대?"

"나도 그걸 알고 싶어."

"그냥 네가 지레짐작한 건……."

"그럴 수도 있지만, 오늘 둘이 주고받은 말을 한 손으로도 헤 아릴 수 있을 정도야. 오늘만 그런 것도 아니고. 언니 몰랐어?"

"응."

"내 말이 무슨 뜻인지 알겠지? 언니는 눈을 감고 돌아다니 는 것 같아. 부엌 정리는 나한테 맡기고 가서 잘 살펴봐."

칸디다는 평소처럼 작은 발걸음으로 복도를 걸어가 두 딸 이 앉아 있는 방으로 향했다. 두 자매는 일에 푹 빠져서 어머 니가 들어와도 시선을 들지 않았다. 도니체티의 「람메르무어 의 루치아」가 라디오에서 부드럽게 흘러나왔다. 하지만 지금 은 하필 소프라노의 날카로운 목소리가 방을 가득 채운 순 간이었다. 칸디다는 그 노래를 제대로 비평하기보다는 분위 기를 가늠해볼 작정으로 입을 열었다.

"세상에, 무슨 목소리가! 공중제비를 도는 것 같은 목소리네!"

딸들은 미소를 지었지만, 저 소프라노 가수가 목소리로 펼 치는 곡예처럼 억지로 애를 써서 지은 미소 같았다. 칸디다 는 걱정스러웠다. 동생의 말이 옳았다. 뭔가 이상한 일이 벌 어지고 있었다. 딸들의 이런 모습은 처음 보았다. 마치 서로 를 무서워하는 사람들처럼 거리를 두고 말을 삼가는 모습이라니. 칸디다는 둘을 화해시킬 만한 말을 생각해보려고 했지만, 갑자기 목이 바짝 말라서 단 한마디도 할 수가 없었다. 이자우라와 아드리아나는 일을 계속했다. 가수의 목소리는 점점 여려지다가 거의 들리지 않을 만큼 작아져서 덧없이 사라져갔다. 오케스트라가 화음 세 개를 빠르게 연주한 뒤 테너의 목소리가 강렬하게 솟아올랐다.

"질리는 노래를 정말 잘해!" 칸디다가 탄성을 질렀다. 순전히 뭔가 말을 하기 위해서였다.

두 자매는 서로를 힐끔거리며 머뭇거렸다. 서로 상대방이 먼저 말하기를 바라고 있었다. 두 사람 모두 어머니의 말에 대답해야 한다고 생각하기 때문이었다. 결국 아드리아나가 입을 열었다.

"네, 맞아요. 정말 노래를 잘하죠. 하지만 이젠 나이를 좀 먹었어요."

적어도 몇 분 동안이나마 평소 때의 저녁처럼 장난을 칠 수 있게 된 것이 기뻐서 칸디다는 열렬히 질리를 옹호했다.

"그게 무슨 상관이야? 그냥 들어봐. 저런 가수는 또 없어. 나이를 말하자면, 뭐, 늙은 사람들한테도 가치가 있어. 질리보다 노래를 잘하는 사람이 어디 있니? 말해보렴. 어떤 사람들은 나이를 먹어도 많은 젊은 애들보다 훨씬 더 가치가 있단다……."

이자우라는 작업하던 셔츠에 갑자기 해결하기 어려운 문제가 생기기라도 한 것처럼 고개를 숙였다. 나이 먹은 사람과 젊은 사람의 상대적인 가치에 대한 어머니의 말이 그녀를 겨냥했을 가능성은 아주 희박했지만, 그녀는 얼굴이 시뻘겋게 달아올랐다. 숨겨야 할 비밀이 있는 사람이라면 누구나 그렇듯이, 그녀는 모든 말과 시선에서 은근한 암시와 의심을 보았다. 아드리아나는 이자우라의 당황한 표정을 알아차리고 그 이유를 추측해보며, 대화를 마무리하려고 시도했다.

"나이 먹은 사람들은 항상 젊은이들에 대해 이러쿵저러쿵 투덜거리잖아요!"

"난 투덜거린 게 아니야." 칸디다가 말했다.

"흠." 아드리아나는 다소 초조한 듯한 몸짓을 했다. 평소 그녀는 이자우라와 달리 차분하다 못해 거의 무심해 보일 정도였다. 반면 이자우라에게는 피부 아래가 계속 가늘게 진동하는 것 같은 느낌이 있었다. 그녀의 내면이 강렬한 동요를 겪고 있다는 징조였다. 그런데 지금은 아드리아나도 동요한 상태였다. 모든 대화가 짜증스러웠고, 항상 당혹스럽고 불안한 표정을 짓고 있는 어머니의 얼굴은 그보다 훨씬 더 짜증스러웠다. 어머니의 겸손한 말투도 마찬가지였다.

칸디다는 아드리아나의 퉁명스러운 목소리를 알아차리고 입을 다물었다. 의자에 앉은 채로 몸을 웅크리고 뜨개질감을 들어 그 자리에 없는 사람처럼 굴려고 했다.

가끔 그녀는 딸들을 몰래 힐끔거렸다. 지금까지 이자우라는 한마디도 하지 않았다. 일에 완전히 몰두해서 음악 소리조차 거의 알아차리지 못하는 것 같았다. 질리와 토티 달 몬

테가 듀엣으로 사랑의 노래를 부르는데도 소용이 없었다. 이자우라는 음악에 귀를 기울이지 않았다. 사실 아드리아나도 마찬가지였다. 오로지 칸디다만이, 걱정스러운 마음에도 불구하고, 도니체티의 달콤하고 편안한 멜로디에 푹 빠졌다. 음악에 박자를 맞추며 뜨개질에 몰두한 그녀는 곧 딸들의 일을 잊어버렸다. 그렇게 멍한 상태에서 그녀를 깨운 것은 부엌에서 그녀를 부르는 여동생의 목소리뿐이었다.

"어때?" 칸디다가 부엌으로 돌아오자 아멜리아가 물었다.

"난 아무것도 모르겠던데."

"어련하시겠어……."

"전부 네가 지레짐작한 거야! 너는 무슨 생각을 한번 떠올리면……."

아멜리아는 말도 안 되는 소리 말라는 듯, 아니 짜증 난다는 듯 눈을 흘겼다. 칸디다는 하려던 말을 감히 끝맺지 못했다. 아멜리아는 기분이 나쁘다는 듯이 어깨를 으쓱하며 단언했다.

"내가 알아서 할게. 언니를 믿어본 내가 바보지."

"네가 생각하는 게 정확히 뭔데?"

"내가 알아서 해."

"그러지 말고 말해봐. 저 애들은 내 딸이니 나도 알고……."

"때가 되면 알게 될 거야."

칸디다는 섬광처럼 분노가 치솟는 것을 느꼈다. 새장에 갇힌 카나리아의 분노처럼 뜻밖이었다.

"내가 보기엔 전부 헛소리야! 네가 또 이상하게 집착하는 거라고!"

"그 말은 너무 심한 것 아니야? 집착이라니. 내가 언니 딸들을 걱정하는 게 집착이라고? 그래?"

"아니, 아멜리아……."

"그런 식으로 말하지 마! 난 내 일을 할 테니 언니는 언니 일이나 해. 언젠가 나한테 고마워하게 될 테니."

"뭐가 어떻게 돌아가는 건지 네가 말해준다면 지금이라도 너한테 고맙다고 말할 수 있어. 너처럼 관찰력이 좋지 못한 게 내 잘못이야?!"

아멜리아는 의심스럽다는 듯이 곁눈질로 언니를 흘깃 쏘아보았다. 언니의 말에 조롱이 섞여 있는 것 같았다. 어쩌면 그녀가 터무니없는 생각을 하는 것일 수도 있었다. 그녀는 자기도 아는 것이 없다고 고백하기 직전이었다. 그런 말을 하면 언니도 마음을 놓을 것이고, 그다음에 둘이서 이자우라와 아드리아나 사이에 무슨 일이 있었는지 알아낼 수도 있을 것이다. 하지만 자존심이 그녀를 막아섰다. 칸디다에게 자기가 뭔가를 아는 것처럼 굴었으면서 이제 와서 아무것도 모른다고 고백하는 것은 그녀에게 도저히 불가능한 일이었다. 그녀는 항상 옳은 말만 하는 것에, 자신이 무슨 신탁이라도 되는 것처럼 구는 일에 익숙했다. 그 신탁의 역할을 스스로 그만둘 생각은 조금도 없었다.

그녀는 중얼거리듯이 말했다. "좋아, 비꼬고 싶으면 마음대로 해. 내가 혼자 알아서 할 테니까."

칸디다는 조금 전보다 더 불안한 마음으로 딸들에게 돌아갔다. 아멜리아가 분명히 뭔가를 알고 있는데 말해주질 않았다. 그게 도대체 뭘까? 아드리아나와 이자우라는 조금 전과 정확히 똑같은 자리에 앉아 있었지만, 이제는 둘 사이가 아주 멀리 떨어져 있는 것처럼 보였다. 칸디다는 자신의 자리에 앉아 뜨개질감을 들어 몇 코쯤 뜨개질을 하다가 더 이상 계속할 수가 없어서 뜨개질감을 내려놓고 1초쯤 망설인 끝에 입을 열었다.

"너희 둘 무슨 일이니?"

이자우라와 아드리아나 모두 엄청 당황한 기색이었다. 두 사람은 잠시 머뭇거리다가 동시에 입을 열었다.

"우리요? 아무 일도 없어요."

여기에 아드리아나가 말을 덧붙였다.

"정말이에요, 엄마. 무슨 그런 생각을 하세요!"

'그렇지.' 칸디다는 속으로 생각했다. '그래, 터무니없는 생각이야.' 그녀는 미소를 지으며 두 딸을 차례로 바라본 뒤 이렇게 말했다.

"네 말이 맞다. 살다 보면 가끔 터무니없는 생각을 할 때가 있지. 신경 쓰지 마."

그녀는 다시 뜨개질감을 들고 일을 시작했다. 그 직후 이자우라가 방을 나갔다. 칸디다는 눈으로 그녀를 좇았다. 아드리아나는 작업 중인 셔츠 위로 허리를 더욱더 숙였다. 이제 라디오에서는 여러 목소리의 불협화음이 나오고 있었다. 한 막이 끝나는 순간임이 분명했다. 많은 사람들이 한꺼번에 무대에 올라와서 누군가는 높은 목소리로, 누군가는 낮은 목소리로 노래하고 있었다. 혼란스러울 뿐만 아니라, 무엇보다도 시끄러웠다. 그런 가수들의 목소리마저 압도하며 쾅쾅거리는 관악기 소리보다 더 큰 소리로 칸디다가 갑자기 외쳤다.

"아드리아나!"

"네, 엄마."

"이자우라한테 한번 가봐라. 어디가 아픈 건지……."

칸디다는 이 말을 하면서 아드리아나의 내키지 않는 기색을 알아차렸다.

"안 갈 거니?"

"아뇨, 가야죠. 안 가긴 왜 안 가요?"

"그러니까 내가 물어봤잖아."

칸디다의 눈이 이상하게 반짝였다. 눈물이 차오를 때와 비슷했다.

"도대체 무슨 생각을 하는 거예요, 엄마?"

"난 아무 생각도 안 해, 아무 생각도……."

"맞아요, 생각할 것도 없어요. 우린 괜찮아요."

"나한테 맹세할 수 있어?"

"그럼요."

"그럼 됐다. 이자우라한테 가봐."

아드리아나는 방을 나갔다. 칸디다는 뜨개질감을 무릎에

내려두고, 줄곧 참고 있던 눈물방울을 마침내 떨어뜨렸다. 딱 두 방울. 그 두 방울을 반드시 흘려야 했다. 한번 눈에 차오른 이상 돌이킬 길이 없기 때문이었다. 그녀는 딸의 말을 믿지 않았다. 이제는 이자우라와 아드리아나 사이에 모종의 비밀이 있다는 확신이 들었다. 두 아이가 밝힐 수 없거나 밝히고 싶지 않은 비밀.

아멜리아가 방으로 들어오는 바람에 여기서 생각이 멈췄다. 칸디다는 뜨개바늘을 들고 고개를 숙였다.

"애들은 어디 있어?"

"자기들 방에."

"거기서 뭘 하는데?"

"모르지. 꼭 알아낼 생각이 아직도 있다면 네가 가서 한번 엿보든지. 하지만 그건 시간 낭비야. 아드리아나가 맹세했어. 아무 문제 없다고."

아멜리아는 의자 하나를 거칠게 옆으로 밀고는 비꼬는 목소리로 말했다.

"언니는 마음대로 생각해. 그리고 분명히 말하는데, 난 누구도 엿본 적 없어. 하지만 꼭 필요하다면 얼마든지 그럴 수 있어!"

"그건 집착이야!"

"그럴지 모르지. 하지만 나한테 다신 그런 소리 하지 마!"

"네 기분을 상하게 하려던 건 아니었어."

"하지만 난 기분이 상했지."

"미안해."

"이미 너무 늦었어."

칸디다는 일어섰다. 여동생보다 키가 살짝 작아서, 그녀는 자기도 모르게 까치발로 섰다.

"내 사과를 받아들이지 않는다면 그건 네 손해야. 아드리아나가 맹세했다니까."

"난 걔 말 안 믿어."

"난 믿어. 중요한 건 그것뿐이야!"

"언니의 인생에서 난 전혀 중요하지 않다는 거야? 그래, 난 언니 동생일 뿐이고 여긴 내 아파트도 아니지. 하지만 언니가 나한테 이럴 줄은 꿈에도 몰랐어!"

"내 말뜻은 그게 아니잖아. 내가 언제 그런 소리를 했어!"

"현명한 사람은……."

"아무리 현명한 사람이라도 실수할 때가 있는 법이야!"

"언니!"

"너 지금 놀랐지? 너의 그 웃기지도 않는 의심병이 이젠 지긋지긋해. 싸움은 그만두자. 우리가 이런 일로 싸우다니 끔찍해."

그녀는 동생의 대답을 기다리지도 않고 양손으로 눈을 가린 채 방을 나갔다. 아멜리아는 제자리에서 꼼짝도 않고 의자 등받이만 움켜쥐었다. 그녀의 눈도 눈물에 젖어 있었다. 그녀는 언니에게 사실은 아무것도 모른다고 실토하고 싶다는 충동을 다시 느꼈지만, 자존심이 또 그녀를 막아섰다.

게다가 그 순간 두 조카가 방으로 돌아왔다. 둘 다 웃는 얼굴이었지만, 아멜리아의 예리한 눈은 그 미소가 가짜임을 간파했다. 그것은 방에 들어오기 전에 입술을 움직여 가짜로 지어낸 가면이었다. 그녀는 속으로 생각했다. '우리한테 꽁꽁 숨기기로 저 둘이 작정을 했어.' 그 가짜 미소 뒤에 무엇이 숨어 있는지 찾아내겠다는 결심이 더욱 강해졌다.

24

카에타노는 주스티나가 자신에게 한 말에 대해 어떻게 복수할지 생각 중이었다. 그는 자신의 비겁함을 저주하고 또 저주했다. 자신이 위협했던 것처럼, 주스티나를 곤죽이 되도록 패주었어야 하는 건데. 털이 숭숭 난 커다란 주먹으로 아내를 때려서, 그의 분노를 두려워한 아내가 아파트 안을 뛰어다니며 도망치게 만들었어야 하는 건데. 하지만 사실 그는 그렇게 할 수 없었다. 그런 행동에 필요한 용기가 부족했기 때문에. 그래도 복수를 하고 싶었다. 그냥 두들겨 패는 것 말고, 완벽한 복수. 세련되고 섬세한 복수. 하지만 이런 복수에서 반드시 물리적인 폭력을 배제할 필요는 없었다.

그 굴욕적인 순간을 생각할 때마다 그는 분노로 몸을 떨었다. 그는 그 분노를 잊지 않으려고 애썼지만, 아파트 문을 열자마자 무력감을 느꼈다. 자신의 발목을 잡는 것은 연약해 보이는 아내의 외모라고 자신을 설득하며, 자신의 비겁함을 연민의 감정으로 위장하려고 애썼다. 하지만 비겁함은 오로지 비겁함일 뿐이라는 사실을 알기 때문에 곧 속으로 자신을 채찍질했다. 그는 아내에게 더 많은 모욕을 줄 방법들을 생각해냈지만, 그래봤자 아내는 거기에 맞서 그에게 더욱더 모욕을 줄 터였다. 그는 아내에게 주는 생활비를 줄이는 방법도 시도해보았으나, 그래봤자 자신만 고생하는 것을 깨닫고 포기했다. 주스티나가 그에게 주는 음식의 양을 줄여버렸기 때문이었다. 꼬박 이틀 동안 그는 딸의 사진을 비롯해서 딸을 생각나게 하는 모든 물건들을 어딘가에 숨기거나 아파트에서 치워버릴까 생각해보았다(심지어 꿈에도 나올 정도였다). 이것은 틀림없이 아내에게 가장 커다란 타격을 줄 수 있는 방법이었다.

두려움이 그를 막아섰다. 아내에 대한 두려움이 아니라, 거기서 생겨날 수 있는 결과에 대한 두려움이었다. 그런 행동은 거의 신성모독처럼 여겨졌다. 그런 행동을 했다가는 최악의 불행을 맞을 것이다. 예를 들어, 결핵 같은 것. 그는 몸무게가 90킬로그램이나 되고 헛웃음이 나올 만큼 튼튼하고 건강한 사람이었는데도 결핵을 무서워했다. 그것이야말로 최악의 질병이라서, 결핵에 걸린 사람을 보기만 해도 기분이 끔찍해졌다. 아니, 그 단어를 입에 담는 것만으로도 몸이 부르르 떨릴 정도였다. 그는 라이노타이프 기계 앞에 앉아서 신문 기자가 쓴 글을 식자하다가도(이 일에 머리는 필요하지 않았다, 적어도 글의 내용을 이해할 필요가 없다는 점에서는 그랬다) 혹시 그 끔찍한 단어가 등장하면 자기도 모르게 살짝 몸을 움츠렸다. 이런 일이 워낙 잦았기 때문에, 그의 이런 약점을 알고 있는 상사가 그에게 일부러 결핵에 관한 기사를 죄다 보내는 것만 같았다. 이 병이 주제로 등장한 의학 회의에 관한 기사들은 항상 그의 차지였다. 그런 기사에 가득한 뜻 모를 단어들, 그리스어와 너무 비슷해서 무서울 정도인 복잡한 그 단어들은 순전히 예민한 사람에게 겁을 줄 목적으로 만들어졌는지 그의 머릿속에 빨판처럼 딱 달라붙어서 몇 시간 동안이나 사라지지 않았다.

실천에 옮길 수 없는 그 방법 외에, 그가 빈곤한 상상력으로 떠올린 모든 방법들은 그와 아내의 사이가 지금보다 좋아야만 효과가 있는 것이었다. 그가 아내에게서 사랑, 우정, 마음의 평화 등 결혼 생활을 참을 만하게, 아니 심지어 바람직하게 만들어줄 수 있는 모든 것을 빼앗아버렸으므로, 남은 것이 하나도 없었다. 만날 때와 헤어질 때 아내에게 키스하는 버릇을 너무 일찍 그만둔 것이 거의 후회스러울 정도였다. 순전히 지금 그 버릇을 중단할 수 없게 되었다는 이유 때문이었다.

이처럼 좋은 방법을 생각해내는 데 실패를 거듭하면서도 그는 포기하지 않았다. 아내가 절박한 얼굴로 자기 앞에 무룹을 꿇고 용서를 간청하게 만들어 복수하겠다는 생각이 그를 붙잡고 놓아주지 않았다.

어느 날 그 방법을 찾아낸 것 같았다. 다시 한 번 찬찬히 생각해보니 웃기지도 않는 방법임을 알 수 있었지만, 어쩌면 바로 그 점이 그를 유혹했는지도 모를 일이었다. 아내와의 관계에서 자신이 새로운 역할을 연기하는 것, 즉 질투심 많은 남편처럼 구는 것이 그 방법이었다. 아무리 사나운 오셀로라 해도 가난하고, 못생기고, 너무 말라서 거의 뼈만 남은 주스티나를 보고 질투를 할 수는 없을 것이다. 하지만 카에타노의 머리로는 이보다 더 좋은 방법을 생각해낼 수 없었다.

이 계획을 위한 무대를 마련하는 동안 그는 아내에게 거의 좋은 남편처럼 굴었다. 심지어 고양이까지 쓰다듬어주었더니, 고양이가 깜짝 놀랄 정도였다. 그는 딸의 사진을 끼울 새 액자를 사 와서, 그 사진을 확대할 생각이라고 말했다. 주스티나는 그의 이런 행동에 깊은 감동을 받아, 액자를 사 온 것도 고맙고 사진을 확대하자는 생각도 마음에 든다고 말했다. 하지만 그녀는 남편이 어떤 사람인지 잘 알기 때문에 남편에게 저의가 있을 것이라는 의심을 버리지 않았다. 그래서 최악의 경우를 예상하며 가만히 기다렸다.

카에타노는 이렇게 준비를 마친 뒤 공격에 나섰다. 어느 날 밤 그는 일터에서 곧장 퇴근했다. 주머니에는 자신이 평소와는 다른 필체로 자신에게 쓴 편지 한 통이 들어 있었다. 잉크도 평소 쓰던 것과는 다른 것을 썼고, 펜도 낡은 것을 사용해서 글자가 더 각진 모양이 되었다. 작은 글자들에는 잉크가 번진 자국도 있었다. 그것은 위조의 걸작이었다. 전문가도 그것이 위조임을 알아차리지 못할 터였다.

그는 가슴을 두근거리며 열쇠 구멍에 열쇠를 꽂았다. 마침내 무고하다고 항변하는 아내를 무릎 꿇려 복수의 욕망을 충족시키기 직전이었다. 그는 천천히 조심스럽게 아파트 안으로 들어갔다. 아내를 기습하고 싶었다. 잠든 아내를 갑자기 깨워서, 그녀가 저지른 죄의 증거를 앞에 내놓을 것이다. 그는 혼자 씩 웃으며 까치발로 복도를 걸었다. 손을 벽에 대고 걷다 보니, 문틀이 손에 잡혔다. 그의 다른 손은 텅 빈 어둠 속을 더듬고 있었다. 침실에서 흘러나온 따뜻한 공기가 그의 얼굴을 스쳤다. 그는 왼손으로 스위치를 찾아 벽을 더듬었다. 준비는 끝났다. 그는 성난 표정을 짓고 불을 켰다.

주스티나는 자고 있지 않았다. 카에타노가 미처 예상치 못한 일이었다. 분노가 사라진 그의 얼굴에서 모든 표정이 썰물처럼 빠져나갔다. 아내는 놀란 얼굴로 그를 보았지만 아무 말도 하지 않았다. 카에타노는 지금 당장 입을 열어 말하지 않으면 자신의 계획이 통째로 무너질 것임을 깨닫고 다시 마음을 가다듬어 성난 표정을 지었다.

"흠, 안 자고 있으니 다행이군. 당신을 깨우는 수고를 하지 않아도 되니까. 이걸 읽어봐!"

그는 아내에게 편지를 던졌다. 주스티나는 천천히 봉투를 집어 들었다. 그러면서 그 안에 남편의 갑작스러운 행동 변화를 이해할 수 있는 열쇠가 들어 있을 것이라고 생각했다. 그녀는 봉투에서 편지를 꺼내 읽어보려고 했지만, 어두운 곳에 있다가 갑자기 불이 켜졌을 뿐만 아니라 필체까지 형편없어서 처음에는 편지를 읽을 수 없었다. 그래서 자세를 바꾸고 눈을 비빈 뒤, 상반신을 들어 올려 팔꿈치로 지탱했다. 카에타노는 이렇게 꾸물거리는 아내에게 화가 나서 견딜 수 없었다. 계획대로 되는 것이 하나도 없었다.

이제 주스티나가 편지를 읽고 있었다. 카에타노는 그녀의 표정 변화를 일일이 초조하게 살펴보았다. 터무니없는 생각이 떠올랐다. '만약 저게 사실이면 어쩌지?' 하지만 이 생각을 계속 이어갈 시간이 없었다. 주스티나가 포복절도하면서 베개 위로 다시 고개를 떨어뜨렸기 때문이었다.

"아, 그래, 그렇게 웃겠다고?" 카에타노는 이렇게 고함을 질렀지만, 사실 완전히 혼란스러운 상태였다.

주스티나는 미친 듯이 웃느라 대답도 하지 못했다. 비웃는 듯한 웃음이었다. 그녀는 남편과 자신을 비웃고 있었지만, 자신을 더 많이 비웃었다. 발작 같은 웃음 때문에 온몸이 들썩거렸다. 웃으면서 동시에 우는 것 같았다. 하지만 눈에는 물기 하나 없었다. 크게 벌어진 입에서 날카로운 웃음소리가 끊임없이 쏟아져 나왔다.

"닥쳐! 창피한 줄 알아야지!" 카에타노가 그녀에게 다가가며 소리쳤다. 시작이 엉망이었기 때문에, 이 연기를 계속해야 할지 알 수 없었다. 아내의 반응은 그가 정성 들여 짠 계획을

망치고 있었다.

"닥쳐!" 그는 아내를 향해 허리를 숙이며 다시 말했다. "닥쳐!"

이제는 웃음의 여진이 주스티나의 몸을 간헐적으로 훑고 지나갈 뿐이었다. 그녀는 차츰 조용해졌다. 카에타노는 빠르게 무너져가는 계획의 마지막 가닥을 어떻게든 살려보려고 시도했다.

"이런 비난에 이런 식으로 반응하시겠다? 그럼 내 생각보다 훨씬 더 심하다는 거네!"

이 말에 주스티나가 침대에서 갑자기 벌떡 일어나 앉았다. 워낙 순식간의 일이라 카에타노는 뒤로 물러났다. 아내의 눈이 반짝이고 있었다.

"진짜 코미디가 따로 없네. 그런데 이걸로 당신이 정확히 뭘 얻으려고 하는지 짐작도 못 하겠어."

"코미디라고? 허, 참! 그 편지 내용을 설명해봐!"

"이걸 쓴 사람한테 물어야지!"

"익명이잖아."

"그건 나도 알아. 하지만 당신한테는 설명하지 않을 거야."

"감히 나한테 그런 말을 해?"

"그럼 내가 뭐라고 할 줄 알았어?"

"그게 사실인지 아닌지 말해."

주스티나의 시선을 그는 견딜 수 없었다. 그래서 시선을 돌렸더니 딸의 사진이 눈에 들어왔다. 마틸드가 부모를 향해 웃고 있었다. 아내가 그의 시선을 따라 그 사진을 보고는, 부드러운 목소리로 천천히 말했다.

"이게 사실인지 알고 싶다고? 이게 사실이라는 말을 듣고 싶은 거야? 나한테서 사실을 듣고 싶어?"

카에타노는 머뭇거렸다. 혼란스러운 상태에서 떠올렸던 생각이 다시 고개를 들었다. '만약 이게 사실이면 어쩌지?' 그때 주스티나가 다시 입을 열었다.

"사실을 알고 싶어?"

그녀는 잠옷의 치맛자락을 붙잡고 단번에 옷을 머리 위로 벗어버렸다. 그리고 남편 앞에 알몸으로 섰다. 카에타노는 뭔가 말을 하려고 입을 벌렸지만, 무슨 말을 해야 할지 알 수 없었다. 단 한마디도 할 수 없었다. 아내가 다시 입을 열었다.

"자, 봐! 날 보라고! 당신이 원하던 진실이 이거야. 날 봐, 어서! 시선 돌리지 마! 찬찬히 자세히 봐!"

최면술사의 지시에 복종하기라도 하는 것처럼 카에타노는 눈을 아주 크게 떴다. 앙상한 갈색 몸이 보였다. 지나치게 말라서 더 어둡게 보이는 몸. 어깨뼈는 도드라지고, 가슴은 힘없이 축 늘어지고, 배는 볼록하고, 가느다란 허벅지가 몸에서 불쑥 튀어나와 있고, 커다란 발은 보기 흉했다.

"잘 봐." 주스티나는 언제든 무너질 것처럼 팽팽하게 힘이 들어간 목소리로 다시 말했다. "찬찬히 봐. 당신조차 날 원하지 않는데, 어떤 여자든 마다하지 않는 당신도 날 원하지 않는데, 누가 날 원하겠어? 찬찬히 잘 보라고! 당신이 이제 됐다고 할 때까지 이대로 있을까? 얼른, 말해봐!"

주스티나는 떨고 있었다. 굴욕적이었다. 남편에게 알몸을 드러냈기 때문이 아니라, 자신의 분노에 굴복한 것이 싫어서였다. 소리 없는 경멸로 남편에게 대응했어야 하는데. 자신의 진실한 심정을 그에게 드러내기에는 이미 너무 늦었다.

그녀는 남편에게 다가갔다.

"할 말 없어? 그래서 이런 코미디를 꾸며낸 거야? 이런 몸으로 당신 앞에 서 있는 게 부끄러워야 하는데, 그런 마음이 들지 않아. 내가 당신을 얼마나 경멸하는지 알겠지!"

카에타노는 갑자기 휙 돌아서서 방을 나갔다. 그가 현관문을 열고 계단을 뛰어 내려가는 소리가 들렸다. 주스티나는 다시 침대에 늘어지듯 쓰러졌다. 완전히 기진맥진해서 소리 없이 울기 시작했다. 혼자 남고 보니 이제야 알몸이 부끄러워졌다는 듯이 이불을 끌어 몸을 덮었다.

마틸드의 사진은 여전히 거울을 향해 돌려져 있고, 아이의 미소도 변함없었다. 행복한 미소. 그날 아이를 사진관에 데려갔을 때 사진사는 이렇게 말했다. "그거야, 그 표정 그대로! '치즈' 해봐! 예쁘다!" 촬영을 마친 뒤 엄마와 손을 잡고 밖으로 나온 마틸드는 기쁜 표정이었다. '예쁘다'는 말을 들었기 때문에.

25

안셀무는 앞으로 꼬박 3개월 동안 또 고작 500이스쿠두만 받을 수밖에 없다고 생각하니 전혀 기쁘지 않았다. 파울리누 모라이스가 딸에게 주겠다고 약속한 그 금액에서 세금을 제하고 나면 고작 450이스쿠두밖에 남지 않을 터였다. 그렇게 3개월을 보낸 뒤에 그가 약속대로 딸의 월급을 올려줄 거라는 보장은 또 어디 있는가? 만약 그가 딸이 마음에 들지 않는다면서 고용하지 않기로 한다면? 사무실에서 30년을 일한 안셀무는 이런 일에 대해 너무나 잘 알았다. 직원이 한번 상사의 신임을 잃으면, 돌이킬 방법이 없었다. 그 자신이 증거였다. 그보다 젊은 후배들이 그보다 높은 자리로 승진한 것이 그동안 몇 번이었던가. 그들의 능력이 그보다 더 뛰어난 것이 아닌데도,

그들은 훨씬 더 빠른 속도로 승진의 사다리를 올라갔다.

"게다가 우리 애가 옛날 직장에 익숙해서 새 직장에 쉽게 적응하지 못할 수도 있어." 그는 아내에게 이렇게 말했다. "옛날 직장에서는 어느 정도 연차가 있었잖아. 그런 건 언제나 무시할 수 없지. 비록 내 경우는 좀 다르지만, 세상에는 괜찮은 상사들도 있으니까."

"셰뇨르 모라이스가 그런 상사일 수도 있잖아요. 게다가 도나 리디아가 우리 편이라는 걸 잊으면 안 돼요. 클라우디냐도 바보가 아니고요!"

"그런 면은 확실히 걔가 나를 닮았지……."

"그렇죠."

그래도 안셀무는 여전히 마음을 놓을 수 없었다. 딸이 먼저 아버지와 의논도 해보지 않고 일자리를 덥석 받아들인 것은 마뜩지 않았지만, 딸에게 그 약속을 지킬 필요 없다고 말하지 않는 것은 순전히 클라우디냐가 이 새 직장에 아주 즐겁게 다니고 있기 때문이었다. 클라우디냐는 열심히 속기를 배울 것이며, 3개월 뒤에는 월급이 오를 것이라고 아버지에게 장담했다. 워낙 자신이 넘치는 말투라서 안셀무는 자신의 불안감을 말하지 않았다.

로잘리아는 양말을 깁고 안셀무는 축구 관련 이름들과 숫자들로 종이를 채우는 저녁에 클라우디냐는 속기라는 신비로운 세계에 입문하고 있었다.

안셀무는 비록 겉으로 말을 하지는 않았지만, 딸의 능력이 감탄스럽기 그지없었다. 그의 사무실에는 속기를 할 줄 아는 사람이 하나도 없었다. 구식으로 일하는 곳이라 현대적인 금속 가구도 없고, 아주 최근에야 계산기를 한 대 들여놓았을 뿐이었다. 클라우디냐가 이렇게 수습 생활을 시작하면서 식구들이 집에서 함께 보내는 저녁 시간이 즐거워졌다. 그녀가 아버지에게 속기로 이름을 쓰는 법을 가르쳐주었을 때는 모두들 기뻐했다. 로잘리아도 속기를 배우고 싶었지만, 글자를 모르기 때문에 시간이 훨씬 더 오래 걸렸다.

안셀무는 이 새로운 상황에 익숙해지자 그동안 중단했던 일, 즉 국가대표 선수들을 뽑는 일을 다시 시작했다. 그냥 그가 혼자서 상상으로 해보는 일이었다. 그는 확실하면서도 간단한 방법을 생각해냈다. 골키퍼로는 시즌 중에 실점을 가장 적게 기록한 선수를 골랐고, 스트라이커로는 당연히 득점을 가장 많이 기록한 선수들을 골랐다. 나머지 자리에는 각 축구팀에 대한 자신의 개인적인 선호도를 바탕으로 선수들을 배치했다. 어느 팀에든 반드시 있어야 한다고 신문 기사에서 언급된 선수들만 이 법칙에서 예외였다. 그의 이 선발 작업은 계속 이어졌다. 매주 선수들의 득점 순위가 바뀌었기 때문이다. 그가 직접 개발한 표로 기록하는 이런 순위 변화가 딱히 크게 요동치지는 않았으므로, 그는 완벽한 팀 구성이 거의 눈앞에 있다는 생각이 들었다. 이 작업을 끝낸 뒤에는 공식 선발위원회가 어떤 결정을 내리는지 두고 볼 것이다.

새로운 직장에 다니기 시작한 지 2주가 지난 어느 날 저녁 마리아 클라우디아가 기쁨으로 얼굴을 빛내며 집으로 돌아왔다. 상사인 파울리누 모라이스가 사무실로 그녀를 불러 30분이 넘게 오랫동안 대화를 나눴기 때문이었다. 그는 그녀의 일솜씨가 아주 만족스럽다면서, 틀림없이 앞으로 아주 잘 지낼 수 있을 것 같다고 말했다. 그리고 그녀의 가족에 대해서, 부모님과의 사이에 대해서, 생활은 편안한지에 대해서 많은 질문을 던졌다. 그 밖에도 클라우디아가 기억하지 못하는 여러 가지를 물어보았다.

로잘리아는 이런 좋은 대우에 도나 리디아의 영향이 있었을 것이라고 보고, 다음에 만나면 고맙다는 인사를 해야겠다고 말했다. 안셀무는 세뇨르 모라이스가 가족에게 관심을 가진 것을 고마워했으며, 딸이 그 기회를 놓치지 않고 아버지가 뛰어난 사무직원이라고 자랑했다는 말을 듣고는 기분이 좋아졌다. 안셀무는 세뇨르 모라이스가 운영하는 그 훌륭한 회사로 이직할지도 모른다는 유혹적인 가능성을 음미하기 시작했다. 만약 그렇게 된다면, 지금 직장의 동료들에게 확실히 한 방을 먹이는 셈이 될 것이다. 하지만 애석하게도 클라우디냐는 현재 회사에 빈자리가 없으며 앞으로도 빈자리가 생길 것 같지 않다고 말했다. 그래도 이런 말이 안셀무에게는 장애물이 되지 않았다. 어차피 인생은 놀라움의 연속이니, 더 편안한 미래가 자신을 기다린다는 희망에 의심을 품을 이유가 없었다. 그가 보기에는 인생이 그에게 빚진 것이 아주 많았기 때문에, 보상을 기대하는 것은 그의 권리였다.

그날 밤에는 식구들 모두 양말을 깁지도, 속기를 공부하지도, 국가대표 선수들을 선발하지도 않았다. 마리아 클라우디아가 들떠서 들려주는 이야기를 들은 뒤, 안셀무는 딸에게 마땅히 몇 가지 조언을 해줘야 할 것 같다는 생각이 들었다.

"아주 조심해야 한다, 클라우디냐. 어디에든 시기하는 사람들이 있어. 다 내가 힘들게 겪은 일이다. 네가 너무 빨리 승진한다면, 동료들이 널 시기할 거야. 그러니까 조심해야 돼!"

"하지만 사람들이 전부 친절해요!"

"지금이야 그렇지만 나중에는 아닐걸. 동료들, 상사와 모두 반드시 좋은 관계를 유지해야 돼. 안 그러면 그 사람들이 작당해서 널 괴롭히려고 할 거야. 어쩌면 네 성공을 가로막을지도 모르지. 명심해라. 세상이 어떤 곳인지 아니까 하는 말이야."

"네. 하지만 아버지는 우리 사무실 사람들을 모르잖아요. 모두 정말로 점잖은 사람들이에요. 세뇨르 모라이스도 더할 나위 없이 친절하시고요!"

"그럴지도 모르지. 그 사람에 대해 나쁘게 말하는 사람은 없던?"

"신경 쓸 만한 얘기는 전혀 없었어요!"

로잘리아는 이 대화에 끼어들고 싶었다.

"네 아버지는 사무실 생활에 경험이 아주 많아. 지금보다 더 높은 자리로 올라가지 못한 건, 순전히 사람들이 네 아버지의 다리를 잘라버렸기 때문이야!"

이처럼 폭력적인 이야기를 듣고도 식구들은 놀란 표정을 짓지 않았다. 안셀무의 다리가 아직도 단단히 붙어 있다는 점을 생각하면 놀랄 만도 한데. 포르투갈의 관용구를 잘 모르는 외국인이 이 표현을 문자 그대로 받아들인다면, 안셀무가 진지한 표정으로 고개를 끄덕이며 하는 말을 듣고 여기가 틀림없이 정신병원인 줄 알 것이다.

"맞는 말이야. 내가 겪은 일이 바로 그거야."

"저는 그냥 제 방식대로 할게요."

클라우디냐는 이 말로 대화를 마무리했다. 그녀가 자신감 넘치는 미소를 지은 것은 아마 어떻게 대처해야 하는지 속속들이 잘 알기 때문이겠지만, 대처해야 하는 일들이 무엇인지는 누구도, 어쩌면 마리아 클라우디아 본인조차도 잘 모르고 있었다. 십중팔구 그녀는 자신이 젊고 예쁠 뿐만 아니라 재치 있는 말도 잘하고 웃기도 잘하기 때문에 모든 일에 잘 대처할 수 있다고 생각했을 것이다. 당연한 일이었다. 어쨌든 식구들은 그 얘기를 더 이상 이어가지 않았다.

그러나 마리아 클라우디아는 자신의 그런 장점들만으로는 충분하지 않다는 것을 알게 되었다. 속기 실력이 좀처럼 늘지 않았다. 기초를 익힐 때는 책을 보고 공부해도 아무 문제 없었지만, 내용이 점점 복잡해지자 클라우디아는 전혀 앞으로 나아가지 못했다. 책을 한 페이지씩 넘길 때마다 극복할 수 없는 문제들이 등장했다. 안셀무는 딸을 도와주려고 했다. 속기에 대해서는 아는 것이 전혀 없어도 사무직원으로 30년 동안 일한 경험이 있었다. 업무용 서신을 쓰는 일에 관한 한 이미 명인 수준이었으니, 까짓것 속기 따위가 뭐 그리 어렵겠는가. 하지만 어렵고 쉽고를 떠나서, 그는 모든 걸 완전히 엉망으로 만들어버렸다. 클라우디냐는 눈물을 터뜨렸고, 로잘리아는 낙담한 남편의 모습을 보고 속이 상해 속기를 탓했다.

그날 분위기를 다잡은 사람은 마리아 클라우디아였다. 확실히 알아서 잘 대처할 수 있다는 말이 헛소리가 아닌 모양이었다. 그녀는 저녁에 속기를 가르쳐줄 선생이 필요하다고 단언했다. 안셀무는 또 돈이 들어갈 일이 생겼음을 곧바로 알아차렸지만, 이것을 두 달만 지나면 배당이 돌아올 투자로 보기로 마음을 정했다. 그래서 자신이 선생을 찾아보겠다고 나섰다. 클라우디냐는 여러 학원의 이름을 언급했다. '연구원'이라는 말이 유행처럼 들어가 있는 위풍당당한 이름들이었다. 안셀무는 이 학원들을 모두 거부했다. 첫째, 학원비가 너무 비쌌고, 둘째, 이런 시기에 새로 시작하는 코스는 없을 것 같았고, 셋째, '남녀 혼합 수업'이 있다는 말을 들은 적이 있는데 딸을 그런 수업에 보내기 싫어서였다. 며칠이 흐른 뒤 그는 딱 알맞은 사람을 찾아냈다. 대단히 평판이 좋은 퇴직교사로, 열아홉 살짜리 딸과 함께 두어도 전적으로 안심할수 있는 사람이었다. 그는 수업료도 아주 저렴했을 뿐만 아니라, 수업 시간도 적당해서 클라우디냐가 밤늦게 도시의 거리를 걸을 필요가 없다는 엄청난 장점도 갖고 있었다. 클라우디냐가 6시에 사무실을 나서면, 교사의 집이 있는 상 페드루 드 알칸타라까지 전차로 30분 만에 갈 수 있었다. 수업이 7시 반에 끝나면 날이 막 어두워지기 시작할 것이고, 거기서부터 집까지는 45분이 걸렸다. 거기에 여유 시간을 15분쯤 더한다면, 클라우디냐는 8시 반이면 안전하게 집에 돌아올 수 있었다. 처음에는 정확히 이 계획대로였다. 안셀무의 손목시계로 8시 반이 되었을 때, 클라우디냐는 아파트 현관문에 들어서곤 했다.

속기 실력이 쑥쑥 늘어나자, 그녀는 처음 집에 늦게 돌아왔을 때 그것을 이유로 내세웠다. 선생님이 열심히 배우려고 하는 그녀를 보고 기뻐하며 추가 비용 없이 수업을 15분 더 해주기로 했다는 것이었다. 안셀무는 반가운 마음에 딸의 말을 믿었다. 특히 선생님이 늘어난 수업 시간만큼 비용을 청구할 생각이 없다는 말을 딸이 다시 한 번 말한 것이 마음에 들었다. 실용적인 성격인 안셀무의 관점에서 볼 때, 만약 자신이 그 선생이라면 이 상황에서 짜낼 수 있을 만큼 최대한 짜냈을 터였다. 하지만 세상에는 아직 착하고 정직한 사람들이 있다는 사실을 그는 마음에 되새겼다. 그건 좋은 일이었다. 그런 사람들을 이용해서 이득을 취할 수 있을 만큼 기지가 있지만 착하거나 정직하지는 않은 사람들에게 그런 사람들이 도움이 될 때는 더욱더. 바로 그런 선생을 찾아낸 것이 안셀무의 기지였다.

하지만 딸이 집에 돌아오는 시간이 9시로 늦춰지자, 그는 교사의 이타심이 지나치다 못해 이해할 수 없는 수준이라는 생각이 들었다. 딸에게 물어보았더니 딸은 세뇨르 모라이스를 위해 급한 일을 처리하느라 6시 반이 지나도록 퇴근하지 못했다고 대답했다. 그녀는 말하자면 아직 수습 직원이었으므로, 상사의 지시를 거절하거나 개인적인 이유를 내세울 수 없는 처지였다. 안셀무는 이 말을 받아들였지만 여전히 의심스러웠다. 그래서 상사의 양해를 구해 조금 일찍 퇴근해서, 딸의 사무실 앞에서 기다렸다. 6시부터 6시 40분 사이에 그는 자신이 잘못 생각했음을 인정할 수밖에 없었다. 클라우디냐는 정말로 급한 업무 때문에 평소보다 늦게 퇴근하고 있었다.

그는 이제 딸을 감시하는 일을 그만둘까 생각해보았지만, 계속 딸의 뒤를 밟아보기로 했다. 아직도 남아 있는 의심을 물리치기 위해서라기보다는, 달리 할 일이 없기 때문이었다. 그는 딸을 따라 상 페드루 드 알칸타라까지 가서 선생의 집 맞은편에 있는 카페에 자리를 잡았다. 주문한 커피를 막 다 마셨을 때, 딸이 집에서 나오는 것이 보였다. 그는 서둘러 계산을 하고 딸의 뒤를 따라갔다. 민머리 청년이 담배를 피우며 길모퉁이에 서 있었다. 클라우디냐는 곧장 그 청년에게 갔다. 안셀무는 딸이 그 청년과 팔짱을 끼고 재잘재잘 수다를 떨면서 거리를 걸어가는 모습을 보고 그대로 얼어붙었다. 순간적으로 둘 사이에 끼어들어야 한다는 생각이 들었지만, 소란을 피우기 싫은 마음이 워낙 깊이 박혀 있어서 행동으로 옮기지는 못했다. 그는 한동안 거리를 두고 두 사람을 따라갔다. 그러다 딸이 집으로 향하고 있다는 확신이 들자, 딸보다 먼저 집에 가 있으려고 전차에 올랐다.

문을 열어준 로잘리아는 남편의 황망한 표정을 보고 깜짝 놀랐다.

"무슨 일이에요, 안셀무?"

그는 아무 말 없이 곧장 부엌으로 들어가서 긴 의자에 늘 어지듯 앉았다. 로잘리아는 엄청 나쁜 일이 일어난 것 같다 는 생각이 들었다.

"세상에, 설마 해고당한 건 아니죠?"

안셀무는 여전히 말을 할 수 있는 상태가 아니라서 고개만 저었다. 그러고는 힘없는 목소리로 말했다.

"당신 딸이 우리를 속이고 있었어! 내가 오늘 미행해봤는 데, 선생의 집에서 대략 15분 만에 나오더니 밖에서 기다리 던 쓸모없는 녀석하고 같이 가버렸다고!"

"그래서 당신은 어떻게 했어요?"

"아무것도 안 했지. 그냥 뒤를 따라가다가 집으로 온 거요. 클라우디냐도 금방 올걸."

로잘리아는 머리끝까지 화가 나서 머리카락 뿌리가 있는 곳까지 얼굴이 벌겋게 달아올랐다.

"나라면 그놈들한테 가서…… 제대로 혼을 내췄을 거예요!"

"그러면 일이 시끄러워질 것 아냐!"

"시끄럽든 말든! 내가 그놈의 뺨을 몇 대 갈겨서 아주 바닥 에 쓰러뜨렸을 거예요. 그러고는 클라우디냐의 귀를 붙잡고 집까지 끌고 왔겠죠!"

안셀무는 아무 말 없이 일어나서 옷을 갈아입으러 갔다. 아내가 그의 뒤를 따랐다.

"애가 오면 뭐라고 말할 거예요?"

아내의 목소리가 살짝 오만하게 들렸다. 이 집의 왕으로 군림하는 데 익숙한 안셀무가 듣기에는 그랬다. 그는 상대를 꿰뚫어버릴 것 같은 시선으로 아내를 쏘아보며 몇 초 동안 가만히 있다가 이렇게 말했다.

"그건 전적으로 내가 알아서 해. 그건 그렇고, 나한테 그런 말투로 말하지 마. 여기서든 어디서든!"

로잘리아는 고개를 숙였다.

"내가 무슨 말을 했다고……."

"당신 말투가 마음에 안 든다고."

약자인 여자의 역할로 다시 강등된 로잘리아는 타는 냄새가 희미하게 나는 부엌으로 돌아갔다. 그녀가 타기 시작한 저녁 식사를 구해보려고 애쓰는데, 초인종이 울렸다. 안셀무가 문을 열어주려고 나갔다.

"다녀왔어요, 아빠." 클라우디냐가 쾌활하게 말했다.

안셀무는 대답하지 않았다. 딸이 안으로 들어오게 한 뒤 현관문을 닫고, 딸을 식당으로 이끌면서 비로소 그는 입을 열었다.

"들어가라."

그녀는 깜짝 놀라서 아버지의 말에 따랐다. 아버지는 딸에게 앉으라고 한 뒤, 그 앞에 서서 사납고 엄격한 시선으로 딸을 뚫어져라 바라보았다.

"오늘 뭘 했니?"

마리아 클라우디아는 미소를 지으며 자연스럽게 행동하려고 애썼다.

"평소와 같죠. 왜 물으세요?"

"그건 네 알 바 아니야. 대답이나 해."

"뭐, 출근했다가 6시 반 직후에 퇴근해서……."

"퇴근해서……."

"속기 수업을 들으러 갔죠. 도착이 늦었으니 거기서 나온 시간도 평소보다 늦었어요……."

"몇 시에 나왔는데?"

클라우디냐는 당황한 기색을 역력히 드러내며 한동안 가만히 있다가 대답했다.

"8시 막 지나서……."

"그건 허위다!"

그녀의 몸이 움츠러들었다. 안셀무는 자신의 말이 일으킨 효과를 음미했다. '그건 거짓말'이라고 말할 수도 있었지만, 그는 극적인 효과를 위해 '그건 허위다'를 선택했다.

"아빠……." 그녀가 말을 더듬었다.

"지금 상황이 나도 정말 유감스럽다." 안셀무가 떨리는 목소리로 말했다. "네가 그런 짓을 하다니. 내가 다 봤어. 네 뒤를 따라갔거든. 네가 그…… 그 쓸모없는 놈과 같이 걸어가는 걸 봤어."

"쓸모없는 놈이 아니에요." 클라우디냐가 단호히 반박했다.

"뭣 하는 놈인데?"

"학생이에요."

안셀무는 손가락을 튕겼다. 그것이 얼마나 하찮은 직업인지를 표현하기 위해서였다. 그리고 그것만으로는 충분하지 않다는 듯이, 큰 소리로 빈정거렸다.

"아이고, 대단하시네, 학생이시라니!"

"진짜 착한 사람이란 말이에요!"

"그럼 왜 날 만나러 오지 않았지?"

"제가 오지 말라고 했어요. 아빠가 얼마나 호들갑을 떠는지 아니까……."

누군가가 문을 가볍게 두드렸다.

"누구야?" 안셀무가 물었다.

이 아파트 안에 두 사람 외에 있는 사람이라고는 한 명뿐이라는 점을 감안하면, 무의미한 질문이었다. 대답 또한 무의미하기는 마찬가지였으나, 그래도 상대는 대답을 들려주었다.

"나예요. 들어가도 돼요?"

안셀무는 굳이 대답하지 않았다. 방해받지 않는 편이 더 좋기는 해도, 아내에게 들어오지 말라고 말할 수는 없다는 점을 알기 때문이었다. 그래서 그는 아무 말도 하지 않는 편을 선택했고, 로잘리아는 안으로 들어왔다.

"애를 혼냈어요?"

안셀무가 딸을 혼낼 기분이었다 해도, 지금은 그 기분이 사라지고 없었다. 그 자신도 이유를 이해할 수 없었지만, 아내가 중간에 끼어드는 바람에 그는 딸의 편을 들어야 할 것 같은 기분이 들고 말았다.

"그래. 얘기 끝났소."

로잘리아는 엉덩이를 양손으로 짚고, 성난 얼굴로 고개를 저으며 이렇게 말했다.

"정말 믿을 수가 없다, 클라우디냐! 네가 어떻게? 네가 새 직장에 다니게 돼서 우리가 기뻐하고 있는데, 넌 우리한테 이런 짓을 하다니!"

마리아 클라우디아가 벌떡 일어섰다.

"엄마, 남자 친구를 사귀지 않으면 어떻게 결혼해요?"

아버지와 어머니 모두 말문이 막혔다. 완벽히 논리적인 질문이었지만, 대답하기가 어려웠다. 하지만 안셀무는 되받아치기에 딱 알맞은 말을 생각해낸 것 같았다.

"학생이라며…… 학생이 무슨 쓸모가 있어?"

"지금은 별 볼 일 없더라도, 나중에 훌륭한 사람이 되려고 공부하는 거잖아요!"

클라우디냐는 점차 평소의 모습을 회복하고 있었다. 부모가 틀렸으며, 논리가 자신의 편이라는 사실을 이제 알 수 있었다. 그녀는 말을 이었다.

"내가 결혼하는 게 싫어요? 말해보세요!"

"네가 결혼하는 걸 싫어하는 게 아니야, 얘야." 안셀무가 말했다. "잘 결혼시키고 싶어서 그러지. 너 정도면 좋은 남편을 만나야 마땅해."

"그 사람에 대해 잘 알지도 못하잖아요!"

"그래, 몰라. 하지만 그건 중요하지 않아. 게다가……." 이 대목에서 그의 목소리가 다시 엄격해졌다. "내가 지금 너한 테 내 생각을 설명할 필요는 없지. 그…… 그 학생과 다시 만 나는 걸 금지한다. 네가 내 눈을 가리려고 하면 안 되니까, 지 금부터는 내가 속기 수업에 너를 데려다주고 데려올 거야. 내 가 더 힘들어지겠지만, 그 방법밖에 없다면……."

"아빠, 약속할게요……."

"난 널 안 믿어."

마리아 클라우디아는 한 대 맞은 사람처럼 딱딱하게 굳었 다. 지금까지 부모에게 마음이 내킬 때마다 자주 거짓말을 하며 부모를 무시하듯 가지고 놀았지만, 이번에는 부모의 행 동이 너무하다는 생각이 들었다. 머리끝까지 화가 난 그녀는 겉옷을 벗으며 이렇게 말했다.

"마음대로 하세요. 미리 말씀드리는데, 우리 사무실 밖에 서 기다리셔야 할 거예요. 세뇨르 모라이스한테 항상 일이 많아서 내가 늦게 퇴근해야 하거든요."

"그건 괜찮아. 상관없다."

클라우디냐는 뭔가 말을 하려고 입을 열었다. 표정을 보아 하니 아버지의 말에 대꾸하려는 것 같았는데, 생각이 바뀌었 는지 아무 말도 하지 않았다. 흐릿한 미소가 입술을 스쳤다.

26

　자유롭고 독립적인 삶을 살기 시작한 뒤로 아벨은 가끔 자신에게 물었다. '왜?' 그리고 항상 똑같은 답이 그의 마음을 편안하게 해주었다. '그냥.' 하지만 속으로 그 질문을 한 번 더 던지면, 그는 이렇게 말하곤 했다. '아냐, 이유가 있어. 그렇지 않으면 의미가 없지.' 그리고 계속 말을 이었다. '난 그냥 삶이 흘러가는 대로 놔둘 거야. 그러다 보면 틀림없이 어딘가에 닿겠지.'

　자신의 인생이 어딘가에 닿을 것 같지 않다는 점을 그는 분명히 알고 있었다. 자신이 그냥 금을 보는 것이 좋아서 금을 모아두는 구두쇠처럼 굴고 있다는 점도 알고 있었다. 다만 그가 쌓아두는 것이 금이 아니라 경험이라는 점이 다를 뿐이었다. 그가 삶으로부터 받은 것은 그 경험뿐이었다. 하지만 경험이란 현실에서 응용되지 않는 한, 몰래 쌓아둔 금과 똑같다. 경험이 생산을 하는 것도 아니고, 열매를 맺는 것도 아니라서 철저히 쓸모가 없기 때문이다. 우표를 수집하는 사람처럼 단순히 경험을 축적하기만 해서는 아무런 의미가 없었다.

아벨은 아주 가끔 철학책을 읽었지만 그 내용을 잘 받아들이지는 못했다. 그래도 콤브루 길의 헌책 서점 먼지 속에서 찾아낸 소책자나 교과서에서 아무렇게나 찾아 읽은 철학적인 글 덕분에 그는 자신이 삶의 숨은 의미를 찾고 있다는 생각과 말을 할 수 있게 되었다. 하지만 낙담했을 때는, 삶의 숨은 의미를 찾는 것이 순전히 유토피아적인 욕망이며, 아무리 많은 경험을 쌓아도 그 의미를 가린 베일은 점점 더 두꺼워지기만 할 뿐이라는 사실을 인정할 수밖에 없었다. 그래도 그의 삶에 진정한 의미라고 할 만한 것이 전혀 없었기 때문에, 그는 그 욕망(이미 오래전부터 욕망이 아니게 되었다)을 고수하며 어떻게든 살아가는 이유로 삼을 수밖에 없었다. 부조리라는 진공에 에워싸인 것 같은 우울한 날에는 항상 몹시 피곤했다. 그는 하루하루 먹고살려고 발버둥 쳐야 하는 형편이나, 과거 먹고살기가 힘들었던 시절에 생긴 우울증 탓으로 돌리려고 했다. 이런 요소들이 실제로 영향을 미쳤음에는 의심의 여지가 없었다. 굶주림과 추위는 확실히 사람을 지치게 만드는 법이니까. 하지만 이런 요소들만으로는 충분하지 않았다. 그는 이미 모든 것에 익숙했다. 옛날에는 겁을 먹었던 일도 지금은 무심하게 바라볼 수 있었다. 그의 몸과 마음은 힘든 일과 궁핍한 생활에 단련되어 있었다. 그는 자신이 그런 것들에 상대적으로 구애받지 않는다는 사실을 알고 있었다. 지금까지 해본 일이 워낙 많았으므로 생활비를 충분히 벌 수 있는 안정된 직장을 구하려고 마음만 먹는다면 상당히 쉽게 구할 수 있을 터였다. 하지만 그는 결코 그쪽으로 발을 내딛지 않았다. 발목을 잡히기 싫다는 것이 그의 말이었다. 진심이었다. 하지만 그가 발목을 잡히기 싫은 것은, 그랬다가는 지금까지의 삶이 무의미했음을 인정할 수밖에 없기 때문이었다. 그렇게 길게 먼 길을 돌아온 끝에 결국 자신이 그토록 피하려고 했던 평범한 길에 다른 사람들과 똑같이 발을 들여놓게 된다면 그가 그동안 얻은 것이 무엇인가? "내가 결혼해서 세금을 내면서 변변찮은 삶을 살아가기를 원하는 건가?" 페르난두 페소아는 예전에 이런 질문을 던졌다. "인생이 모두에게 원하는 것이 그것인가?" 아벨은 이렇게 물었다.

삶의 숨은 의미라……. "그러나 삶의 숨은 의미는 곧 삶에 숨은 의미가 없다는 것이다." 아벨은 페소아의 시를 잘 알았다. 그의 시가 그에게는 성경과 같았다. 어쩌면 그 시들을 완벽히 이해하지 못하는 것일 수도 있고, 거기에서 실제로는 존재하지도 않는 의미를 보는 것일 수도 있었다. 페소아가 독자들을 자주 조롱하는 것 같다는 의심, 겉으로는 진지해 보이지만 사실은 독자들을 놀리고 있다는 의심도 들었다. 하지만 아벨은 페소아가 지닌 온갖 모순과 상관없이 그를 존경하는 데 익숙해졌다. 그는 시인으로서 페소아가 위대한 인물이라는 사실을 전혀 의심하지 않으면서도 가끔, 특히 낙담해서 터무니없는 생각을 할 때, 그의 시에 쓸데없는 부분이 많은 것 같다고 생각했다. '그래서 뭐? 시에 쓸데없는 부분이 있으면 안 돼? 당연히 되지. 그건 전혀 문제가 아니야. 하지만 쓸데없는 시에 무슨 의미가 있지? 어쩌면 시는 샘이나 산속 개울 같은 것인지도 몰라. 그런 것도 아무 의미가 없잖아. 존재할 이유가 없다고. 사람이 갈증을 느껴야 비로소 물에 의미가 생겨. 시도 그런 건가? 어느 시인도, 어떤 사람도, 누가 됐든, 결코 소박하고 자연스럽지 않아. 페소아도 분명히 마찬가지였고. 인류로 인해 갈증을 느끼는 사람이 페르난두 페소아의 시로 갈증을 달래려 하지는 않을 거야. 그건 소금물을 마시는 것과 같으니까. 그래도 정말 아름답고 매혹적인 시야! 쓸데없는 건 맞지만, 그게 뭐 어때서? 나 자신의 깊은 마음속을 들여다보았을 때, 나 역시 쓸데없고 무용하다는 사실을 알게 되는데. 실베스트르는 그걸 견디지 못하지. 쓸모없는 삶. 모두가 인생에 온전히 힘을 기울이고, 더 넓은 곳을 향해 손을 뻗어야 한다고 생각하니까. 그냥 주의를 기울이는 것만으로는 충분하지 않아. 구경만 하는 삶은 죽은 것과 마찬가지야. 실베스트르가 하려던 말이 바로 이거였어. 한곳에만 머무른다 해도, 단순한 동물 같은 삶을 살지 않으려면 삶이 뻗어나가야 돼. 샘에서 흘러나오는 물처럼 무의식적인 삶은 안 돼. 하지만 어떻게 뻗어나가야 하지? 어디로? 어떻게와 어디, 이 질문에서 수천 개의 질문이 또 생겨나. 삶이 뻗어나가야 한다고 말하는 것만으로는 충분하지 않다고. '어떻게'와 '어디'라는 질문에 답이 수천 개나 되니까. 실베스트르는 그런 답 중 하나야. 종교적인 신앙을 지닌 사람도 또 다른 답이고. 이런 답이 몇 개나 더 있을까? 물론 한 가지 답이 다양한 사람에게 잘 맞을 수도 있겠지. 딱 한 사람에게만 맞는 답이 있을 수도 있고. 어쨌든 나는 길을 잃었어. 다른 길들이 아주 많이 뻗어 있다는 사실을 내가 알아차리지 못했다면, 내가 선택한 길에서 장애물을 치우느라 그렇게 바쁘지만 않았다면 아무 일도 없었을 텐데. 내가 선택한 삶은 어렵고 힘든 것이야. 그 삶에서 많은 것을 배웠지. 내가 이 삶을 버리고 다른 삶을 시작하는 것도 가능해. 그럼 왜 그렇게 하지 않는 거지? 이 삶이 좋아서? 그런 이유도 있긴 해. 다른 사람들이라면 어쩔 수 없는 상황에서만 받아들일 삶을 스스로 선택한 것이 흥미로우니까. 하지만 그것만으로는 충분하지 않아. 이 삶만으로는 충분하지 않아. 그럼 뭘 선택해야 하지? '결혼해서 세금을 내면서 변변찮은 삶'을 사는 것? 이 셋 중에 하나만 선택하는 게 가능할까? 그렇다면 그다음에는?'

아벨은 혼란스러웠다. 실베스트르가 그에게 쓸모없는 삶을 살고 있다고 말한 것에 신경이 쓰였다. 자신의 약점이 들통나는 것을 좋아하는 사람은 없다. 자신이 쓸모없는 사람이라는 의식은 아벨에게 아킬레스건이었다. 그의 머리는 그에게 항상 그 난처한 질문을 던졌다. '왜?' 그는 그 질문을 피했다. 그러고는 다른 생각을 하거나 쓸데없는 추측을 하면서 쓸모없는 사람이 아닌 척했다. 그래도 그 질문이 머리를 떠나지 않았다. 딱딱하고 무자비하게 비꼬듯이 서서, 그가 방황을 마치고 돌아오기를 기다렸다. 특히 괴로운 것은 다른 사람들이 자기처럼 곤혹스러워하는 모습을 한 번도 보지 못했다는 점이었다. 다른 사람들에게는 그만큼 고민하는 것 같은 기색이 없었다. 다른 사람들의 고민은 개인적인 불행, 부족한 돈, 짝사랑에서 생겨났다(아벨이 생각하기에는 그랬다). 인생 그 자체에서 생겨난 고민은 없었다. 예전에는 이런 확신에서 생겨난 우월감이 그를 위안해주었다. 지금은 그저 짜증스러울 뿐이었다. 그런 자신감, 온갖 부차적인 문제 앞에서도 냉정하기 짝이 없는 자신을 향해 그는 경멸과 시기심이 뒤섞인 감정을 느꼈다.

실베스트르에게서 과거의 이야기를 들은 것도 그의 불편함을 더욱 부추겼다. 그래도 아벨은 실베스트르의 인생이 자신의 인생과 마찬가지로 쓸모없었다고 말할 수밖에 없었다. 그가 성취하려고 애쓴 것을 하나도 성취하지 못했으니까. 이제 노인이 된 실베스트르는 지금까지 항상 해오던 일, 즉 신발을 수선하는 일을 오늘도 하고 있었다. 하지만 실베스트르 본인은 인생에서 적어도 자신이 수선하는 신발의 밑창보다 더 넓은 세상을 보는 법을 배웠다고 말했다. 반면 아벨이 인생에서 얻은 것은 숨겨진 것의 존재, 그의 삶에 진정한 의미를 부여해줄 수 있는 것의 존재를 감지하는 능력뿐이었다. 그런 능력이 없는 편이 더 나았을 것이다. 그러면 평화롭게 살수 있었을 텐데. 정신을 둔하게 만들었을 때 생기는 평화. 대부분의 사람들이 그렇게 살고 있었다. '대부분의 사람들이라니.' 그는 속으로 생각했다. '말도 안 되는 소리! 내가 '대부분의 사람들'에 대해 뭘 안다고. 하루에 마주치는 사람이 수천 명쯤 될지 몰라도, 정말로 내가 눈에 담는 사람은 수십 명 정도야. 나는 그 사람들의 진지한 표정, 행복한 표정, 느릿느릿 움직이는 모습, 괴롭힘을 당하는 모습, 못생겼거나 아름다운 얼굴, 평범하거나 매력적인 외모를 보고 나서 '대부분의 사람들'이라고 말하는 거지. 그 사람들은 날 어떻게 생각하는지 모르겠네. 나도 경우에 따라 느릿느릿 걷거나 빠르게 걷고, 진지한 표정을 짓거나 행복한 표정을 짓는데 말이지. 날 못생겼다고 생각하는 사람이 있는가 하면, 잘생겼다거나 평범하다거나 매력적이라고 생각하는 사람도 있을 거야. 결국 나도 '대부분의 사람들'인 거지. 내 머리가 둔하다고 생각하는 사람도 있을걸. 우리는 모두 머리를 둔하게 만드는 모르핀을 매일 맞는 거나 마찬가지니까. 습관, 못된 행동, 자꾸 반복하는 말과 진부한 몸짓, 지루한 친구들, 사실은 별로 미워하지도 않는 적들, 이런 것들이 모두 머리를 둔하게 만드는 거야. 충만한 인생! 충만한 인생을 살고 있다고 진심으로 주장할 수 있는 사람이 어디 있을까? 우리 모두의 목에는 단조로움이라는 굴레가 씌워져 있는데. 우리 모두 희망을 품고 있지만, 무슨 희망인지는 하늘만 아시지! 그래, 우리는 모두 희망을 품고 있어! 다른 사람들에 비해 희망이 모호할 수는 있어도, 사람들은 모두 기대를 품고 있다고. '대부분의 사람들'! 자기가 우월한 존재라도 되는 것처럼 깔보듯이 이 말을 하다니. 멍청하기는. 습관이라는 모르핀, 단조로움이라는 모르핀. 아, 실베스트르, 착하고 순수한 실베스트르, 당신은 지금까지 얼마나 엄청난 양의 모르핀을 삼켰는지 짐작도 못 합니다! 당신과 당신의 통통한 아내 마리아나, 너무나 상냥해서 울고 싶어지게 만드는 사람!' (이런 생각을 하면서 아벨은 거의 울다시피 했다.) '이런 생각은 심지어 독창적이지도 않아. 새 옷이 가득한 가게에 걸린 중고 양복 같아. 색깔 있는 종이로 싸서 같은 색의 리본으로 묶어두었지만 가게 문이 닫힌 뒤에도 팔리지 않고 남아 있는 상품. 권태, 염세, 트림, 또는 소화불량이 불러온 구역질.'

이 지점에 이를 때마다 아벨은 집을 나섰다. 수중에 돈이 충분히 있고 시간도 마침 적당하다면 그는 영화관에 가곤 했다. 영화들의 내용은 터무니없었다. 여자를 쫓아다니는 남자, 남자를 쫓아다니는 여자, 정신착란, 잔혹함, 어리석음이 첫 장면부터 마지막 장면까지 가득했다. 이미 수천 번이나 되풀이된 이야기들. 남자, 여자, 그리고 그 여자의 애인. 여자, 남자, 그리고 그 남자의 애인. 이보다 더 심각한 것은 선과 악, 순수함과 타락, 진흙과 별의 싸움을 너무 단순하게 다룬다는 점이었다. 모르핀. 모든 신문에 광고가 실리는 합법적인 약. 시간을 때우는 방법. 마치 우리 모두 영원히 사는 사람들인 것처럼.

불이 켜지고, 관객들이 일어서자 의자들이 시끄러운 소리를 내며 휙 접혀서 원래 모습으로 돌아갔다. 아벨은 한동안 그냥 앉아 있었다. 좌석을 차지한 2차원 유령들은 이미 조용해졌다. "나는 4차원 유령이야." 그는 이렇게 중얼거렸다.

극장 직원은 그가 잠든 줄 알고 그를 쫓아 보내려고 왔다. 밖에서는 마지막으로 극장을 나선 관객들이 전차를 타려고 뛰어갔다. 팔로 서로의 몸을 휘감은 신혼부부. 신성한 결혼으로 오랜 세월 함께 살아온 소시민 부부. 아내는 뒤에서, 남편은 앞에서 걸었다. 둘 사이의 거리는 반걸음이 채 되지 않았지만, 그 반걸음은 그들 사이에 극복할 수 없는 거리가 있음을 보여주었다. 나이를 먹은 부르주아 부부는 아직 반짝거리는 새 결혼반지를 낀 신혼부부의 미래 모습이었다.

아벨은 거의 인적이 끊긴 조용한 거리를 계속 걸었다. 평행으로 뻗은 전차 선로들이 반짝였다. 결코 만나지 않는다는 평행선. '평행선은 무한에서 만난다. 적어도 과학자들의 말로는 그래. 우리 모두 무한에서 만나지. 어리석음, 냉담함, 정체의 무한.'

"좋은 시간을 보낼래요, 자기?" 어둠 속에서 여자의 목소리가 들렸다. 아벨은 슬픈 미소를 지었다.

'참으로 훌륭한 사회가 아닌가. 모든 사람의 모든 것을 보살펴주다니. 심지어 성적인 충동을 분출해야 하는 가난하고 불행한 독신 남자까지도! 행복한 결혼 생활을 하면서도 적은 비용으로 조금 기분 전환을 하고 싶은 남자도! 아, 사회여, 자식을 사랑하는 어머니 같구나!'

도시 외곽의 거리에서는 집집마다 문 앞에 쓰레기통이 서 있었다. 개들은 뼈를 찾으려고 쓰레기통을 뒤지고, 폐품을 주워 파는 남자들은 누더기와 종이를 찾으려고 그곳을 뒤졌다. "낭비라는 게 없군." 아벨은 혼자 중얼거렸다. "창조되는 것도, 사라지는 것도 없는 게 자연이야. 가엾은 라부아지에, 당신의 말을 증명하는 증거들이 쓰레기통에서 발견될 줄은 생각도 못 했을걸!"

그는 어느 카페에 들어갔다. 테이블들, 손님이 앉아 있는 곳도 있고 빈 곳도 있었다. 하품하는 웨이터들, 구름처럼 자욱한 담배 연기, 웅성거리는 대화 소리, 잔이 챙챙 부딪치는 소리, 정체였다. 여기에서 그는 혼자였다. 그는 고뇌로 가득 차서 그곳을 나왔다. 따뜻한 4월의 밤이 그를 맞이했다. 높은 건물들이 그에게 길을 보여주었다. 똑바로 앞으로, 항상 똑바로 앞으로. 그는 거리가 지시할 때만 왼쪽이나 오른쪽으로 방향을 꺾었다. 조만간 집에 가야 한다는 현실의 명령도 있었다. 실제로 곧 아벨은 집으로 갔다.

그는 말수가 아주 줄어들었다. 실베스트르와 마리아나는 이상하다는 생각이 들었다. 두 사람은 이미 그를 이 집의 일원으로, 거의 식구처럼 생각하고 있었으므로 신뢰를 배반당

한 것 같아서 속이 상했다. 어느 날 밤 실베스트르가 아벨의 방에 들어왔다. 신문에 실린 어떤 기사를 그에게 보여주겠다는 핑계를 대고서. 아벨은 침대에 누워 책을 읽으면서 담배를 피우고 있었다. 그는 실베스트르가 가져온 기사를 읽어보았지만 조금도 흥미가 생기지 않았다. 그는 신문을 실베스트르에게 돌려주며 감사의 말을 건성으로 몇 마디 중얼거렸다. 실베스트르는 나가지 않고 침대 발치에 몸을 기대고서 아벨을 바라보았다. 그 각도에서 보니 아벨이 평소보다 더 작아 보였다. 담배와 벌써 거뭇거뭇하게 돋아난 수염에도 불구하고 어딘지 아이 같은 모습이었다.

"갇힌 것 같은 심정인가?" 실베스트르가 물었다.

"갇혀요?"

"그래. 그 뭐냐, 문어 다리……"

"아."

뭐라고 콕 집어 말할 수 없고, 거의 멍하게 들리는 탄성이었다. 아벨은 일어나 앉아서 실베스트르를 강렬하게 바라보며 천천히 말했다.

"아뇨. 어쩌면 문어 다리가 없어서 그런 건지도 모르겠습니다. 세뇨르 실베스트르와 대화를 나눈 뒤로, 저는 이미 오래전에 잘 정리해둔 줄 알았던 일들을 다시 생각하게 되었습니다."

"그런 것들을 잘 정리해두는 건 불가능해. 기껏해야 아무렇게나 정리할 수 있을 뿐이지. 자네가 남들에게 보여주려고 그렇게 열심히 노력하는 바로 그런 사람이라면, 내가 자네한테 내 살아온 인생을 이야기하는 일은 없었을 거야."

"그럼 지금 기쁘시겠네요."

"기뻐? 오히려 반대지. 내가 보기에 자네는 권태에 사로잡혔네. 인생에 싫증이 난 거야. 배울 것을 다 배웠다고 생각하겠지. 주위에 보이는 것들도 모두 권태를 더욱 부추기기만 할 테고. 그런데 내가 왜 기뻐하겠나? 문어 다리를 끊어내는 게 항상 쉽지만은 않아. 지루한 직장은 언제든지 그만둘 수 있네. 지루한 여자와 헤어지는 건 그보다 더 쉽지. 하지만 권태라, 그걸 어떻게 끊어낼 수 있겠나?"

"이미 전에 다 하신 말씀이에요. 설마 같은 말을 되풀이하시려는……."

"내가 귀찮은 모양이군."

"아뇨, 전혀요!"

아벨은 벌떡 일어나서 실베스트르에게 한 팔을 뻗었다. 방을 나갈 것처럼 보이던 실베스트르는 제자리에 가만히 있었다. 아벨은 침대에 걸터앉아 실베스트르를 향해 몸을 반쯤 돌렸다. 두 사람은 웃음기 없는 얼굴로 서로를 바라보았다. 마치 뭔가 중요한 일이 일어나기를 기다리는 사람들 같았다. 이윽고 아벨이 입을 열었다.

"아시죠? 제가 세뇨르 실베스트르의 친구라는 걸?"

"알지." 실베스트르가 대답했다. "나도 자네 친구일세. 하지만 우리 사이에 불화가 있었던 것 같군."

"제 잘못입니다."

"내 잘못인지도 모르지. 자네를 도와줄 수 있는 사람이 필요한데, 나는 그 사람이 아닌 것 같네."

아벨은 일어나서 신발을 신고 한쪽 구석의 트렁크로 다가갔다. 그리고 그것을 열어 그 안을 거의 다 채운 책들을 가리키며 말했다.

"최악의 순간에도 저는 이 책들을 팔 생각을 한 적이 없습니다. 모두 집에서 가져온 책이에요. 지난 12년 동안 제가 산 책들도 있고요. 저는 이 책들을 모두 읽고 또 읽었습니다. 여기서 많은 것을 배웠죠. 배운 것의 절반은 잊어버렸고, 나머지 절반은 아주 잘못된 지식일 수도 있습니다. 하지만 옳든 그르든, 이 책들로 인해 제가 쓸모없는 사람이라는 사실이 훨씬 더 분명해진 것만은 사실입니다."

"하지만 그 책들을 읽은 것은 아주 잘한 일이네. 자기가 얼마나 쓸모없는 사람인지 평생 깨닫지도 못하고 살아가는 사람이 얼마나 많은데. 사람이 정말로 유용한 존재가 되려면, 자신이 쓸모없는 사람이라는 사실을 반드시 느껴야만 하네. 그제야 비로소 쓸모없는 존재로 돌아갈 가능성이 줄어드는 거야……."

"유용해져라. 세뇨르 실베스트르는 항상 이 말씀만 하십니다. 어떻게 해야 제가 유용해질까요?"

"그건 자네가 스스로 알아내야지. 인생의 모든 일이 그렇듯이. 그 일에 대해 조언해줄 수 있는 사람은 하나도 없네. 나라도 할 수만 있다면 하고 싶어. 내 조언이 자네에게 도움이 될 수만 있다면."

"세뇨르 실베스트르의 말씀이 정말로 무슨 뜻인지 알고 싶습니다."

실베스트르는 빙긋 웃었다.

"걱정 말게. 내 말은 다른 사람의 말이나 조언에 귀를 기울인다고 해서 우리가 마땅히 도달해야 할 자리에 도달할 수는 없다는 뜻일세. 우리를 제대로 된 사람으로 만들어줄 상처를 우리 몸으로 직접 느껴야 돼. 그다음에는 우리가 직접 행동을……."

아벨은 트렁크를 닫았다. 그리고 실베스트르를 향해 돌아서서 몽롱한 목소리로 말했다.

"행동이라……. 모두가 우리처럼 행동했다면, 제대로 된 사람은 한 명도 없었을 겁니다……."

"내 시대는 지나갔네." 실베스트르가 말했다.

"그래서 저를 쉽사리 비판하시는 겁니다. 체커 한 판 두시겠습니까?"

27

그날 밤 파울리누는 늦은 시각인 11시쯤에 왔다. 그는 리디아의 뺨에 쪽 하고 입을 맞춘 뒤, 즐겨 앉는 소파로 가서 평소처럼 여송연을 피웠다.

공교롭게도 리디아는 의무적으로 입어야 하는 네글리제 차림이 아니었다. 어쩌면 그래서 파울리누가 말없이 화난 표정을 지은 것인지도 모른다. 이로 여송연을 물고 손가락으로 소파 팔걸이를 두드리는 모습조차도 불쾌하다는 신호였다. 그의 발치에 있는 나지막한 의자에 앉은 리디아는 그날 하루 동안 있었던 일들을 시시콜콜 이야기하며 그의 기분을 풀어주려고 최선을 다했다. 그녀가 애인에게서 변화를 감지하기 시작한 것은 며칠 전 밤부터였다. 그는 이제 눈으로 그녀를 '집어삼킬' 것처럼 바라보지 않았다. 알고 지낸 세월이 길기 때문일 수도 있지만, 다른 이유로 그녀에 대한 관심이 점점 엷어지고 있다는 뜻일 수도 있었다. 리디아는 항상 불안해하는 성격이라서, 언제나 최악의 경우를 걱정하며 두려워했다. 별로 중요한 것 같지 않은 사소한 변화, 약간 무심하고 무뚝뚝한 태도, 살짝 멍하니 다른 생각을 하는 듯한 분위기 또한 그녀의 불안감을 더해줄 뿐이었다.

파울리누는 대화를 이어가려는 노력을 전혀 하지 않았다. 두 사람 모두 무슨 말을 할지 몰라 긴 침묵이 이어지는 순간들이 있었다. 아니, 무슨 말을 할지 모르는 사람은 리디아였다. 파울리누는 오히려 조용히 있는 편이 더 좋은 것 같았다. 리디아는 계속 대화를 이어가려고 머리를 쥐어짰지만, 파울리누는 건성으로 대답할 뿐이었다. 이렇게 알맹이가 없었으므로, 대화는 기름이 전혀 없는 램프 같았다. 그날 저녁 리디아의 옷차림 때문에 파울리누의 태도가 한층 더 멀어진 것 같았다. 그는 길고 짜증스러운 한숨과 함께 계속 커다란 연기 구름을 내뿜었다. 리디아는 그의 관심을 끌 만한 화제를 찾으려는 시도를 그만두고, 거의 아무렇지 않은 태도로 이렇게 말했다.

"다른 생각을 조금 하고 계시는 것 같아요."

"흠."

이런 모호한 대답의 의미는 무엇이든 될 수 있었다. 그는 리디아가 그 의미를 알아서 파악하기를 기다리는 것 같았다.

리디아는 결코 결과를 예측할 수 없는 경솔한 말과 어두운 집 안, 이 두 곳에 모두 숨어 있는 미지의 것을 막연히 두려워하면서 말을 이었다.

"며칠 전부터 달라지셨어요. 전에는 항상 저한테 고민거리를 이야기하셨는데. 물론 제멋대로 굴고 싶지는 않지만, 고민거리가 있다면 말로 털어놓는 것이 도움이 될지도 몰라요."

파울리누는 재미있다는 듯이 그녀를 빤히 바라보았다. 심지어 빙긋 웃기까지 했다. 리디아는 그 표정과 미소가 모두 무서웠다. 말하지 말 걸 그랬다는 후회가 들었다. 그녀가 몸을 움츠리는 것을 본 파울리누는 그녀가 자신에게 내민 기회를 놓치기 싫어서 간단히 말했다.

"직장에 문제가 좀 있어……."

"전에는 저와 함께 있을 때는 일을 까맣게 잊어버린다고 하셨잖아요."

"알아. 하지만 이제는 달라."

그의 미소에 악의가 가득했다. 그녀에게 고정된 그의 시선은 결점과 흠을 신중하게 찾아보려는 것처럼 무자비했다. 리디아는 얼굴이 붉어졌다. 이제 곧 나쁜 일이 일어날 것 같은 느낌이 들었다. 그녀가 계속 말을 하지 않자 파울리누가 말을 이었다.

"그래, 이제는 일을 잊어버릴 수가 없어. 너랑 있을 때 편안하지 않아서가 아니야. 전혀. 하지만 문제가 너무 복잡해서, 누구와 함께 있든 어쩔 수 없이 계속 생각하게 될 때가 있지."

리디아는 그것이 도대체 어떤 문제인지 조금도 알고 싶지 않았다. 그 문제에 대한 이야기를 들어봤자 자기 속만 상할 것이라는 감이 왔다. 바로 그 순간 전화벨이 울리면 얼마나 좋을까. 아니면 이 대화를 여기서 끊어줄 다른 일이라도 좋았다. 하지만 전화벨은 울리지 않았고, 파울리누는 이제 확실히 입을 다물고 조용히 있을 기분이 아닌 것 같았다.

"여자들은 남자를 이해하지 못해. 우리가 여자를 진심으로 좋아한다고 해서, 다른 사람을 결코 생각하지 않는 건 아니야."

"물론이죠. 여자들도 똑같은걸요."

어떤 못된 악마가 이 말을 하라고 리디아를 부추긴 것 같았다. 그 악마는 지금도 그녀의 귓가에서 더욱더 대담한 말들을 속삭이고 있었다. 그래서 그녀는 그 말을 하지 않으려고 혀를 깨물었다. 그녀의 예리한 시선이 이제 파울리누의 못생긴 얼굴에 고정되어 있었다. 그는 방금 그녀가 한 말에 살짝 골이 나서 이렇게 대답했다.

"당연하지. 항상 같은 사람만 생각하는 건 좋지 않아."

목소리를 들어보니, 앙심을 품은 것 같았다. 두 사람은 서로를 불신하며 바라보았다. 거의 원수들 같았다. 파울리누는 리디아가 어디까지 아는지 짐작해보려고 했다. 리디아는 그의 말에 숨은 의미를 찾아보려고 그 말을 이리저리 굴려보는 중이었다. 그러다 갑자기 그녀의 머릿속에 섬광처럼 불이 반짝 들어왔다.

"완전히 다른 화제인데요, 여기 위층 사람에 대해 말하는 걸 잊어버렸네요. 그 아가씨의 어머니 말이에요. 저더러 당신에게 고맙다는 말을 전해달라고……."

파울리누의 표정 변화는 그녀의 생각이 옳았다는 증거였다. 이제 그녀는 자신의 상대가 누구인지 알았다. 그와 동시에 두려움이 전율처럼 그녀의 몸을 훑고 지나갔다. 그 작은 악마는 어딘가로 가서 숨어버렸고, 이제 그녀는 무력하게 혼자 남았다.

파울리누는 여송연 끝에 매달린 재를 턴 뒤, 의자가 불편한 듯이 자세를 바꿨다. 어머니가 다른 곳을 보시는 틈에 몰래 잼을 먹다가 들킨 사내아이 같았다.

"그래, 똑똑하고 어린 아가씨지."

"그 애의 봉급을 올려줄 생각이세요?"

"응, 아마도. 3개월 뒤에 그렇게 해주겠다고 말하기는 했는데, 그 집 형편이 상당히 안 좋은 모양이야. 네 말을 들어보면. 그리고 클라우디냐도 다른 직원들고 아주 잘 지내고 있으니까……."

"클라우디냐라고 부르시네요."

"그래, 마리아 클라우디아."

파울리누는 여송연의 빨간 불빛이 재 때문에 점점 흐릿해지는 모습을 홀린 듯이 지켜보았다. 리디아는 얄궂은 미소를 지으며 그에게 물었다.

"그 애의 속기 실력은 어때요?"

"아, 좋아. 빨리 배우고 있지."

"물론 그렇겠죠."

악마가 돌아왔다. 이제 리디아는 자신 있었다. 흥분하지만 않는다면, 결국 자기가 이길 것이라는 자신. 무엇보다도 파울리누의 심기를 거스르지 말아야 했다. 그리고 그와 동시에 자신의 내밀한 두려움 또한 그에게 드러내지 말아야 했다. 그녀의 불안감을 그가 아주 조금 짐작이라도 하는 날에는 끝장이었다.

"그 애 어머니가 저한테 얘기를 많이 해요. 그 얘기를 들어 보면, 클라우디냐가 요즘 제멋대로 구는 모양이에요."

"제멋대로 군다고?"

뚜렷하게 호기심을 드러내는 파울리누의 태도만으로도 리디아는 확신을 얻었을 것이다. 이미 확신하고 있지 않았다면.

"당신이 무슨 생각인지 모르겠어요." 그녀는 알랑거리듯이 말했다. 그러고는 이제야 비로소 생각이 떠올랐다는 듯이 이렇게 소리쳤다. "어머나, 세상에, 그런 게 아니에요. 그런 일이라면 그 애 어머니가 저한테 얘기했겠어요? 이상한 생각은 하지 마세요, 당신!"

어쩌면 파울리누가 이상한 생각을 했던 건지도 모른다. 어쨌든 그는 확실히 실망한 표정을 지으며, 불쑥 말했다.

"난 아무 생각도 안 했어……"

"사실 정말 간단한 일이에요. 그 애 아버지가 요즘 걱정하고 있대요. 그 애가 매일 저녁 집에 늦게 오거든요. 당신이 급한 일을 맡겨서 사무실에 늦게까지 붙어 있다는 게 그 애의 변명인데……."

파울리누는 그녀가 끝맺지 않은 이 문장을 자신이 끝맺어야 한다는 사실을 깨달았다.

"아니 뭐, 딱히 그런 건 아니었어. 몇 번 그런 적이 있기는 하지만……."

"어머, 아니에요, 그거야 얼마든지 이해하죠. 그게 문제가 아니에요. 어느 날 저녁 그 애 아버지가 그 애의 뒤를 밟다가 그 애가 남자 친구랑 같이 있는 걸 봤대요!"

작은 악마는 이제 기쁨을 이기지 못해 공중제비를 돌고 바닥을 데굴데굴 구르며 웃어대고 있었다. 파울리누의 표정은 음침해졌다. 그는 이를 갈며 중얼거렸다.

"요즘 아가씨들은 믿을 수가 없어……."

"그건 너무하잖아요, 당신. 그 애가 어떻게 해야 하는데요? 그 애는 이제 겨우 열아홉 살이에요. 열아홉 살짜리 여자애가 뭘 해야 하죠? 그 애의 왕자님은 틀림없이 비슷한 또래의 우아한 미남 청년일 거예요. 그 애한테 달콤한 말도 해주겠죠. 당신도 열아홉이던 시절이 있잖아요."

"내가 열아홉 살 때는……."

하지만 그는 여기서 입을 다물고, 의자에 앉아 여송연을 씹어대며 알아들을 수 없는 말을 중얼거렸다. 그는 크게 화를 내고 있었다. 그 젊은 타이피스트에게 구애하느라 귀한 시간을 썼는데, 그 애가 그동안 내내 자신을 속이고 있었다니. 그 아이에게 미소를 지어주고, 신경을 쓰고 말을 걸어주는 이상의 행동을 한 적은 없었다. 이건 물론 6시 이후 사무실에 둘만 남았을 때의 얘기였다. 언제나 그 이상의 행동은 하지 않았다. 그녀는 너무 어렸고, 그녀의 부모도 생각해야 했다……. 하지만 시간이 흐르면 혹시……. 물론 그의 의도는 어디까지나 명예로운 것이었다. 그는 그저 그 젊은 여성과 고생하는 식구들을 도와주고 싶었을 뿐……. 그가 입을 열었다.

"그 얘기가 사실인 것 같아?"

"당신이 얼마나 순진한지 이제 알겠어요? 그런 이야기를 지어내는 사람은 없어요. 그런 일이 일어났을 때 대개는 그걸 덮어버리자는 생각이 가장 먼저 들거든요. 그런데 클라우디냐의 어머니가 저한테 이 이야기를 해준 걸 보면 저를 믿는다는 뜻이겠죠……." 그녀는 말을 끊었다가, 불안한 표정으로 다시 입을 열었다. "당신, 너무 놀란 것 아니죠? 지금 당신이 그 애한테 등을 돌린다면, 안타까운 일이에요. 당신이 그런 일에 대해 얼마나 엄격한지 잘 알지만, 그 애를 혼내지는 마세요!"

"안 그래. 걱정 마."

리디아는 일어섰다. 여기서 이야기를 그치는 것이 최선이었다. 파울리누의 즐거운 구애에 의심의 씨앗을 뿌렸으니, 그의 환상에 충분히 종지부를 찍을 수 있을 것이라고 믿었다. 그녀는 몸짓 하나하나를 우아하게 하려고 열심히 주의를 기울이면서 그의 커피를 준비했다. 그리고 파울리누에게 직접 커피를 대접했다. 그의 무릎에 앉아 한 팔로 그를 감싸고 아기에게 물을 먹이듯이 커피를 먹여주었다. 마리아 클라우디아라는 주제는 이미 안전하게 처리되었다. 파울리누는 커피를 마시면서, 자신의 목덜미를 어루만지는 리디아의 손길에 웃음 지었다. 그런데 갑자기 그녀가 그의 머리카락에 관심을 보였다.

"요즘 머리카락에 뭘 사용하세요?"

"내가 새로 산 로션이 있어."

"그렇죠. 어쩐지 냄새가 달라요. 잠깐만요, 그런데……."

그녀는 머리가 벗어진 부분을 열심히 살피더니 환히 웃으면서 말했다.

"머리카락이 늘어났어요!"

"정말?"

"네, 진짜예요."

"거울을 좀 봐야겠다."

리디아는 그의 무릎에서 내려와 화장대로 뛰어갔다.

"여기 있어요!"

파울리누는 눈을 가늘게 뜨고 자기 모습을 보다가 부드럽게 말했다.

"정말, 그 말이 맞네……."

"보세요, 여기랑 여기! 여기 솜털이 났잖아요. 머리카락이 새로 자라는 거예요!"

파울리누는 웃는 얼굴로 그녀에게 거울을 돌려주었다.

"좋은 로션이야. 그렇다고 들었어. 비타민이 들어 있대."

"어머, 그렇군요."

파울리누는 그 로션의 정확한 성분과 사용 방법에 대해 자세히 설명하기 시작했다. 좋지 않게 시작되었던 저녁이 이렇게 아주 좋은 분위기로 끝났다. 평소처럼 저녁이 길게 이어지지는 않았다. 리디아가 '매달 맞이하는 그 시기'였으므로, 파울리누는 자정이 되기 전에 떠났다. 비록 말을 하지는 않았지만, 두 사람 모두 억지로 금욕할 수밖에 없는 상황에 아쉬움을 표하면서 키스와 다정한 말로 마음을 달랬다.

그가 떠난 뒤 리디아는 침실로 돌아갔다. 막 방을 정리하려는데 위층에서 걸어가는 날카로운 구두 소리가 들렸다. 그 소리는 가까워졌다가 멀어지고, 사라졌다가 되돌아왔다. 리디아는 꼼짝도 하지 않고 서서 주먹을 꽉 쥐고, 고개를 살짝 든 자세로 그 소리에 귀를 기울였다. 곧 두 번 크게 쿵쿵 하는 소리(구두를 벗는 소리)가 들리더니 조용해졌다.

28

카르멘은 주로 불평과 한탄으로 이루어진 긴 서신 교환의 역사에 편지 한 통을 또 새로이 추가했다. 멀고 먼 고향 마을 비고에서 친정 부모님은 딸이 보내오는 편지에 적힌 고통이 점점 늘어나는 것을 보고 걱정과 눈물의 나날을 보낼 터였다. 딸이 계속 그 외국인의 손에 꼼짝없이 붙잡혀 살고 있으니.

매일 외국어를 쓸 수밖에 없는 처지였으므로, 그녀는 오로지 그 편지를 쓸 때만 자신의 의사를 온전히 표현할 수 있었다. 그녀는 지난번 편지를 보낸 뒤로 있었던 일을 모두 편지에 썼다. 아들의 병에 대해 장황한 이야기를 늘어놓고, 부엌에서 벌어졌던 끔찍한 소란을 설명했다. 하지만 이 대목에서 그녀는 자신을 더욱 품위 있게 묘사하는 데 공을 들였다.

마음을 가라앉히고 나니, 자신의 행동이 지극히 품위 없었다는 사실을 스스로 인정할 수밖에 없었기 때문이다. 남편이 보는 앞에서 무릎을 꿇은 것이 최악의 굴욕이었다. 아들은, 뭐, 아들은 아직 어리니까 틀림없이 그 일을 잊어버릴 테지만, 남편은 잊지 않을 것이다. 그녀에게는 그것이 무엇보다도 괴로웠다.

그녀는 잠시 망설이다가 사촌 마놀로에게도 편지를 썼다. 그러면서 이것이 배신 행위라는 느낌이 어렴풋이 들었기 때문에, 그에게 편지를 쓰는 것이 적절한 행동은 아니라는 점을 인정할 수밖에 없었다. 매년 그녀의 생일과 크리스마스와 부활절에 짧은 편지를 보내는 것을 제외하면, 마놀로는 그녀에게 편지를 쓰지 않았다. 그런데도 그녀는 그가 어떻게 살고 있는지 모르는 것이 없었다. 친척들의 소식을 부모님이 계속 이야기해주기 때문이었다. 솔 공장을 운영하는 사촌 마놀로에 대해서는 항상 이야기할 것이 많았다. 공장은 아주 잘되고 있지만, 안타깝게도 그는 여전히 독신이었다. 만약 그가 죽으면, 상속자가 너무 많아서 각자 받을 수 있는 금액이 아주 소액에 불과하다는 뜻이었다. 물론 그가 여러 상속자 중 한 명에게 특별히 호의를 표한다면 달라질 수도 있었다. 재산을 어떻게 처리하든 그건 마놀로의 자유였으니 일이 어떻게 될지는 알 수 없었다. 비고에서 그녀에게 날아온 편지에는 이런 이야기들이 길게 적혀 있었다. 마놀로는 카르멘보다 겨우 여섯 살 위니까 아직 젊은 나이였다. 하지만 카르멘에게 엔리키뇨가 있다는 사실을 마놀로에게 일깨워줄 필요가 있었다. 카르멘은 부모님이 이런 말을 할 때 별로 중요하게 생각한 적이 없었다. 마놀로가 그녀의 아들을 더욱 의식하게 만들 좋은 방법도 없었다. 마놀로는 엔리키뇨를 잘 알지도 못했다. 엔리키뇨가 아직 갓난아기일 때 한 번 본 것이 전부였다. 마놀로가 카르멘의 부모와 함께 리스본에 왔을 때의 일이었다. 카르멘은 마놀로가 에밀리우를 싫어한다고 말한 것을 알고 있었다(어머니가 말해주었다). 그때만 해도 결혼한 지 얼마되지 않았을 때라 그녀는 이 말을 무시해버렸지만, 지금 생각해보니 마놀로가 옳았다. 포르투갈 사람들은 "스페인에서 기대할 수 있는 것은 차가운 바람과 차가운 아내뿐"이라고 말한다. 하지만 포르투갈의 남편들에 대해서도 비슷한 말을 할 수 있었다. 다만 그녀가 이 나라에 만연한 못된 일들에 대해 알 만큼 아는데도 시적인 상상력이 모자라서 '남편'이라는 뜻으로 운율을 맞출 수 있는 좋은 단어를 생각해내지 못할 뿐이었다.

편지를 쓰고 나니 마음이 풀렸다. 오래지 않아 도착할 답장에는 위로와 연민이 들어 있을 터였다. 지금 카르멘에게는 그런 것이 꼭 필요했다. 그녀의 처지에 대해 마놀로가 슬퍼하는 기색을 보인다면, 비록 사소하지만 남편에게 충실하지 못한 이런 행동을 한 보람을 느낄 수 있을 것이다. 그녀는 공장 안의 사무실에 앉아 있는 사촌의 모습을 상상해보았다. 그 사무실이 아직도 어렴풋이 기억났다. 서신, 주문서, 송장 등이 책상 위에 쌓여 있고, 그녀의 편지는 그 서류 더미 맨 위에 있을 것이다. 마놀로가 그 편지를 열어 한 번 읽은 다음, 집중해서 다시 한 번 읽는다. 그러고는 편지를 책상 위에 내려놓고, 즐거운 과거를 떠올리는 것 같은 표정으로 잠시 앉아 있다가 다른 서류들을 모두 옆으로 밀어버리고 백지(맨꼭대기에 공장 이름이 굵은 대문자로 박혀 있다)를 꺼내 편지를 쓰기 시작한다.

이런 장면을 상상하다 보니, 고향이 그리워서 심장이 아파오기 시작했다. 그녀가 두고 온 모든 것이 그리웠다. 고향 마을, 부모님의 집, 공장 정문, 포르투갈인들은 결코 흉내 내지 못하는 부드러운 갈리시아 말씨. 이런 것들을 떠올리며 그녀는 울음을 터뜨렸다. 이런 감정들이 오랫동안 그녀를 괴롭힌 것은 사실이지만, 점점 무거워지는 세월의 무게에 눌려 금방 사라져버렸다. 모든 것이 사라지고 있었다. 과거 속에서 희미해진 장면들을 간신히 끌어 올릴 수 있을 뿐이었다. 하지만 지금은 모든 것이 대낮처럼 선명하게 보이는 듯했다. 울음을 터뜨린 이유가 바로 그거였다. 그녀는 자신이 잃어버려서 다시는 볼 수 없게 된 모든 것을 생각하며 울었다. 비고에 살았다면 그녀의 옆에 동포들이, 친구들이 있었을 것이다. 등 뒤에서 그녀의 말씨를 비웃는 사람도 없고, 여기 사람들처럼 그녀를 경멸하듯이 갈리시아인이라고 부르는 사람도 없을 것이다. 갈리시아의 땅에 사는 갈리시아 여자일 테니까. 그곳에서는 갈리시아인이라는 말이 '심부름꾼'이나 '석탄 배달부'와 동의어가 아니었다.

"아, 불행해, 불행해!(Ah, disgraciada, disgraciada!)"

아들이 놀란 얼굴로 그녀를 빤히 바라보고 있었다. 아들은 다시 마음을 얻어보려는 어머니의 모든 시도에 본능적으로 고집스럽게 저항했다. 매질과 마녀의 술수에 저항할 때와 똑같았다. 한 번씩 매를 맞고 억지로 기도할 때마다 그는 아버지에게 더 가까워졌다. 아버지는 차분하고 조용한 반면, 어머니는 무엇을 하든 지나쳤다. 사랑이든 미움이든. 하지만 지금 어머니가 울고 있었다. 엔리크는 아이들이 모두 그렇듯이 다른 사람이 우는 모습을 가만히 보기만 할 수 없었다. 어머니라면 더욱더 그러했다. 그는 어머니에게 다가가 최대한 위로해주었다. 아무 말 없이. 어머니에게 입을 맞추고, 눈물에 젖은 어머니의 얼굴에 제 얼굴을 가져다 댔다. 그리고 곧 어머니와 함께 울기 시작했다. 그러고 나서 카르멘이 그에게 갈리시아에 대해 긴 이야기를 들려주었다. 자기도 모르게, 포르투갈어가 아니라 갈리시아어로.

"무슨 말인지 모르겠어요, 엄마!"

그제야 자신의 행동을 알아차린 카르멘은 자신이 방금 들려준 이야기를 증오스러운 언어 포르투갈어로 바꿔서 들려주었다. 모국어를 잃어버린 이야기에서 아름다움과 풍미가 모두 사라졌다. 그녀는 아들에게 필리페 할아버지와 메르세데스 할머니의 사진을 보여주었다. 마놀로가 다른 친척들과 함께 찍은 사진도 보여주었다. 모두 엔리크가 이미 본 적이 있는 사진인데도, 카르멘은 다시 잘 보라고 고집을 피웠다. 그녀는 부모님의 집 정원 일부를 찍은 사진을 보여주며 이렇게 말했다.

"옛날에 엄마가 여기서 사촌 마놀로랑 자주 놀았어……."

마놀로의 기억이 이미 집착으로 변해 있었다. 무슨 생각을 하든 그녀는 숨겨진 길을 따라 마놀로에게 이르렀다. 아주 오래전부터 그를 생각했음을 깨달은 카르멘은 마음이 상당히 불편해졌다. 이렇게 세월이 흐른 지금, 그런 생각을 하는 것은 그저 어리석은 짓이었다. 나이가 서른세 살에 불과하다 해도, 그녀는 늙었다. 결혼도 했다. 가정과 남편과 아들이 있었다. 그런 주제에 그런 생각을 마음에 품을 수는 없었다.

그녀는 사진을 치우고, 집안일에 몰두했다. 하지만 아무리 그런 생각을 눌러버리려고 해도 마음대로 되지 않았다. 고향과 부모님에 대한 기억, 그리고 뒤늦게 떠오르는 마놀로의 기억. 그의 얼굴과 목소리가 아주 멀어져서 다시 돌아오는 데 오랜 시간이 걸리는 것 같았다.

밤에 남편과 나란히 누워 있으면 잠이 오지 않았다. 과거에 대한 그리움이 갑자기 절박해졌다. 당장 뭔가 행동에 나서야 할 것 같았다. 이렇게 먼 추억에 잠겨 있을 때면 마음이 점점 차분해졌다. 불같은 성격이 부드러워지고, 기분 좋은 평온함이 마음을 채웠다. 에밀리우는 이런 변화를 보고 당황했지만 아무 말도 하지 않았다. 아들의 사랑을 되찾기 위해 아내가 전술을 바꾼 것인지도 모른다는 의심이 들었다. 그러다 엔리크가 아버지와 어머니에게 똑같이 관심을 나눠주는 것을 보고는, 자신의 생각이 옳았다고 확신했다. 마치 엔리크가 부모의 사이를 다시 이어보려는 것 같았다. 아마 자기도 모르는 사이에 하는 행동이겠지만, 아이는 자신의 관심사나 자신에게 필요한 것에 부모가 모두 관심을 갖게 하려고 천진난만하게 최선을 다했다. 하지만 결과는 그리 좋지 않았다. 그의 아버지와 어머니는 그가 따로 말을 걸면 금방 대답해주면서도, 한꺼번에 대화에 끌어들이려고 하면 못 들은 척했다. 엔리크는 이해할 수 없었다. 전에는 아버지를 좋아하지 않았지만, 아버지가 자신을 아낌없이 사랑해줄 수 있는 사람임을 알게 되었다. 한동안은 어머니가 무서웠지만, 어머니가 우는 모습을 보고 나니 자신이 줄곧 어머니를 사랑하고 있었다는 사실을 깨닫게 되었다. 그는 부모를 모두 사랑했지만, 두 사람의 사이가 계속 멀어지고 있다는 것을 알 수 있었다. 왜 서로 말을 하지 않을까? 가끔은 모르는 사람처럼, 또는 지나치게 잘 아는 사람처럼 서로를 바라보는 이유가 무엇일까? 부모가 입을 다문 저녁에 그의 어린 목소리는 방황했다. 새들이 모두 사라지고, 모든 소리를 눌러버리는 거대하고 어두운 숲에서 길을 잃은 것 같았다. 그래, 사랑의 새들은 모두 멀리 날아가버렸다. 사랑만이 낳을 수 있는 생기가 사라졌기 때문에 숲은 돌로 변해버렸다.

하루하루가 느리게 흘러갔다. 우체국은 카르멘의 편지를 가지고 국토를 가로질러 국경 너머로 전해주었다. 답장도 아마 같은 길로 오는 중일 것이다(혹시 같은 사람들의 손을 거칠 수도 있었다). 시간이 가고 날이 갈수록 답장들이 그녀에게 더 가까워졌다. 카르멘은 자신이 무엇을 바라는지 알지 못했다. 연민? 친절한 말? 그래, 그런 것이 필요했다. 그런 말을 읽고 나면 덜 외로워질 것이다. 다시 가족들에게 둘러싸인 것 같아서. 연민 어린 표정으로 허리를 숙여 자신을 바라보며 용기를 심어주는 얼굴들이 보이는 것 같았다. 그녀가 바랄 수 있는 것은 그것뿐이었다. 하지만 마놀로에게도 편지를 쓴 탓인지, 이번에는 그보다 더 많은 것을 바라고 있었다. 하루하루 시간이 흘렀다. 답장을 받고 싶다는 마음이 너무 강렬해서 그녀는 친정어머니가 절대 빨리 답장을 보내는 법이 없다는 사실을 잊었다. 몇 주가 지난 뒤에야 답장이 올 때가 많았는데. 그녀는 식구들이 자신을 잊어버렸을까 봐 두려웠다.

영업 사원으로서 일상에 매여 있는 에밀리우는 자신이 해방되는 날이 더욱더 멀어지는 것을 지켜보며 그냥 시간이 흐르게 내버려두었다. 이곳을 떠나겠다고 말은 했지만, 아직 한 발짝도 떼지 못했다. 차마 용기가 나지 않았다. 이대로 나가서 다시는 돌아오지 않을 작정으로 문턱에 서면, 뭔가가 그의 발목을 붙들었다. 이 가정에서 사랑은 이미 사라졌다. 아내를 미워하지는 않았지만, 그는 불행한 삶에 지쳐 있었다. 누구에게나 한계가 있는 법이다. 그도 어느 수준까지는 불행을 참고 견딜 수 있었으나, 그 이상은 무리였다. 그런데도 그는 이곳을 떠나지 않았다. 아내는 이제 무시무시하게 소란을 피우지 않고, 조용히 얌전하게 굴었다. 언성을 높이거나 인생이 비참하다며 투덜거리지도 않았다. 이걸 생각하던 에밀리우는 혹시 아내가 가정을 재건하려는 건가 싶어서 겁이 났다. 그런 것을 원하기에는 이 생활이 이미 너무나 갑갑했다. 하지만 다시 생각해보니 카르멘은 꼭 필요할 때만 그에게 말을 걸었다. 따라서 그녀가 화해를 원한다고 생각할 근거가 없었다. 그녀가 아들의 신뢰를 다시 얻은 것은 분명했지만, 그렇다고 해서 남편의 마음까지도 다시 얻고 싶어 한다고 보는 것은 지나친 비약이었다. 그녀는 그렇게 먼 거리를 뛰어넘을 생각이 없는 것 같았다. 그래도 아내의 변화에 그는 관심이 생겼다. 엔리크는 다시 어머니와 가까워졌다. 그런데 아내는 왜 옛날처럼 소란을 피우지 않는 걸까? 속으로 고민해보아도 답을 찾을 수 없을 때면, 에밀리우는 어깨를 으쓱하며 시간에 자신을 맡겼다. 자신에게 없는 용기를 시간이 줄 수 있을 거라는 듯이.

그러다 편지 한 통이 도착했다. 에밀리우는 외출했고, 엔리크도 심부름으로 집에 없었다. 그녀는 집배원에게서 편지를 받아 어머니의 필체를 보고는, 일종의 전율이 몸을 훑고 지나가는 것을 느끼며 집배원에게 물었다.

"제 앞으로 된 다른 편지는 없어요?"

집배원은 들고 있던 편지 다발을 훑어보고 대답했다.

"네. 그것뿐이에요."

그것뿐! 카르멘은 울고 싶었다. 자신이 기다리던 편지가 마

놀로의 편지였음을 그녀는 그제야 깨달았다. 하지만 그 편지
는 오지 않았다. 그녀는 집배원이 흥미를 느낄 만큼 느린 속
도로 문을 닫았다. 그런 바보 같은 생각을 하다니! 도대체 무
슨 생각을 한 거야! 사촌에게 편지를 쓰다니 완전히 정신 나
간 짓이었어. 이런 생각에 너무 깊이 빠진 나머지 그녀는 어
머니의 편지를 거의 잊어버렸다. 그러다 문득 손끝에 종이가
닿는 것을 알아차리고 갈리시아어로 중얼거렸다.

"어머니(Miña nai)……."

그녀는 봉투를 찢어 열었다. 커다란 종이 두 장에 작은 글
자들이 빽빽이 적혀 있었다. 그녀가 아주 잘 아는 필체였다.
복도가 어두워서 편지를 읽을 수 없었으므로, 그녀는 침실로
달려가 불을 켜고 침대에 걸터앉았다. 마치 손에 쥔 편지가
갑자기 스르르 사라져버릴까 봐 두렵다는 듯이 모든 동작이
조급했다. 눈에는 눈물이 가득 고여서 글자가 잘 보이지 않
았다. 그녀는 불안한 표정으로 눈물을 닦고 코까지 푼 뒤에
야 어머니의 편지를 읽을 수 있었다.

카르멘이 기대했던 바로 그 내용이었다. 딸의 상황이 얼마
나 안타까운지 모른다는 내용. 하지만 자신은 처음부터 그
남자와 결혼하지 말라고 딸을 말렸으니 자신의 잘못은 아니
라고 했다. 카르멘이 너무나 잘 아는 얘기였다. 전에 다른 편
지에서 몇 번이나 읽은 내용이기도 했다. 하지만 어머니의 말
은 이것뿐인가? 다른 건 없어? 어머니가 또 무슨 말을 할 수
있을까? 아냐, 잠깐, 이건 뭐지?

어머니가 그녀에게 리스본을 떠나 고향으로 와서 한동안 지내다 가라고 권유하고 있었다. 한 달 정도, 가능하면 두 달도 좋고. 엔리크를 데려와도 좋다, 너희 둘의 여비는 우리가 내어주마, 여기에 오면……. 거기에서 지내는 시간이 어떨지 카르멘은 알 수 없었다. 눈에 눈물이 가득해서 더 이상 읽을 수가 없었다. 거기에 가면 당연히 아주 행복해질 것이다. 이 아파트와는 멀리 떨어진 곳에서 가족과 함께 보내는 두 달, 또는 어쩌면 세 달. 게다가 아들도 함께라니.

그녀는 눈물을 닦고 계속 편지를 읽었다. 집과 가족들의 소식, 조카의 탄생, 그리고 끝으로 사랑한다는 말과 행운을 빈다는 말. 여백에 더 작은 글자로 추신이 적혀 있었다. 초인종이 울렸다. 카르멘은 듣지 못했다. 다시 울렸다. 카르멘은 이제 추신을 다 읽었지만 여전히 듣지 못했다. 추신에 모든 설명이 들어 있었다. 마놀로가 비고에서 그녀를 만날 날을 고대하고 있기 때문에 이번에는 편지를 쓰지 않겠다는 말을 전해달라고 어머니에게 부탁했다고 했다. 초인종이 다시 울렸다. 시끄럽고, 초조하고, 급박했다. 카르멘은 시간의 끝에서 되돌아오는 사람처럼 이제야 그 소리를 듣고 문을 열러 나갔다. 아들이었다. 엔리크는 어머니가 울면서 웃는 것을 보고 당황했다. 정신을 차리고 보니 어머니가 그를 꼭 끌어안고 입을 맞추며 이렇게 말하고 있었다.

"필리페 할아버지랑 메르세데스 할머니를 만나러 같이 가자. 할아버지 할머니랑 같이 한동안 지내다 올 거야!"

그날 밤 에밀리우가 집에 돌아오자 카르멘은 그 편지를 보여주었다. 그는 아내의 편지에 한 번도 관심을 가진 적이 없었다. 아내 몰래 편지를 읽지 않는 교양도 갖추고 있었다. 편지에 불평이 가득하고 자신은 분명히 폭군 같은 역할로 등장할 것 같아서 그는 아내의 편지를 읽고 싶은 생각이 전혀 없었다. 카르멘은 친정 식구들이 남편에 대해 뭐라고 하는지 남편이 알게 되더라도 상관없다고 생각했지만, 그래도 어머니가 혹시 고향에 다녀갈 수 있겠느냐고 말하는 부분만 남편에게 보여주었다. 남편의 허락이 필요하기 때문이었다. 남편이 편지의 다른 부분까지 읽는다면 순전히 양심 때문에 허락하지 않을 수도 있었다. 에밀리우는 한쪽 여백이 가위로 잘린 것을 알아차렸지만 이유를 묻지 않았다. 그는 아무 말 없이 편지를 돌려주었다.

"어때?" 카르멘이 물었다.

그는 곧바로 대답하지 않았다. 두 달, 아니 어쩌면 세 달 동안 혼자서 지낼 수 있는 가능성이 자신 앞에 열려 있는 것이 보였다. 텅 빈 아파트에서 혼자 자유로이 지내는 자신의 모습이 보였다. 나가고 싶을 때 나가고, 들어오고 싶을 때 들어오고, 바닥이든 침대든 자고 싶은 데서 잘 수 있을 것이다. 자신이 갈망하는 모든 일을 할 수 있을 것 같았다. 그런 일이 너무 많아서 당장은 하나도 생각나지 않았다. 그의 입술이 벌어져 미소를 지었다. 그 순간부터 그는 자유를 느꼈다. 자신을 묶고 있던 사슬이 떨어져 나가는 것을 느꼈다. 원대하고 충만한 생활이 그를 기다렸다. 그의 모든 꿈과 희망이 들어설 여유가 있는 삶. 고작 세 달뿐이라 해도, 그런 건 중요하지 않았다. 아마 그때쯤이면 용기를 충분히 그러모아서…….

"어때?" 아내가 다시 물었다. 그의 침묵에서 거부감을 감지한 모양이었다.

"좋아. 안 될 것 없지."

아주 짧은 말. 몇 년 만에 처음으로 이 아파트의 세 사람이 모두 만족스러운 기분이 되었다. 엔리크는 놀러 간다는 생각에, 덜컹덜컹 기차를 탄다는 생각에 신이 났다. 모든 아이들이 그렇듯이, 여행이라는 놀라운 말을 생각만 해도 신이 났다. 에밀리우와 카르멘에게 이 여행은 두 사람을 서로에게 묶어놓은 악몽으로부터 해방을 의미했다.

저녁 식사 시간은 평화로웠다. 모두 미소를 지으며 상냥한 말을 주고받았다. 엔리크는 행복했다. 부모님도 행복한 것 같았다. 왠지 부엌의 불빛도 더 밝아진 듯했다. 모든 것이 더 밝고 더 순수했다.

29

주스티나가 남편에게 처음으로 알몸을 드러냈던 그날 밤에 대해서는 두 사람 모두 아무 말도 하지 않았다. 카에타노는 비겁한 마음에 입을 다물었고, 주스티나는 자존심 때문에 입을 다물었다. 두 사람 사이에 남은 것은 훨씬 더 차가워진 관계뿐이었다. 퇴근한 뒤 카에타노는 밤과 아침을 다른 사람의 침대에서 보냈다. 집에는 점심때에야 돌아와서 식사를 한 뒤 오후 내내 잠을 잤다. 두 사람은 최대한 단음절로 꼭 필요한 말만 나눴다. 서로를 이렇게까지 싫어한 적은 처음이었다. 카에타노는 아내와의 모든 접촉을 피했다. 아내가 또 갑자기 완전한 알몸으로 나타날까 봐 두려워하는 사람 같았다. 주스티나는 남편을 경멸하는 시선으로 바라보았다. 거의 오만하게 보일 정도였다. 그는 그 시선의 무게를 느끼면서, 무력한 분노로 부글거렸다. 세상에는 집에서 아내를 때리는 남자들이 많다는 것도, 그것을 자연스럽게 생각하는 남편과 아내가 있다는 것도 그는 알고 있었다. 많은 남자들이 그런 행동을 남자다움의 증거로 생각한다는 것도 알고 있었다. 성병에 걸리는 것을 남자다움의 징후로 생각하는 것과 똑같았다. 그도 다양한 성병에 걸린 경험을 자랑할 수는 있었지만, 아내를 때리고서 자부심을 느낄 수는 없었다. 그는 그것을 원칙의 문제라고 주장하고 싶었으나, 이번에도 역시 비겁한 마음 때문이었다. 주스티나의 차분함이 그에게는 위협적이었다. 그녀의 차분한 겉모습이 깨진 것을 그는 그때 딱 한 번 보았다. 그리고 그 모습을 보면서 수치심을 느꼈다. 그 앙상한 알몸과 이상하게 흐느끼는 것 같던 웃음소리가 자꾸만 머릿속에서 되살아났다. 아내가 그런 반응을 보일 줄은 정말 몰랐기 때문에, 그는 아내 앞에서 오히려 더 큰 열등감을 느끼게 되었다. 그가 아내를 피하면서 집에서 보내는 시간을 최대한 줄이고, 아내와 함께 침대에 눕지 않으려고 하는 이유가 그것이었다. 다른 이유도 있었다. 만약 아내와 한 침대에 눕는다면, 섹스를 해야 한다는 충동을 느낄 것 같았다. 처음 이 충동을 인식했을 때 그는 겁에 질렸다. 그래서 자신을 멍청이라고 욕하면서 그 충동을 억누르려고 했다. 그런 감정을 눌러버릴 모든 이유를 떠올렸다. 그녀의 볼품없는 몸, 지금까지 몇 번이나 그녀가 그를 거부했던 것, 그녀가 드러내는 경멸.

하지만 아무리 많은 이유를 떠올려도 그의 욕망은 점점 강해지기만 했다. 그는 다른 곳에서 그 욕망을 달래보려고 했지만 한 번도 성공하지 못했다. 기진맥진해서 퀭한 눈으로 휘청휘청 집에 돌아와도 주스티나 특유의 체취만 맡으면 욕망이 그의 마음속 가장 깊은 곳을 파도처럼 훑고 지나갔다. 마치 오랜 금욕 생활에서 벗어난 사람이 바로 팔이 닿을 만한 거리에 있는 여자를 발견한 것 같았다. 점심 식사를 마치고 침대에 누우면, 침대보의 온기조차도 그를 괴롭혔다. 그의 눈은 아내가 의자에 걸쳐놓은 옷가지로 향했다. 그는 알맹이가 빠져나간 옷, 접힌 스타킹에 머릿속으로 형태를 채워 넣고 살아 있는 몸의 움직임을 상상했다. 잔뜩 힘이 들어가서 생생하게 움직이는 다리를 상상했다. 그가 그렇게 그려낸 몸은 현실과 아무런 상관이 없는 완벽한 형태를 하고 있었다. 만약 그 순간 주스티나가 방에 들어온다면, 그는 침대에서 뛰쳐나가 그녀를 끌고 들어오지 않기 위해 의지력을 총동원해야 할 터였다. 저열한 음탕함이 그를 가득 채웠다. 사춘기 때 그를 괴롭히던 야한 꿈을 그는 다시 꾸었다. 그는 여러 임시 애인들을 만나 기진맥진하게 만든 뒤에도, 자신의 갈망을 만족시키지 못한다며 욕을 퍼부었다. 욕망이 귀찮은 파리처럼 계속 붕붕거리며 그의 주위를 날아다녔다. 빛 때문에 몸의 한쪽이 마비된 나방이 점점 작은 원을 그리며 허공을 돌다가 촛불에 타 죽듯이, 그도 아내의 체취와 야위고 추한 몸에 이끌려 그 주위를 맴돌았다.

주스티나는 자신의 존재가 남편에게 어떤 영향을 미치는 지 전혀 몰랐다. 그가 유난히 신경질적이고 성마르게 구는 걸 눈치채고도, 자신이 그를 예전보다 더욱더 경멸하게 된 탓으로 돌렸다. 위험한 동물을 다루면서 자신이 지금 어떤 위험을 무릅쓰고 있는지 아주 잘 알지만 호기심이 너무 강해서 도망치지 않는 사람처럼, 주스티나는 남편이 어디까지 참을 수 있는지 알아보고 싶었다. 그의 비겁함의 폭과 깊이를 가늠해보고 싶었다. 그녀는 조용히 경멸하던 태도를 버리고 거의 수다스럽게 변했다. 그러면 자신의 경멸을 드러낼 기회가 더 많아질 것 같았다. 모든 단어, 모든 억양 변화에 그녀가 남편을 얼마나 쓸모없게 생각하는지가 드러났다. 카에타노는 뜻밖의 반응을 보였다. 마조히스트가 된 것 같았다. 그녀가 그를 모욕하면서 남자의 자존심과 남편의 자존심에 주먹질을 해대는데도, 그는 전에 없이 발작적인 욕망을 드러냈다. 주스티나는 자기도 모르는 사이에 불장난을 하고 있었다.

어느 날 밤 카에타노는 더 이상 견딜 수가 없어서 퇴근 뒤 곧장 집으로 달려갔다. 누군가와 만날 약속을 했다는 사실조차 까맣게 잊어버렸다. 물론 만나기로 한 그 여자가 그를 만족시켜줄 수 있을 것이라는 기대는 없었다. 미쳤지만 어디에 가면 제정신을 되찾을 수 있는지 아직 기억하는 사람처럼 그는 서둘러 집으로 향했다. 지나가는 택시를 불러 타고, 기사에게 목적지까지 빨리 달려준다면 두둑한 팁을 주겠다고 약속했다. 택시는 인적 없는 거리를 달려 순식간에 목적

지에 도착했다. 카에타노가 준 팁은 후하다 못해 터무니없을
정도였다. 아파트로 들어가다가 그는 지난번 이 시간에 집에
돌아왔다가 어떤 굴욕을 당했는지 문득 떠올렸다. 아주 잠깐
머리가 명료해진 순간에 그는 이제부터 자신이 무엇을 하려
는 것인지 이해하고 그 결과를 두려워했다. 그때 주스티나의
고른 숨소리가 들리고, 방의 온기가 느껴졌다. 침대에 길게
누워 있는 몸을 만지자, 광적인 성욕이 바다 깊은 곳에서 솟
아나는 파도처럼 그의 마음속에서 고개를 들었다.

  방 안은 어두웠다. 주스티나는 남편을 즉시 알아보았다. 아
직 비몽사몽인 그녀는 자신을 지키려고 미친 듯이 반항했지
만 힘이 더 센 그가 그녀를 매트리스에 찍어 눌렀다. 그녀는
남의 일을 보듯이 꼼짝도 않고 누워 있기만 했다. 반응을 보
일 수가 없었다. 낯설고 끔찍한 괴물이 사람들을 덮치는 악
몽에 붙들린 것 같았다. 마침내 한 팔을 빼내는 데 성공한 그
녀는 협탁의 램프를 찾아 어둠 속을 더듬었다. 불을 켜고 나
니 남편의 얼굴이 보였다. 무서운 얼굴이었다. 눈은 툭 불거
지고, 아랫입술은 평소보다 더 아래로 늘어지고, 빨간 얼굴
에서는 땀이 번들거렸다. 얼굴을 일그러뜨린 짐승 같았다. 주
스티나가 소리를 지르지 않은 것은 순전히 두려움에 목구멍
이 좁아들어서 소리를 낼 수 없기 때문이었다. 가면 같던 카
에타노의 얼굴이 갑자기 수축하면서 알아볼 수 없게 변했다.
그것은 지극히 낯선 생물의 얼굴이었다. 선사시대의 짐승에
게서 방금 뽑아 온 남자, 인간의 형태를 한 야생동물의 얼굴

이었다.

주스티나는 눈을 차갑게 빛내면서 그의 얼굴에 침을 뱉었다. 카에타노는 놀라서 말문이 막힌 채로 계속 몸을 떨면서 그녀를 바라보았다. 방금 무슨 일이 일어난 건지 잘 이해가 가지 않았다. 그는 손으로 자신의 얼굴을 한 번 쓸어내리고는, 아직 온기를 간직한 채 손가락에 묻어 나온 침을 바라보았다. 손가락을 넓게 펼치자 침이 빛나는 실처럼 손가락 사이에 늘어졌다. 그 실이 점점 가늘어지다가 마침내 끊어졌다. 그제야 카에타노는 이해했다. 마침내 이해했다. 채찍질을 너무 심하게 하면, 얌전히 길들여진 호랑이가 발톱과 이빨을 드러내고 뒷다리로 일어서는 것과 같은 원리였다. 주스티나는 눈을 감고 기다렸다. 남편은 여전히 움직이지 않았다. 주스티나는 두려워하면서 눈을 반쯤 떴다. 그러자마자 남편이 다시 그녀에게 몸을 밀어붙이기 시작했다. 그녀는 그의 몸 아래에서 빠져나오려고 했지만 그의 몸이 그녀를 꽉 붙들고 있었다. 그녀는 처음에 그랬던 것처럼 계속 차갑게 있으려고 했다. 하지만 그때는 의지력으로 차가운 모습을 연출한 것이 아니라, 자연스럽게 우러난 반응이었다. 지금은 의지력을 발휘해야만 차가운 모습을 유지할 수 있는데, 그 의지력이 약해지고 있었다. 그동안 잠들어 있던 강력한 힘들이 그녀의 내면에서 깨어나 빠르게 밀려오는 파도처럼 그녀를 덮쳤다. 밝은 불빛 같은 것이 머릿속에서 깜박거렸다. 그녀는 알아들을 수 없는 신음소리를 냈다. 그녀의 의지력이 본능이라는 깊은

345

우물 속에서 익사하고 있었다. 잠시 물 위로 고개를 쳐들기는 했지만, 곧 무기력하게 허우적거리며 사라져버렸다. 주스티나는 귀신에 홀린 사람처럼 남편의 포옹에 반응했다. 그녀의 마른 몸은 남편에게 가려져 거의 보이지도 않았다. 그녀는 부들부들 떨면서 몸부림쳤다. 남편과 마찬가지로 욕망에 미쳐, 똑같이 맹목적인 본능에 휘둘렸다. 두 사람이 동시에 코를 고는 것 같은 신음소리를 내더니, 한데 얽힌 채로 박동하며 침대 위를 굴렀다.

그러다 동시에 반감을 느끼며 서로에게서 획 떨어져 조용히 누워 있었다. 카에타노의 가쁜 숨소리가 주스티나의 숨소리를 가려버렸다. 그녀의 숨소리가 지금은 마지막 순간에 몇 번 찾아오는 떨림처럼 들렸다.

주스티나의 마음속에 텅 빈 공간 하나가 생겨났다. 팔다리에 힘이 들어가지 않고 통증이 느껴졌다. 남편의 몸에서 나는 악취가 그녀의 살갗에 배어 있었다. 겨드랑이에서 땀이 떨어지고, 엄청난 나른함 때문에 몸을 움직일 수 없었다. 아직도 자신의 몸 위에서 남편의 무게가 느껴지는 것 같았다. 그녀는 천천히 한 팔을 뻗어 협탁 램프를 껐다. 카에타노의 숨소리가 점차 정상으로 돌아왔다. 그는 만족감을 느끼며 스르르 잠이 들었다. 주스티나는 혼자 남았다. 떨림이 멈추고, 피로감도 줄어들었다. 그녀의 마음만이 여전히 텅 비어 있었다. 아주 천천히 작은 생각 조각들이 나타나기 시작했다. 그 조각들은 꼬리를 물고 나타났지만, 서로 연결되어 있지 않아서 뭐라고 결론을 내릴 수 없었다. 주스티나는 방금 있었던 일을 생각해보려고 했다. 머릿속을 스치고 지나가는 생각의 조각 하나를 붙잡으려고 했다. 그 조각들은 팔팔 끓는 물속에서 표면으로 올라왔다가 곧장 사라져버리는 콩처럼 나타났다 사라졌다. 조리 있는 생각을 하기에는 아직 너무 일렀다. 그 대신 그녀는 갑자기 경악에 사로잡혔다. 몇 분 전에 일어난 일이 너무나 터무니없기 때문에 틀림없이 자신이 꿈을 꾼 것 같았다. 하지만 몸에 든 멍과 특정 부위의 뭐라고 설명할 수 없는 충족감을 생각하면 그건 아니었다. 그때, 그때서야 그녀는 그것이 얼마나 경악스러운 일이었는지 실감했다. 아니, 실감하는 것을 자신에게 허락했다.

그날 밤 그녀는 잠들지 않았다. 혼란스러운 상태로 어둠 속만 빤히 바라보았다. 아무 생각도 할 수 없었다. 남편과의 관계가 변했다는 생각이 어렴풋이 들었다. 자신이 그림자 속에서 눈부신 햇빛 속으로 나오는 바람에, 주위의 물건들이 정체를 알 수 없는 흐릿한 형태로만 보일 때와 같았다. 매시간 시계 종소리가 들렸다. 그녀는 밤이 물러나고 아침이 다가오는 모습을 지켜보았다. 푸르스름한 빛이 방 안으로 스며들기 시작했다. 복도로 이어진 문이 흐릿한 빛을 받아 유백색으로 빛났다. 아침이 다가오면서 분명치 않은 소리들이 아파트 건물을 가득 채웠다. 카에타노는 똑바로 누워서 자고 있었다. 사타구니까지 맨살이 드러난 한쪽 다리가 물고기의 배처럼 하얗고 부드러웠다.

주스티나는 자꾸만 늘어지는 팔다리에 반항하듯 일어나 앉아서 허리를 숙이고 고개를 늘어뜨렸다. 온몸이 아팠다. 그녀는 남편이 깨지 않게 아주 조심조심 침대를 빠져나와 실내복을 입고 방을 나갔다. 처음에는 여전히 생각을 정리할 수 없었지만, 그녀의 의지와는 상관없이 생각들이 스스로 발전해서 제대로 돌아가기 시작했다.

주스티나가 욕실에 도착하는 데에는 겨우 몇 초밖에 걸리지 않았다. 곧 그녀는 거울에 비친 자신의 모습을 볼 수 있었다. 자신의 얼굴 같지 않았다. 거울 속 얼굴은 그녀의 것이 아니거나, 아니면 그때까지 숨어 있다 나온 것 같았다. 눈을 에워싼 어두운 그림자 때문에 눈이 더 탁해 보였다. 뺨은 홀쭉했다. 제멋대로 뻗친 머리는 간밤의 소란을 일깨워주었다. 하지만 어느 것도 그녀에게는 새로운 모습이 아니었다. 당뇨병 증세가 악화할 때마다, 거울에 비친 그녀의 얼굴이 딱 이랬다. 다른 것은 표정이었다. 화를 내야 하는데도 침착했고, 불쾌해야 하는데도 스스로 모욕을 용서해준 것 같은 기분이었다.

그녀는 벽이 둘러진 발코니의 벤치에 앉았다. 맨 꼭대기 유리창으로 벌써 햇빛이 비스듬히 들어오고 있었다. 분홍색 빛이 벽에 줄무늬를 그리며, 점점 길고 밝아졌다. 신선한 아침 공기 속에서 제비들이 날아가며 지저귀는 소리가 들렸다. 주스티나는 충동적으로 침실로 돌아갔다. 남편은 아까 그대로였다. 입을 벌린 채 자고 있었다. 수염 때문에 검게 보이는 얼굴에서 치아가 아주 하얗게 도드라졌다. 그녀는 살금살금 침대로 다가가 그를 향해 몸을 기울였다. 잠든 얼굴은 그녀가 밤에 보았던 일그러진 얼굴과 아주 희미하게 닮았을 뿐이었다. 그녀는 자신이 그 얼굴에 침을 뱉은 것을 기억해내고 겁이 나서 뒤로 물러났다. 카에타노가 살짝 뒤척였다. 구부린 그의 다리를 덮고 있던 이불이 미끄러지면서 그의 성기가 훤히 드러났다. 주스티나의 배 속에서 구역질이 치밀어 올랐다. 그녀는 방에서 도망쳤다. 그제야 그녀의 생각을 묶고 있던 마지막 매듭이 풀렸다. 그녀의 머리는 그동안 허비한 시간을 보충하려는 듯 맹렬히 살아나서 강박적인 생각 하나를 붙잡았다. '이제 어쩌지? 이제 어쩌지?'

이제 그녀가 느끼는 것은 경멸도 무심함도 아니었다. 증오뿐이었다. 남편이 밉고 자신이 미웠다. 남편이 제멋대로 날뛰는 광기로 그녀를 사로잡은 것처럼, 자신 또한 똑같은 광기로 그에게 자신을 내주었음을 그녀는 알고 있었다. 미궁에서 길을 잃은 사람처럼, 부엌에서 머뭇머뭇 몇 걸음을 걸었다. 방향을 돌릴 때마다 닫힌 문과 막다른 길이 나타났다. 계속 무심함을 유지할 수 있었다면, 자신이 짐승 같은 힘에 희생되었다고 생각할 수 있었을 것이다. 결혼한 몸이니 남편을 거절할 권리가 없다는 것은 알고 있었지만, 철저히 수동적인 태도를 취하는 것도 거절하는 방법 중 하나였다. 스스로 굴복하지 않고도 그 순간에 휘둘릴 수 있었을 텐데, 그녀는 스스로 굴복해버렸다. 남편도 그것을 알아차렸다. 그는 이것을 승리로 생각하고, 앞으로 승리자처럼 굴 것이다. 자기 멋대로 규칙을 정해 강요하면서, 그녀가 반항하려고 하면 면전에서 비웃을 것이다. 순간의 광기로, 몇 년에 걸친 노력이 무너졌다. 순간의 맹목으로 강자가 약자로 변했다.

이제부터 어떻게 할지 반드시 생각해보아야 했다. 그가 깨어나기 전에 빨리. 너무 늦기 전에 빨리. 그녀의 증오심이 아직 피를 철철 흘리고 있을 때 빨리. 한 번은 굴복했지만, 다시는 굴복하고 싶지 않았다. 하지만 간밤의 기억이 그녀를 괴롭히기 시작했다. 그때까지 그녀는 쾌락의 최고봉에 오른 적이 없었다. 남편과 평범하게 성관계를 맺던 시절에도 광기에 두려움과 욕망을 동시에 느끼게 될 만큼 강렬한 감각은 경험한 적이 없었다. 모든 유대가 끊어지고 모든 경계를 넘어 쾌락의 소용돌이 속에 내던져진 적이 없었다. 다른 여자들이라면 승천이라고 느꼈을 일이 그녀에게는 추락이었다.

초인종 소리가 그녀의 생각을 방해했다. 그녀는 까치발로 서둘러 나가 문을 열었다. 우유 배달부에게 돈을 치른 뒤 부엌으로 돌아왔다. 남편은 아직도 자고 있었다.

이제 상황을 분명히 알 수 있었다. 쾌락과 권력 중 하나를 선택해야 했다. 만약 계속 입을 다문다면, 그녀는 패배를 받아들이는 대신 지난밤과 같은 경험을 더 하게 될 것이다. 물론, 남편이 그런 경험을 그녀에게 줄 준비가 되어 있어야 하지만. 만약 그녀가 입을 연다면, 남편이 그녀가 보였던 강렬한 반응을 곧바로 들먹일 위험이 있었다. 이 두 가지 가능성을 생각해내기는 쉬웠지만, 둘 중 하나를 고르기는 어려웠다. 조금 전에는 혐오감에 구역질이 날 것 같았으나, 지금은 성적인 황홀경을 느꼈던 순간들이 그녀의 마음속에서 포효하고 있었다. 조개껍데기 속에서 바다 소리를 들을 때와 비슷했다. 그녀가 입을 열어 자기 생각을 말한다면, 지난밤과 같은 일은 두 번 다시 일어나지 않을 것이다. 아무 말도 하지 않으면, 남편이 무슨 조건을 강요하든 따라야 할 것이다. 주스티나는 이 양극단 사이를 오갔다. 새로이 눈을 뜬 욕망과 계속 고삐를 쥐고 싶은 욕망. 둘은 서로 배타적인 관계였다. 어느 쪽을 택할까? 자신에게 재량권이 얼마나 있는가? 만약 그녀가 고삐를 택한다면, 이미 한번 경험한 욕망에 어떻게 저항할 수 있을까? 굴종을 택한다면, 경멸하는 남자에게 복종하는 삶을 어떻게 견딜 수 있을까?

일요일 아침의 햇빛이 강물처럼 창문으로 쏟아져 들어왔다. 주스티나가 앉은 자리에서 파란 하늘을 떠가는 작고 하얀 구름들이 보였다. 날씨가 좋았다. 하늘이 밝았다. 봄이었다.

침실에서 웅얼거리는 소리가 들렸다. 침대가 삐걱거렸다. 주스티나는 몸을 부르르 떨면서 얼굴이 새빨갛게 달아오르는 것을 느꼈다. 계속 조심스레 따라가던 생각의 줄기가 뚝 끊어졌다. 그녀는 마비된 사람처럼 앉아서 기다렸다. 침대가 계속 삐걱거렸다. 그녀는 침실로 가서 문 뒤로 고개를 내밀었다. 남편이 눈을 뜨고 앉아 있었다. 그가 그녀를 보았다. 이제 돌이킬 수 없었다. 그녀는 조용히 들어갔다. 카에타노도 조용히 그녀를 바라보았다. 주스티나는 무슨 말을 해야 할지 알 수 없었다. 사고 능력이 모두 그녀를 저버렸다. 남편이 미소를 지었다. 그녀는 그 미소의 의미가 무엇인지 생각해볼 시간이 없었다. 거의 아무 생각 없이 그녀가 입을 열었다.

"간밤에 아무 일도 없었던 척해. 나도 그렇게 할 거니까."

카에타노의 입술에서 미소가 사라졌다. 미간에 깊은 주름이 생겨났다.

"그건 안 될 것 같은데." 그가 대답했다.

"아는 여자 많잖아. 그 여자들하고 즐겨."

"내가 부부의 권리를 요구한다면?"

"난 당신을 거부할 수 없지. 하지만 당신이 금방 싫증을 낼 거야."

"그래. 적어도 무슨 말인지는 알겠어. 그럼 지난밤 당신의 행동은 어떻게 설명할 거야?"

"당신이 눈곱만큼이라도 품위를 안다면, 그런 질문을 안 했을 거야! 내가 당신 얼굴에 침을 뱉은 건 잊었어?"

카에타노의 얼굴이 굳어졌다. 매트리스 위에 놓여 있던 그의 손이 주먹을 쥐었다. 그는 일어서려는 것처럼 보였지만, 움직이지 않았다. 그리고 빈정거리는 목소리로 천천히 말했다.

"아이고, 그걸 잊어버렸네. 하지만 이제 기억났어. 당신이 내 얼굴에 딱 한 번만 침을 뱉었다는 것도……."

주스티나는 그가 무슨 말을 하려는지 알아차리고 아무 말도 하지 않았다.

"얼른 대답해!"

"당신도 나도 수치스러운 짓을 했어."

"나는 왜? 오랫동안 당신한테 경멸당하면서 견뎠는데."

"당신은 그래도 싸."

"당신이 뭔데 날 경멸해?"

"아무것도 아니지만 경멸해."

"왜?"

"난 당신을 안 순간부터 당신을 경멸했어. 그리고 결혼한 뒤에야 당신을 진짜로 알게 됐지. 당신은 타락한 인간이야."

카에타노는 성마르게 어깨를 으쓱했다.

"그거 그냥 질투야."

"질투? 내가? 웃기시네! 질투는 사랑하는 사람한테나 느끼는 거야. 난 당신을 안 사랑해. 한때는 사랑했는지도 모르지만 그건 오래가지 않았어. 내 딸이 아팠을 때 당신은 신경이나 썼어? 그 화려한 여자들하고만 노상 어울렸잖아!"

"무슨 말도 안 되는 소리야!"

"그렇게 생각하고 싶으면 마음대로 해. 나는 어젯밤 같은 일이 다시는 없을 거라는 말을 하고 싶을 뿐이니까."

"그건 두고 봐야지."

"무슨 뜻이야?"

"나더러 타락했다고 했지? 그럴지 모르지. 하지만 어떤 이유로 내가 다시 당신한테 관심을 갖게 됐다면 어쩔 거야?"

"귀찮게 그러지 마. 게다가 당신은 이미 오래전부터 날 여자로 보지도 않잖아."

"거의 아쉬워하는 것 같네."

주스티나는 대답하지 않았다. 남편이 사악한 표정으로 그녀를 바라보았다.

"아쉬워?"

"아냐! 그랬다면, 당신이 아는 그 다른 여자들처럼 내가 타락한 거겠지."

"그 여자들과 어울리는 건 불편해. 당신이야 내가 손만 뻗으면 되니까. 난 당신 남편이잖아."

"그게 내 불행이야."

"고약하게 굴지 마. 당신이 나한테 침을 뱉었을 때 내가 아무 소리 안 했다고 해서, 당신의 말대꾸를 전부 참아주겠다는 뜻은 아니야."

"그래봤자 내가 겁먹을 줄 알아? 전에 당신이 날 곤죽이 되게 패버리겠다고 협박했을 때도 난 전혀 안 놀랐어."

"날 자극하지 마라."

"말했잖아. 난 안 무섭다고!"

"주스티나!"

말을 하는 동안 그녀가 더 가까이 다가와 있었다. 이제 그녀는 침대 옆에 서서 남편을 내려다보는 자세였다. 갑자기 그가 오른팔을 뻗어 그녀의 손목을 잡았다. 하지만 자기 쪽으로 잡아당기지는 않고 그대로 단단히 붙잡기만 했다. 가느다란 떨림이 주스티나의 온몸을 훑고 지나갔다. 무릎이 덜덜 떨려서 금방이라도 무너질 것 같았다. 카에타노가 갈라진 목소리로 말했다.

"당신 말이 맞아⋯⋯. 난 타락했어. 당신이 날 사랑하지 않는다는 걸 아는데도, 지난번 당신의 알몸을 본 뒤로 당신 때문에 미치겠어. 알아들어? 미치겠다고. 내가 어젯밤에 집에 오지 않았다면 죽었을 거야!"

이 말의 내용보다는 어조가 더 주스티나에게 걱정을 안겨 주었다. 남편이 자신을 잡아당기자, 그녀는 필사적으로 그의 손에서 빠져나오려고 했다.

"손 놔!"

얼마 남아 있지도 않던 힘이 그녀의 몸에서 계속 빠져나갔다. 자신의 몸이 아래로 끌려가는 것이 느껴졌다. 귓가에서 심장이 벌렁거리는 것 같았다. 그때 그녀의 눈이 고집스럽게 다정한 미소를 짓고 있는 딸의 사진에 닿았다. 그녀는 자신을 잡아당기는 남편에게 저항하며 침대 가장자리에 손을 대고 버텼다. 그가 그녀를 붙잡는 데 나머지 한 손까지 동원하려 하자, 그녀는 힘들게 방향을 돌려 자신을 붙잡은 손가락을 물었다. 카에타노는 비명을 지르며 손을 놓았다.

그녀는 부엌으로 달려갔다. 이제 알았다. 왜 남편이 그런 행동을 했는지. 자신이 충동에 굴복해서 남편에게 알몸을 드러내지 않았다면 이런 일은 일어나지 않았을 것이다. 오늘도 어제와 똑같은 하루를 맞이했을 것이다. 그녀가 소리 내어 자신의 뜻을 밝힌 결과 얻은 것이 무엇인가? 모든 것이 변했다는 확신뿐이었다. 이번에 그녀가 굴복하지 않은 것은 순전히 우연이었다. 아까 남편과 나눈 대화가 그녀에게 저항할 힘을 주지 않았다면, 딸의 사진도 별로 도움이 되지 못했을 것이다. 물론 몇 시간 전에 일어난 일도 영향을 미쳤다……. '저 사람이 이렇게 금방 나한테 또 들이대지 않고 하루나 이틀이 지난 다음에 시도했다면, 십중팔구 내가 저항하지 않았을 거라는 뜻인가…….'

주스티나는 점심 식사를 준비하느라 바삐 움직이면서도 생각은 다른 곳에 가 있었다. 그녀의 생각은 이러했다. '남편은 타락했어. 음탕한 놈이야. 그래서 내가 옛날부터 항상 그 사람을 경멸한 거야. 지금도 타락한 생활을 하고 있으니 난 계속 경멸할 수밖에. 하지만 이렇게 경멸하면서도 나는 그 사람한테 굴복했어. 게다가 기회가 생기면 또 그렇게 할 거야. 이런 게 결혼 생활인가? 오랜 세월 함께 살면서 나도 그 사람만큼 타락한 거야? 내가 그 사람을 사랑했다면 '타락'이니 하는 말을 쓰지 않았겠지. 그걸 아주 자연스러운 일로 받아들이고, 어젯밤처럼 항상 그 사람한테 몸을 내어줄 거야. 하지만 사랑하지 않는 남자에게서도 그런 걸 느끼는 게 가능한 일인가? 난 저 사람을 사랑하지 않는데도, 어젯밤 미칠 것 같은 쾌락을 느꼈잖아. 다른 사람들도 그런 거야? 모두 증오감과 쾌락만 느끼며 사는 거야? 그럼 사랑은? 오로지 사랑에서만 얻어야 할 쾌락을 순수한 동물적인 욕망으로도 얻을 수 있어? 아니면 사랑은 변장한 욕망일 뿐인가?'

"주스티나! 나 이제 일어날 거야. 내 잠옷 어디 있어?"

일어나? 벌써? 오전 내내 나랑 뭘 하려고? 아마 외출하려는 거겠지…… 주스티나는 침실로 들어가 옷장을 열어서 그에게 잠옷을 꺼내주었다. 그는 한마디 말없이 옷을 받았다. 주스티나는 그에게 시선을 주지도 않았다. 마음속에서는 여전히 남편을 경멸하고 있었다. 점점 더 크게 경멸했다. 하지만 그의 얼굴을 똑바로 바라볼 용기가 나지 않았다. 그녀는 덜덜 떨면서 부엌으로 돌아왔다. '난 무서워. 저 사람이 무서워! 내가! 만약 누가 어제 나더러 언젠가 남편을 무서워하게 될 거라고 말했다면, 난 그냥 웃어버렸을 텐데.'

카에타노가 주머니에 손을 넣고 슬리퍼를 찰싹거리며 구부정한 걸음걸이로 부엌을 통과해 욕실로 향했다. 그의 아내는 그제야 다시 숨을 쉬었다. 혹시 남편이 말을 걸까 봐 두려웠다. 그녀는 아직 마음의 준비가 되지 않았다.

욕실에서 카에타노는 선율이 아름다운 파두를 휘파람으로 불었다. 거울 앞에 서서 휘파람을 멈추고 거칠게 자란 수염을 손으로 쓸어보았다. 그러고 나서 다시 휘파람을 불며 면도칼을 준비했다. 그는 얼굴에 거품을 칠한 뒤 다시 휘파람을 멈추고 면도에 정신을 집중했다. 면도가 거의 끝났을 때 닫힌 문 밖에서 아내의 목소리가 들렸다.

"커피 다 끓었어."

"알았어. 곧 나가."

카에타노는 아내와 나눈 대화에 조금도 신경 쓰지 않았다. 자신이 이겼음을 알기 때문이었다. 그녀가 조금 저항한다 해도 사실 그의 흥미만 부추길 뿐이었다. 아무리 내키지 않아도 도나 주스티나는 그동안 남편을 함부로 대했던 대가를 치르게 될 것이다. 그가 그녀를 포획했다. 섹스가 그녀에게 굴욕을 안기는 최고의 방법일 거라는 생각을 왜 지금껏 하지 못했을까? 그녀의 경멸과 자존심이 박살이 나서 쓰러져 있었다! 게다가 이 헤픈 여자는 그걸 즐기기까지 했다! 그녀가 남편의 얼굴에 침을 뱉은 건 사실이지만, 그는 그 대가 역시 그녀에게서 받아낼 작정이었다. 언젠가 그녀에게 똑같이 해주리라. 어쩌면 한 번 이상. 그래, 다음번에 그녀가 몸을 배배 꼬며 신음소리를 내기 시작하면, 그는 그녀가 무엇을 뱉었는지 맛보게 해줄 것이다. 어때! 아내가 어떤 반응을 보일지 궁금했다. 아마 화를 낼 것이다…… 섹스가 끝난 뒤에야.

카에타노는 몹시 흡족했다. 목에 난 여드름을 면도칼이 스치고 지나갔는데도 여드름이 터지지 않았다. 기분도 한결 차분해졌다. 전에는 그녀가 그를 멋대로 부렸는지 몰라도, 이제는 그가 그녀를 손에 쥐고 있었다. 틀림없이 옛날처럼 다시 혐오감을 느끼게 되겠지만, 그렇게 되더라도 그는 남편으로서 자신의 '서비스'를 게을리할 생각이 없었다.

'서비스'라는 단어에 웃음이 났다. "서비스란 말이지, 응? 진짜 웃기네!"

그는 비누와 물을 듬뿍 써서 얼굴을 씻었다. 그리고 머리카락을 빗으면서 생각했다. '그동안 내가 멍청했지. 누가 봐도 익명의 편지로는 효과가 없었을 텐데…….'

그는 동작을 멈추고 천천히 창문을 열어 밖을 내다보았다. 리디아의 모습이 보인 것이 전혀 놀랍지 않았다. 사실 그가 동작을 멈춘 이유가 바로 그거였다. 리디아는 뭔가를 내려다보며 빙긋 웃고 있었다. 카에타노가 그녀의 시선을 따라가보니, 구두장이 부부가 사는 1층 아파트의 마당에서 그 집 세입자가 닭의 뒤를 쫓아다니고 있고 실베스트르는 담배를 물고 벽에 기대서서 허벅지를 손바닥으로 치며 웃고 있었다.

"녀석을 잡지 못하면 점심때 수프는 없어, 아벨!"

리디아도 함께 웃었다. 아벨이 위를 올려다보며 미소를 지었다.

"아, 미안합니다. 거기 계신 걸 몰랐어요. 저를 좀 도와주시겠습니까?"

"아뇨, 난 오히려 방해가 될 거예요."

"제가 고생하는 걸 보고 웃다니, 너무하십니다!"

"당신 보고 웃은 게 아니에요. 닭을 보고 웃은 거예요……." 그녀는 말을 끊고 두 남자에게 인사를 건넸다. "좋은 아침이에요, 세뇨르 실베스트르! 좋은 아침이에요, 세뇨르……."

"아벨입니다." 청년이 말했다. "성은 모르셔도 됩니다. 정식으로 자기소개를 하기에는 지금 너무 멀리 계시니까요."

닭은 안전한 구석에 처박혀서 날개를 퍼덕이며 꼬꼬댁거렸다.

"녀석이 자네를 놀리는데." 실베스트르가 말했다.

"정말로요? 그럼 저 위의 숙녀께서 녀석을 보고 또 웃게 만들어야겠네요."

카에타노는 더 이상 듣고 싶지 않아서 창문을 닫았다. 닭이 다시 잔뜩 흥분해서 꼬꼬댁 울어댔다. 카에타노는 빙긋웃으며 변기에 앉아 생각을 정리했다. '첫 번째 편지는 효과가 없었을지 몰라도 이번 편지는 혹시……' 그는 리디아가있는 쪽의 창문을 향해 손가락을 흔들며 중얼거렸다.

"내가 당신한테도 복수할 거야. 안 그러면 내 이름이 카에타노가 아니다."

30

아멜리아의 노력은 모두 조카들의 완고한 방어에 부딪혔다. 그녀는 한때 가족들이 조화롭고 완벽하게 서로를 이해하던 사이였음을 일깨우며, 조카들에게서 곧바로 자백을 받아내려고 했다. 이자우라와 아드리아나는 웃음으로 대응했다. 그들은 서로에게 화가 나지 않았음을 보여주기 위해 가능한 방법을 모두 동원했다. 그들은 아멜리아가 항상 행복해 보이는 자신들의 모습에 익숙하기 때문에 지금 있지도 않은 일을 상상으로 만들어내고 있는 것이라고 주장했다.

"살다 보면 누구나 짜증이 날 때가 있잖아요." 아드리아나는 이렇게 말했다.

"알지. 나도 똑같아. 하지만 날 속일 생각은 마라. 너는 여전히 말도 하고 웃기도 하지만 이자우라는 안 그래. 네가 그 걸 모른다면 눈이 멀었다고 할밖에."

아멜리아는 조카들을 구슬려 그들의 사이가 차가워진 이 유를 알아내려는 노력을 포기했다. 어머니와 이모를 속이기 위해 둘이서 모종의 동맹을 맺은 것이 분명했다. 칸디다는 이 런 겉모습에 속아 넘어갈지 몰라도, 아멜리아는 확실한 사실 을 알아내야만 만족하는 사람이었다. 그녀는 아주 대놓고 조 카들을 관찰하기 시작했다. 그래서 조카들은 긴장하다 못해 거의 겁에 질릴 지경이 되었다. 두 사람이 아주 살짝 의미가 모호한 발언만 해도, 아멜리아는 뭔가를 넌지시 암시하는 대 꾸를 생각해냈다. 아드리아나는 문제를 가볍게 받아들였고, 이자우라는 침묵 속으로 도망쳤다. 정말 아무렇지 않게 던진 말에서도 이모가 멋대로 결론을 이끌어낼까 봐 두려워하는 것 같았다.

"너 꿀 먹은 벙어리라도 된 거야, 이자우라?" 아멜리아가 물었다.

"아뇨. 그냥 할 말이 없는 거예요."

"옛날에는 우리 모두 정말 사이가 좋았는데. 다들 할 말이 많아서 이야기를 나눴어. 그런데 지금은 심지어 라디오도 듣 지 않게 됐잖니!"

"이모가 원하지 않으니까 그렇죠."

"우리 모두 생각이 다른 데 가 있는데 그게 무슨 의미가 있 겠어?!"

이자우라의 이상한 행동만 아니었다면, 아멜리아가 조카들의 사이에 대해 알아보겠다는 생각을 이미 포기했을 수도 있었다. 하지만 이자우라는 지금도 모종의 비밀스러운 생각에 겁을 먹고 괴로워하는 것처럼 보였다. 아멜리아는 아드리아나를 내버려두고 이자우라에게 모든 노력을 쏟기로 했다. 이자우라가 외출할 때마다 아멜리아는 뒤를 따라갔다. 그러고는 실망해서 돌아오곤 했다. 이자우라는 누구에게도 말을 걸지 않았으며, 그녀에게 일감을 주는 가게로 이어진 길에서 단 한 번도 벗어나지 않았다. 편지를 쓰거나 받는 일도 없었다. 심지어 옛날에 책을 빌려 보던 도서관에도 가지 않았다.

"이젠 독서를 안 하는구나, 이자우라."

"시간이 없어요."

"옛날하고 달라진 게 없는데. 도서관에서 누가 너한테 불쾌하게 굴었니?"

"그럴 리가 없잖아요!"

왜 갑자기 책에 관심을 잃었느냐고 이모가 물어보자 이자우라는 얼굴을 붉혔다. 그리고 고개를 숙인 채 이모의 눈을 피했다. 아멜리아는 조카가 당황한 것을 보고, 거기에 문제의 뿌리가 있다고 생각했다. 그래서 문을 여는 시간에 대해 물어보겠다는 핑계를 대고 도서관에 갔다. 사실은 그곳에서 일하는 사람들이 누구인지 알아내러 간 거였다. 하지만 소득이 전혀 없었다. 머리도 벗어지고 이도 빠진 노신사 두 명과 젊은 여성 한 명이 직원의 전부였기 때문이다. 그녀의 의심은 연기처럼 허공으로 사라졌다. 모든 문이 자기 앞에서 닫히고 있는 듯한 기분에 그녀는 칸디다에게 도움을 청했지만, 칸디다는 무슨 소리인지 모르는 척했다.

"또 그런다, 이상한 생각이나 하고!"

"그래. 난 포기하지 않을 거야. 언니가 언니 딸들의 역성을 들어주는 건 나도 알아. 애들과 함께 있을 때는 언니가 아주 다정하고 밝기만 하지. 그래도 날 속일 수는 없어. 언니가 밤에 한숨 쉬는 소리를 들었거든."

"다른 생각을 하느라고 그래. 옛날 일들."

"그런 '옛날 일들' 탓에 한숨을 내쉴 땐 이미 한참 지났어. 언니나 나나 똑같은 슬픔을 안고 있지만, 난 이미 그 슬픔을 옆으로 제쳐두었다고. 언니도 마찬가지고. 그러니까 언니는 지금 새로운 일들, 언니 딸들 때문에 한숨을 쉬는 거야……."

"너 그거 집착이야! 너랑 나도 몇 번이나 싸웠다가 화해했잖아! 며칠 전만 해도……."

"바로 그거야. 우린 싸웠다가 화해했지. 그리고 저 애들은 싸우지 않았어. 언니 말이 맞아. 하지만 문제가 전혀 없다는 말은 믿을 수 없어."

"내가 너한테 무슨 말을 했다고 그러니. 혼자서 아주 바보처럼 굴고 싶다면 네 마음대로 해. 하지만 너 때문에 우리 생활이 엉망이 되고 있어. 우리는 모두 사이좋게 잘 지내고 있었는데……."

"모든 게 어그러진 건 내 잘못이 아니잖아. 난 모든 걸 다

시 바로잡으려고 최선을 다하고 있는데……." 그녀는 감정을
숨기기 위해 세게 코를 풀었다. "……애들이 저렇게 구는 걸
참을 수가 없단 말이야!"

"아드리아나는 명랑해 보이기만 하는데, 뭘. 며칠 전만 해
도 자기 상사가 카펫에서 발을 헛디뎌 넘어졌다는 이야기를
할 때……."

"그냥 그런 척하는 거야. 이자우라도 명랑하다고 할 거야?"

"살다 보면 안 좋은 날도……."

"그렇지. 하지만 그 애는 요새 그런 날이 너무 많아. 언니가
애들이랑 뭔가 약속한 거지? 무슨 일인지 아는 거지!"

"내가?!"

"그래, 언니가. 그런 게 아니라면, 언니도 나만큼 걱정했을
거야."

"조금 전에는 내가 밤에 한숨 쉬는 소리를 들었다며."

"아하, 잡았다!"

"아이고, 영리하다, 그래. 하지만 내가 뭔가를 안다고 생각
하면 오산이야. 멍청한 생각이나 하고."

아멜리아는 분노했다. 멍청한 생각이라니! 폭탄이 터지고
나면 식구들이 얼마나 멍청했는지 알게 될 것이다. 그녀는 전
술을 바꿨다. 질문과 암시로 조카들을 괴롭히던 것을 그만
두고, 관심을 잃은 척, 그 일을 완전히 잊어버린 척했다. 그러
자 곧바로 긴장이 풀리는 것이 보였다. 이자우라도 아드리아
나의 사무실에서 있었던 일에 대한 거짓말 같은 이야기를 들

으며 빙긋 웃기 시작했다. 하지만 이자우라의 그런 태도는 아직도 숨은 비밀이 있다는 아멜리아의 생각을 더욱 굳혀주었을 뿐이다. 의심과 괴롭힘의 압박에서 벗어난 이자우라는 조금 긴장을 풀 수 있었다. 이모가 그 일을 잊게 도와주고 싶은 것 같았다. 하지만 아멜리아는 잊지 않았다. 더 큰 도약을 위해 몇 걸음 물러났을 뿐이었다.

그녀는 무심한 척 연기하면서 단어 하나하나에 귀를 기울였다. 아무리 이상한 말이 들려도 반응은 하지 않았다. 자신이 이 한심한 이야기를 조금씩, 조금씩 풀어낼 수 있을 것이라고 믿었다. 그녀는 도움이 될 만한 것을 찾으려고 과거를 뒤지기 시작했다. '그것'이 언제 시작되었는지 기억을 더듬었다. 기억력이 예전에 비해 흐릿해졌지만, 그녀는 달력의 도움으로 원인을 찾아낼 때까지 계속 분투했다. '그것'이 시작된 것은 조카들이 이야기를 하다가 이자우라가 우는 소리가 들렸던 그날 밤부터였다. 악몽을 꿨을 뿐이라고 아드리아나가 말했으니 이자우라가 악몽을 꿨음이 분명했다. 둘이 무슨 이야기를 나눴을까? 여자들이 서로 모든 것을 털어놓고 이야기한다는 것을 그녀는 알고 있었다. 적어도 그녀의 시대에는 그랬다. 가능성은 두 가지였다. 첫째, 아드리아나가 한 말 때문에 이자우라가 울었다. 그렇다면 문제는 아드리아나에게 있었다. 둘째, 이자우라 본인이 한 말 때문에 울었다. 그렇다면 아드리아나가 그 일을 숨기려고 했던 이유를 이해할 수 있었다. 게다가 만약 문제가 아드리아나에게 있다면, 그렇게 차분한 태도를 어떻게 계속 유지할 수 있었을까?

이런 생각을 하다 보니 다시 아드리아나에게 주의가 쏠렸다. 그 애의 명랑한 태도가 아멜리아에게는 항상 거짓처럼 보였다. 단순히 용감한 척하는 것 같았다. 이자우라는 입을 다물었고, 아드리아나는 감정을 위장했다. 어쩌면 그것이 이자우라를 감싸기 위한 위장일 수도 있었다. 아멜리아는 이 막다른 길에 갇혀서 고뇌했다.

그러다 문득 아드리아나가 거의 하루 내내 식구들의 시야에서 벗어나 있다는 사실이 생각났다. 하지만 아멜리아가 도서관에 갔을 때처럼 불쑥 아드리아나의 사무실에 들를 수는 없는 노릇이었다. 어쩌면 그 사무실에 수수께끼의 열쇠가 있을지도 몰랐다. 하지만 그렇다면, 왜 아드리아나가 그곳에서 일한 지 2년이 지난 지금에야 문제가 생긴 거지? 물론 이건 말이 되지 않는 생각이었다. 살다 보면 이런저런 일이 생긴다. 어제 아무 일도 없었다고 해서 오늘이나 내일도 아무일 없을 것이라는 뜻은 아니다. 아멜리아는 '문제'가 아드리아나에게 있으며, 사무실과 관련되어 있다는 결론을 내렸다. 만약 이 생각이 틀린 것으로 밝혀진다면, 다른 가능성을 생각해볼 것이다. 당분간은 이자우라를 옆으로 제쳐두기로 했다. 하지만 이자우라가 눈물을 흘린 이유를 여전히 이해할 수 없었다. 그날 밤 그렇게 운 것을 보면, 지극히 심각한 일이 일어났음이 분명했다. 게다가 그 뒤로 이자우라는 계속 슬픈 얼굴로 침묵을 지키기까지 했다. 뭔가 아주 심각한 일······.

아멜리아는 과연 그것이 무슨 일인지 생각할 수 없었다. 아니, 생각하고 싶지 않았다. 아드리아나는 젊은 아가씨였다. 여자의 인생에서 심각한 일이란, 그 자매가 눈물을 흘릴 만큼 심각한 일이란 하나밖에……. 아니, 이건 터무니없는 생각이었다. 아멜리아는 그 생각을 애써 몰아냈다. 하지만 그럴 가능성이 높다는 쪽으로 생각을 몰고 가려고 모든 것이 음모를 꾸민 것 같았다. 첫째, 아드리아나는 집이 아닌 다른 곳에서 하루를 보낸다. 둘째, 가끔 퇴근이 늦어질 때가 있다. 셋째, 매일 밤 욕실에 틀어박힌다……. 순간적으로 번뜩 기억이 떠올랐다. 그날 밤 이후로 아드리아나가 욕실에 틀어박힌 적이 없다는 것. 옛날에는 언제나 아드리아나가 꾸물꾸물 시간을 끌다가 가장 늦게 잠자리에 들었다. 그런데 지금은 비록 첫 번째는 아닐지라도 맨 마지막에 욕실을 사용하는 경우가 드물었다. 마지막으로 욕실을 사용하더라도 그 안에서 많은 시간을 보내지 않았다. 아드리아나가 일기를 쓴다는 사실은 식구들이 모두 알았다. 그것은 별로 중요하지 않은 어린애 같은 변덕이었다. 아드리아나가 욕실에서 일기를 쓴다는 것도 식구들이 모두 아는 사실이었다. 그렇다면 이 혼란한 상황에 대한 설명이 일기에 적혀 있을까? 아드리아나가 일기를 보관하는 서랍의 열쇠를 어떻게 손에 넣는다지?

이 집에 사는 네 여자는 각자 자기만의 서랍을 하나씩 갖고 있었다. 다른 서랍들은 모두 잠그지 않았다. 같은 침대보와 같은 수건을 쓰면서 살고 있는데 서랍들을 잠가둔다면 옷기는 일일 것이다. 하지만 각자 자기만의 서랍에는 자기만의 기념물들을 넣어두었다. 아멜리아와 칸디다의 기념물은 옛 편지들, 결혼식 부케를 묶었던 리본, 누렇게 변해가는 사진 몇 장, 이상하게 생긴 말린 꽃 등이었다. 어쩌면 꽃이 아니라 머리카락일 수도 있었다. 두 사람이 혼자 있을 때 옛날 생각 이 나면, 그 개인 서랍이 일종의 성소가 되었다. 그래서 두 사 람은 그 서랍을 열고 추억에 인사를 건넬 수 있었다. 아멜리 아와 칸디다는 자기들의 기념물을 바탕으로, 상대의 서랍에 들어 있는 기념물을 상당히 정확하게 맞힐 수 있었다. 하지 만 아드리아나와 이자우라의 서랍에 무엇이 들어 있는지는 두 사람 모두 짐작도 하지 못했다. 아드리아나가 서랍에 일기 를 넣어두는 것은 분명했다. 아멜리아는 그 일기장에 자신이 찾던 해답이 있을 거라고 확신했다. 그 일기를 손에 넣는 방 법을 고민하기도 전부터 그런 짓을 저질러야 한다는 사실이 그녀의 마음을 무겁게 눌렀다. 그녀는 만약 누군가가 자신의 한심한 비밀을 알게 된다면, 자신의 기분이 어떨지 생각해보 았다. 게다가 그녀의 비밀이라고 해봤자, 다른 식구들이 이미 모두 알고 있는 과거 일들의 잔해뿐이었다. 그런 것이 남의 눈앞에 밝혀진다면 끔찍한 욕설을 들은 기분이 될 것 같았 다. 하지만 이미 조카들의 비밀을 밝혀보겠다고 다짐했고 그 다짐을 지키는 데 겨우 한 발짝만 남은 지금 뒤로 물러날 수 는 없었다. 이 일이 어떤 결과를 초래하더라도 그녀는 반드시 답을 알아내야 했다. 쉽지는 않을 것이다. 아멜리아는 식구들 각자의 비밀을 침해해서는 안 되므로 식구들 중 누구도 다른 사람의 서랍을 감히 열지 않을 것이라고 깊이 확신했다. 아드리아나가 서랍 열쇠를 항상 몸에 지니고 다니는 것도 문제였다. 집에 있을 때는 열쇠를 지갑에 넣어두었으므로, 아드리아나 몰래 그 열쇠를 손에 넣어 서랍을 열고 일기를 읽어보는 것은 불가능한 일이었다. 아드리아나가 열쇠를 깜빡 잊어버릴 가능성도 희박했다. 아멜리아가 열쇠를 훔친 뒤 아드리아나가 스스로 잃어버렸다고 믿게 만든다면 또 모를까. 그것이 가장 쉬운 방법일 테지만, 아드리아나가 뭔가 의심을 품고 열쇠 구멍을 막아둘 가능성이 있었다. 해법은 하나뿐이었다. 열쇠를 하나 더 만드는 것. 하지만 열쇠를 복제하기 위해서는 먼저 열쇠장이에게 가져가야 했다. 다른 방법은 없을까? 종이에 선을 따라 그리는 방법도 가능성이 있어 보였지만, 애당초 어떻게 열쇠를 손에 넣는다지?

아멜리아는 머리를 쥐어짰다. 기회를 잘 잡는 것이 중요했다. 열쇠를 종이에 놓고 그림을 그리는 데 필요한 시간은 고작 몇 분이었다. 그녀는 여러 번 시도했지만, 항상 마지막 순간에 누군가가 방으로 들어왔다. 하지만 이런 장애물들은 답을 알고 싶다는 그녀의 욕망을 더욱 부추기기만 했다. 잠긴 서랍을 보며 그녀는 초조해서 몸을 떨었다. 양심의 가책 같은 것은 모두 잊어버렸다. 나중에 이로 인해 어떤 일이 벌어지든, 그녀는 답을 알아야 했다. 만약 아드리아나가 수치스러운 일을 저질렀다면, 너무 늦기 전에 그 사실을 알아내는 것이 최선이었다. 아멜리아는 '너무 늦어질지 모른다'는 점이 무서웠다.

그녀의 집념이 성과를 거뒀다. 캄폴리드에 사는 친척들이 그들의 집에 왔다. 얼마 전 칸디다와 아멜리아가 그 친척들의 집을 다녀온 것에 대한 답방이었다. 일요일이었다. 친척들은 오후 내내 이곳에서 시간을 보내며 차를 마시고 수다를 떨었다. 이렇게 만나면 항상 나오는 추억담들이 줄줄 쏟아져 나왔다. 모두 외우다시피 한 이야기들이었지만, 처음 듣는 사람들처럼 예의 바르게 귀를 기울였다. 아드리아나는 전에 없이 쾌활했고, 이자우라도 즐겁게 보이려고 오늘만큼 애쓴 적이 없었다. 칸디다는 딸들의 명랑한 모습에 속아 문제의 그 '상황'을 까맣게 잊어버렸다. 아멜리아만이 잊지 않았다. 그녀는 적당한 순간에 자리에서 일어나 조카들의 방으로 갔다. 심장이 두근거리고 손이 덜덜 떨렸다. 그녀는 아드리아나의 지갑을 열어 열쇠고리를 꺼냈다. 열쇠가 모두 다섯 개였다. 그중 두 개는 그녀가 아는 것이었다. 하나는 이 아파트 건물 정문 열쇠고, 다른 하나는 이 아파트 열쇠였다. 나머지 세 열쇠 중 두 개는 중간 크기, 마지막 하나는 그보다 작은 크기였다. 그녀는 머뭇거렸다. 그 셋 중 무엇이 서랍 열쇠인지 알 수 없었다. 중간 크기 열쇠 두 개 중 하나일 것 같았다. 서랍까지는 겨우 몇 걸음 거리였다. 열쇠를 구멍에 꽂아볼 수도 있겠지만, 조금이라도 소리가 나면 조카의 관심을 끌 것 같았다. 그녀는 세 열쇠의 그림을 모두 그리기로 하고 실행에 옮겼다.

작업이 쉽지는 않았다. 연필이 손가락에서 미끄러져 열쇠의 윤곽을 정확히 따라 그리지 못했다. 정확한 그림을 위해 연필심을 길고 날카롭게 깎아두었으나, 손이 너무 심하게 떨려서 하마터면 포기할 뻔했다. 옆방에서 아드리아나가 키득키득 웃는 소리가 들렸다. 그녀의 상사가 카펫에서 발을 헛디뎌 넘어진 이야기는 친척들이 처음 듣는 것이었다. 모두 엄청난 소리로 웃어대는 바람에 지갑을 작게 달칵하고 닫는 소리가 묻혀버렸다.

그날 저녁 식사 후에 라디오에서 쇼팽의 야상곡이 흘러나오는 동안(즐거운 오후의 따뜻한 여운이 남아 그날은 라디오를 켰다), 아멜리아는 조카들이 사이좋게 잘 지내는 모습을 보니 너무나 기쁘다고 말했다.

"거봐, 전부 네가 지레짐작한 거라니까." 칸디다가 웃는 얼굴로 말했다.

"응. 진짜 그랬나 봐." 아멜리아가 말했다.

31

기름때 묻은 지갑 속에 지폐를 깔끔하게 접어 넣어 한 달 용돈을 핸드백에 안전하게 보관한 뒤, 리디아의 어머니는 차를 마시고 있었다. 침대 위에는 저녁에 소일거리 삼아 하던 뜨개질거리가 놓여 있었다. 그녀는 항상 한 달에 두 번씩 딸을 찾아왔다. 한 번은 돈을 받으러, 또 한 번은 딸이 어떻게 사는지 관심이 있음을 보여주기 위해. 파울리누 모라이스의 버릇을 잘 알기 때문에 그녀는 화요일, 목요일, 토요일에만 딸을 찾아왔다. 어느 요일이든 딸이 그녀를 반기지 않는다는 사실을 알면서도, 그녀는 개의치 않고 모습을 드러냈다. '그럴듯한 생활'을 위해 그녀에게는 매달 받는 그 돈이 필요했다. 딸이 경제적으로 넉넉한 편이니, 어머니를 돌보지 않는 것은 전적으로 잘못된 일처럼 보일 터였다. 리디아가 스스로 어머니를 도우려고 애쓰지 않을 것을 알기 때문에 그녀는 딸에게 정기적으로 자신의 존재를 일깨워주는 것이 현명하다고 생각했다. 자신이 순전히 돈 때문에 딸을 만나러 온다고 생각할까 봐, 용돈을 받고 2주쯤 뒤에 다시 딸을 찾아와 안부를 물었다. 이 두 번의 방문 중 첫 번째 방문이 더 참을 만했다. 진짜 목적이 있는 방문이기 때문이었다. 두 번째 방문 때는 겉으로 다정하게 관심을 드러내면서도, 속으로는 지루했다. 딸도 같은 심정이었다.

리디아는 소파에 앉아 무릎에 책을 펼쳐두고 있었다. 독서를 중단하고 자신의 잔에 커피를 따른 뒤로, 그녀는 아직 다시 독서를 시작하지 않았다. 어머니를 빤히 바라보는 시선에는 애정이 티끌만큼도 없었다. 생면부지의 남을 보듯 차가운 시선이었다. 어머니는 그 시선을 알아차리지 못했다. 딸의 얼음장 같은 시선에 워낙 익숙해서 전혀 영향받지 않는 것 같기도 했다. 그녀는 딸의 아파트에 올 때마다 항상 그렇듯이 근사하고 차분한 태도로 차를 마셨다. 그녀가 유일하게 자신에게 허락한 세련되지 못한 행동은 찻잔 바닥에 깔린 설탕을 숟가락으로 긁어내는 것이었다. 충치 때문에 어쩔 수 없었다.

리디아는 어머니라는 불쾌한 존재를 더 이상 참고 바라볼 수 없다는 듯이 책을 향해 시선을 내렸다. 그녀는 어머니를 몹시 싫어했다. 어머니에게 착취당하는 기분이었지만, 그 이

374

유로 어머니에게 반감을 품은 것은 아니었다. 어머니가 자신을 딸로 사랑하지 않는다는 사실을 알기 때문에 어머니가 싫었다. 어머니를 쫓아버릴까 생각한 적이 여러 번이었지만 그렇게 하지 않은 것은 순전히 소란이 벌어질까 걱정스럽기 때문이었다. 평화를 유지하기 위해 그녀가 치러야 하는 대가가 너무 비싸긴 해도, 지나치다고 할 수는 없었다. 한 달에 두 번씩 어머니가 찾아오는 일은 이미 익숙했다. 파리도 귀찮기는 마찬가지지만, 참고 견디는 것 외에는 방법이 없지 않은가.

어머니가 일어서서 빈 잔을 화장대에 놓고 의자로 돌아와 뜨개질을 다시 시작했다. 털실은 어떻게 봐도 지저분했고, 어머니의 뜨개질 속도는 달팽이처럼 느렸다. 너무 느려서 나중에 어떤 옷이 완성될지 리디아가 아직 짐작할 수 없을 정도였다. 어머니가 이 아파트에 올 때만 뜨개질감을 꺼내는 게 아닌가 하는 생각이 들었다.

그녀는 손목시계를 흘깃 보고 어머니가 갈 때까지 시간이 얼마나 남았는지 계산하며 책에 푹 빠지려고 애썼다. 작별 인사를 할 때까지 한마디도 하지 않기로 이미 마음을 정한 뒤였다. 짜증스러웠다. 파울리누가 또 다른 곳에 정신을 팔고 있기 때문이었다. 그를 기쁘게 해주려고 그녀가 아무리 애를 써도 소용이 없었다. 그녀는 그에게 열렬한 키스를 해주었다. 정말 꼭 필요할 때가 아니면 그녀가 절대 하지 않는 행동이었다. 똑같은 입술로 할 수 있는 키스의 종류가 아주 많은데, 리디아는 전부 알고 있었다. 열정적인 키스, 즉 입술뿐만 아니라 혀와 이까지 동원되는 키스는 중요할 때에만 제한적으로 해주었다. 최근에는 파울리누가 점점 멀어지는 것 같아서 그런 키스를 푸짐하게 이용하고 있었다.

"무슨 일이니?" 어머니가 물었다. "한 페이지만 하염없이 보고 있는데 아직 다 읽지도 못했잖아!"

사장에게 크리스마스 보너스를 주서서 감사하다고 말하는 직원처럼 달콤하게 알랑거리는 말투였다. 리디아는 어깨를 으쓱하기만 하고 아무 말도 하지 않았다.

"걱정이 있는 모양인데, 혹시 세뇨르 모라이스랑 싸웠니?"

리디아는 시선을 들고 빈정거리듯이 물었다.

"싸웠으면 어쩌게요?"

"그건 정말 현명하지 못한 일이야. 남자들이 원래 때로 아주 이상하게 굴어요. 아무것도 아닌 일로 짜증을 내고. 가끔은 말도 안 통해서……."

"남자를 엄청 많이 겪어본 사람 같네요."

"돌아가신 네 아버지랑 22년 동안 살았잖니. 더 이상 무슨 경험이 필요하겠어?"

"아버지랑 22년을 살고 다른 남자를 전혀 몰랐다면, 어떻게 경험을 입에 담아요?"

"남자는 다 똑같아. 한 명을 알면 전부 아는 거야."

"어떻게요?"

"그냥 눈을 뜨고 보면 돼."

"시력이 엄청 좋은가 보네요."

"어머, 맞아. 자랑하고 싶지는 않지만, 난 남자를 척 보기만 해도 알 수 있어!"

"그럼 나보다 더 잘 알겠네요. 세뇨르 모라이스를 어떻게 생각해요?"

어머니는 뜨개질감을 내려놓고 따뜻한 목소리로 말했다.

"그 사람을 처음 만났을 때 넌 진짜 쓰러질 지경이었지. 그 사람한테 아무리 잘해줘도 넌 그 사람 은혜를 다 갚을 수 없을 거야. 이 아파트만 봐도 그래! 패물이며 옷은 말할 것도 없지! 세상에 누가 널 이렇게 대우해준 적이 있니? 내가 고생한 걸 생각하면……."

"아, 어머니 고생에 대해서는 내가 잘 알죠."

"내 말을 못 믿겠다는 투로구나. 엄마들은 다 고생해. 그리고 자식이 잘되는 걸 보고 기쁘지 않은 엄마가 어디 있겠니?"

"그러게요, 그런 엄마가 어디 있겠어요?" 리디아가 조롱하듯이 그녀의 말을 되풀이했다.

어머니는 다시 뜨개질감을 집어 들고 아무 말도 하지 않았다. 그리고 생각이 다른 곳에 가 있는 사람처럼 아주 느릿느릿 두 줄을 떴다. 그 뒤에 그녀는 다시 대화를 시작했다.

"아무래도 싸운 모양이구나. 정말이지, 조심해!"

"그게 어머니랑 무슨 상관인데요? 싸웠든 안 싸웠든 그건 내가 알아서 할 일이에요."

"아냐, 틀렸어. 설사……."

"계속해봐요…… 설사, 뭐요?"

털실이 너무 심하게 꼬여서 온통 매듭투성이처럼 보였다. 아니, 어머니가 뜨개질감 위로 허리를 너무 낮게 숙이고 있어서 마치 고르디우스의 매듭이 인공호흡으로 되살아난 것 같았다.

"계속해요. 하고 싶은 말이 있으면 해요."

"사실 내가 하려던 말은…… '설사 더 나은 자리를 찾더라도!'였어."

리디아는 책을 탁 닫았다. 어머니는 깜짝 놀라서 뜨개질감을 떨어뜨렸다.

"내가 지금 당신을 발로 차서 내쫓지 않는 건 순전히 당신이 내 어머니이기 때문이야. 물론 난 당신을 존중하지는 않아, 전혀. 그래도, 무슨 이유인지는 나도 잘 모르겠는데, 하여튼 차마 당신을 발로 차서 내쫓을 수가 없어!"

"세상에, 내가 무슨 말을 했다고 그렇게 화를 내는 거니?"

"어떻게 그런 걸 물어? 입장을 바꿔서 생각해봐!"

"아유, 아무것도 아닌 일로 소란이야! 내가 뭐 그리 틀린 말을 했다고. 다 널 걱정해서 한 말이야."

"제발 그냥 좀 닥쳐, 응?"

"하지만……."

"부탁이니까 좀 닥치라고!"

어머니가 우는소리를 했다.

"나한테 어떻게 그러니? 네 엄만데. 내가 널 키우고 사랑해 줬잖아. 엄마한테 고마워하는 게 고작 이런 거야?"

"내가 정상적인 딸이고 당신이 정상적인 엄마였다면, 당신이 그렇게 불평하는 게 당연했겠지."

"내가 그동안 어떤 희생을 했는데, 그건 어쩔 거야?"

"후한 보상을 받았잖아. 당신이 뭘 희생한 적이 있는지는 모르겠지만. 여긴 세뇨르 모라이스가 대신 돈을 내주는 아파트야. 당신이 지금 앉은 의자도 그 사람이 사준 거고, 조금 전에 마신 커피는 그 사람이 마시는 커피고, 당신 지갑 속의 돈은 그 사람이 나한테 준 거야. 그걸로 모자라?"

어머니는 계속 우는소리를 했다.

"어떻게 그런 말을 하니? 내가 정말이지 부끄러워서……."

"아, 그래, 확실히 그런 것 같네. 당신은 누가 당신 앞에서 분명히 말로 해줄 때만 부끄러워하지. 혼자 생각만 할 때는 부끄러워하는 법이 없어."

어머니는 재빨리 눈물을 닦고 말했다.

"내가 너더러 억지로 이렇게 살라고 했니? 네가 선택했잖아!"

"그거 정말 고맙네. 그런 얘기를 꺼내는 걸 보니, 당신이 이 아파트에 오는 게 마지막이 될 것 같아!"

"어차피 네 아파트도 아니잖아!"

"그것도 고마워. 하지만 이게 내 것이든 아니든, 여기서 칼자루를 쥔 사람은 나야. 그러니까 내가 나가라고 하면 당신은 나가야 돼."

"언젠가 내가 필요해질 거야."

"걱정 마. 내가 당신 집을 찾아가서 문을 두드리지는 않을

테니까! 당신한테 내가 준 돈 중에서 1토스탕이라도 돌려달
라고 말하느니 차라리 굶어 죽고 말지."

"그 돈도 네 것이 아니었잖아!"

"그래도 내가 정당하게 번 거야, 안 그래? 정말로 내가 번
거라고. 내 몸으로. 몸매가 좋은 데에는 다 의미가 있는 거지.
설사 당신을 먹이는 데에만 쓴다고 해도!"

"내가 왜 여기서 계속 이러고 있는지 모르겠네!"

"내가 말해줄까? 무서워서 그래. 황금 알을 낳아주는 거위
를 잃어버릴까 봐 무서워서. 내가 거위고, 황금 알은 저기 당
신 지갑 속에 있어. 이 침대는 둥지고, 수컷 거위는, 뭐, 그게
누군지는 당신도 알지?"

"상스럽게 굴지 마!"

"오늘은 상스럽게 굴고 싶은걸. 게다가 때로는 진실이 정말
로 상스럽지. 우리가 상스럽게 굴기 전에는 모든 게 훌륭하고
멋들어졌는데. 우리가 진실을 말하기 전에는!"

"됐어. 난 갈 거야!"

"제발 가줘. 그리고 다시는 오지 마. 내가 또 진실을 말하
고 싶어질지 모르니까!"

어머니는 뜨개질감을 둘둘 말았다가 다시 풀면서 꾸물거
리고 있었다. 그렇게 계속 시간을 벌면서 그녀가 말했다.

"얘, 너 오늘 평소 같지 않아. 신경이 곤두선 모양이구나.
널 화나게 할 생각은 아니었지만, 너도 너무했어. 세뇨르 모
라이스랑 조금 다툰 모양이지. 그래서 그렇게 날이 서 있는

거야. 하지만 곧 괜찮아질 거야. 두고 봐…….”

“정말 당신은 고무로 만들어진 것 같아. 아무리 세게 얻어 맞아도 항상 다시 튀어 오르잖아. 당신이 가쳤으면 하는 걸 모르겠어?”

“그래, 그래. 그래도 네 안부가 궁금하니까 내일 전화할게. 곧 괜찮아질 거야.”

“그래봤자 시간 낭비야.”

“얘, 얘야…….”

“난 할 말 다 했어. 제발 좀 가줘.”

어머니는 소지품을 챙기고 나갈 준비를 했다. 대화가 이런 식으로 끝난 것을 생각하면, 이곳에 다시 올 수 있을 것 같지 않았다. 그녀는 딸의 마음을 누그러뜨리려고 눈물 작전을 시도했다.

“내가 지금 얼마나 놀랐는지 넌 상상도 못 할 거야…….”

“상상하는데. 당신의 그 용돈이 끊어질까 봐 놀란 거잖아. 안 그래? 뭐, 좋은 일에는 항상 끝이 있는 법이니까…….”

현관문이 열리는 소리에 그녀는 말을 끊었다. 그리고 자리에서 일어나 복도로 나갔다.

“누구세요? 어머, 파울리누! 오늘 오실 줄 몰랐어요…….”

파울리누가 들어왔다. 그는 레인코트 차림이었다. 모자를 벗으려 하지도 않았다. 리디아의 어머니를 보고 그가 소리쳤다.

“당신이 여기 왜 있어?”

“저는…….”

"나가!"

그는 거의 고함을 지르다시피 했다. 리디아가 끼어들었다.

"무슨 일이에요, 파울리누? 평소 같지 않아요. 무슨 일 있었어요?"

파울리누가 그녀를 노려보았다.

"무슨 일인 것 같아?" 그는 다시 돌아서서 고함을 질렀다. "아직도 있어? 내가 나가라고 했잖아. 아냐, 잠깐, 당신 딸이 얼마나 앙큼한지 당신도 알아야지. 앉아!"

리디아의 어머니는 의자에 쓰러지듯 앉았다.

"너도 앉아!" 파울리누가 리디아에게 말했다.

"나한테 그런 식으로 말하지 마세요. 난 앉고 싶지 않아요."

"마음대로 해, 그럼." 그는 모자와 겉옷을 벗어 침대로 던졌다. 그러고는 리디아의 어머니를 바라보며 말했다. "내가 당신 딸을 항상 어떻게 대했는지 당신이 증인이야······."

"네, 세뇨르 모라이스."

리디아가 끼어들었다.

"내 문제예요, 우리 어머니 문제예요?"

파울리누는 뭔가에 물린 사람처럼 홱 돌아섰다. 리디아를 향해 두 걸음 다가서며 그녀가 뒷걸음질 칠 것을 예상했지만 그녀는 그러지 않았다. 파울리누는 주머니에서 편지를 하나 꺼내 그녀에게 내밀었다.

"네가 그동안 바람을 피웠다는 증거야!"

"미친 소리 마세요!"

파울리누는 자신의 머리를 부여잡았다.

"미친 소리? 미친 소리? 감히 나더러 미쳤다고 해? 읽어봐. 거기 뭐라고 되어 있는지 읽어보라고!"

리디아는 편지를 열어 말없이 읽었다. 얼굴은 완전히 무표정했다. 끝까지 다 읽은 그녀가 물었다.

"당신은 이 편지의 내용을 믿는 거예요?"

"믿느냐고? 당연하지!"

"그럼 뭘 꾸물거리세요?"

파울리누는 무슨 소리인지 알 수 없어서 그녀를 빤히 바라보았다. 리디아의 침착한 모습이 거슬렸다. 그는 기계적으로 편지를 접어 한쪽에 치워두었다. 리디아는 그의 눈을 똑바로 바라보고 있었다. 당황한 그는 리디아의 어머니에게 시선을 돌렸다. 그녀는 놀라서 입을 크게 벌린 채 두 사람을 지켜보고 있었다.

"당신 딸이 나를 속이고 이웃 사람과 바람을 피웠어. 구두장이 부부 집에 세든 젊은 청년, 고작 그런 애송이와!"

"세상에, 리디아, 어떻게 그럴 수가 있니?" 어머니가 경악해서 소리쳤다.

리디아는 소파에 앉아 다리를 꼬고 담배를 한 개비 꺼내서 입술에 물었다. 파울리누는 순전히 습관적으로 그녀에게 불을 내밀었다.

"고마워요." 그녀는 연기 구름을 내뿜으며 말했다. "두 분 모두 왜 꾸물거리시는지 모르겠네요. 파울리누, 그 편지 내용을 믿는다면서요. 그리고 어머니는 내가 젊은 남자랑 바람을 피웠다고 비난받는 걸 봤죠. 내 짐작에 그 남자는 아마 자기 이름으로 된 재산이 단 한 푼도 없을 것 같은데. 두 분 모두 나가지 않고 뭘 하세요?"

파울리누는 그녀에게 다가가서 조금 차분해진 목소리로 말했다.

"사실인지 아닌지 말해."

"난 더 이상 할 말 없어요."

"그럼 사실이군. 틀림없어! 사실이 아니라면, 넌 무고하다고 외쳤을 거야······."

"진심으로 내 생각을 알고 싶은 거라면, 말해줄게요. 그 편지는 그냥 핑계예요."

"무슨 핑계?"

"당신도 나만큼 잘 알잖아요."

"설마 내가 그 편지를 썼다는 거야?"

"세상에는 원하는 걸 손에 넣으려고 무슨 짓이든 하는 사람들이 있죠······."

"말도 안 되는 소리!" 파울리누가 고함을 질렀다. "난 절대 그런 짓 안 해!"

"그럴지도······."

"적당히 좀 해!"

리디아는 재떨이에 담배를 비벼 끈 뒤, 분노로 부들부들 떨면서 일어섰다.

"당신은 야만인처럼 쳐들어와서 말도 안 되는 비난을 퍼부었으면서 나더러는 아무런 반응도 하지 말라는 거예요?"

"그럼 사실이 아니야?"

"정말로 나한테서 대답을 들으려는 거예요? 내 말보다 그 편지 내용을 더 믿을 건지 결정하는 건 당신이에요. 하지만 당신은 이미 그 편지를 믿는다고 말했죠. 그럼 지금 왜 꾸물거리는 거예요?" 그녀는 갑자기 웃음을 터뜨리며 말을 이었다. "여자한테 속았다고 생각하는 남자들은 보통 그 여자를 죽이거나 그 여자랑 헤어져요. 아니면 아무것도 모르는 척하거나. 당신은 어떻게 할 건가요?"

파울리누는 기가 죽어서 소파에 늘어지듯 앉았다.

"그냥 편지가 거짓이라고 말해⋯⋯."

"난 할 말 다 했어요. 당신이 결정을 내리는 데 시간이 너무 오래 걸리지 않기를 바랄 뿐이에요."

"날 아주 난처하게 만드는군⋯⋯."

리디아는 그에게 등을 돌리고 창가로 다가갔다. 어머니가 따라와서 작게 속삭였다.

"왜 편지가 거짓이라고 말하지 않는 거야? 그러면 저 사람 기분이 좋아질 텐데⋯⋯."

"상관 마요!"

어머니는 다시 의자에 앉아서 가엾다는 듯이 파울리누를 바라보았다. 파울리누는 여전히 소파에 웅크리고 앉아서 주먹으로 자신의 머리를 때리고 있었다. 자신이 뛰어든 이 미궁에서 나갈 길을 찾을 수 없었다. 점심 식사 뒤에 그 편지를 받은 그는 내용을 읽어보고 하마터면 심장발작을 일으킬 뻔했다. 편지에 보낸 사람의 서명은 없었다. 밀회가 일어난 장소에 대한 언급은 없었지만(즉 그가 현장에서 리디아를 붙잡을 방법이 없다는 뜻이었다), 편지의 작성자는 상황을 길고 상세하게 설명하며 파울리누에게 남자답게 굴라고 다그쳤다. 편지를 다시 읽었을 때(방해를 받기 싫어서 사무실 문을 닫고 읽었다), 이 편지에 좋은 점이 있다는 생각이 문득 들었다. 그는 마리아 클라우디아의 신선함과 젊음에 여전히 도취한 상태였다. 그가 언제나 핑계를 만들어 그녀를 사무실로 불러들였기 때문에, 벌써 다른 직원들이 헛바닥을 놀리고 있었다. 점잖은 고용주들이 모두 그렇듯이, 그에게도 회사 내의 모든 정보를 알려주는 믿음직한 직원이 있었다. 하지만 파울리누는 마리아 클라우디아에게 더욱더 많은 관심을 드러내 소문을 계속 부추겼다. 그러니 이 편지가 도착한 시기가 이보다 더 좋을 수가 없었다. 격렬한 대치, 모욕적인 말 몇 마디와 작별 인사, 그러고 나서 나는 새로운 풀밭으로 옮겨 가는 거야! 물론 그 길에도 장애물이 있었다. 마리아 클라우디아의 나이와 그녀의 부모들……. 그는 이른바 양다리를 걸칠 생각도 해보았다. 리디아도 어차피 아주 괜찮은 여자니까 그녀와 관계를 계속하면서, 그보다 훨씬 더 괜찮은 여자가 될 것 같은 클라우디냐에게 구애하는 것. 하지만 그건 이 편지를 받기 전의 일이었다. 이 편지는 정식으로 리디아를 고발하면서, 그에게 남자답게 굳건한 태도를 보이라고 요구했다. 문제는 그가 클라우디냐에게 아직 완벽한 확신이 없고, 리디아를 잃는 것이 두렵다는 점이었다. 또 다른 애인을 구할 시간도 생각도 그에게는 없었다. 하지만 이 편지를 어쩐다지? 리디아가 셋방살이를 할 수밖에 없는 가난한 놈과 바람을 피우며 그를 속이고 있었다. 이건 상상할 수 있는 최악의 모욕이자, 남자로서그에게 치욕적인 일이었다. 젊은 여자와 나이 많은 남자, 그리고 젊은 애인. 이런 모욕을 그냥 넘길 수는 없었다. 그는 클라우디냐를 사무실로 불러서 오후 내내 그녀와 이야기를 나눴다. 물론 편지 이야기는 하지 않았다. 아주 조심스럽게 클라우디냐의 생각을 타진해보니, 상당히 만족스러운 결과가나왔다. 그녀가 나간 뒤 그는 편지를 다시 읽어보고, 이 상황에 필요한 과격한 조치를 모두 취하기로 마음을 정했다. 그렇게 해서 현재에 이른 것이다.

하지만 리디아는 그가 전혀 예상하지 못한 반응을 보였다. 그는 최대한 차분하게 자신의 고민을 그녀에게 설명했다. 계속 있을 것인가, 나갈 것인가. 만약 첫 번째 선택지를 고르는 경우, 거기에 맞게 행동할 권리는 자신의 몫으로 남겨두었다. 그런데 그녀는 왜 자신의 질문에 답하지 않은 거지? 그냥 그렇다, 아니다만 대답하면 되는데, 왜?

"리디아, 왜 나한테 그렇다, 아니다, 답을 하지 않는 거지?"

그녀가 도도하게 그를 바라보았다.

"아직도 그런 소릴 해요? 그 문제는 해결된 줄 알았는데요."

"이건 정말 말도 안 돼. 우리는 그동안 항상 아주 좋은 친구였는데……."

리디아는 슬프고 냉소적인 미소를 지었다.

"지금 같은 때에 웃어? 내 질문에 대답이나 해!"

"만약 내가 그게 사실이라고 한다면, 당신은 어쩔 거예요?"

"뭐, 나도 모르지……. 아마 당신과 헤어질걸!"

"좋아요. 그럼 이런 생각도 해봤어요? 만약 내가 그게 사실이 아니라고 말하더라도, 앞으로 그런 편지를 더 받게 될 거라고. 그걸 당신이 얼마나 견딜 수 있을까요? 당신이 날 더 이상 믿지 않게 될 때까지 내가 여기서 당신을 기다리며 당신이 하라는 대로 하면 좋겠어요?"

리디아의 어머니가 말했다. "그 편지가 거짓말이라는 건 틀림없이 아실 거예요, 세뇨르 모라이스. 이 애를 보기만 하면 알잖아요."

"닥쳐요, 어머니!"

파울리누는 당혹스러워서 고개를 흔들었다. 리디아가 옳았다. 이 편지를 쓴 사람이 편지로 인해 아무 일도 일어나지 않은 것을 보면, 또 편지를 써서 더 많은 정보를 더 자세히 늘어놓을 것이다. 어쩌면 그는 더욱 무례해져서 그에게 남자로서 가장 모욕적인 욕을 할지도 모른다. 그가 그런 것을 얼마나 견딜 수 있을까? 또한 클라우디냐가 두 번째 연주자가 되어 줄 것이라는 보장이 얼마나 있는가?

그는 벌떡 일어섰다.

"그래, 그거야! 간다. 지금."

리디아는 창백해졌다. 방금 그런 말을 했지만, 그녀는 애인이 자신을 버릴 것이라고는 생각하지 않았다. 그에게 오로지 진실만을 말했으나, 자신의 행동이 경솔했다는 생각도 들었다. 그녀는 차분한 척 대답했다.

"좋아요. 당신이 그걸 원한다면."

파울리누는 레인코트를 입고 모자를 들었다. 남자로서 자신의 품위에 맞게 이 일을 명예롭게 끝내고 싶었다.

"당신은 그런 짓을 하지 말아야 했어. 난 그렇게 대해도 되는 사람이 아니야. 앞으로 당신이 잘되기를 빌어."

그는 문으로 향했지만, 리디아가 그를 불러 세웠다.

"잠깐만요. 이 아파트에 있는 당신 물건, 거의 모든 물건이 당신 거지만, 하여튼 그 물건들을 가져가야죠. 언제든 사람을 보내세요."

"아무것도 필요 없어. 당신이 가져. 난 다른 여자한테 이런 집을 새로 차려줄 돈이 있으니. 안녕."

"안녕히 가세요, 세뇨르 모라이스." 리디아의 어머니가 말했다. "그래도 아직 제 생각에는⋯⋯."

"닥쳐요, 어머니!"

리디아는 복도로 이어진 문으로 다가가, 막 손잡이를 돌리고 나가려는 파울리누에게 말했다.

"새로운 애인과 행복하시기를 빌어요. 그 사람들이 결혼을 강요하지 않게 조심하세요!"

파울리누는 대답 없이 떠났다. 리디아는 돌아서서 소파에 앉았다. 담배를 또 피워 물고, 어머니를 경멸스럽게 바라보며 말했다.

"뭘 꾸물거리는 거예요? 이제는 나올 돈이 없으니 그만 가요! 그러게 조금 전에 내가 좋은 일에는 전부 끝이 있다고 했잖아요."

어머니는 자존심이 상한 표정을 지으며 그녀에게 다가왔다. 그리고 핸드백을 열어 지갑에서 돈을 꺼내 침대에 놓았다.

"여기 있다. 이젠 너한테 필요할지도 몰라."

리디아는 꿈쩍도 하지 않았다.

"돈은 가져가요! 나는 그 돈을 번 것처럼 같은 방법으로 또 돈을 벌 수 있으니까. 이제 가세요!"

어머니는 돈을 들고 떠났다. 처음부터 그럴 생각이었다는 듯이. 그녀는 별로 기분이 좋지 않았다. 딸이 마지막에 한 말에서 그녀는 자신이 덜 공격적으로 굴었다면, 딸의 편을 들면서 더 애정을 보였다면, 계속 경제적인 지원을 받을 수 있었을 거라는 생각이 들었다……. 그래도 부모 자식의 유대는 아주 강력한 법이다……. 그래서 그녀는 조만간 이곳에 다시 올 수 있기를 바라며 돌아갔다.

문이 쾅 닫히는 소리에 리디아는 화들짝 놀랐다. 그녀는 혼자였다. 손가락 사이에서 담배가 천천히 타고 있었다. 그래, 그녀는 다시 혼자가 되었다. 3년 전처럼. 그때 파울리누 모라이스를 처음 만났는데. 지금은 그 관계도 끝났다. 다시 시작해야 했다. 다시. 다시.

눈물 두 방울이 천천히 차올랐다. 아래쪽 눈꺼풀에 걸려 잠시 파르르 떨다가 떨어져 내렸다. 딱 두 방울. 그것이 인생의 가치였다.

32

그리 끈기 있는 편이 아닌 안셀무는 딸을 감시하는 일이 곧 피곤해졌다. 마리아 클라우디아가 퇴근할 때까지 6시부터 계속 기다려야 한다는 점이 아니라, 딸이 속기 수업을 듣는 동안 또 기다려야 한다는 점 때문에 가장 기운이 빠졌다. 첫날, 그는 학생이라던 딸의 남자 친구가 그를 보자마자 도망치는 걸 보고 기분이 좋았다. 둘째 날에도 같은 즐거움을 맛보았다. 하지만 그 뒤로 그 청년이 다시 나타나지 않았기 때문에 안셀무는 수호천사 역할이 지루해졌다. 딸은 아마도 화가 났는지, 전차를 타고 오는 동안 한마디도 하지 않았다. 그것도 걱정스러웠다. 그는 딸에게 말을 붙여보려고 이런저런 질문을 던졌지만, 쌀쌀맞은 답만 돌아오자 포기했다. 게다가 집에서 왕처럼 대접받는 데 익숙했기 때문에, 스스로 맡은 일이라 해도 딸을 따라다니는 것이 조금 품위 없어 보였다. 이런 식의 비교는 얼토당토않지만, 어쨌든 공화국 대통령이 거리에서 교통 정리를 하다가 발각되는 것과 같았다. 안셀무에게는 이 수호천사 역할을 그만둘 핑계가 필요했다. 예를 들어, 딸이 앞으로 정숙하게 행동하겠다고 약속을 하면 좋을 텐데. 아니면 다른 핑계가 생기거나.

그런 핑계가 착실히 모습을 드러냈다. 비록 그가 바라던 딸의 약속이라는 형태는 아니었지만. 그달 말에 클라우디냐가 약 750이스쿠두를 그에게 주었다. 그녀의 봉급이 800이스쿠두로 올랐다는 뜻이었다. 이 뜻밖의 봉급 인상으로 식구들 모두가 기뻐했다. 특히 안셀무는 클라우디냐가 자신의 가치를 증명했으므로, 아량을 베풀어야 할 '도덕적 의무'를 느꼈다. 넉넉지 못한 경제적 형편으로 인해 그가 베풀 수 있는 아량은 경제적인 것이 아니라 도덕적인 것이 될 수밖에 없었으므로, 그는 이제 딸이 퇴근해서 속기를 배우러 갔다가 집에 올 때까지 따라다니는 일을 그만두겠다고 딸에게 선언했다. 클라우디냐의 반응은 미지근했다. 그는 딸이 자기 말을 제대로 이해하지 못했나 싶어서 방금 한 말을 되풀이했다. 딸의 반응은 여전히 미지근했다. 하지만 이런 배은망덕한 태도를 보고도 안셀무는 약속을 지켰다. 딸이 자신에게 주어진 자유를 남용하지 않게 하려고, 멀리 거리를 두고 며칠 더 딸을 따라다니기는 했다. 딸의 남자 친구는 코빼기도 보이지 않았다.

마음을 놓은 안셀무는 예전의 반가운 일상으로 돌아갔다. 클라우디냐가 집에 올 때쯤이면, 그는 벌써 탁자에 앉아 스포츠 통계를 들여다보고 있었다. 그는 또한 축구 선수들의 사진을 모아 앨범도 만들기 시작했다. 이를 위해 그는 남성용 주간 모험 잡지를 샀다. 이 잡지 안에 유명한 선수의 총천연색 사진이 항상 판매 촉진용으로 끼워져 있기 때문이었다. 이 잡지를 살 때, 그는 항상 아들을 위해 사는 것이라고 일부러 말하고는 잡지를 종이에 싸서 집으로 들고 왔다. 이웃들에게 자신의 약점을 들키기 싫어서였다. 그는 여기서 더욱더 나아가 과월호도 샀다. 단번에 사진 10여 장을 갖게 되었다는 뜻이었다. 클라우디냐의 봉급 인상이 그렇게 반가울 수가 없었다. 로잘리아는 잡지를 사는 데 돈을 낭비한다고 대담하게 반발하고 나섰지만, 다시 권좌에 오른 안셀무는 즉시 아내의 입을 막아버릴 수 있었다.

마침내 식구들 모두가 흡족해졌다. 클라우디냐는 자유를 누렸고, 안셀무는 바빠졌고, 로잘리아는 평소의 모습이 되었다. 온 가족이 다시 정상적인 리듬으로 돌아가기 시작했다. 그러나 어느 날 저녁 로잘리아의 말이 이 리듬을 흐트러뜨렸다.

"도나 리디아의 상황이 좀 바뀐 것 같아."

아버지와 딸은 서로를 흘깃 바라보았다.

"너 뭐 좀 아는 것 있니, 클라우디냐?" 로잘리아가 물었다.

"내가요? 아뇨. 아무것도 몰라요."

"그냥 우리한테 말하기 싫어서 그러는 건……."

"말했잖아요. 아무것도 모른다니까요!"

로잘리아는 기운 양말 안에 둥그런 받침대를 넣었다. 남편과 딸의 호기심을 부채질하려는 듯이 동작이 아주 느렸다. 그러고 나서 그녀가 말했다.

"세뇨르 모라이스가 왔다 간 지 일주일이 넘은 거 알아?"

안셀무는 알아차리지 못했다고 곧바로 대답했다. 클라우디냐는 그걸 알아차리고 있었지만 아무 말도 하지 않았다. 그러다 이렇게 말했다.

"세뇨르 모라이스가 몸이 좋지 않아요. 나한테 직접 그렇게 말했어요."

로잘리아는 조금 실망스러워서, 몸이 좋지 않다는 말은 충분한 이유가 못 된다고 생각했다.

"클라우디냐, 혹시 네가 알아보면……."

"알아보긴 뭘요?"

"뭐, 두 사람이 싸웠는지. 내 생각에는 꼭 그런 것 같거든."

클라우디냐는 재미없다는 듯 어깨를 으쓱했다.

"내가 그런 걸 어떻게 물어요?"

"왜? 네가 도나 리디아한테 큰 신세를 졌잖아. 그러니 관심을 갖는 게 당연하지."

"내가 도나 리디아한테 무슨 신세를 졌는데요? 내가 신세진 사람이 있다면, 세뇨르 모라이스예요."

"말은 바로 해야지." 안셀무가 말했다. "도나 리디아가 아니었으면 지금 직장에 취직하지 못했어……."

클라우디냐는 대답하지 않았다. 대신 라디오로 시선을 돌려 다이얼을 돌리며 자신이 좋아하는 음악이 나오는 방송국을 찾았다. 상업 방송국 채널이 잡혔다. '낭만적인' 목소리의 가수가 곡조와 가사가 똑같이 진부한 노래로 불행한 사랑을 한탄하고 있었다. 그 노래가 끝난 뒤, 그 형편없는 노래에 마음이 움직였는지 클라우디냐가 말했다.

"알았어요. 엄마가 원한다면 내가 한번 물어볼게요. 게다가……." 그녀는 한참 동안 가만히 있다가 말을 덧붙였다. "내가 물어보면, 세뇨르 모라이스가 틀림없이 대답해줄 거예요."

클라우디냐의 말이 옳았다. 다음 날 저녁 집에 돌아온 그녀는 자초지종을 훤히 알고 있었다. 뜻밖의 이른 퇴근이었다. 7시 반이 막 지난 시각이었으니까. 클라우디냐는 부모에게 다녀왔다고 인사한 뒤, 선언하듯 말했다.

"그렇지, 내가 다 알아냈어요."

하지만 안셀무는 말을 계속해보라고 하기 전에, 왜 이렇게 일찍 왔느냐고 먼저 물었다.

"속기 수업에 안 갔어요." 딸이 말했다.

"그럼 늦게 온 거네."

"세뇨르 모라이스한테서 자세한 이야기를 듣느라고 늦게까지 남아 있었죠."

"그래서?" 로잘리아가 열성적으로 물었다.

클라우디냐는 자리에 앉았다. 조금 긴장한 것 같았다. 아랫입술이 살짝 떨리고, 가슴이 들썩거렸다. 하지만 직장에서 집까지 빠르게 걸어오느라 그런 것일 수도 있었다.

"어서 말해봐. 궁금해 죽겠다."

"헤어졌대요. 세뇨르 모라이스가 익명의 편지를 받았는데……."

"무슨 편지?" 부부가 모두 이야기를 빨리 듣고 싶어서 이렇게 물었다.

"……도나 리디아가 바람을 피우고 있다고."

로잘리아는 손으로 허벅지를 찰싹 쳤다.

"내 그럴 줄 알았지."

"그게 다가 아니에요." 클라우디냐가 말을 이었다.

"아냐?"

"도나 리디아의 바람 상대가 세뇨르 실베스트르의 집에 세들어 사는 사람이래요."

안셸무와 로잘리아는 경악했다.

"그런 염치없는 짓을!" 로잘리아가 소리쳤다. "하지만 도나 리디아가 그런 짓을 할 사람은 아닐 거야!"

안셸무의 생각은 달랐다.

"내가 보기에는 얼마든지 있을 수 있는 일인데. 그런 생활을 하는 여자한테서 달리 뭘 기대하겠소?" 그는 딸이 듣지 못하게 목소리를 낮춰서 자신이 즐겨 하는 말을 덧붙였다. "내가 항상 하는 말 알잖아. 유유상종……."

클라우디냐는 아버지가 중얼거린 말을 들었으면서도 듣지 못한 척하며 눈을 빠르게 깜박거렸다.

로잘리아가 말했다. "그랬을 것 같지 않아."

어색한 침묵이 이어지다가 클라우디냐의 목소리로 깨졌다.

"세뇨르 모라이스가 그 편지를 나한테 보여줬어요. 보낸 사람이 누군지는 전혀 모르겠대요."

안셀무는 익명의 편지를 가리켜 '비열'하다면서, 전부 비난해야 마땅하다고 말했다. 하지만 로잘리아가 정의를 수호하는 사람처럼 신성한 분노를 드러내며 끼어들었다.

"익명의 편지가 없었으면, 많은 일들이 계속 비밀로 남았을 거예요. 가엾은 세뇨르 모라이스가 오쟁이 진 남자가 되는 걸 원하는 건 아니죠?"

그들은 그 상황에서 뻔히 보이는 결론을 향해 나아가고 있었다. 안셀무가 아내의 말에 동의했다.

"당연하지. 나라도 같은 입장이라면 분명히 사실을 알고 싶을 거요……."

그의 아내는 그가 그런 가정을 했다는 사실에 기겁해서 그의 말을 끊었다.

"날 그런 사람으로 보는 거예요, 그래요? 딸이 듣는 앞에서 어떻게!"

클라우디냐는 일어나서 자기 방으로 갔다. 로잘리아는 여전히 파르르 떨면서 말을 이었다.

"정말이지 당신 생각하는 거하고는! 어떻게 그럴 수가 있어요?"

"알았어, 알았어. 이제 식사할 때가 되지 않았나?"

결론을 내리는 것은 한동안 뒤로 미루어졌다. 클라우디냐는 자기 방에서 다시 나왔고, 곧 식구들은 식탁에 앉았다. 식사 중에 부부는 처음부터 끝까지 그 얘기만 나눴다. 클라우디냐는 내내 조용했다. 자신이 끼어들기에는 너무나 골치 아픈 대화라는 듯이. 로잘리아와 안셀무는 모든 각도에서 그 문제를 살펴보았지만, 딱 한 각도만 예외였다. 반드시 결론을 내릴 수밖에 없는 각도. 두 사람 모두 필요한 일이라는 것을 알면서도 그것을 암묵적으로 미뤄두었다. 로잘리아는 세뇨르 실베스트르의 세입자가 처음부터 마음에 들지 않았다면서, 그 남자를 처음 봤을 때 자신이 그 추레한 외모에 대해 한마디 하지 않았느냐고 남편의 기억을 일깨워주었다.

"내가 모르겠는 건……." 안셀무가 말했다. "도나 리디아가 셋방살이나 하는 그런 부랑자랑 왜 어울리느냐는 거요. 도대체 뭣에 홀린 거지?"

"뻔하죠, 안 그래요? 당신이 아까 말했잖아요. 그런 생활을 하는 여자한테서 뭘 기대하냐고."

"그래, 맞아."

식사가 끝난 뒤 클라우디냐는 머리가 아파서 일찍 자야겠다고 말했다. 부부는 드디어 자유로이 이야기할 수 있게 되었다는 생각을 하면서 서로를 바라보았다. 고개를 흔들고, 동시에 입을 열었다가, 곧바로 입을 닫고는 서로 상대가 먼저 말하기를 기다렸다. 결국 먼저 입을 연 사람은 안셀무였다.

"그래, 창녀한테서 뭘 기대하겠어?"

"부끄러운 줄도 모르는 헤픈 년!"

"물론 그 청년은 잘못이 없지. 남자잖아. 자기 앞에 내밀어진 것을 잡았을 뿐이야. 하지만 그 여자는 그렇게 잘 갖춰진 집에 살면서!"

"좋은 옷에, 예쁜 모피에, 아름다운 보석에……."

"내 말이 그 말이야. 하지만 한번 휘청거린 사람은 또 휘청거리기 십상이지. 그런 건 타고나는 거거든. 그런 여자들은 염치없는 생각을 할 때만 행복을 느껴."

"생각으로만 그치면!"

"그것도 상대가 세뇨르 실베스트르의 세입자라니. 세뇨르 모라이스의 코앞에서!"

"부끄럼이라고는 눈곱만큼도 모르는 여자야!"

두 사람은 이런 말을 반드시 해야 했다. 마땅히 퍼부어야 할 비난을 퍼부은 뒤에야 결론을 내릴 수 있기 때문이었다. 안셀무는 칼을 들어, 식탁 위의 빵 부스러기들을 칼날로 한곳에 모으기 시작했다. 아내는 남편을 열심히 지켜보았다. 마치 남편의 작업에 이 건물의 초석이 걸려 있기라도 한 것 같았다.

"음, 상황이 이렇게 됐으니……." 안셀무는 빵 부스러기를 모두 무사히 모은 뒤 입을 열었다. "우리도 입장을 분명히 해야겠군."

"그렇죠."

"행동에 나서야 해."

"맞아요."

"클라우디냐한테도 그 여자랑 어울리지 말라고 해야지. 나쁜 물이 들지도 몰라."

"클라우디냐가 그 여자 근처에도 못 가게 할게요. 사실 얼마 전부터 이미 그런 생각을 하고 있었어요."

안셀무가 접시를 들자 빵 부스러기가 더 있었다. 그는 아까 모아둔 곳으로 그것을 보내고 나서 선언하듯 말했다.

"우리도 그 여자한테 다시는 말을 걸지 않는 거요. 좋은 아침이라거나 좋은 오후라는 인사말조차도. 그냥 그 여자가 존재하지 않는 것처럼 굴어."

두 사람의 의견이 완벽하게 일치했다. 로잘리아는 식탁을 치우기 시작했고, 안셀무는 서랍에서 앨범을 꺼냈다. 하지만 저녁 식사 후에 오랫동안 시간을 보내지는 않았다. 감정이 고조되면 항상 몸이 빨리 지치는 법이다. 부부는 방으로 간 뒤에도 리디아의 품행을 가혹하게 비난했다. 그들이 내린 결론은 이러했다. 존재하는 것만으로도 정직한 사람들의 삶에 흠이 되는 여자들이 있는데, 그런 여자들은 아예 지구상에서 싹 쓸어버려야 한다.

클라우디냐는 잠을 이룰 수 없었다. 핑계로 내세웠지만 사실은 정말로 심한 두통 때문이 아니었다. 세뇨르 모라이스와 나눈 대화가 자꾸만 생각났다. 아까 부모가 쉽게 이해할 수 있게 들려준 이야기처럼 솔직하고 단도직입적인 대화는 아니었다. 그녀는 그와 리디아 사이에 어떤 일이 있었는지 어렵지 않게 알아낼 수 있었다. 하지만 그 뒤에 이어진 일은 설명하기가 쉽지 않았다. 아주 끔찍한 일이 벌어진 것은 아니었다. 남에게 말을 할 수 없거나 말해서는 안 되는 일도 아니었지만, 하여튼 복잡했다. 모든 것이 보이는 그대로인 것은 아니다. 실제와 겉으로 드러나는 인상 사이에는 항상 일치점이 있다. 그 둘이 서로 기울어진 평면이라서 그 지점에서 서로 만나 하나로 합쳐지는 것 같다. 비탈길이 있고, 그 비탈길을 미끄러져 내려갈 가능성도 있다. 그런 일이 벌어지면, 실제와 인상이 한곳에서 만난다.

클라우디냐는 질문을 던지고 답을 얻었다. 하지만 즉시 답이 돌아온 것은 아니었다. 파울리누는 할 일이 많은 사람이라서 그녀에게 곧바로 설명해줄 여유가 없었다. 그녀는 6시가 될 때까지 기다려야 했다. 동료들이 퇴근해도 그녀는 남아 있었다. 파울리누는 그녀를 사무실로 불러들여, 중요한 고객들만 앉을 수 있는 안락의자에 앉으라고 말했다. 패딩이 아주 푹신하고 좌판의 높이가 다소 나지막한 의자였다. 클라우디냐는 긴 치마를 입는 최신 유행에 아직 굴복하지 않았으므로, 그 의자에 앉자 치맛자락이 무릎 위까지 올라갔다. 부드러운 의자 커버 때문에 따스한 무릎 위에 앉은 것 같았다. 파울리누는 사무실 안을 서성거리며 오가다가 책상 한 귀퉁이에 걸터앉았다. 연한 회색 양복에 노란색 넥타이를 매고 있어서 실제보다 젊어 보였다. 그가 여송연에 불을 붙이자, 그렇지 않아도 갑갑하던 공기가 더 묵직해졌다. 조금만 더 있으면 숨이 막힐 것 같았다. 파울리누가 입을 열 때까지 길고 긴 몇 분이 흘렀다. 엄숙한 대형 괘종시계가 똑딱거리는 소리 외에는 아무 소리도 나지 않는 침묵이 마리아 클라우디아에게 점점 어색하게 느껴졌다. 반면 파울리누는 지극히 편안한 기색이었다. 여송연을 절반쯤 피운 뒤에야 그가 이렇게 말했다.

"뭐가 어떻게 된 건지 알고 싶다고?"

"저도 알아요, 세뇨르 모라이스." 마리아 클라우디아는 이렇게 대답했다. "제게 그런 걸 여쭤볼 권리가 아마 없다는 걸요. 하지만 제가 도나 리디아와 친한 사이니까……."

그녀는 이렇게 말했다. 파울리누가 도나 리디아를 찾아오지 않는 이유로는 싸움밖에 생각할 수 없다는 것을 이미 아는 사람처럼. 그동안 어머니의 영향을 받은 것일 수도 있었다. 어머니는 이런 경우 싸움 외의 다른 이유를 생각해내지 못하는 사람이었다. 만약 두 사람이 싸움을 하지 않았다면, 그녀의 대답은 지극히 명청하게 들렸을 것이다.

"그럼 나와 친한 사이라는 사실은 중요하지 않은 건가?" 파울리누가 물었다. "나한테 와서 그 문제에 대해 물어본 이유가 순전히 리디아를 위한 우정 때문이라면, 내가 말해주어야 할지……."

"제가 여쭤본 게 잘못이었어요. 사장님의 사생활은 제가 간섭할 일이 아닌데. 죄송합니다. 용서해주세요……."

이렇게 관심이 없는 척한 것을 핑계 삼아 파울리누가 설명하지 않고 넘어갈 수도 있었다. 하지만 파울리누는 마리아 클라우디아가 물어볼 것이라고 예상했으므로, 자신이 어떻게 반응할지도 생각해본 적이 있었다.

"아직 내 질문에 답하지 않았어. 그걸 내게 물어본 건 순전히 리디아를 위한 우정 때문인가? 네가 나한테 느끼는 우정은 전혀 중요하지 않아? 그럼 내 친구는 아닌 건가?"

"세뇨르 모라이스는 항상 제게 친절하셨어요……."

"난 다른 직원들도 친절하게 대해. 그래도 그 사람들한테 내 사생활을 세세히 말해주지는 않지. 내 방으로 불러서 안락의자에 앉으라고 하지도 않고."

마리아 클라우디아는 아무 말도 하지 않았다. 그의 말이 당황스러워서 얼굴을 붉히며 고개를 숙였다. 파울리누는 모르는 척했다. 그가 의자를 하나 끌어와서 클라우디냐의 맞은편에 앉았다. 그러고는 어떤 일이 있었는지 말해주었다. 그 편지, 리디아와 나눈 대화, 이별. 그는 자신이 안 좋게 보일 수도 있는 장면들을 모두 빼버리고, 자신을 품위 있는 사람으로 포장했다. 만약 그가 그 장면들까지 이야기해주었다면, 그 품위가 치명적으로 손상되었을 것이다. 그가 말하다가 머뭇거릴 때면, 마리아 클라우디아는 그날 리디아와의 대화에서 그가 그녀보다 덜 품위 있는 모습을 보였기 때문일지도 모른다는 생각이 들었다. 하지만 파울리누가 보여준 편지를 읽고 난 뒤, 이야기의 핵심적인 부분에 대해서는 전혀 의심하지 않게 되었다.

"이런 걸 여쭤봐서 정말 죄송해요, 세뇨르 모라이스. 제가 여쭤보면 안 되는 걸 여쭤봤어요."

"넌 물어봐도 돼. 네가 생각하는 것보다 더. 우린 좋은 친구 사이니까. 친구들 사이에 비밀이 있으면 안 되지."

"하지만……"

"물론 내가 너한테 네 비밀을 얘기해달라고 하지는 않을 거야. 여자들이 우리 남자들에게 털어놓는 이야기보다 우리가 여자들에게 털어놓는 이야기가 훨씬 더 많거든. 그래서 내가 너한테 자초지종을 다 얘기해준 거야. 너를 믿으니까. 완전히 믿으니까." 그가 웃는 얼굴로 몸을 앞으로 기울였다. "이제 우리가 비밀을 공유하게 됐군. 비밀은 사람들을 가깝게 만들지?"

마리아 클라우디아는 빙긋 웃기만 했다. 무슨 말을 해야 할지 모를 때 모든 여자가 그런 행동을 한다. 그 미소의 대상은 자신이 원하는 대로 그 미소를 해석할 수 있다.

"네가 웃는 걸 보니 좋군. 내 나이가 되면, 젊은 사람들의 미소를 보는 게 항상 좋아. 게다가 넌 정말로 젊지."

마리아 클라우디아는 또 미소를 지었다. 여기에 기운을 얻은 파울리누가 말을 이었다.

"젊기만 한가. 예쁘기도 하지."

"감사합니다, 세뇨르 모라이스."

이번에는 미소에 말도 함께 따라 나왔다. 그녀의 목소리가 살짝 떨렸다.

"얼굴 붉힐 필요 없어, 클라우디냐. 난 사실만 말해. 너만큼 예쁜 사람은 본 적이 없어."

이젠 미소만으로는 충분하지 않았으므로 뭔가 말해야 할 것 같아서 클라우디냐는 하지 말아야 할 말을 입에 담았다.

"도나 리디아가 저보다 훨씬 더 예뻤어요!"

그래, 과거형! 마치 리디아가 이미 죽기라도 한 것처럼, 비교 대상이 되는 것 외에는 이제 이 대화와 상관없는 사람이 된 것처럼.

"그렇지 않아. 이건 남자로서 하는 말인데, 넌 상당히 달라. 젊고, 예쁘고, 그 밖에도 정말…… 심금을 울리는 데가 있어."

파울리누는 아주 정중했다. 클라우디냐의 어깨로 흘러내린 머리카락을 치워주려고 한 손을 내밀기 전에 미리 "괜찮겠나?" 하고 양해를 구할 정도로 정중했다. 하지만 그 손은 물러날 때, 올 때와 같은 길을 따라가지 않고 클라우디냐의 얼굴을 스쳤다. 워낙 느린 손길이라 쓰다듬는 것과 비슷했다. 하도 머뭇거려서 멀어지기 싫은 것처럼 보였다. 클라우디냐는 벌떡 일어섰다.

파울리누가 갑자기 잠겨버린 목소리로 말했다. "왜 그러지, 클라우디냐?"

"아무것도 아니에요, 세뇨르 모라이스. 이만 가볼게요. 시간이 늦었어요."

"아직 7시도 안 됐어."

"네. 그렇지만 가야 돼요."

그녀는 자리를 뜰 것처럼 움직였지만, 파울리누가 앞을 막았다. 그녀는 겁이 나서 떨면서 그를 바라보았다. 그가 그녀를 안심시켰다. 자상한 할아버지처럼 그녀의 뺨을 만지며 이렇게 중얼거렸다.

"무슨 생각을 하는 건지. 난 널 해치지 않아. 너한테 좋은 일만 있기를 원할 뿐이야."

부모가 하던 말과 똑같았다. "우린 너한테 좋은 일만 있기를 원할 뿐이야."

"들었어? 난 너한테 좋은 일만 있기를 원해."

"가볼게요, 세뇨르 모라이스."

"내가 방금 한 말을 믿는 거지?"

"물론이에요, 세뇨르 모라이스."

"그럼 우린 친구인가?"

"네, 세뇨르 모라이스."

"앞으로도 계속?"

"그러면 좋죠, 세뇨르 모라이스."

"좋았어!"

그는 다시 그녀의 뺨을 쓰다듬으면서 이렇게 말했다.

"내가 너한테 해준 이야기는 너만 알고 있어야 해. 비밀이니까. 원한다면 부모한테는 말해도 되지만, 그 여자가 나한테 어울리지 않는다는 걸 알게 돼서 헤어졌을 뿐이라고 꼭 말해야 돼. 내가 진심으로 아끼는 사람과 헤어질 때는 항상 그럴 수밖에 없는 이유가 있어. 사실 얼마 전부터 리디아와 함께 있는 게 썩 편안하지 않았지. 아마 내 감정이 벌써 바래기 시작한 듯싶어. 다른 사람이 나타났거든. 이제 알게 된 지 겨우 몇 주밖에 안 됐는데, 그 사람이 내 곁에 있으면 말을 걸고 싶은 걸 참기가 힘들어. 알아듣겠어, 클라우디냐? 내가 생각하던 사람은 바로 너야!"

그는 양팔을 쭉 뻗고 다가와 클라우디냐의 어깨를 잡았다. 그의 입술이 그녀의 입술을 찾아 얼굴을 스치는 것이 느껴졌다. 그의 입에서 나는 담배 냄새, 그녀의 입술을 탐욕스럽게 집어삼킨 그의 입술. 그녀는 그를 밀어낼 힘이 없었다. 그가 그녀를 놓아주자, 그녀는 기진맥진해서 안락의자에 주저앉았다. 그러고는 그를 외면한 채 중얼거렸다.

"이제 그만 가게 해주세요, 세뇨르 모라이스."

파울리누는 심호흡을 했다. 이제야 허파가 졸아들지 않고 자유로이 숨 쉴 수 있게 되었다는 듯이. 그가 말했다.

"내가 널 아주 행복하게 해줄게, 클라우디냐!"

그러고 나서 그는 사무실 문을 열어 사환을 부르더니, 가서 클라우디냐의 겉옷을 가져오라고 말했다. 사환은 그가 신뢰하는 내부 정보원이었다. 얼마나 신임받는 직원인지, 마리아 클라우디아가 동요한 상태라는 걸 알아차리지 못한 것 같았다. 사장이 그녀에게 겉옷을 입혀주는 모습을 보았을 때도 놀란 기색이 없었다.

이거였다. 마리아 클라우디아가 부모에게 말하지 않은 이야기. 머리는 계속 욱신거리고, 잠도 오지 않았다. 그녀는 똑바로 누워서 양손으로 뒤통수를 받치고 생각에 잠겼다. 파울리누가 무엇을 원하는지 모르려야 모를 수가 없었다. 증거 앞에서 눈을 감을 수 없었다. 그녀는 아직 미끄러운 비탈길에 서서 겉으로는 '아닌 척'하고 있었지만, 그 일이 실제가 될 때까지는 겨우 한 시간 정도밖에 남지 않은 것 같았다. 자신이 올바른 반응을 보이지 못했다는 것은 그녀도 알고 있었다. 오늘의 대화뿐만 아니라 처음 만난 그날부터. 리디아의 아파트에서 파울리누와 단둘이 남은 그 순간, 그녀는 그의 탐욕스러운 시선이 자신의 옷을 벗기는 것을 느꼈다. 그 익명의 편지를 쓴 사람은 그녀가 아니었지만, 그래도 그가 리디아와 헤어지는 데 자신의 책임도 있다는 사실을 알고 있었다. 그녀가 여기까지 이른 것은 나서서 무슨 행동을 했기 때문이 아니라, 아무런 행동도 하지 않았기 때문이었다. 그녀는 이 모든 것을 알고 있었다. 단 한 가지 모르는 것은 자신이 리디아의 자리를 차지하고 싶은가였다. 이제는 원하는가 원하지 않는가를 결정해야 했다. 만약 그녀가 부모에게 모든 것을 말했다면, 내일 출근하지 못할 것이다. 하지만 그녀는 말하지 않는 편을 택했다. 왜? 혼자 알아서 하고 싶어서? 하지만 '혼자 알아서' 하다 보니 상황이 여기에 이르렀다. 그녀가 입을 다문 것은 독립적인 사람이 되고 싶어서였을까? 그런 대가를 치르면서까지?

몇 초 전 마리아 클라우디아는 아래층 아파트에서 또각거리는 하이힐 소리를 들었다. 처음에는 알아차리지 못했지만,

소리가 계속 이어진 끝에 결국 그녀의 머릿속까지 들어왔다. 그녀는 호기심이 생겼다. 갑자기 아래층 아파트 문이 열리는 소리, 열쇠를 돌리는 소리가 나더니, 잠깐 침묵이 흐른 뒤에 누군가가 계단을 내려갔다. 리디아였다. 마리아 클라우디아는 협탁에서 빛을 내는 시계를 흘깃 보았다. 11시 15분 전. 이런 시간에 리디아는 밖에서 뭘 하는 걸까? 이 질문을 떠올리자마자 그녀는 답을 찾았다. 그리고 심술궂은 미소를 지었다가, 자신의 표정이 얼마나 괴물 같은지 곧바로 깨달았다. 갑자기 울고 싶어졌다. 그녀는 우는 소리를 죽이려고 이불을 머리 위까지 끌어 올렸다. 공기가 부족해서 거의 숨이 막힐 듯한 이불 속에서 눈물을 흘리며 그녀는 내일 부모에게 모든 것을 털어놓겠다고 결심했다.

33

번잡스러운 관료적 절차에 엄청난 비용을 들인 에밀리우가 마침내 아내와 아들이 여행을 떠나는 데 필요한 서류를 모두 준비해서 집으로 돌아오자, 카르멘은 기뻐서 거의 펄쩍펄쩍 뛰다시피 했다. 기다리는 나날이 그녀에게는 몇 년처럼 길었다. 뭔가 장애물이 생겨서 여행이 참을 수 없을 만큼 미뤄지지 않을지 걱정스럽기도 했다. 하지만 이제는 걱정할 것이 없었다. 그녀는 아이처럼 호기심에 차서 자신의 여권을 계속 뒤적거렸다. 앞표지에서 뒤표지까지 내용을 전부 읽어보았다. 아무 문제도 없었다. 이제 그녀가 날짜를 정해서 미리 친정에 알리기만 하면 되었다. 혼자서 결정할 수 있는 일이라면 바로 다음 날 떠나면서 전보를 보냈겠지만, 아직 여행 가방도 꾸리지 않았다. 에밀리우가 그녀를 거들어주었다. 며칠 동안 저녁마다 짐을 싸며 보낸 시간이 그들이 가족으로서 함께 보낸 가장 행복한 나날이었다. 그런데 엔리크가 자기도 모르는 사이에 이 행복한 분위기에 그림자를 드리웠다. 아버지가 함께 가지 않아서 아쉽다고 말했을 때였다. 하지만 카르멘과 에밀리우가 합심해서 그 문제는 전혀 중요하지 않다고 열심히 아들을 설득했기 때문에, 그는 그런 사소한 문제를 금방 잊어버렸다. 부모가 행복하다면 그도 행복해야 마땅했다. 부모가 옷가지와 여러 소지품들을 나누면서 울지 않는다면, 그가 우는 것이 이상한 일이었다. 이렇게 사흘 저녁이 흐른 뒤 모든 준비가 끝났다. 여행 가방에는 이미 카르멘의 이름과 목적지가 적힌 나무 라벨이 붙어 있었다. 에밀리우는 표를 구입한 뒤, 아내에게 여행에서 돌아온 다음에 문제를 정리하자고 말했다. 카르멘의 친정 부모님이 여비를 대주기로 했으나 에밀리우는 우선 돈을 빌려 표를 사야 했기 때문에, 나중에 정산을 할 필요가 있다는 뜻이었다. 카르멘은 그가 경제적인 어려움을 겪지 않게 자신이 고향에 도착하는 즉시 돈을 보내겠다고 약속했다. 두 사람은 최대한 서로를 배려하느라 많은 신경을 썼다. 따라서 엔리크는 부모와 함께 보내는 마지막 몇 시간 동안, 어느 때보다 화해한 모습으로 서로 의견을 나누는 부모의 모습을 보며 즐거워했다.

카르멘은 떠나기 전날에야 도나 리디아의 소식을 들었다. 로잘리아는 카르멘의 무사 여행을 빌어준다는 핑계로 오전에 많은 시간을 할애해, 그녀에게 파울리누의 정당한 분노에 대해 이야기해주었다. 그녀는 먼저 분노의 이유를 설명한 다음, 순전히 자기 마음대로 의견을 덧붙였다. 리디아가 세뇨르 모라이스의 믿음을 악용한 것이 이번이 처음이 아닐 것이라는 의견이었다. 그녀는 자기 딸의 고용주인 세뇨르 모라이스가 이번 일을 얼마나 섬세하고 고상하게 처리했는지 모른다며 찬사를 보내는 데 말을 아끼지 않았다. 그러고는 재빨리, 클라우디냐가 새 직장에 취직한 지 겨우 한 달밖에 안 됐는데 벌써 봉급이 올랐다고 말했다.

당시 카르멘은 그런 안타까운 이야기를 들은 사람답게 놀란 표정만 지었다. 로잘리아의 분노에 공감하며, 일부 여자들의 부도덕한 품행을 개탄했다. 또한 로잘리아와 마찬가지로, 자신이 그런 여자가 아니라는 점을 내심 기뻐했다. 로잘리아가 떠난 뒤, 그녀는 그 일에 관한 생각이 머리에서 떠나지 않는다는 것을 깨달았다. 그녀가 다음 날 떠날 예정이 아니었다면, 다른 걱정거리를 생각하지 못하게 그 일이 자꾸 머리를 산란하게 만들지 않았다면 아무 문제 없었을 것이다. 개인적으로 아무 불만이 없는 도나 리디아(오히려 도나 리디아는 그녀에게 항상 친절하게 굴었으며, 엔리키뇨에게 심부름을 시킬 때면 심부름값으로 10토스탕을 주었다)가 그런 천박한 행동을 했다고 한들, 그녀와는 아무런 상관이 없지 않은가?

그 행동 자체는 문제가 되지 않았지만, 그 행동이 낳은 결과는 달랐다. 그런 일이 있었으니, 파울리누는 이제 다시 리디아의 아파트를 찾을 수 없을 것이다. 참으로 안타까운 일이었다. 카르멘은 왠지 자신이 파울리누와 거의 같은 처지인 것 같았다. 자신과 남편의 사이를 갈라놓은 공개적인 추문은 없지만, 두 사람은 견디기 힘든 과거를 공유하고 있었다. 분노와 적의, 격렬한 소동과 힘든 화해가 가득한 과거였다. 파울리누는 틀림없이 영원히 돌아오지 않을 것이다. 반면 그녀는 지금 이곳을 떠나더라도 3개월 뒤 돌아올 예정이었다. 만약 그녀가 돌아오지 않는다면? 아들과 함께 고향의 친정집에 그냥 눌러앉는다면?

이런 가능성을 인정하고 다시 돌아오지 않을 수도 있다는 생각을 하고 나니 머리가 어질어질했다. 이보다 더 간단한 일이 어디 있을까? 지금은 아무 말 없이 아들을 데리고 떠날 것이다. 그리고 스페인에 도착한 뒤 남편에게 편지로 자신의 결정을 알리는 것이다. 그러면 그다음에는? 처음부터 다시 시작하면 된다. 이제 막 태어난 사람처럼. 포르투갈과 에밀리우, 그리고 결혼 생활은 몇 년 동안 지루하게 이어진 악몽에 불과한 존재가 될 것이다. 그렇게 세월이 흐르다 보면 혹시…… 물론 먼저 이혼을 해야겠지만…… 그래, 혹시 나중에는……. 그때 카르멘은 법에 따라 자신이 남편의 동의 없이는 해외에 머무를 수 없다는 사실을 생각해냈다. 남편의 허락을 받아 이렇게 떠날 수 있듯이, 고향에 머무르기 위해서도 반드시 남편의 허락이 필요했다.

그녀의 행복에 구름이 끼었다. 물론 그녀는 어쨌든 이곳을 떠날 것이다. 하지만 돌아오고 싶지 않다는 마음 때문에 행복이 거의 고통이 되었다. 석 달 동안 자유를 누리다가 리스본으로 돌아오는 것은 최악의 벌이 아닐까? 남편의 존재와 말, 그의 목소리와 그림자를 견디며 평생을 살아야 한다니, 그것은 낙원을 되찾은 사람이 다시 지옥으로 떨어지는 것과 비슷하지 않을까? 그녀는 아들의 애정을 지키기 위해 끊임없이 싸워야 할 것이다. 아들이(여기서 카르멘의 상상력이 세월을 건너뛰었다), 아들이 결혼한다면 상황은 더욱더 힘들어질 것이다. 남편과 단둘이 살아야 하니까. 남편이 이혼에 동의해준다면 모든 문제가 해결될 텐데. 만약 그가 순수한 악의나 변덕 때문에 그녀에게 돌아오라고 강요한다면 어쩌지?

하루 내내 그녀는 이런 생각을 하며 괴로워했다. 결혼 생활 중 좋은 기억들은 다 잊어버렸다. 그런 기억이 몇 개 되지도 않았다. 생각나는 것이라고는 에밀리우의 빈정거리는 듯한 차가운 시선, 비난처럼 느껴지는 침묵, 인생에 실패했으나 남들이 알든 말든 신경 쓰지 않는다는 그의 표정뿐이었다. 그는 자신의 실패를 누구나 읽을 수 있는 플래카드로 만들어버리는 사람이었다.

밤이 올 때까지도 그녀는 계속 머릿속에 떠오르는 의문들의 답에 조금도 가까이 다가가지 못했다. 그녀가 계속 침묵을 지키자 남편은 무슨 걱정거리가 있느냐고 물어보았다. 아니, 없어. 그녀는 이렇게 말했다. 곧 출발한다는 생각에 마음이 들떴을 뿐이라고. 에밀리우는 알겠다며 대답을 강요하지 않았다. 그도 들뜬 기분이었다. 몇 시간만 지나면 그는 자유의 몸이 될 것이다. 꼬박 석 달 동안 고독과 자유를 즐기며 구속받지 않는 생활을…….

카르멘은 다음 날 떠났다. 이웃들 모두 그녀와 아들이 떠나는 것을 알고 있었다. 거의 모두 창가에서 카르멘의 식구들을 지켜보았다. 카르멘은 사이좋게 지내던 이웃들에게 작별 인사를 하고, 남편, 아들과 함께 차에 올랐다. 기차 출발 시각 직전에 역에 도착했기 때문에 짐을 기차에 싣고, 좌석을 찾아 앉고, 작별 인사를 할 시간밖에 없었다. 엔리크가 울음을 터뜨릴 시간도 별로 없었다. 기차가 터널 입구 안으로 사라지며 남긴 하얀 연기 구름이 허공으로 흩어졌다. 마치 하얀 손수건이 먼 거리에 집어삼켜지는 것 같았다.

자유를 찾은 첫날이었다. 에밀리우는 몇 시간 동안 시내를 정처 없이 돌아다녔다. 전에는 있는 줄도 몰랐던 장소들을 발견하고, 알칸타라의 싸구려 식당에서 점심을 먹었다. 그가 어찌나 행복해 보였는지, 식당 주인은 그에게서 음식값을 두 배나 받아냈다. 에밀리우는 단 한마디도 항의하지 않고 심지어 팁까지 식탁에 남겨두었다. 그리고 택시를 타고 바이샤로 돌아와서 외국산 담배를 샀다. 값비싼 식당 앞을 지날 때는 싸구려 식당에서 점심을 먹은 자신을 탓했다. 영화관에 들어가 영화를 보다가 중간 휴식 시간에 커피를 한 잔 마시며 낯선 사람과 대화를 시작했다. 그 사람은 커피라는 주제와 관련해서, 자신의 위장이 심히 좋지 않다는 이야기를 길게 늘어놓았다.

영화가 끝난 뒤 그는 어떤 여자의 뒤를 따라 거리로 나왔지만 곧 그녀를 시야에서 놓쳤다. 그래도 개의치 않았다. 그는 길에 서서 헤스타우라도레스 광장의 높은 기념물을 웃는 얼굴로 올려다보았다. 단번에 그 기념물 꼭대기까지 뛰어오를 수 있을 것 같았지만 실제로 뛰어오르지는 않았다. 그는 교통 경찰관을 구경하고 그의 호루라기 소리를 들으며 10분이 넘는 시간을 보냈다. 모든 것이 즐거웠다. 그는 사람들과 사물을 마치 생전 처음 보는 사람처럼 바라보았다. 오랫동안 눈이 멀었다가 시력을 회복한 사람 같았다. 행인들에게 사진을 찍어주겠다고 권유하는 청년이 다가오자 그는 즉시 좋다고 했다. 자세를 잡은 뒤, 사진사의 신호에 따라 똑바로 걸었다. 미소를 지으며 단호한 걸음걸이로.

저녁은 낮에 본 값비싼 식당에서 먹었다. 음식도 맛있고, 포도주도 훌륭했다. 이렇게 마음껏 즐기고 나니 남은 돈이 거의 없었지만, 그는 후회하지 않았다. 아무것도 후회하지 않았다. 후회해야 마땅한 행동은 하지 않았다. 그는 자유였다. 아무런 의무가 없는 새들처럼 자유롭지는 않았지만, 이만하면 그가 바랄 수 있는 최고의 자유를 누리고 있었다. 식당을 나서니 호시우 광장의 모든 네온사인들이 번쩍거렸다. 그는 그것들을 하나씩 차례로 바라보았다. 성수태 고지절의 별들을 보듯이. 재봉틀 한 대, 손목시계 두 개, 저절로 비워지는 포트와인 잔, 어디에도 가지 않는 마차 모양의 네온사인들. 마차에 매인 말 두 마리는 각각 파란색과 하얀색이었다. 조금 더 먼 곳에는 인어들이 있는 분수 두 개가 있었다. 인어들이 들고 있는 풍요의 뿔은 어찌나 인색한지 물만 내뿜었다. 멕시코 황제 막시밀리안의 동상과 국립극장의 기둥들, 도로를 달리는 자동차들, 신문을 파는 상인들이 외치는 소리와 자유가 가득한 공기.

그는 늦게 집으로 돌아왔다. 살짝 피곤했다. 우울한 가로등 몇 개의 불빛은 희미하기 그지없었다. 모든 창문이 어둡게 닫혀 있었다. 그의 집 창문도 마찬가지였다.

문을 열자마자 오싹한 침묵이 느껴졌다. 그는 이 방 저 방 돌아다니며 불을 켜고 문을 열어두었다. 아이처럼. 물론 무서워서 그런 것은 아니었다. 친숙한 목소리가 들리지 않는 적막, 아주 흐릿한 기대를 품은 공기 때문에 마음이 불편했다. 그는 5월, 6월, 7월, 3개월 동안, 아니 어쩌면 8월 초까지도, 혼자 쓰게 될 침대에 앉았다. 자유를 음미하기에 이보다 더 좋은 계절이 있을까! 햇빛, 더위, 신선한 공기. 그는 매주 일요일 바닷가로 나가서, 이제 막 겨울잠에서 깨어난 도마뱀처럼 햇빛을 받으며 누워 있을 것이다. 구름 한 점 없는 파란 하늘을 바라볼 것이다. 시골에서 긴 산책을 즐길 것이다. 신트라의 숲, 무어인들의 성, 맞은편 바닷가. 그는 이 모든 일을 혼자 할 것이다. 그 밖의 더 많은 일들도. 그동안 상상하는 습관을 잃어버렸기 때문에 지금은 상상조차 할 수 없는 일들. 그는 새장이 열린 것을 보고도 곧바로 뛰어올라 철창을 벗어나지 못하고 머뭇거리는 새와 같았다.

아파트 안의 적막이 누군가의 손아귀처럼 그를 조여들었다. 그가 계획한 일들을 하려면 돈이 필요했다. 그래서 일을 열심히 하다 보면, 일이 시간을 다 잡아먹을 것이다. 그래도 그는 더 열성적으로 일할 생각이었다. 만약 돈을 위해 뭔가를 줄여야 한다면, 음식을 줄일 것이다. 아까 값비싼 저녁을 먹고 외국 담배를 산 것이 이제야 후회스러웠다. 하지만 오늘은 첫날이었으니 그가 분위기에 휩쓸린 것이 당연했다. 다른 사람들이라면 더 심한 짓을 저질렀을지 모른다.

그는 일어나서 불을 끄고 침대로 돌아왔다. 당혹스러웠다. 복권에 당첨됐는데 그 돈으로 뭘 해야 할지 모르는 사람과 비슷했다. 그는 오랫동안 갈망하던 자유를 손에 넣었는데, 그것을 어떻게 즐길지 아무 생각이 없다는 점을 깨달았다. 그가 일찍이 세워두었던 계획들이 지금은 하찮고 경박해 보였다. 전에 가족들과 함께 하던 일을 이제는 혼자 하게 될 뿐이었다. 예전에 가족들과 갔던 곳에 가서, 가족들과 함께 앉았던 나무 아래에 앉거나 가족들과 함께 누웠던 모래밭에 누울 것이다. 그것만으로는 충분하지 않았다. 그보다 중요한 일, 아내와 아들이 돌아온 뒤 추억할 수 있는 일이 필요했다. 하지만 그게 어떤 일이지? 흥청망청 파티? 부어라 마셔라? 연애? 독신일 때 이미 모두 경험했던 일들이므로 다시 해보고 싶은 생각은 없었다. 그런 방종한 생활이 항상 씁쓸하고 우울한 후회를 남긴다는 사실을 그는 알고 있었다. 지금 와서 그런 일을 되풀이하는 것은 자유를 훼손하는 꼴이 될 것이다. 하지만 몇 차례 외출해서 세속적인 본능에 탐닉하는 것 외에는, 앞으로 3개월을 어떻게 채워야 할지 알 수 없었다. 뭔가 더 고상하고 품위 있는 것을 원했지만, 그게 과연 무엇인지 생각이 나지 않았다.

그는 새 담배에 불을 붙인 뒤, 옷을 갈아입고 침대에 누웠다. 베개가 하나뿐이었다. 그가 아내를 잃고 혼자되었거나, 독신남이거나, 이혼남인 것 같았다. 이런 생각이 들었다. '내일 뭘 하지? 음, 일을 해야겠다. 오전에 고객들을 순례하는 거야. 이번엔 진짜 큼직한 주문을 따내야 돼. 그럼 오후에는? 영화나 보러 갈까? 아니, 그건 그냥 시간 낭비지. 볼만한 영화가 없어. 하지만 영화가 아니면, 뭘 한다지? 산책을 할까? 어디서? 리스본은 돈이 많은 사람들만 사는 것처럼 살 수 있는 도시야. 돈이 없으면 시간을 때우고 충분한 식비를 벌기 위해 일을 해야 한다고. 그런데 내 벌이는 그리 신통치가 않지. 그럼 밤에는? 밤에는 뭘 하지? 또 영화? 끝내주네! 다른 할 일이 전혀 없는 사람처럼 영화나 보며 세월을 보내게 생겼어! 돈은 어쩌고? 내가 혼자가 됐다고 해서 식사도 안 하고 월세도 안 내는 건 아니잖아. 내가 자유인 건 맞는데, 자유를 최대한 즐길 수단이 없다면 자유가 다 무슨 소용이야? 이런 식으로 계속하다 보면, 결국 식구들이 돌아오기를 바라게 될 거야……'

그는 불안감을 느끼며 침대에서 일어나 앉았다. '이날이 오기를 그렇게 바랐는데. 아까 집에 올 때까지는 진짜 좋았지. 하지만 집에 도착하자마자 이런 멍청한 생각들이 내 머리를 채우기 시작했어. 내가 매 맞는 아내들과 비슷해진 건가? 두들겨 맞으면서도 남편 없이는 살지 못하는 여자들 말이야. 그건 멍청해. 어리석어. 그렇게 오랫동안 자유를 갈망했으면서, 겨우 하루 만에 내게서 자유를 빼앗아 간 사람에게 다시 달려가고 싶다고 생각하는 건 정말 웃기는 일이야.' 그는 담배를 길게 빨아들인 뒤 혼자 중얼거렸다.

"이건 전부 습관의 문제야. 담배도 건강에 나쁘기는 마찬가지인데, 내가 이걸 포기할 건가? 아니지. 하지만 만약 의사가 '담배가 당신을 죽이고 있어요'라고 말한다면 담배를 끊을 수 있을 거야. 사람은 습관의 생물이야. 내가 이렇게 머뭇거리는 건 습관이 낳은 결과 중 하나에 불과해. 난 그저 아직 자유에 익숙해지지 않았을 뿐이야."

이 결론에 기운을 얻은 그는 다시 침대에 누웠다. 재떨이를 겨냥하고 피우다 만 담배를 던졌으나 빗나갔다. 담배는 협탁의 대리석 상판을 굴러 바닥으로 떨어졌다. 그는 자신이 자유인임을 스스로 증명하기 위해 그것을 주우려는 시도를 전혀 하지 않았다. 담배의 불꽃이 조금씩 사그라드는 동안 나무 바닥이 불에 그을렸다. 천천히 연기가 올라오고, 밝게 타오르던 끝부분이 재 속으로 사라졌다. 에밀리우는 귀 근처까지 이불을 끌어 올리고 불을 껐다. 아파트 안이 훨씬 더 조용해졌다. '이건 새로운 습관이야…… 자유의 습관. 굶주린 사람한테 한꺼번에 너무 많은 음식을 주면 그 사람은 죽어버릴 거야. 먼저 위장이 음식에 익숙해져야 해……' 잠이 갑자기 그를 압도했다.

그는 오전 늦게 깨어났다. 눈을 비비다 보니 못 견디게 배가 고팠다. 입을 열어 아내를 부르려다가 아내는 떠났고 자신은 혼자임을 기억해냈다. 그는 펄쩍 뛰듯이 침대를 벗어났다. 맨발로 모든 방을 뛰듯이 돌아다녔다. 아무도 없었다. 그는 혼자였다. 그가 원하던 그대로. 하지만 잠자리에 들 때 생각했던 것처럼, 이 자유를 즐기는 법을 모른다는 생각은 하지 않았다. 자신이 자유라는 생각만 했다. 그러다 웃음을 터뜨렸다. 그는 세수하고, 면도하고, 옷을 차려입은 뒤 샘플 가방을 들고 거리로 나갔다. 그동안 내내 꿈을 꾸는 기분이었다.

하늘이 맑고 햇살이 따뜻한 오전이었다. 건물들은 볼품없고, 거리를 걷는 사람들도 마찬가지였다. 건물은 땅에 묶여 있고, 모든 행인들은 죄수 같았다. 에밀리우는 다시 웃었다. 그는 자유였다. 돈이 있든 없든 그는 자유였다. 그가 할 수 있는 일이 전에 했던 일들을 똑같이 되풀이하면서 전에 봤던 것들을 똑같이 보는 것뿐이라 해도, 그는 자유였다.

그는 모자가 드리우는 그림자가 귀찮다는 듯이 모자를 뒤로 젖혔다. 그러고는 눈을 새로이 빛내며 거리를 걷기 시작했다. 그의 가슴속에서 새 한 마리가 지저귀고 있었다.

34

마침내 모든 비밀이 밝혀질 날이 왔다. 문자 그대로 기적적인 외교술을 발휘한 아멜리아는 마침내 언니를 설득하는 데 성공해서, 이자우라가 셔츠를 만들어 공급하는 가게까지 이자우라와 함께 가게 했다. 날씨가 화창하니 밝은 햇빛 속에서 신선한 공기를 쐬는 것이 건강에 좋다, 밖에서는 봄이 미친 듯이 기뻐하는 것처럼 보이는 이런 날에 실내에만 있는 것은 범죄다, 라는 것이 그녀의 주장이었다. 그녀는 진짜 서정시인처럼 봄을 찬양했다. 어찌나 달변인지 언니와 조카가 점잖게 그녀를 놀릴 정도였다. 그들은 그렇게나 마음이 들떴다면 자기들과 함께 나가는 게 어떻겠느냐고 물었다. 그녀는 저녁 식사를 준비해야 한다면서 두 사람을 현관문 쪽으로 밀었다. 둘 중 하나가 잊어버린 것이 있다며 중간에 돌아오지 않을까 싶어서 창가에서 두 사람을 지켜보았다. 칸디다는 요즘 건망증이 심해져서 물건을 깜박 잊고 두고 가는 일이 다반사였다.

이제 아파트에는 아멜리아 혼자였다. 언니와 조카는 족히 두 시간 뒤에나 돌아올 터였다. 아드리아나가 돌아오는 시간은 그보다 더 늦었다. 아멜리아는 숨겨두었던 열쇠를 가져와서 조카들의 방으로 들어갔다. 화장대에는 작은 서랍 세 개가 있었다. 그중 가운데 서랍이 아드리아나의 것이었다.

아멜리아가 서랍으로 다가가는 동안 갑자기 수치심이 밀려왔다. 자신이 지금부터 하려는 일이 잘못이라는 사실은 그녀도 알고 있었다. 조카들이 그토록 힘들게 숨기는 일이 뭔지 밝혀내는 데 도움이 될지는 몰라도, 자신이 이처럼 무도하게 굴었다는 사실을 과연 누구에게 인정할 수 있겠는가? 어쩔 수 없이 고백해야 하는 순간이 와도 할 수 없을 것 같았다. 식구들이 이 일을 알게 되면, 모두 아멜리아가 자신들의 사생활을 또 침해할까 봐 걱정할 것이고, 그로 인해 그녀를 미워하게 될 터였다. 이보다 더 품위 있는 수단이나 우연 덕분에 조카들의 비밀을 알게 된다면 당연히 그녀의 도덕적 권위가 손상되지 않겠지만, 부정한 수단으로 손에 넣은 열쇠를 사용하고 방해가 될 만한 사람들을 속여 집에서 내보내는 것은, 음, 이보다 더 저열한 일은 있을 것 같지 않았다.

아멜리아는 열쇠를 손에 들고, 자신이 이제부터 부끄러운 일을 하려 한다는 생각과 진실을 알고 싶다는 욕망 사이에서 씨름했다. 게다가 차라리 모르는 편이 나을 사실을 알게 될 가능성도 있었다. 지금은 이자우라도 괜찮아 보이고, 아드리아나는 여느 때처럼 명랑했다. 칸다는 언제나 그렇듯이 딸들을 철저히 믿었다. 그들의 머릿속에서 무슨 일이 벌어지고 있든 상관없이. 네 사람은 고요하고 차분하던 예전 생활로 돌아갈 것 같았다. 아드리아나의 비밀을 이렇게 멋대로 들추면, 예전으로 돌아가는 일이 불가능해질까? 비밀을 알아낸 뒤, 다시는 돌아갈 수 없게 되지 않을까? 식구들이 모두 그녀를 비난할까? 설사 조카가 심각한 잘못을 저질렀다 해도, 아멜리아의 의도가 선량했다는 사실만으로 각자의 비밀을 비밀로 유지할 수 있는 모두의 권리를 이런 식으로 침해하는 행위를 정당화할 수 있을까?

아멜리아는 이미 전에도 이런 도덕적 원칙들 때문에 고민하다가 성공적으로 물리쳤다. 하지만 이제 작은 손짓 하나만으로 서랍을 열 수 있게 되자, 그 원칙들이 강력하게 되돌아왔다. 죽어가는 사람이 마지막 순간에 필사적으로 에너지를 뿜어내는 것과 비슷했다. 아멜리아는 펼친 손바닥에 놓인 열쇠를 내려다보았다. 그렇게 생각에 잠긴 와중에도, 작은 열쇠는 저 구멍에 맞지 않을 것이라는 사실을 무의식적으로 알아차렸다. 열쇠 구멍의 폭이 너무 넓었다.

도덕적 원칙들은 계속 그녀를 향해 밀려와, 서로 더 시급하고 설득력 있게 보이려고 경쟁했다. 하지만 이미 그들은 힘과 자신감을 잃어가고 있었다. 아멜리아는 크기가 큰 열쇠 하나를 골라 구멍에 넣었다. 금속이 부딪히는 소리, 열쇠가 끽끽거리며 돌아가는 소리에 모든 도덕적 원칙이 사라져버렸다. 열쇠가 맞지 않았다. 아직 시도해볼 열쇠가 하나 더 있다는 사실을 잊어버린 그녀는 고집을 부리다가 열쇠가 구멍에 완전히 끼어버린 것처럼 꿈쩍도 하지 않자 깜짝 놀랐다. 이마에 땀방울이 송골송골 맺힌 채 이성을 잃고 당황해서 열쇠를 세게, 더 세게 잡아당겼다. 마침내 열쇠가 빠져나왔다. 남은 열쇠 한 개가 이 서랍의 열쇠임이 분명했다. 하지만 방금 안간힘을 쓰며 열쇠를 빼낸 아멜리아는 기운이 쪽 빠져서 조카들의 침대에 걸터앉을 수밖에 없었다. 다리가 후들거렸다. 몇 분이 지난 뒤 그녀는 조금 진정된 마음으로 다시 일어섰다. 그리고 남은 열쇠 하나를 구멍에 넣고 천천히 돌렸다. 심장이 어찌나 두근거리는지 머리가 욱신거릴 정도였다. 이 열쇠가 맞았다. 이제 돌아갈 길은 없었다.

서랍을 열었을 때 가장 먼저 느껴진 것은 강렬한 라벤더 비누 냄새였다. 아멜리아는 서랍 안의 물건들에 손을 대기 전에, 각각의 위치를 잘 보아두었다. 맨 앞에는 이름의 첫 글자가 새겨진 손수건들이 있었다. 아멜리아는 그것이 자신의 형부, 즉 아드리아나의 아버지 것임을 한눈에 알아보았다. 왼쪽에는 고무줄로 묶은 옛날 사진 다발, 오른쪽에는 은으로 돋을새김이 된 검은 상자. 상자에 열쇠 구멍은 없었다. 상자를 열어보니, 목걸이에서 떨어져 나온 구슬 몇 개, 보석 두 개가 사라진 브로치 한 개, 오렌지꽃이 달린 잔가지 하나(친구의 결혼식에서 가져온 기념품)가 거의 전부였다. 서랍 뒤쪽에는 그보다 더 큰 상자가 있는데, 여기에는 잠금장치가 있었다. 아멜리아는 사진 다발을 일단 무시했다. 너무 옛날 사진이라 관심을 가질 필요가 없었다. 그녀는 다른 물건들의 위치가 흐트러지지 않게 조심조심 큰 상자를 꺼냈다. 그리고 가장 작은 열쇠로 그 상자를 열어 마침내 원하던 것을 찾아냈다. 아드리아나의 일기장. 색 바랜 초록색 리본으로 묶어둔 편지 다발도 있었다. 아멜리아는 굳이 리본의 매듭을 풀려고 하지 않았다. 1941년부터 1942년 사이에 오간 그 편지들에 대해 그녀는 이미 잘 알고 있었다. 아드리아나의 첫사랑이자 유일한 사랑, 그 실패한 로맨스가 남긴 것은 그 편지들뿐이었다. 헤어진 지 10년이 지났는데도 여전히 이런 편지에 매달리는 것이 아멜리아가 보기에는 우스꽝스러웠다.

그녀는 계속 이런 생각을 하면서 상자에서 일기장을 꺼냈다. 언뜻 보기에는 더할 나위 없이 진부하고 단조로운 모습이었다. 그냥 평범한 학교 연습장 표지에 아드리아나는 최선을 다한 글씨체로 자신의 이름을 얌전히 써두었다. 대문자로 적혀 있는 '일기장' 근처에 살짝 고딕 느낌이 나는 필체로 이름을 쓴 것이 아이 같으면서 동시에 성실했다. 이름을 쓸 때 혀를 살짝 빼물고 완전히 정신을 집중했을 것이다. 글씨를 잘 쓰려고 최선을 다하는 사람들이 그렇듯이. 첫 번째 페이지의 날짜는 1950년 1월 10일, 2년여 전이었다.

아멜리아는 일기를 읽기 시작했지만, 별 내용이 없다는 사실을 금방 알아차리고 수십 페이지를 건너뛰었다. 똑바르고 각진 필체가 한결같았다. 아멜리아는 맨 마지막 일기에서 동작을 멈췄다. 처음 몇 줄을 읽자마자 문제의 원인을 찾은 것 같다는 생각이 들었다. 아드리아나의 일기에 어떤 남자가 등장했다. 이름은 나오지 않고, '그 사람'이라고만 지칭되는 남자였다. 그가 직장 동료라는 사실은 분명했으나, 아멜리아가 걱정했던 심각한 실수처럼 보이는 사건은 전혀 없었다. 아멜리아는 앞의 일기들을 읽어보았다. 그의 무심함에 대한 불평, 사랑받을 가치가 없는 사람을 사랑하는 일은 어리석다며 그를 무시하듯 감정을 토로한 문장 등이 사소한 집안일, 라디오에서 들은 음악에 대한 논평 등과 마구 뒤섞여 있었다. 간단히 말해서, 아멜리아의 걱정을 결정적으로 확인해줄 만한 내용이 전혀 없었다. 그러다 어머니와 이모가 3월 23일에 캄폴리드의 친척들을 만나러 갔다는 이야기가 나왔다. 아멜리아는 그날의 일기를 주의 깊게 읽어보았다. 지루한 하루…… 자수가 놓인 침대보…… 자신이 못생겼다고 스스로 인정하는 내용…… 자존심…… 역시 못생기고 사랑받지 못했던 베토벤과의 비교…… **만약 내가 그의 시대에 살았다면, 그의 발에 입을 맞췄을 것이다. 예쁜 여자들은 누구도 그에게 그렇게 해주지 않았을 것이라고 장담한다.** (가엾은 아드리아나! 그래, 그녀는 베토벤을 사랑해서 마치 신에게 하듯이 그의 발에 입을 맞췄을 것이다!) 이자우라가 읽고 있는 책…… 이자우라의

428

얼굴, 행복하면서도 동시에 고통으로 일그러졌다…… 쾌락을 야기하는 고통과 고통을 야기하는 쾌락…….

아멜리아는 읽고 또 읽었다. 수수께끼의 해답이 여기 어딘가에 숨어 있다는 막연한 느낌이 들었다. 아드리아나가 심각한 실수를 저질렀을 것이라는 생각은 이제 하지 않았다. 아드리아나는 확실히 그 남자를 좋아했지만, 그는 아드리아나를 사랑하지 않았다. **내가 자기를 좋아하는 것도 모르는 그 사람이 내 질투심을 부추길 생각을 할 이유가 없지.** 설사 아드리아나가 이자우라에게 자신의 사랑을 이야기했다 하더라도, 일기에 쓴 내용 이상은 아니었을 것이다. 만약 아드리아나가 경솔한 짓이 될까 두려워 일기에 모든 이야기를 털어놓지 않았다면, 그가 자신을 사랑하지 않는다는 말도 쓰지 않았을 것이다! 일기를 쓸 때 완전히 솔직하지 않았다 해도, 진실을 모두 숨기지는 않았을 것이다. 모두 숨겼다면, 일기를 쓰는 의미가 없지 않은가. 일기는 마음의 짐을 내려놓기 위해 쓰는 것이다. 아드리아나가 내려놓아야 할 마음의 짐은 짝사랑, 아니 상대가 전혀 짐작도 못 하는 사랑의 고통뿐이었다. 그렇다면 아드리아나와 이자우라는 왜 사이가 멀어져서 데면데면하게 구는 거지?

아멜리아는 시간을 거슬러 올라가며 계속 일기를 읽었다. 항상 똑같은 불평, 직장에서 생긴 문제들, 아드리아나가 숫자를 더하다가 실수한 일, 음악, 음악가들의 이름, 어머니와 이모가 가끔 신경질을 부린다는 이야기, 봉급 때문에 아드리아나가 신경질을 부린 일…… 아멜리아는 조카가 자신에 대해 써놓은 글을 보고 얼굴을 붉혔다. **아멜리아 이모가 오늘 몹시 심술궂다.** 하지만 그 직후에 나온 문장은 감동적이었다. **이모가 정말 좋다. 어머니도 정말 좋다. 이자우라도 정말 좋다.** 그리고 다시 베토벤 이야기. 아드리아나의 하느님인 베토벤의 데스마스크. 그리고 항상 쓸데없는 **그 사람.** 아멜리아는 시간을 더 거슬러 올라갔다. 며칠, 몇 주, 몇 달. 불평이 사라졌다. 새로이 태어난 사랑 이야기. 불확실성이 가득했지만, 아직 **그 사람**을 의심하기에는 너무 일렀다. **그 사람**이 처음으로 등장하기 전에는 그저 진부한 이야기뿐이었다.

아멜리아는 펼친 일기장을 무릎에 놓고 앉아서 속은 기분을 느끼면서도 한편으로는 기분이 좋았다. 끔찍한 일은 없었다. 그저 혼자서만 몰입한 비밀스러운 사랑 이야기. 초록색 리본으로 묶어둔 편지 다발 속의 기록처럼 이것 역시 실패한 사랑이었다. 그럼 비밀은 뭐지? 이자우라가 눈물을 흘리고 아드리아나가 일부러 즐거운 척한 이유가 뭐야?

아멜리아는 다시 일기장을 뒤적여 3월 23일의 일기를 찾았다. 이자우라의 눈이 빨갛게 충혈되어 있었다…… 울고 있었던 것처럼…… 게다가 아주 신경질적이었다…… 그 책…… 마치 고통이 쾌락을 주는 것 같은 얼굴, 또는 쾌락이 고통을 불러온 것 같은 얼굴……

이게 그건가? 아멜리아는 일기장을 다시 상자에 넣고 잠갔다. 서랍도 잠갔다. 여기서 더 이상의 정보는 얻을 수 없었다.

아드리아나에게는 비밀이 없는 것 같았다. 하지만 비밀은 분명히 존재했다. 뭐지?

모든 길이 막혀 있었다. 물론 그 책에 대한 이야기가 있었지만……. 이자우라가 가장 최근에 읽은 책이 뭐였지? 아멜리아의 기억이 저항하며 모든 문을 닫아버렸다. 그러다 갑자기 문을 다시 열어주며, 여러 소설의 저자 이름과 제목을 보여주었다. 하지만 그녀가 찾는 책은 없었다. 그녀의 기억이 열어주지 않은 문이 하나 있는데, 그녀는 그 문의 열쇠를 찾을 수 없었다. 다른 건 모두 기억났다. 라디오 옆 탁자 위의 작은 꾸러미. 이자우라가 그 책의 제목과 저자 이름을 그녀에게 말해주었다. 그러고 나서 함께 오네게르의 「망자들의 춤」을 들었다(이건 분명히 기억했다). 아멜리아는 이웃 아파트에서 들려오던 래그타임 음악, 언니와의 말다툼을 기억해냈다.

어쩌면 아드리아나가 일기에 그날 일을 썼는지 모른다. 아멜리아는 다시 서랍을 열고 아드리아나의 일기장에서 그날 일기를 찾아보았다. 오네게르와 **그 사람**의 이야기는 있었지만, 그뿐이었다.

다시 서랍을 닫은 그녀는 손바닥 위의 열쇠들을 보았다. 수치심이 들었다. 자신이야말로 확실히 심각한 잘못을 저지른 사람이었다. 자신이 알면 안 되는 일, 아드리아나의 좌절된 사랑을 알게 되었으니.

그녀는 그 방을 나와 부엌을 가로질러서 발코니 창문을 열었다. 해가 여전히 높고 밝게 떠 있었다. 하늘과 강도 밝았다.

저 멀리 산들이 파랗게 보였다. 슬픔 때문에 목이 멨다. 인생이란 그런 것이었다. 그녀의 인생이란. 슬프고 지루한 것. 이제 그녀에게도 비밀이 생겼다. 그녀는 열쇠를 쥔 손에 더욱 힘을 주었다. 맞은편 건물들은 이 아파트 건물만큼 높지 않았다. 어느 건물 지붕에서 고양이 두 마리가 게으르게 햇볕을 쬐고 있었다. 아멜리아는 확실하고 단호한 손짓으로 열쇠를 그 녀석들에게 던졌다. 하나씩 차례로.

고양이들은 이 뜻밖의 공격을 피해 흩어졌다. 열쇠들이 지붕을 굴러 내려와 홈통으로 빠졌다. 그것으로 끝이었다. 그 순간 한 가지 가능성이 더 남아 있다는 생각이 문득 떠올랐다. 이자우라의 서랍. 아니, 그래봤자 무슨 의미가 있을까? 이자우라는 일기를 쓰지 않았다. 설사 일기를 쓴다 해도……. 아멜리아는 갑자기 피곤해졌다. 그녀는 부엌으로 돌아가 긴 의자에 앉아서 울었다. 그녀는 패배했다. 노력했으나 실패했다. 차라리 다행이었다. 그녀는 조카들의 비밀을 찾아내지 못했고, 이제는 찾아내고 싶지 않았다. 설사 그 책의 제목을 기억해낸다 하더라도, 도서관에 가서 찾아보지는 않을 것이다. 최선을 다해 그 일을 잊어버릴 것이다. 만약 기억 속의 그 닫힌 문이 언젠가 열리더라도 그녀는 자신의 손이 닿는 모든 열쇠를 동원해서 그 문을 다시 잠가버릴 것이다. 자신이 방금 창밖으로 던져버린 그 '훔친' 열쇠들만 빼고. 훔친 열쇠…… 침해당한 비밀……. 더 이상은 안 돼! 그녀는 너무나 부끄러워서 결코 그 일을 다시 저지를 수 없었다.

그녀는 눈물을 닦고 일어섰다. 저녁 식사를 준비해야 했다. 이자우라 모녀가 곧 돌아와서 왜 저녁 준비가 늦어졌는지 궁금해할 것이다. 아멜리아는 필요한 조리 도구를 찾으러 식당으로 들어갔다. 거기 라디오 위에 《라디오 나시오날》 한 부가 있었다. 그녀가 음악을 제대로 들어본 것이 너무나 오래전 일이었다. 그녀는 그 잡지를 들어 그날의 프로그램 편성표를 찾아보았다. 뉴스, 토크쇼, 음악……. 그러다 그녀의 시선이 어느 구절에 속절없이 끌려갔다. 그녀는 그 단어들을 읽고 또 읽었다. 겨우 세 단어가 온 세상이었다. 그녀는 천천히 잡지를 내려놓았다. 그녀의 시선은 허공의 어느 한 점에 고정되어 있었다. 그녀는 계시를 기다리는 사람 같았다. 그리고 계시가 찾아왔다.

그녀는 재빨리 앞치마를 풀고, 신발을 신고, 겉옷을 입었다. 그리고 자신의 개인 서랍을 열어 작은 장신구 하나를 꺼냈다. 백합꽃 모양의 오래된 금브로치였다. 그녀는 종이쪽지에 메모를 휘갈겨 썼다. '나갈 일이 생겼어. 저녁 식사를 직접 만들어 먹어. 심각한 일은 아니니 걱정 말고. 아멜리아.'

그녀가 돌아온 것은 날이 거의 어두워졌을 때였다. 어찌나 피곤한지 걷기도 힘들 지경이었다. 그녀는 밖에서 가져온 꾸러미를 자신의 방으로 가져갔다. 무슨 일로 외출했느냐는 물음에 대답도 하지 않았다.

"너 완전히 지쳤잖아!" 칸디다가 소리쳤다.

"정말 지쳤지."

"무슨 일 있었어?"

"비밀이야. 어쨌든 지금은 그래."

그녀는 자리에 앉으며 언니를 향해 미소를 지었다. 그다음에는 계속 웃는 얼굴로 이자우라와 아드리아나를 바라보았다. 시선이 아주 온화하고 미소에 애정이 가득해서 두 조카는 감동을 받았다. 그들이 몇 가지 질문을 더 던졌지만, 아멜리아는 조용히 고개만 흔들며 여전히 똑같은 시선과 똑같은 미소를 유지했다.

저녁 식사가 끝난 뒤 식구들은 각자 저녁 시간을 보낼 준비를 하고 자리를 잡았다. 소소한 일들을 하는 시간이 느릿느릿 흘러갔다. 좀벌레가 어디선가 나무를 갉아 먹는 소리가 들렸다. 라디오는 조용했다.

10시쯤 아멜리아가 갑자기 일어섰다.

"이제 자려고?" 칸디다가 물었다.

아멜리아는 아무 대답 없이 라디오를 틀었다. 오르간에서 끊임없이 쏟아져 나오는 화음이 아파트를 가득 채웠다. 칸디다와 딸들이 깜짝 놀란 얼굴로 시선을 들었다. 아멜리아의 표정이 흥미로웠다. 똑같은 미소, 똑같은 시선. 바로크 양식의 웅변 같은 음악이 끝나고, 오르간이 조용해졌다. 성당이 안으로 무너져 내리는 것 같았다. 그러나 겨우 몇 초 뒤, 아나운서가 다음 음악을 소개했다.

"베토벤의 9번! 어머, 정말 좋아요, 이모!" 아드리아나가 아이처럼 손뼉을 치며 소리쳤다.

식구들은 각각 의자를 차지하고 앉았다. 아멜리아는 거실을 나갔다가 곧 돌아왔다. 첫 번째 악장이 이미 시작된 뒤였다. 그녀는 밖에서 가져왔던 그 꾸러미를 탁자 위에 놓았다. 칸디다가 의문이 담긴 시선을 보냈다. 아멜리아는 벽을 장식한 초상화들 중 두 개를 아래로 내렸다. 그리고 특별한 의식을 수행하듯이, 꾸러미의 포장을 벗겼다. 뒤로 밀려난 음악이 계속 들려왔지만, 종이가 바스락거리는 소리에 가려졌다. 종이가 바닥으로 떨어지고, 베토벤의 데스마스크가 나타났다.

마치 연극의 마지막 장면이 끝난 것 같았다. 다만 아직 막이 내려오지 않았을 뿐이었다. 아멜리아는 아드리아나를 한 번 보고, 데스마스크를 벽에 걸면서 이렇게 말했다.

"아주 오래전에, 네가 이 마스크를 갖고 싶다고 말하는 걸 들은 기억이 있어. 널 놀래주고 싶었지!"

"어머, 이모, 정말 감동적이에요."

"돈은 어디서 나서?" 칸디다가 물었다.

"그건 중요하지 않아. 비밀이야." 아멜리아가 말했다.

이 말을 듣는 순간 아드리아나와 이자우라는 이모를 몰래 흘깃 바라보았다. 하지만 이제는 이모의 눈에 의심하는 기색이 전혀 없었다. 아주 부드러운 애정만 있을 뿐이었다. 눈물과 비슷한 어떤 것을 통해 그 애정이 반짝였다. 아멜리아 이모가 잘 우는 성격이라면 그랬을 것이다.

35

"아벨이 오래 걸리는 모양이네. 먼저 저녁을 먹을래?"

"아니. 좀 더 기다리지."

마리아나는 한숨을 내쉬었다.

"오지 않을지도 몰라. 두 사람이 한 명을 굳이 기다려야 하는지도 잘⋯⋯."

"만약 오늘 저녁 식사 시간에 맞춰 오지 않을 거였다면 미리 그렇게 말했을 거야. 기다리기 싫으면 당신은 먼저 먹어. 난 별로 배고프지 않아."

"그건 나도 그래."

현관문이 열리는 소리가 들리자 두 사람 모두 화들짝 놀랐다. 모습을 드러낸 아벨에게 실베스트르가 물었다.

"어떻게 됐어?"

"아무 일도 없었어요."

"전부 소용이 없었다는 뜻이야?"

아벨은 긴 의자를 끌어와서 앉았다.

"제가 그 사무실로 가서 사환에게 그 회사의 고객인데, 세뇨르 모라이스와 이야기를 하고 싶다고 말했어요. 그랬더니 어떤 방으로 저를 안내해주더라고요. 곧 세뇨르 모라이스가 나왔고요. 하지만 제가 찾아온 이유를 말하자마자, 세뇨르 모라이스가 종을 울려 사환을 부르더니 절 내쫓으라고 하는 거예요. 설명을 하려고 해봤지만, 그 사람은 그냥 휙 돌아서서 나가버렸습니다. 복도에서 위층 아파트에 사는 아가씨와 마주쳤는데, 저를 경멸하듯이 바라보더군요. 어쨌든 간단히 말하자면, 거기서 쫓겨났습니다."

실베스트르가 탁자를 쾅 때렸다.

"나쁜 자식!"

"조금 전 제가 그 사람 집으로 전화를 했을 때 그 사람이 저한테 한 말이 바로 그거였습니다. 저더러 나쁜 자식이라고 하더니 전화를 끊었죠."

"그럼 이제 어쩌지?"

"만약 그 사람 나이가 많지 않았다면, 제가 찾아가서 얼굴을 한 대 때려줬을 겁니다. 하지만 그런 것조차 할 수 없는 형편이니……"

실베스트르는 일어서서 성난 사람처럼 부엌을 서성거렸다.

"인생이라는 게 완전히 똥 더미 같아. 아주 김이 모락모락 피어오르는 커다란 똥 더미라고. 그럼 이제 방법이 전혀 없는 건가?"

"그런 것 같아요. 그냥 해야 하는 일을 하는 수밖에……."

실베스트르가 끼어들었다.

"해야 하는 일이라니? 무슨 말인가?"

"간단해요. 여기서 계속 살 수는 없다는 게 분명하죠. 이웃들이 모두 이번 일을 알고 있으니까요. 제가 여기 계속 살면 다들 건방지다고 생각할 겁니다. 게다가 제가 여기 계속 산다는 사실과 이웃들이 쑥덕거리는 소리 때문에 그 여자도 마음이 편안하지 않을 거예요."

"여기서 나가고 싶다는 말인가?"

아벨은 조금 지친 듯한 미소를 지었다.

"아뇨, 나가고 싶지는 않아요. 하지만 나가는 수밖에 없습니다. 벌써 방을 구해놨어요. 내일 짐을 옮기겠습니다. 제발, 그런 눈으로 저를 보지 마세요!"

마리아나가 울고 있었다. 실베스트르는 아벨에게 다가가 어깨를 양손으로 짚고 뭔가 말을 하려고 했지만 말이 나오지 않았다.

"괜찮아요." 아벨이 말했다.

실베스트르는 미소를 지으려고 시도해보았다. "내가 여자라면 아내처럼 울었을 거야. 하지만 여자가 아니니……."

그는 갑자기 벽을 향해 돌아섰다. 아벨에게 얼굴을 보이기 싫다는 듯이. 아벨이 일어서서 그의 몸을 돌려세웠다.

"진정하세요. 이러다 우리 모두 울겠어요. 그럴 수는 없잖아요"

"내가 너무 섭섭해서 그래!" 마리아나가 흐느끼며 말했다. "자네가 여기서 사는 것에 익숙해졌는데. 이젠 우리 가족이나 마찬가지인데."

아벨은 크게 감동하며 귀를 기울였다. 그는 두 사람을 차례로 바라본 뒤, 아주 느린 말투로 물었다.

"정말로 제가 여기에 계속 살아야 한다고 생각하세요?"

실베스트르는 잠시 머뭇거리다가 말했다. "아니."

"실베스트르." 그의 아내가 소리쳤다. "그렇다고 대답해야지. 그러면 여기서 계속 살게 될지도 모르는데!"

"바보 같은 소리 하지 마. 아벨이 옳아. 우리한테 아주 힘든 일이 되겠지만, 우리가 할 수 있는 일이 없어."

마리아나는 눈물을 닦고, 큰 소리로 코를 풀었다. 그리고 억지로 웃으려고 애쓰며 이렇게 말했다.

"그래도 가끔 놀러 올 거지, 세뇨르 아벨?"

"한 가지만 약속해주시면요."

"뭔데? 뭐든 약속할게!"

"저를 '세뇨르 아벨'이라고 부르지 마시고, 그냥 아벨이라고 불러주세요. 약속하시는 거예요?"

"약속해."

모두 행복과 슬픔을 동시에 느꼈다. 서로를 사랑한다는 사실이 행복했고, 헤어져야 한다는 사실이 슬펐다. 오늘의 저녁 식사가 그들에게는 함께하는 마지막 저녁 식사였다. 물론 일이 좀 진정된 뒤 아벨이 무사히 놀러 올 수 있게 된다면 또 함께 저녁 식사를 하게 되겠지만, 오늘의 이 식사와는 다를 것이다. 그때는 한 지붕 아래에 살면서 빵과 포도주를 나누듯이 슬픔과 기쁨을 함께 나누는 사이가 아닐 테니까. 그들의 슬픔을 달래주는 것은 서로에게 느끼는 사랑뿐이었다. 그 것은 친척들에게 품는 의무적인 사랑, 관습이 강요한 짐이 되기 일쑤인 그런 사랑이 아니라 자발적이고 지속적인 사랑이었다.

식사가 끝나고 마리아나가 설거지를 하는 동안 아벨은 실베스트르와 함께 짐을 싸기 시작했다. 재빨리 일을 해치운 뒤, 아벨은 한숨과 함께 침대에 누웠다.

"지긋지긋한가?" 실베스트르가 물었다.

"어떨 것 같으세요? 우리가 알고 저지르는 나쁜 짓들에 대처하는 것만도 힘든데. 보시다시피, 때로는 그냥 존재하는 것만으로도 나쁜 짓이 되는 것 같아요."

"좋은 일이 될 수도 있지."

"이번에는 아니죠. 제가 이 방에 들어오지 않았다면 이런 일이 일어나지 않았을지도 모르잖아요."

"그럴지도 모르지. 하지만 그 편지를 쓴 사람이 아주 단단히 결심하고 저지른 짓이라면, 어떻게든 방법을 찾아냈을 거야. 자네가 아닌 다른 사람이 그 자리에 있었을지도 몰라."

"맞아요. 하지만 지금은 제가 겪는 일이라고요!"

"그래, 하필이면 자네가. 문어 다리를 끊어버리려고 항상 조심하는 사람인데!"

"농담하지 마세요."

"농담이 아니야. 문어 다리를 끊는 것만으로는 충분하지 않아. 자네는 내일 여길 떠나지. 여기서 사라져 문어 다리를 끊어버릴 거야. 하지만 그 문어 다리는 여전히 여기에 있을 걸세. 자네를 생각하는 내 우정 속에, 도나 리디아의 바뀐 삶 속에."

"그냥 존재하는 것만으로도 나쁜 짓이 된다는 말이 그런 뜻이었어요."

"음, 나한테는 좋은 일이었는걸. 자네를 만나 친구가 되지 않았나."

"거기서 뭘 얻으셨는데요?"

"우정. 혹시 우정은 그리 중요하지 않다고 생각하나?"

"그럴 리가요."

실베스트르는 아무 말 없이 의자를 침대 쪽으로 끌고 와 앉았다. 그리고 담배쌈지와 담배 종이를 조끼 주머니에서 꺼내 담배를 말았다. 그는 담배 연기 너머로 아벨을 바라보며 부드럽게 말했다. 마치 농담을 건네듯이.

"자네의 문제는 말이야, 아벨, 사랑이 없다는 거야."

"저는 세뇨르 실베스트르의 친구잖습니까. 우정도 사랑의 한 형태예요."

"그렇지."

또 침묵이 흘렀다. 그동안 실베스트르는 아벨에게서 내내 시선을 떼지 않았다.

"무슨 생각을 하세요?" 아벨이 물었다.

"우리가 옛날에 했던 논쟁을 생각하네."

"갑작스러운 얘기 같은데요."

"모든 건 서로 연결되어 있어. 사랑이 없다는 게 자네의 문제라고 했을 때, 자네는 여자에 대한 사랑이라고 생각했지?"

"네, 맞습니다. 반한 여자는 많지만, 사랑한 여자는 한 명도 없어요. 틀림없이 마음이 죽어버린 모양입니다."

실베스트르는 빙긋 웃었다.

"뭐? 스물여덟 살에? 웃기지 좀 말게! 내 나이가 될 때까지 기다려봐."

"그러죠, 뭐. 어쨌든, 아까 그 말씀은 여자에 대한 사랑이었습니까, 아닙니까?"

"아닐세."

"그래요?"

"그건 다른 종류의 사랑을 뜻한 거였어. 거리를 걸을 때, 갑자기 주위 사람들을 안아주고 싶다는 생각이 든 적 있나?"

"지금 뭔가 웃기는 말을 하고 싶다면, 그런 적은 있지만 여자들만 안아주고 싶었다고 말하겠죠. 그나마 모든 여자를 다 안아주고 싶은 것도 아니었다고. 아뇨, 잠깐, 화내지 마세요. 저는 그런 생각을 한 적이 한 번도 없습니다."

"내가 말한 사랑은 그런 거였네."

아벨은 흥미롭다는 듯이 팔꿈치로 몸을 지탱하며 실베스트르를 바라보았다.

"전도사가 되면 정말 잘하셨겠어요."

"난 하느님을 믿지 않네. 자네가 그런 뜻으로 말한 건지는 모르겠지만. 자네 눈에는 내가 늙은 감상주의자처럼 보일지 몰라도……."

"천만에요!"

"내가 늙어서 이런 소리를 한다고 생각할지도 모르지. 뭐, 그런 면에서 난 항상 늙은 사람이었네. 내 생각과 감정은 항상 똑같았으니까. 이 세상에서 내가 믿는 게 하나 있다면 바로 사랑이야. 그런 종류의 사랑."

"정말 훌륭한 말씀이지만, 그건 순전히 유토피아일 뿐입니다. 모순적이기도 하고요. 아까는 인생이 김을 피워 올리는 똥 더미라고 하지 않으셨어요?"

"그랬지. 하지만 인생이 그 지경이 된 건 몇몇 사람들이 그런 걸 원했기 때문이야. 예나 지금이나 사도들을 거느린 사람들."

아벨은 침대에서 일어나 앉았다. 이 대화에 점점 흥미가 생겼다.

"그럼 그런 사람들도 안아주고 싶으세요?"

"내가 그 정도로 감상적이지는 않네. 다른 사람들의 인생에 사랑이 부족해지게 만든 장본인들을 어떻게 사랑할 수 있겠나?"

의미가 가득 들어 있는 이 말을 듣고 아벨은 다른 사람의 말을 떠올렸다.

"파 드 리베르테 푸르 레 젠미 드 라 리베르떼(Pas de liberté pour les ennemis de la liberté)."

"난 무슨 말인지 모르겠군. 프랑스어처럼 들리는데, 나는 무슨 소리인지……."

"생쥐스트가 한 말이에요. 프랑스혁명 지도자 중 한 명이죠. 대충 번역하자면, 자유의 적에게 자유는 없어야 한다는 뜻입니다. 이걸 지금 우리 대화에 적용한다면, 이렇게 번역할 수 있겠네요. 우리는 사랑의 적을 증오해야 한다."

"그것 참 맞는 말을 했군. 그 므시외……."

"생쥐스트."

"그래, 그 사람. 자네도 그렇게 생각하지 않나?"

"생쥐스트의 말에 대해서요, 아니면 다른 모든 것에 대해서요?"

"둘 다."

아벨은 잠시 생각에 잠긴 듯했다. 그가 입을 열었다.

"저는 생쥐스트에게 동의합니다. 하지만 다른 것에 대해서는, 그런 식으로 사랑할 수 있는 사람을 만난 적이 없어요. 지금까지 정말 많은 사람을 만났는데도요. 모두 우열을 가리기 힘들 만큼 형편없었습니다. 어쩌면 세뇨르 실베스트르는 예외일지도 모르겠네요. 방금 하신 말씀 때문이 아니라, 세뇨르 실베스트르의 삶에 대해 제가 알게 된 사실들 때문입니다. 세뇨르 실베스트르가 그런 종류의 사랑을 느낄 수 있다는 점은 이해가 가지만, 저는 그런 사랑을 느낄 수 없어요. 살면서 많이 쓰러졌고, 고생도 했습니다. 그 누군가처럼 반대쪽 뺨까지 내미는 행동은 절대……."

실베스트르가 열렬히 말했다. "그건 나도 마찬가지야. 날 때린 놈의 손목을 잘라버려야지."

"모두가 그렇게 한다면, 세상에 손이 두 개인 사람은 하나도 없을 겁니다. 누군가에게 맞은 사람은 언젠가 반드시 다른 누군가를 때리겠죠. 이미 누군가를 때렸을지도 모르고요. 모든 건 기회가 있느냐 없느냐의 문제입니다."

"그런 사고방식을 비관주의라고 하네. 그런 식으로 생각하는 사람들은 평범한 사람들 사이에 사랑이 부족해지게 만들려는 사람들에게 도움이 될 뿐이야."

"죄송하지만, 말씀드렸듯이, 그런 말씀은 순전히 유토피아를 바라는 겁니다. 인생은 죽을 때까지 싸움의 연속이에요. 언제나 어디서든. 모두 자기 인생은 자기가 알아서 챙겨야 합니다. 사랑은 약한 자들이 외치는 소리고, 증오는 강한 자들의 무기입니다. 라이벌과 경쟁자들을 향한 증오, 같은 빵이나 땅이나 유전을 놓고 경쟁하는 후보자들에 대한 증오. 사랑은 그냥 우스갯소리거나, 아니면 강한 자들에게 약자들의 약한 모습을 조롱할 기회를 마련해주는 것에 불과합니다. 강자들에게 약자의 삶은 일종의 소일거리, 안전판으로서 유용할 뿐이에요."

실베스트르는 이 비유를 그리 대단하게 생각하지 않는 것 같았다. 그는 몹시 심각한 표정으로 아벨을 바라보다가 빙긋 웃으며 물었다.

"그럼 자네는 강자인가 약자인가?"

들켰다. 아벨은 이렇게 생각했다.

"저요? 그건 공정한 질문이 아닙니다."

"자네한테 도움이 될 거야. 만약 자네가 강자라면, 왜 강자처럼 굴지 않는 건가? 만약 약자라면, 왜 나처럼 행동하지 않지?"

"그렇게 흡족한 얼굴 하지 마세요. 말씀드렸듯이, 그건 공정한 질문이 아닙니다."

"어쨌든 대답이나 해봐!"

"못 합니다. 어딘가 중간 지점이 있을지도 모르죠. 한쪽에는 강자들, 다른 쪽에는 약자들, 그리고 중간에는 저를 비롯한 나머지 사람들 모두."

실베스트르는 미소를 지우고 강렬한 눈빛으로 아벨을 바라보았다. 그리고 손가락을 하나씩 접어가며 천천히 말했다.

"좋아, 내가 대신 대답하지. 자네는 자신이 뭘 원하는지도 모르고, 자신이 어디로 향하는지 모르고, 자신이 무엇을 갖고 있는지도 몰라."

"간단히 말해서 아무것도 모른다는 거네요."

"우스갯소리로 넘기지 말게. 난 지금 아주 중요한 이야기를 하고 있어. 얼마 전 내가 자네한테……."

"……압니다. 유용한 사람이 될 필요가 있다고 하셨죠." 아벨이 짜증스럽게 끼어들었다.

"그 말을 할 때는 자네가 이렇게 금방 우리 곁을 떠날 줄 짐작도 못 했네. 그때 나는 자네한테 조언을 해줄 수 없다고 말했지. 지금도 같아. 하지만 자네가 내일 이곳을 떠난 뒤 우리가 다시는 만나지 못할지도 모르지. 그래서 비록 내가 자네한테 조언을 해줄 수는 없다 해도 최소한 이런 말을 해줄 수 있겠다는 결론을 내렸네. 사랑이 없는 삶은, 그러니까 자네가 방금 설명한 것 같은 그런 삶은 삶이 아니야. 똥 더미이고 하수구야."

아벨이 충동적으로 벌떡 일어섰다. "그건 맞습니다. 하지만 우리가 뭘 어떻게 하겠습니까?"

"바꿔야지!" 실베스트르도 덩달아 벌떡 일어나며 대답했다.

"어떻게요? 서로를 사랑하면 됩니까?"

아벨은 실베스트르의 심각한 표정을 보고 미소를 지웠다.

"그래. 하지만 명료하고 적극적인 사랑이어야 하네. 증오를 극복할 수 있는 사랑이어야 해!"

"하지만 인간은……."

"이보게, 아벨, '인간'이라고 말할 때 '사람들'을 생각하게. 가끔 신문에 대문자로 '인간'이라는 말이 나오는데, 그건 거짓이야. 온갖 종류의 악당 짓을 은폐해주는 거짓말이라고. 모두들 인간을 구원하고 싶어 하지만, 사람들에 대해 알고 싶어 하지는 않네."

아벨은 체념한 표정으로 어깨를 으쓱했다. 실베스트르의 말에 일리가 있음을 알 수 있었다. 자신도 자주 같은 생각을 했다. 하지만 그에게는 실베스트르 같은 믿음이 없었다. 그가 물었다.

"그래서 우리가 할 수 있는 일이 뭡니까? 저나 세뇨르 실베스트르가 무엇을 할 수 있어요?"

"사람들 가운데에 살면서 그들을 도와야지."

"세뇨르 실베스트르는 어떻게 그들을 도우시는데요?"

"나는 사람들의 신발을 수선하네. 내가 할 줄 아는 일이 그것뿐이니까. 자네는 젊고, 똑똑하지. 그 어깨 위에 아주 훌륭한 머리가 있어. 눈을 뜨고 세상을 보게. 그래도 이해가 안 가거든, 방에 틀어박혀서 나오지 마. 세상이 자네를 향해 무너질 때까지 가만히 기다려!"

실베스트르의 목소리가 점점 커졌다. 입술은 미처 억누르지 못한 감정 때문에 가늘게 떨리고 있었다. 두 남자는 선 채로 서로를 바라보았다. 서로를 이해하는 마음이 두 사람 사이에 흘렀다. 말보다 훨씬 더 유창한 생각이 말없이 교환되었다.

아벨이 말했다. "그건 좀 전복적인 생각인데요?"

"자네 생각은 그런가? 난 아닌데. 만약 이게 전복적이라면, 다른 것도 다 그렇지. 심지어 호흡까지도. 나는 숨을 쉴 때처럼 자연스럽게, 그리고 꼭 필요해서 생각을 한다네. 감정을 느끼는 것도 마찬가지고. 만약 사람들이 서로를 미워한다면, 세상에는 희망이 없어. 우리 모두 그 증오에 희생될 걸세. 원하지도 않고 우리 잘못도 아닌 전쟁에서 서로를 살육하게 되겠지. 세상은 우리 앞에 깃발을 꽂아놓고, 온갖 말을 귓가에서 잔뜩 늘어놓을 거야. 왜냐고? 새로운 전쟁의 씨앗을 심어야 하니까. 더 많은 증오를 만들어내고, 새로운 깃발과 새로운 말을 만들어내야 하니까. 우리가 이 세상에 살아 있는 이유가 그것인가? 자식을 낳아 시뻘건 용광로에 던져 넣으려고 사는 거야? 도시를 건설한 다음에 완전히 무너뜨리려고 사는 건가? 평화를 갈망하면서 실제로는 전쟁을 일으키려고 사는 건가?"

"그럼 사랑이 모든 문제를 해결해줄까요?" 아벨이 살짝 빈정거리는 느낌이 배어 있는 슬픈 미소를 지으며 말했다.

"나도 모르겠네. 우리가 아직까지 시도해보지 않은 유일한 일이니……."

"우리가 너무 늦지는 않을까요?"

"아마 그럴걸. 고통받는 사람들을 설득해서 그것이 진실이라고 믿게 만들 수 있다면, 그래, 그러면 우리가 늦지는 않을 거야……." 그는 잠시 말을 멈췄다. 갑작스레 떠오른 생각에 휘말린 사람 같았다. "하지만 잊지 말게, 아벨. 반드시 명료하고 적극적인 사랑을 해야 돼! 적극적이기만 하고 명료하지 않으면 절대 안 되네. 사람들이 서로를 미워하기를 바라는 자들과 똑같은 악당 짓을 적극적인 사랑으로 인해 저질러도 안 되고. 적극적이되 명료해야 하네. 명료한 것이 무엇보다 중요해!"

너무 강한 힘 때문에 스프링이 부러질 때처럼, 실베스트르의 열정에서 푸시시 바람이 빠졌다.

그는 빙긋 웃으며 이렇게 말했다. "구두장이가 말했다. 만약 다른 누가 그의 말을 들었다면 이렇게 말하리라. '구두장이치곤 말이 너무 유창하군. 어쩌면 변장한 교수인지도 모르겠어.'"

아벨은 함께 웃음을 터뜨리며 물었다. "정말로 변장한 교수이신가요?"

"아니, 난 그저 생각하는 사람일 뿐일세."

아벨은 아무 말 없이 잠시 방 안을 서성거리다가, 책을 넣어둔 트렁크 위에 앉아 실베스트르를 바라보았다. 실베스트르는 조금 계면쩍은 얼굴로 새 담배를 말고 있었다.

"생각하는 사람이라." 아벨이 중얼거렸다.

실베스트르는 시선을 들었다. 아벨이 또 무슨 말을 할지 궁금했다.

"우리는 모두 생각을 합니다." 아벨이 말했다. "하지만 잘못 생각할 때가 대부분이죠. 아니면 우리의 생각과 행동 사이에 커다란 틈이 있거나……."

"무슨 뜻인가?" 실베스트르가 물었다.

"쉬운 얘기입니다. 세뇨르 실베스트르가 지금까지 살아온 삶에 대해 이야기해주셨을 때, 저는 제가 정말 쓸모없는 사람이라는 생각에 뼈아픈 고통을 느꼈습니다. 하지만 지금은 그때보다 아주 조금 기분이 나아졌죠. 제 친구인 세뇨르 실베스트르가 저만큼, 아니 어쩌면 저보다 더 부정적인 쪽으로 떨어지셨기 때문입니다. 이제 세뇨르 실베스트르는 저만큼이나 쓸모가 없습니다."

"자네가 내 말을 이해한 것 같지 않군, 아벨."

"아뇨, 이해했습니다. 세뇨르 실베스트르의 사고방식은 자신이 남들보다 낫다고 스스로 납득하는 데에만 도움이 될 뿐입니다."

"난 내가 남들보다 낫다고 생각하지 않아!"

"그렇게 '생각'하지는 않죠."

"맹세할 수도 있네."

"좋습니다. 저는 그 말씀을 믿어요. 하지만 중요한 건 그게 아닙니다. 행동할 수 있을 나이에 세뇨르 실베스트르가 지금처럼 생각하지 않았다는 게 중요하죠. 그때는 지금과 상당히 다른 신념을 갖고 있었습니다. 지금은 나이와 상황 때문에 어쩔 수 없이 조용히 입을 다물고, 거의 성경에나 나올 것 같은 사랑 이야기로 자신을 속이려고 애쓰고 계시죠. 말로 행동을 대신해야 하는 그 사람을 가여워하세요! 이러다 세뇨르 실베스트르도 결국 자기 목소리밖에 듣지 못하는 사람이 될 겁니다! 세뇨르 실베스트르에게 '행동'은 이제 단순한 추억, 공허한 말에 불과해요!"

"지금 내 진실성을 의심한다고 말하는 건가, 아벨?"

"전혀 아닙니다. 하지만 세뇨르 실베스트르는 삶과, 자신의 뿌리와 멀어졌습니다. 아직도 전투에 온전히 참가하고 있다고 생각하지만, 사실은 손에 검의 그림자조차 들려 있지 않고 주위를 에워싼 것도 오로지 그림자들뿐……."

"언제부터 나를 그렇게 생각했나?"

"5분 전부터요. 지금까지 많은 일들을 겪고 마지막에 의존하는 것이 사랑이라니요!"

실베스트르는 대답하지 않았다. 그는 덜덜 떨리는 손으로 담배를 다 말아 불을 붙인 뒤, 연기 때문에 눈을 찡그린 채 가만히 기다렸다.

"저더러 비관주의자라고 하셨죠." 아벨이 말을 이었다. "제 비관주의가 사람들 사이에 불화의 씨앗을 심으려는 사람들에게 도움이 되었다는 말도 하셨고요. 그 말을 부정하지는 않겠습니다. 하지만 세뇨르 실베스트르 또한 완전히 수동적인 태도로 그 사람들을 돕고 있어요. 바로 그 사람들 역시 사랑이라는 말을 이용하고 있으니까요. 세뇨르 실베스트르와 그 사람들은 똑같은 말로 다른 목적을 선언하거나 감춥니다. 여기서 더 나아가도 된다면, 세뇨르 실베스트르의 말이 그들의 목적에 도움이 될 뿐이라고 하고 싶어요. 세뇨르 실베스트르에게는 진정한 목적이 없는 것 같아서 드리는 말씀입니다. 세뇨르 실베스트르는 모든 사람을 사랑한다지만, 그것뿐입니다. 지금까지 살아온 삶에 비추어 볼 때 그보다 더 나은 결과가 있어야 한다는 걸 잊어버리고 있어요. 부탁입니다. 말씀해보세요. 그런 말이 세상에 어떤 이득이 될까요? 설사 수백만 명이나 되는 사람이 그런 말을 하더라도, 그 사람들에게 감정적인 충동을 표현하는 것 외에 달리 무엇을 할 수 있는 수단이 없다면 말입니다."

"자네 말이 무슨 뜻인지 난 잘 모르겠네, 아벨. 내가 적극적인 동시에 명료한 사랑을 이야기한 걸 잊어버렸나?"

"그것도 공허한 말입니다. 어떤 의미에서 적극적인 거죠? 세뇨르 실베스트르처럼 생각하는 사람들이 어떤 의미에서 적극적인 겁니까? 그러니까, 나이가 많아서 행동할 수 없다는 변명을 내놓을 수 없는 사람들 말입니다. 그들은 누구죠?"

"이번에는 자네가 내게 조언할 차례……."

"제 뜻은 그게 아니에요. 조언은 쓸모없다, 그렇게 말씀하시지 않았나요? 한 가지 제가 믿는 것은, 만약 우리가 사랑에만 의존해서 세뇨르 실베스트르가 말한 위대한 희망, 위대한 이상을 실현하려고 한다면, 그 희망과 이상은 영원히 말에 그칠 것이라는 점입니다."

실베스트르는 구석으로 물러나 불쑥 물었다. "그럼 자네는 어떻게 할 건데?"

아벨은 곧바로 대답하지 않았다. 실베스트르의 질문에 이어진 침묵 속에서 그는 어디서 들려오는지 알 수 없는 수많은 목소리들의 합창을 들었다.

"모르겠습니다." 그가 마침내 말했다. "지금은 세뇨르 실베스트르의 말씀처럼 제가 상당히 쓸모없습니다. 하지만 세뇨르 실베스트르의 상상 속에만 존재하는 유용함보다는 일시적인 무용함이 더 좋습니다."

"우리 역할이 바뀌었군. 이제 자네가 날 비판할 차례가 됐어."

"비판하는 게 아닙니다. 사랑에 대한 말씀은 정말 좋았습니다만, 저한테는 쓸모가 없습니다."

"우리 사이에 40년이라는 나이 차이가 있다는 걸 잊었군. 자네가 어떻게 날 이해할 수 있겠나?"

"40년 전의 실베스트르도 지금의 실베스트르를 이해하지 못할 겁니다."

"내가 이런 식으로 생각하게 된 건 순전히 나이 때문이라는 건가?"

"그럴 가능성이 있죠." 아벨이 빙긋 웃으며 말했다. "세월은 많은 것을 변화시킬 수 있습니다. 물론 경험을 가져다주지만, 그와 함께 피곤함도 가져다주죠."

"자네 말을 들으면 누구도 자네가 지금까지 온전히 자기만을 위한 삶을 살았다고 말하지 못할 걸세."

"맞습니다. 하지만 그게 비판거리입니까? 어쩌면 제가 배움이 느릴 수도 있습니다. 앞으로 더 많은 상처를 입어야만 진짜 사람이 될지도 모르죠. 그때까지 저는 쓸모없다는 말을 들었을 때 대꾸하지 않을 겁니다. 그 말이 사실이라는 걸 아니까요. 하지만 영원히 쓸모없지는 않을······."

"앞으로 무엇을 하게 될 것 같은가, 아벨?"

아벨은 천천히 실베스트르에게 다가왔다.

"아주 간단한 일입니다. 계속 살아가는 것. 저는 이곳에 들어올 때보다 훨씬 더 많은 자신감을 얻어 이곳을 떠납니다. 세뇨르 실베스트르가 제게 보여주신 길이 제게 잘 맞는 것이라서가 아니라, 제가 저만의 길을 찾아야 한다는 것을 깨닫게 해주셨기 때문입니다. 하지만 시간이 걸리겠죠……."

"자네의 길은 언제나 비관주의의 길일 걸세."

"아마 그럴 겁니다. 하지만 제가 쉽게 위안이 되는 환상에 빠지지 않게 제 비관주의가 저를 지켜주면 좋겠습니다. 사랑 같은 환상 말이에요."

실베스트르는 그의 어깨를 잡고 흔들어댔다.

"아벨, 사랑이라는 기초가 없으면 무엇이든 증오를 낳을 뿐이야!"

"맞습니다. 하지만 앞으로도 오랫동안 그렇게 흘러갈 수밖에 없는 것인지도 몰라요. 우리가 사랑을 기초로 삼을 수 있는 날은 아직 오지 않았습니다."

스카이라이트

초판 1쇄 2021년 7월 14일

지은이 | 주제 사라마구
옮긴이 | 김승욱
펴낸이 | 송영석

주간 | 이혜진
기획편집 | 박신애 · 심슬기 · 최예은
외서기획편집 | 정혜경 · 송하린 · 양한나
디자인 | 박윤정 · 기경란
마케팅 | 이종우 · 김유종 · 한승민
관리 | 송우석 · 황규성 · 전지연 · 채경민

펴낸곳 | (株)해냄출판사
등록번호 | 제10-229호
등록일자 | 1988년 5월 11일(설립일자 | 1983년 6월 24일)

04042 서울시 마포구 잔다리로 30 해냄빌딩 5 · 6층
대표전화 | 326-1600 **팩스** | 326-1624
홈페이지 | www.hainaim.com

ISBN 979-11-6714-003-6 03870